DESA

# DE ERFENIS VAN HET VERLIES

D1151136

# Kiran Desai

# *De erfenis van het verlies*

Vertaling Hien Montijn

2006

**DE BEZIGE BIJ**

**AMSTERDAM**

2 7. 10. 2006

Voor mijn moeder, met zo veel liefde

## Glorie van stilte

Schrijfsels van licht bestoken het duister, wonderbaarlijker
dan meteoren.
De hoge onkenbare stad neemt bezit van het platteland.
Zeker van mijn leven en mijn dood bezie ik de eerzuchtigen
en zou hen graag begrijpen.
Hun dag is gretig als een lasso in de lucht.
Hun nacht is een pauze van het woedende staal, klaar voor
de aanval.
Ze spreken van menszijn.
Mijn menszijn is het gevoel dat wij allen stemmen zijn van
dezelfde armoede.
Ze spreken van vaderland.
Mijn vaderland is het ritme van een gitaar, enkele portret-
ten, een oud zwaard, het vanzelfsprekende gebed der wil-
gen in de avondschemering.
Tijd leeft mij.
Stiller dan mijn schaduw loop ik door de menigte van tore-
nende hebzucht.
Zij zijn onmisbaar, uniek, morgen waardig.
Mijn naam is iemand en niemand.
Ik loop langzaam als iemand die van zo ver komt dat hij niet
verwacht aan te komen.

Jorge Luis Borges

# 1

De hele dag was in somber koloriet geweest, een nevel die als een waterschepsel bewoog over de machtige bergflanken met hun oceanische duisternis en diepten. In de verte was, net boven de mist uit, de Kanchenjunga te zien als een uit ijs gehouwen piek, die het laatste licht opving, op zijn top een door de winden hoog opgeblazen sneeuwpluim.

Sai zat op de veranda in een oude *National Geographic* een artikel te lezen over reuzeninktvissen. Van tijd tot tijd keek ze op naar de Kanchenjunga en huiverde bij het zien van zijn magische uitstraling. In de verste hoek zat de rechter met zijn schaakbord en speelde tegen zichzelf. Weggedoken onder zijn stoel, waar ze zich veilig voelde, lag Mutt de hond, vriendelijk grommend in haar slaap. Aan het plafond hing een enkele kale peer. Het was koud, maar in het huis, waar duisternis en vorst door enkele tientallen centimeters dikke stenen muren werden vastgehouden, was het nog kouder.

Hier, achterin, in de aardedonkere keuken, probeerde de kok het vochtige hout vlam te laten vatten. Hij bevoelde voorzichtig het aanmaakhout, bang voor de kolonie schorpioenen die in de stapel huisde, paarde en zich vermenigvuldigde. Eens had hij een moeder aangetroffen, vol venijn, veertien jongen op haar rug.

Eindelijk pakte het vuur en hij zette de ketel erop, geblutst en aangekoekt als een voorwerp uit een archeologische opgraving, en wachtte tot het water kookte. De muren waren verschroeid en vochtig, modderige stengels knoflook hingen aan de geblakerde balken, aangekoekte klonten roet zaten als kluiten vleermuizen tegen het plafond. Het vuur wierp glanzend oranje vlekken over het gezicht van de kok; zijn bovenlichaam gloeide, maar een gemene tocht kwelde zijn reumatische knieën.

De rook, eenmaal door de schoorsteen omhoog en naar buiten getrokken, mengde zich met de mist die sneller en steeds dikker opkwam en de omgeving bij gedeelten aan het oog onttrok – een halve heuvel, en dan de andere helft. Bomen werden silhouetten, doemden op en verdwenen weer. Geleidelijk nam de damp alle plaats in, vervaagde compacte massa's tot contouren en er bleef niets over dat niet uit hem gevormd of door hem bezield leek te zijn. Sais adem kwam als wolkjes uit haar neus en de tekening van een reuzeninktvis, samengesteld uit stukjes informatie, wetenschappelijke verbeeldingen, werd volledig door het donker opgeslokt.

Ze sloeg het tijdschrift dicht en liep de tuin in. Het gazon werd omzoomd door een bos van oude, dikke bomen; de bamboeheesters rezen metershoog op naar het duister; de bomen waren met mos begroeide reuzen, knobbelig en misvormd; orchideewortels staken er als tentakels uit. De mist leek als een mens door haar haar te strelen en toen ze haar vingers uitstak, stopte de nevel ze voorzichtig in zijn mond. Ze dacht aan Gyan, de wiskundeleraar, die er al een uur geleden met zijn algebraboek had moeten zijn.

Maar het was al halfvijf en ze voerde de dikker wordende mist aan als excuus. Toen ze omkeek, was het huis weg; toen ze de treden terug naar de veranda opliep, verdween de tuin. De rechter was in slaap gevallen en de zwaartekracht die zich liet gelden op zijn verslapte spieren, waardoor zijn mondhoeken omlaag werden getrokken en daarmee ook zijn wangen, gaf Sai een voorproefje van hoe hij eruit zou zien als hij dood was.

'Waar blijft de thee?' wilde hij, wakker geworden, van haar weten. 'Hij is te laat,' zei de rechter, doelende op de kok met de thee, niet op Gyan.

'Die ga ik wel halen,' bood ze aan.

De grijze lucht was ook het huis binnengedrongen, zette zich op het zilverwerk, nestelde zich in de hoeken, legde over de spiegel in de gang een waas. Op weg naar de keuken ving Sai van zichzelf een befloerste blik op en boog zich voorover om haar lippen op de oppervlakte te drukken, een volmaakt gevormde filmsterrenkus. 'Hallo,' zei ze, deels tot zichzelf, deels tot iemand anders.

Geen mens had ooit een levende volwassen reuzeninktvis gezien en hoewel ze met ogen zo groot als schotels de oceanische nacht konden verkennen, leefden ze in zo'n onmetelijke afzondering, dat ze mogelijk nooit een ander lid van hun familie ontmoetten. De melancholie van deze situatie spoelde als een golf over Sai heen.

Kon vervulling even diep gevoeld worden als verlies? Romantisch besloot ze dat liefde ongetwijfeld zetelde in de kloof tussen verlangen en vervulling, in het gemis, niet in de voldoening. Liefde was de pijn, de verwachting, de achterlating, alles eromheen behalve de emotie zelf.


Het water kookte en de kok tilde de ketel op en schonk hem leeg in de theepot.

'Vreselijk,' zei hij. 'Mijn botten doen zo'n pijn, mijn gewrichten steken. Als ik Biju niet had zou ik net zo lief dood willen zijn...' Biju was zijn zoon in Amerika. Hij werkte bij Don Pollo, of was het The Hot Tomato? Of Ali Baba's Fried Chicken? Zijn vader kon zich de namen niet herinneren, noch begrijpen of uitspreken, en Biju veranderde zo vaak van werk, als een voortvluchtige – geen papieren.

'Ja, het is erg mistig,' zei Sai. 'Ik denk niet dat de leraar nog komt.' Als puzzelstukjes zette ze de kopjes, schoteltjes, theepot, melk, suiker, zeefje, Maria- en Delitekoekjes neer, zodat alles op het dienblad paste.

'Ik draag het wel,' bood ze aan.

'Voorzichtig, voorzichtig,' zei hij vermanend en volgde haar met een geëmailleerde bak met melk voor Mutt. Mutt hief haar kop op toen ze Sai met uitgestrekte armen zag aankomen; de lepels musiceerden trillerig op het kromgetrokken blikken blad. 'Theetijd?' vroegen haar ogen terwijl haar staart tot leven kwam.

'Waarom is er niets te eten?' vroeg de rechter geërgerd, zijn neus oplichtend vanuit een troepje pionnen midden op het schaakbord.

Daarna keek hij in de suikerpot: groezelige, mica-achtig glimmende korrels. De kaakjes leken van karton en op de witte schotels stonden donkere vingerafdrukken. Nooit werd de thee ees opgediend zoals het hoorde, en hij wilde op zijn minst een cake of scones, bitterkoekjes of kaasstengels. Iets zoetigs en iets hartigs. Dit leek nergens naar en had niets te maken met wat theetijd betekende.

'Er zijn alleen maar kaakjes,' zei Sai op zijn opmerking. 'De bakker is naar de bruiloft van zijn dochter.'

'Ik wil geen kaakjes.'

Sai zuchtte.

'Hoe haalt hij het in zijn hoofd om naar een bruiloft te gaan? Is dat de manier om een winkel te drijven? De idioot. En waarom kan de kok niets maken?'

'Er is geen gas meer, geen petroleum.'

'Kan hij dan verdomme niet iets op houtvuur maken? Die oude koks kunnen heel goed cakes in een blik op een houtskoolvuurtje bakken. Denk je soms dat ze vroeger gasovens of petroleumstellen hadden? Gewoon te lui.'

De kok kwam haastig aangelopen met het restje van de chocoladepudding, boven het vuur opgewarmd in een koekenpan; de rechter at de heerlijke bruine smurrie en langzaamaan gaf zijn gezicht met tegenzin toe dat de pudding goed gesmaakt had.

Ze dronken en aten, existentie ging over in non-existentie, het hek leidde naar nergens en ze keken hoe zwierige lintvormige dampkrullen van de thee opstegen, keken hoe hun adem, langzaam kringelend, kringelend, een werd met de mist.

Niemand merkte de jongens op die door het gras kropen, zelfs Mutt niet, totdat ze al praktisch op de stoep stonden. Niet dat het verschil had uitgemaakt, want er waren geen sloten om hen buiten te houden en niemand binnen gehoorsafstand, behalve oom Neutje aan de andere kant van het *jhora*-ravijn, maar die lag op dit uur van de dag dronken op de grond, doodstil, hoewel hij zelf nog dacht dat hij rechtop stond; 'Let maar niet op mij, liefje,' zei hij altijd tegen Sai na een flinke borrel, één oog openend als een uil, 'ik ga hier even liggen en een tukje doen...'

Ze waren te voet door het bos gekomen, in leren jasjes van de zwarte markt van Kathmandu, kaki broeken, bandana's – de universele guerrillamode. Een van de jongens droeg een geweer.

Latere berichten beschuldigden China, Pakistan en Nepal, maar in dit gedeelte van de wereld, zoals in elk ander deel, slingerden er genoeg wapens rond voor een armoedige beweging met een sjofel leger. Ze waren op zoek naar alles wat van hun gading kon zijn – kukri's, bijlen, keukenmessen, schoppen, alle soorten vuurwapens.

Ze waren gekomen voor de jachtgeweren van de rechter.

Ondanks hun missie en hun kleren zagen ze er niet overtuigend uit. De oudste leek jonger dan twintig en toen Mutt eenmaal kefte, gilden ze als een stelletje schoolmeisjes en vlogen de trap af om weg te duiken achter de door de mist wazige bosjes. '*Bijt* ze, oom? *Help!*' bibberden ze in hun camouflagepakken.

Mutt deed wat ze altijd deed bij vreemden: ze keerde de indringers een woest wiebelend achterwerk toe en keek achterom met een vriendelijke blik waaruit zowel verlegenheid als hoop sprak.

De rechter vond het vreselijk haar zo zelfvernederend bezig te zien en strekte zijn handen naar haar uit, waarop ze haar snuit in zijn armen begroef.

De jongens kwamen weer de trap op, beschaamd, en de rechter besefte dat deze beschaamdheid gevaarlijk was, want als de jongens blijk hadden gegeven van onwankelbaar zelfvertrouwen, zouden ze minder geneigd zijn hun spieren te gebruiken.

Degene met het geweer zei iets wat de rechter niet begreep.

'Geen Nepalees?' smaalde hij, zijn lippen spottend optrekkend om te laten zien hoe hij daarover dacht, maar hij vervolgde in het Hindi. 'Geweren?'

'Wij hebben hier geen geweren.'

'Ga ze halen.'

'Jullie zijn kennelijk verkeerd ingelicht.'

'Niks te maken met al dit *nakhra*. Ga ze halen.'

'Ik gebied jullie,' zei de rechter, 'mijn terrein onmiddellijk te verlaten.'

'Haal de wapens.'

'Ik bel de politie.'

Dit was een belachelijk dreigement, aangezien er geen telefoon was.

Ze lachten een filmlach en vervolgens, al even filmisch, richtte de jongen zijn geweer op Mutt. 'Vooruit, ga ze halen, of we schieten één de hond dood, twee u, drie de kok, dames het laatst,' zei hij glimlachend tegen Sai.

'Ik ga ze wel halen,' zei ze doodsbang en stootte het theeblad om toen ze wegliep.

De rechter zat met Mutt op zijn schoot. De geweren dateerden uit de tijd dat hij nog in dienst was van de Indian Civil Service, de ICS. Een BSA-repeteergeweer, een .30 Springfield en een tweeloops geweer, Holland and Holland. Ze waren

14

niet eens achter slot en grendel opgeborgen: ze hingen aan het einde van de gang boven een stoffig rijtje groen en bruin geverfde lokeenden.

'Tsss, helemaal verroest. Waarom onderhoudt u ze niet?' Maar ze waren tevreden en hun bravoure bloeide op. 'We drinken thee met u mee.'

'Thee?' vroeg Sai, verstijfd van angst.

'Thee en wat te eten. Behandelen jullie je gasten op deze manier? Ons terug de kou in sturen zonder iets om ons op te warmen.' Ze keken naar elkaar, naar haar, keken omhoog, keken omlaag, en knipoogden.

Zij voelde zich op en top vreselijk vrouwelijk.

Natuurlijk, alle jongens kenden filmscènes waarin held en heldin, dik ingepakt in warme winterkleren, thee dronken uit zilveren, door elegante bedienden geserveerde theeserviezen. Dan kwam de mist opzetten, net als in het echt, en ze zongen en dansten en speelden verstoppertje in een mooi vakantiehotel. Dit was klassieke film, die zich afspeelde in Kulu-Manali of, in de tijd vóór het terrorisme, in Kasjmir, voordat uit de mist gewapende mannen opdoken en er een nieuw genre film gemaakt moest worden.

De kok had zich onder de eettafel verstopt en ze sleepten hem daaronder vandaan.

'Ai aaa, ai aaa,' hij drukte zijn handpalmen tegen elkaar en smeekte hen: 'Alstublieft, ik ben een arme man, alstublieft.' Hij hield zijn armen omhoog en kromp ineen alsof hij een klap verwachtte.

'Hij heeft niets gedaan, laat hem met rust,' zei Sai, die het vreselijk vond hem vernederd te zien, en het nog erger vond dat zijn enige uitweg nóg een vernedering was.

'Alstublieft leef alleen voor mijn zoon alstublieft doodt me niet alstublieft, ik ben een arme man spaar me.'

Zijn tekst werd al eeuwenlang gejammerd, van generatie op generatie doorgegeven, want arme mensen hadden behoefte aan een vaste tekst; het scenario bleef altijd hetzelfde en ze hadden geen andere keuze dan om genade te smeken. De kok kon van het ene op het andere moment in huilen uitbarsten.

Deze bekende zinnen veroorloofden de jongens zich nog verder in te leven in hun rol, die hij hun als een geschenk had aangereikt.

'Wie zegt dat we je willen doden?' zeiden ze tegen de kok. 'We hebben alleen maar honger, meer niet. Hier, je sahib zal je helpen. Vooruit,' zeiden ze tegen de rechter. 'U weet precies hoe het hoort.' De rechter verroerde zich niet, dus richtten de jongens nogmaals het geweer op Mutt.

De rechter greep haar en zette haar achter zich neer.

'Te teerhartig, sahib. U zou zich ook aan uw gasten van die aardige kant moeten laten zien. Vooruit, dek de tafel.'

De rechter bevond zich in de keuken, waar hij nooit, niet eenmaal, was geweest. Mutt dribbelde bibberend voor zijn voeten, Sai en de kok wendden hun blik af, te bang om te kijken.

Het flitste door hun hoofd dat ze misschien allemaal met de rechter in de keuken zouden sterven; de wereld stond op zijn kop en absoluut alles was mogelijk.

'Is er niets te eten?'

'Alleen kaakjes,' zei Sai voor de tweede keer die dag.

'Poeh! Wat bent u voor een sahib?' vroeg de leider aan de rechter. 'Niets te eten! Maak dan maar wat. Denkt u dat wij met een lege maag verder kunnen?'

Jammerend en om genade smekend bakte de kok *pakoras*; het beslag siste in de olie, een gewelddadig geluid dat de situatie op een gepaste manier leek te begeleiden.

De rechter zocht in een lade vol met vergeelde gordijnen, lakens en oude lappen naar een tafelkleed. Met bevende handen liet Sai de thee in een pan trekken en zeefde hem, hoewel ze geen idee had hoe ze eigenlijk op deze manier, de Indiase, thee moest maken. Ze kende alleen de Engelse manier.

Met enige nieuwsgierigheid verkenden de jongens het huis. Er hing, voelden ze, een sfeer van intense eenzaamheid. Hier en daar stonden een paar gammele, met termietenschrift bedekte meubelstukken in het schemerduister samen met enkele goedkope metalen klapstoelen. Ze trokken hun neus op voor de scherpe muizenstank die bij een kleine woning hoort, hoewel het plafond zo hoog was als in een openbaar monument en de kamers ouderwets comfortabel ruim, met speciale ramen om op de sneeuw uit te kijken. Ze tuurden naar een door de universiteit van Cambridge afgegeven diploma dat bijna verdween tussen welige bruine vlekken op van vocht gezwollen en als zeilen opbollende muren. De deur naar een opslagkamer waar de vloer was ingestort was voor altijd gesloten. De voedselvoorraad en wat op een exorbitant aantal lege tonijnblikjes leek, lag opgestapeld op een kapotte pingpongtafel in de keuken en slechts een hoek van de keuken was in gebruik, aangezien die oorspronkelijk bedoeld was voor een zwoegend volk en niet voor de enige overgebleven bediende.

'Huis moet nodig opgeknapt worden,' adviseerden de jongens.

'Thee is te slap,' zeiden ze schoonmoederlijk. 'En niet zout genoeg,' zeiden ze over de pakora's. Ze dipten de Maria- en Delite-kaakjes in de thee en slurpten het hete vocht luidruchtig op. Twee in de slaapkamers gevonden koffers vulden ze met rijst, linzen, suiker, thee, olie, lucifers, Lux-zeep en Pond's coldcream. Een van hen verzekerde Sai: 'Alleen spullen die de beweging nodig heeft.' Een schreeuw van een van de anderen maakte de rest opmerkzaam op een afgesloten kast. 'Kom op met de sleutel.'

De rechter pakte de sleutel die verstopt was achter de *National Geographics*; als jongeman, met een ander soort leven voor ogen, had hij ze naar een winkel gebracht om ze te laten inbinden in leer met de jaartallen in gouden cijfers.

Ze openden de kast en ontdekten flessen Grand Marnier, amontillado sherry en Talisker. Van enkele flessen was de inhoud volledig verdampt en sommige waren azijn geworden, maar de jongens stopten ze toch in de koffer.

'Sigaretten?'

Er waren geen sigaretten. Dit maakte hen kwaad, en al was er geen water in de spoelbakken, ze deden hun behoefte in de wc's en lieten ze stinkend achter. Toen waren ze klaar om te vertrekken.

'Zeg "*Jai* Gorkha,"' zeiden ze tegen de rechter. 'Gorkhaland voor de Gorkha's.'

'*Jai* Gorkha.'

'Zeg "Ik ben een stommeling."'

'Ik ben een stommeling.'

'Hardop. Kan u niet verstaan, *huzoor*. Zeg het harder.'

Hij zei het met dezelfde lege stem.

'*Jai* Gorkha,' zei de kok en 'Gorkhaland voor de Gorkha's,' zei Sai, hoewel hun niets gevraagd was.

'Ik ben een stommeling,' zei de kok.

Gniffelend liepen de jongens met de twee koffers de veranda af de mist in. Op de ene koffer stond in witte letters op het zwarte metaal geschreven: 'Mr. J.P. Patel, ss Strathnaver.' Op de andere stond: 'Miss S. Mistry, St. Augustinusklooster.' Toen waren ze net zo plotseling verdwenen als ze gekomen waren.


'Ze zijn weg, ze zijn weg,' zei Sai. Mutt probeerde te reageren ondanks de angst die nog steeds in haar ogen stond en met haar staart te kwispelen, ook al bleef die tussen haar poten geklemd. De kok hief een luide jammerklacht aan. '*Humaru kya hoga, hai hai, humaru kya hoga.*' Zijn stem schoot uit. '*Hai hai*, wat zal er van ons worden?'

'Hou op,' zei de rechter en dacht: Die verdomde bedienden, het jammeren is hun aangeboren.

Zelf zat hij kaarsrecht, zijn tanden op elkaar om niets te laten merken, stevig de leuning van de stoel vastklemmend om een hevig trillen tegen te gaan en al wist hij dat hij een beweging probeerde te stoppen die in hem zat, het voelde aan alsof de wereld met een verwoestende kracht schudde, en hij zichzelf daarin probeerde stil te houden. Op de eettafel lag het tafelkleed dat hij had neergelegd, wit met een motief van druiventrossen dat onderbroken was door een granaatrode vlek, waar hij, vele jaren geleden, een glas port had gemorst toen hij dat naar zijn vrouw wilde gooien omdat de manier waarop ze kauwde hem niet aanstond.

'Zo langzaam,' hadden de jongens hem uitgelachen. 'Jullie soort mensen! Geen schaamte. Kunnen niets zonder hulp doen.'

Sai en de kok hadden hun blik afgewend van de rechter en zijn vernedering en zelfs nu vermeden hun blikken het tafelkleed en keken verder weg in de kamer, want als ze lieten merken dat ze het kleed zagen wist je maar nooit hoe hij ze daarvoor zou straffen. Het was iets vreselijks, het gezichtsverlies van een trotse man. Misschien zou hij de getuige doden.

De kok trok de gordijnen dicht; door het glas leken ze extra kwetsbaar en het was alsof ze overgeleverd waren aan het nachtelijke bos en het nachtelijke bos zijn donkere ruige mantel om hen heen sloeg. Mutt zag haar spiegelbeeld voordat het gordijn dichtging, zag het aan voor een jakhals en sprong op. Toen draaide ze zich om, zag haar schaduw op de muur en sprong nogmaals.


Het was februari 1986. Sai was zeventien en haar romance met Gyan, de wiskundeleraar was nog geen jaar oud.

Toen de kranten de keer daarop door de wegversperringen kwamen, lazen ze:

In Bombay trad in het Hyatt International een band genaamd Hell No op.

In Delhi bezochten delegaties vanuit de gehele wereld een technologische tentoonstelling over gasovens die op koemest brandden.

In Kalimpong, hoog in het noordoosten van de Himalaya, waar zij – de gepensioneerde rechter en zijn kok, Sai en Mutt – woonden, was sprake van nieuwe ontevredenheid in de bergstreek, waarbij muiterij, mannen en geweren elkaar ondersteunden. Ditmaal waren het de Indiase Nepalezen, die er genoeg van hadden behandeld te worden als een minderheid in een gebied waar ze de meerderheid vormden. Ze wilden een eigen land, of ten minste een eigen staat, waar ze hun eigen zaken konden regelen. Hier, waar India overging in Bhutan en Sikkim en het leger zijn oefeningen hield en zijn tanks kakikleurig verfde voor het geval China behalve Tibet nog meer grondgebied zou lusten, was de kaart altijd een rommeltje geweest. De kranten klonken berustend. Er had zich heel wat strijd, verraad en ruilhandel afgespeeld; tussen Nepal, Engeland, Tibet, India, Sikkim, Bhutan; Darjeeling hiervandaan gestolen, Kalimpong daarvandaan weggeplukt – ondanks, ach, ondanks de mist die omlaagdook als een draak en korte metten maakte met, een einde maakte aan en zich vrolijk maakte over het trekken van grenzen.

# 2

De volgende dag werd de kok door de rechter naar het politiebureau gestuurd, hoewel hij protesteerde in de wetenschap, voortkomend uit dezelfde eeuwenlang vergaarde
wijsheid die hem oog in oog met de indringers om genade
had doen smeken, dat dit geen goed idee was.

Met de politie trok je altijd aan het kortste eind, want als
de dieven haar omkochten, deed ze niets en was dat niet
het geval, dan werd het nog erger, want de jongens die de
avond tevoren gekomen waren zouden wraak nemen. Nu
hadden ze geweren, die konden ze schoonmaken, laden
en... schieten! De politie zou hoe dan ook proberen steekpenningen los te krijgen. Hij dacht aan de tweehonderd-
vijftig roepie, verdiend met de verkoop aan oom Neutje van
zijn met zorg gebrouwde *chhang*, die de vrijgezel op leeftijd
met zoveel succes een languit-op-de-vloer dronkenschap
bezorgde. De vorige avond had hij het geld in de zak van
zijn extra hemd verstopt, maar dat leek niet veilig genoeg.
In zijn hut van leem en bamboe aan het einde van het terrein van de rechter, bond hij het hoog op een balk vast,
maar toen hij de muizen over de dakspanten heen en weer
zag rennen werd hij bang dat zij het zouden opeten. Ten
slotte deed hij het in een blik en verstopte dat in de garage,
onder de auto die nooit meer ergens heen ging. Hij dacht
aan zijn zoon, Biju.

De bewoners van Cho Oyu hadden een jongeman aan
hun zijde nodig.

In zijn bevende boodschap die hij als het ware met handen-wringende gebaren probeerde over te brengen, trachtte hij te benadrukken dat hij slechts de tussenpersoon was. Zelf had hij er niets mee te maken en vond het onnodig de poli-tie ermee lastig te vallen; hij zou eerder de overval nege-ren, eigenlijk het hele gedoe en alle eventuele ergernissen. Hij was maar een zwakke man, had nauwelijks leren lezen en schrijven, zijn hele leven als een paard gewerkt, hoopte alleen maar geen problemen te krijgen, leefde alleen voor zijn zoon.

Jammer genoeg leken de politiemensen het zich wel aan te trekken en ondervroegen hem bars, waarbij ze tegelijker-tijd duidelijk lieten merken dat ze geen enkel respect voor hem hadden. Als bediende stond hij ver onder hen, maar ze konden het feit dat een gepensioneerd lid van de rech-terlijke macht van zijn geweren was beroofd niet negeren en waren gedwongen de hoofdinspecteur op de hoogte te stellen.

Dezelfde middag nog kwam in Cho Oyu, onder de gestage neerslag van kleine miezerige hagel, de politie aanrijden in een stoet padkleurige jeeps. Ze zetten hun geopende para-plu's naast elkaar op de veranda, maar omgegooid door de wind begonnen ze in het rond te tollen – de meeste waren zwart en gaven zwarte verf af, maar er was ook een roze, in Taiwan gemaakte synthetische paraplu met bloeiende bloe-men.


Ze ondervroegen de rechter en schreven een rapport waar-mee de aanklacht van diefstal en huisvredebreuk werd bevestigd. 'Hebben ze u ook bedreigd, meneer?'

'Ze vroegen hem de tafel te dekken en de thee te serve-ren,' zei de kok in alle ernst.

De agenten schoten in de lach.

De mond van de rechter was een rechte grimmige streep:

'Ga naar de keuken. *Bar bar karta rehta hai.*'

De politie strooide poeder om vingerafdrukken op te nemen en een kunststof koektrommel met vettige pakora-vingerafdrukken stopten ze in een plastic zak.

Ze namen de maat van de voetafdrukken die de trap van de veranda opkwamen en lieten weten dat het om voeten van verschillende maten ging: 'Een hele grote, meneer, in een Bata-gymschoen.'

Omdat de woning van de rechter al zo lang in de bazaar ieders nieuwsgierigheid had gewekt, namen ze, evenals de dieven, de gelegenheid voornamelijk te baat om eens goed rond te kijken.

En, evenals de dieven, waren ze niet onder de indruk van wat ze zagen. Ze noteerden de teloorgang van rijkdom met voldoening en een van de politieagenten gaf een schop tegen een gammel stel leidingen die water uit de jhora-stroom aanvoerden en hier en daar met doorweekte lompen omwikkeld waren. Hij scheen met zijn lantaarn in de spoelbak van het toilet en ontdekte dat het spoelmechanisme gerepareerd was met elastiekjes en stukjes bamboe.

'Wat voor bewijs denkt u in het toilet te vinden?' vroeg Sai, die, vol schaamte, achter hem aan liep.


Het huis was lang geleden door een Schot gebouwd, een gepassioneerde lezer van de verslagen uit die periode: *De Indiase Alpen en hoe we ze zijn overgestoken* door Een vrouwelijke pionier. *Land van de Lama. De spookriksja. Mijn Huis in Mercara. Zwarte panter van Singrauli.* Dat had zijn ware aard aangesproken en hij ontpopte zich als een koene vrijbuiter die zich het recht op avontuur niet liet ontzeggen. Zoals altijd was de prijs van een dergelijke romantische instelling hoog en werd door anderen betaald. Sjouwers hadden vanuit de rivierbedding rotsblokken naar boven gedragen – benen groeiden krom, ribben vielen in, ruggen werden uvormig, gezichten bogen langzaam voorover om voor altijd naar de grond te kijken – naar deze plek die gekozen was vanwege het uitzicht dat het menselijke hart tot spirituele hoogten kon verheffen. Vervolgens arriveerden de pijpleidingen, de tegels en de buizen, het fantasievol gesmede hek dat als kant tussen de stijlen moest hangen, de kleermakerspop die de politie, nu rondstampend op de zolder, ontdekte – bom bom, door de kracht van hun bewegingen rinkelde het laatst overgebleven Meissen-kopje op het bijbehorende schoteltje. Op de zoldervloer lagen ontelbare dode spinnen verspreid als uitgebloeide bloesems en daarboven, tegen het ijzeren dak vol gaten, tussen de druppels door, staarde hun nageslacht naar de politie zoals het naar hun eigen voorouders staarde – met een reusachtig, schotelgroot gebrek aan sympathie.

De politiemannen pakten hun paraplu's en beenden naar de hut van de kok, extra oplettend, extra argwanend. Iedereen wist dat bij diefstal de bedienden er vaker wel dan niet mee te maken hadden.

Ze liepen langs de garage, de doorgezakte auto, zijn neus naar de grond, gras door de bodem, zijn laatste kreunende reis was naar Darjeeling geweest waar de rechter zijn enige, nu lang vergeten, vriend Bose was gaan opzoeken. Ze passeerden een buitengewoon goed onderhouden lapje grond achter de watertank, waar de hagel de melk op een schoteltje had doen overlopen en putjes had geslagen in een hoopje *mithai*. Dit onkruidvrije hoekje dateerde uit de tijd dat de kok, slachtoffer van een rot ei, zich ten einde raad achter het huis had ontlast in plaats van op zijn gewone plek helemaal achter in de tuin, en had daarbij twee slangen, *mia-bibi*, man en vrouw, die in een hol in de buurt huisden, verstoord.

De kok vertelde het drama aan de politieman. 'Ik was niet

gebeten, maar om onverklaarbare reden zwol mijn lichaam op tot het tien keer zo groot was. Ik ging naar de tempel en daar zeiden ze dat ik de slangen om vergeving moest vragen. Dus maakte ik een cobra van klei en legde hem achter de watertank, maakte de grond eromheen schoon met koemest en deed een *puja*. De zwelling nam onmiddellijk af.'

De politiemannen knikten instemmend. 'Je moet tot ze bidden, dan zullen ze je altijd beschermen en je nooit bijten.'

'Ja,' beaamde de kok, 'ze bijten niet en stelen geen kippen of eieren. 's Winters zie je ze niet veel, maar de rest van het jaar komen ze naar buiten en kijken of alles in orde is. Maken een rondje over het terrein. We wilden van dit stuk een tuin maken, maar we hebben het zo voor hen gelaten. Ze gaan heel Cho Oyu rond en dan weer terug naar hun hol.'

'Wat zijn het voor slangen?'

'Zwarte cobra's, zo dik,' zei hij en hij wees op het kunststof koekblik in de plastic tas van een van de politiemannen. 'Man en vrouw.'

Maar tegen diefstal hadden ze hen niet beschermd... een politieman zette deze goddeloze gedachte uit zijn hoofd en ze liepen eerbiedig om het stukje grond heen voor het geval de slangen of hun gekrenkte soortgenoten hen achterna zouden komen.


Het respect op de gezichten van de politiemensen verdween ogenblikkelijk toen ze aankwamen bij de hut van de kok, die schuilging onder een wilde woekering van doornappels. Hier voelden ze zich vrij om hun minachting de vrije loop te laten en ze gooiden zijn smalle bed om, lieten zijn weinige bezittingen op een hoop achter.

Sai zag met pijn in haar hart hoe weinig hij bezat: een paar kleren hingen over een lijn, een enkel scheermesje en een stukje goedkope bruine zeep, een Kuludeken die eens van haar was geweest, een kartonnen doos met metalen grepen die aan de rechter had toebehoord en waar nu de papieren van de kok in zaten, de aanbevelingen die hem hadden geholpen de baan bij de rechter te krijgen, Biju's brieven, papieren van een rechtszaak die in zijn dorp in Uttar Pradesh was aangespannen vanwege vijf mangobomen die zijn broer van hem had afgepakt. En in het satijnen vak met elastiek zat een kapot horloge, waarvan de reparatie te duur zou zijn, maar dat nog te kostbaar was om weg te gooien – hij zou de onderdelen kunnen verpanden. Die zaten bij elkaar in een envelop en het kleine opwindknopje schoot weg in het gras, toen de politie de envelop openscheurde.

Aan de muur hingen twee foto's – een van hem en zijn vrouw op hun trouwdag, een van Biju toen hij het huis verliet. Het waren armeluisfoto's, van mensen die niet het risico konden nemen papier te verspillen, want terwijl tegenwoordig wereldwijd mensen poseren met een voor het menselijke ras voordien ongebruikelijke nonchalance, stonden zij hier nog in de stokstijve röntgenfotohouding.

Eens had Sai met de camera van oom Neutje een foto van de kok genomen, hem verrast terwijl hij een ui aan het snijden was, en had met verbazing gezien dat hij zich diep verraden voelde. Hij rende weg om zijn beste kleren aan te trekken, een schoon hemd en schone broek, en ging toen voor de in leer ingebonden *National Geographics* staan, een achtergrond die hij passend vond.

Sai vroeg zich af of hij van zijn vrouw had gehouden.

Zeventien jaar geleden, Biju was toen vijf, was ze, terwijl ze bladeren plukte voor haar geit, uit een boom gevallen en gestorven. Een ongeluk, zei men, en niemand was schuldig – dat was nu eenmaal de manier waarop het noodlot de armen bedeelt met een groter aantal ongelukken van wie je niemand de schuld kan geven. Biju was hun enig kind.

'Zo'n stoute jongen,' riep de kok altijd blij. 'Maar van

nature had hij een goed karakter. In ons dorp bijten de meeste honden en sommige hebben enorme tanden, maar als Biju langskwam, hielden alle dieren zich koest. En geen slang die hem beet als hij gras voor de koe ging snijden. Zo iemand is hij,' zei de kok, vol trots. 'Hij is nergens bang voor. Zelfs als heel klein jochie pakte hij muizen bij hun staart, tilde kikkers bij hun nek op...' Op deze foto zag Biju er niet onbevreesd uit, maar bevroren, zoals zijn ouders. Hij stond tussen rekwisieten als een bandrecorder en een Campa Cola-fles, met als achtergrond een geschilderd meer, en aan weerskanten, achter het geschilderde doek, waren bruine velden en stukjes van omstanders, een arm en een teen, haar en een grijns, de veren van een kippenkont, hoewel de fotograaf had geprobeerd dat waar het niet om ging buiten het kader te laten.

De politie gooide alle brieven uit de doos en begon er een te lezen die drie jaar oud was. Biju was net in New York aangekomen. 'Geachte *Pitaji*, maakt u zich niet ongerust. Alles gaat goed. De manager heeft me een volledige baan als kelner aangeboden. Uniform en eten zijn van de zaak. Alleen *Angrezi khana*, geen Indiaas eten, en de eigenaar is niet uit India. Hij komt uit Amerika.'

'Hij werkt voor de Amerikanen.' De kok had aan iedereen op de markt verteld wat er in de brief stond.

# 3

De eerste tijd in Amerika had Biju samen met een rij mannen achter een buffet gestaan.

'Groot of klein?' vroeg Biju's collega Romy; met zijn tang pakte hij een worst, zwaaide er breeduit en sappig mee, bonk-bonkte ermee tegen de rand van de metalen pan, zwiepte hem op en neer als een elastiek, voor de ogen van een meisje dat er lief uitzag en dat geleerd had ook beleefd tegen donkere mensen te zijn.

Gray's Papaja. Hotdogs, hotdogs, twee en een soda voor één dollar vijfennegentig.

Het karakter van de mannen met wie hij werkte verbaasde Biju, intimideerde hem, amuseerde hem, en intimideerde hem opnieuw.

'Uien, mosterd, zuur, ketchup?'

Doffe dreun dreun.

'Chilidog?'

Dreun Dreun Zwieber Zwabber. Als een smeerlap die achter een boom vandaan springt – zwaaiend met HET lichaamsdeel.

'Groot? Klein?'

'Groot,' zei het lieve meisje.

'Sinaasappelsap? Ananassap?'

De zaak zag er feestelijk uit met papieren slingers, plastic sinaasappels en bananen, maar binnen was het bijna veertig graden en het zweet droop van hun neuzen en spatte op de neuzen van hun schoenen.

'Wilt u Indiase hotdog? Wilt u Amerikaanse hotdog? *Wilt u speciale hotdog?*'

'Meneer,' zei een dame uit Bangladesh, op bezoek bij haar zoon die in New York studeerde. 'U heeft een heel goed etablissement en de lekkerste knakworst die ik ooit gegeten heb, maar de naam zou u moeten veranderen. Die slaat nergens op.'

Biju zwaaide met zijn hotdog zoals de anderen, maar hij deed niet mee als ze na het werk naar de Dominicaanse vrouwen in Washington Heights gingen – vijfendertig dollar maar!

Hij verborg zijn verlegenheid achter gespeelde walging: 'Hoe kunnen jullie? Zulke vieze vrouwen,' zei hij preuts. 'En ze stinken,' hij klonk ongemakkelijk. 'Smerige hoeren, smerige goedkope hoeren, jullie lopen een ziekte op... stinken... *hubshi*... allemaal zwart en lelijk... Bah.'

'Nou,' zei Romy, 'mij zal het WORST wezen. *Oeeehoeee!*' Hij haalde gierend uit en gooide dramatisch zijn hoofd in zijn nek. '*Oeeehoeee...*'

De andere mannen lachten.

Zij waren mannen. Hij was een baby. Hij was negentien, maar hij leek en voelde zich jaren jonger.

'Te heet,' zei hij bij de volgende gelegenheid.

En de keer daarop: 'Te moe.'

Het seizoen verstreek: 'Te koud.'

Diep in zijn hart was hij bijna opgelucht toen de manager van hun filiaal een schrijven ontving met de instructie de werknemers te controleren op hun verblijfsvergunning.

'Ik kan er ook niets aan doen,' zei de manager, blozend vanwege het onrecht dat deze mannen werd aangedaan. Hij was een vriendelijke man. Zijn naam was Frank – toevallig voor iemand die de hele dag Franforter knakworstjes verkocht. 'Ik raad jullie aan om rustig te verdwijnen...'

Dus verdwenen ze.

# 4

*Angrezi khana.* De kok dacht aan ham uit blik, in dikke roze plakken gebakken, aan tonijnsoufflé, *khari*-taart, en wist zeker dat aangezien zijn zoon Engels eten maakte, hij een hogere positie had dan wanneer hij Indiaas had gekookt. De politiemannen schenen geïntrigeerd door de eerste brief die ze hadden gelezen en namen de andere mee. Wat dachten ze te vinden? Een aanwijzing dat er geknoeid was? Geld afkomstig uit de verkoop van geweren? Of wilden ze weten hoe ze zelf naar Amerika konden gaan?

Biju's brieven volgden weliswaar een serie baantjes, maar ze vertelden min of meer elke keer hetzelfde afgezien van de naam van het etablissement waarvoor hij werkte. Zijn herhalingen hadden een geruststellende uitwerking en de herhalingen van de kok van de herhalingen van zijn zoon stelden extra gerust. 'Schitterende baan,' zei hij tegen zijn kennissen, 'nog beter dan de vorige.' In gedachten zag hij sofa televisie bankrekening. Uiteindelijk zou Biju genoeg verdienen en kon de kok ophouden met werken. Hij zou een schoondochter krijgen die hem het eten zou serveren, zijn tenen zou krikkrakken en kleinkinderen die hij als vliegen van zich af zou moeten houden.

In het huis op het bergplateau was de tijd misschien stil blijven staan, waren de lijnen vervaagd onder het mos, bezweek het dak onder de varens, maar de kok deed bij elke brief een stapje voorwaarts naar de toekomst.

Hij schreef nauwgezet terug, zodat zijn zoon geen verkeerd idee zou krijgen van zijn minder opgeleide vader: 'Zorg dat je spaart. Leen niemand geld en pas op met wie je praat. Er zijn zoveel mensen die dit zeggen maar dat doen. Leugenaars en bedriegers. Vergeet ook niet rust te nemen. Zorg ervoor dat je genoeg eet. Goede gezondheid is goud waard. Praat eerst met Nandu voor je een beslissing neemt.'

Nandu was een andere man uit hun dorp in dezelfde stad.

Op een dag was er in Cho Oyu met de post een coupon gekomen voor een gratis *National Geographic* Opblaasbare Wereldbol. Sai had hem ingevuld en helemaal naar een postbus in Omaha gestuurd en toen er zoveel tijd was verstreken dat ze er niet meer aan dachten, arriveerde de bol, met felicitaties met het feit dat ze als avontuurminnende abonnees de grenzen van menselijke kennis en moed nu al bijna een eeuw verlegden. Sai en de kok hadden de wereldbol opgeblazen en met de bijgeleverde schroeven aan de draaipen bevestigd. Zelden had de post zoiets onverwachts gebracht en nog nooit zoiets moois. Ze keken naar de woestijnen, de bergen, de frisse groene en gele voorjaarskleuren, de sneeuw op de polen; ergens op deze prachtige bol was Biju. Ze zochten New York en Sai probeerde aan de kok uit te leggen waarom het daar nacht was als het hier dag was, net zoals zuster Alice dat op St. Augustinus had gedaan met een sinaasappel en een zaklantaarn. De kok vond het vreemd dat het in India eerder dag was, een grappige omkering van feiten waarvan verder nergens in die twee landen iets terug te vinden was.

Brieven lagen samen met enkele kledingstukken op de vloer; de versleten matras was omgekeerd en de kranten die moesten voorkomen dat de spiralen van het bed door de dunne matras zouden steken, lagen her en der verspreid.

De politie had de armoede van de kok blootgelegd, het feit dat niemand voor hem zorgde, dat zijn waardigheid op niets berustte; zij vernielden zijn façade en lachten hem er vierkant om uit.

De politiemensen trokken zich met hun paraplu's – allemaal zwart op een roze gebloemde na – door woekerende doornappels terug.

Op zijn knieën zocht de kok naar het zilveren horlogeknopje, maar het was spoorloos.

'Ze moeten nu eenmaal alles doorzoeken,' zei hij. 'Natuurlijk. Hoe kunnen ze anders weten dat ik onschuldig ben? Meestal is de bediende de dief.'


Sai voelde zich opgelaten. Ze kwam zelden in de hut van de kok en wanneer ze naar hem op zoek was en binnenkwam, was hij net zo slecht op zijn gemak als zij. Dan bleek hun intimiteit nep, en ze voerden hun oppervlakkige gesprekken in een gebroken taal, want zij sprak Engels en hij Hindi. Die gebroken taal maakte het gemakkelijker nooit diep te gaan, nooit op iets in te gaan waarvoor een ingewikkelde woordenschat vereist was, en toch voelde ze zich altijd vertederd als ze zijn nurkse gezicht zag, hem hoorde kibbelen op de markt, was trots dat ze omging met zo'n lastige man, die desalniettemin met genegenheid tegen haar sprak en haar Babyji of Saibaby noemde.

Ze had de kok voor het eerst gezien toen ze werd afgeleverd uit het St. Augustinusklooster in Dehra Dun. Dat was nu negen jaar geleden. De taxi had haar afgezet en de maan had helder genoeg geschenen om de naam van het huis te kunnen lezen – Cho Oyu – terwijl ze wachtte, een klein dun figuurtje aan het hek; haar nietigheid benadrukte de grootsheid van het landschap. Naast haar stond een metalen koffer. 'Miss S. Mistry, St. Augustinusklooster.' Maar het hek was op slot. De chauffeur rammelde en riep.

*'Oi, koi hai? Khansama? Uth. Koi hai? Uth. Khansama?'*

De Kanchenjunga gloeide angstaanjagend, aan weerszijden een rij bomen met bleke stammen en zwarte bladeren, en daar tussendoor, tussen de boomzuilen, een pad dat naar het huis voerde.

Het leek een lange tijd te duren voordat ze een fluitend geluid hoorden en een zaklantaarn naderbij zagen komen, en daar kwam de kok met zijn o-benen het pad af, en zijn gezicht was toen al net zo gelooid en net zo verweerd en groezelig als het nu was en over tien jaar zou zijn. Een door armoede geteisterd man die in versneld tempo een oude man werd. Jeugd die kort duurde, ouderdom die eindeloos aanhield. Hij en de rechter scheelden een generatie, maar dat was hen niet aan te zien. Oud waren zijn wezen, zijn ketel, zijn kleren, zijn keuken, zijn stem, zijn gezicht, het ongehinderde vuil, de ongehinderde, ingetrokken, jarenlange lucht van koken, rook en petroleum.

'Hoe durven ze je zo te behandelen,' zei Sai, in een poging de kloof tussen hen te overbruggen terwijl ze zij aan zij de troep opnamen die de politie van zijn hut had gemaakt.

'Maar anders was het toch geen echt onderzoek geweest?' redeneerde de kok.

De twee verschillende manieren waarop beiden zijn waardigheid poogden te herstellen benadrukten alleen maar de jammerlijke resten.

Ze bukten om zijn eigendommen te verzamelen, de kok vol zorg om de brieven in de juiste enveloppen te stoppen. Op een dag zou hij ze teruggeven aan Biju; dan zou zijn zoon een verslag van zijn reis hebben en trots op zijn succes kunnen zijn.

# 5

Biju in de Baby Bistro.

Boven was het restaurant Frans, maar beneden in de keuken was het Mexicaans en Indiaas. En wanneer er een Pakistaan was ingehuurd, was het Mexicaans, Indiaas en Pakistaans.

Biju in Le Colonial voor de authentieke koloniale ervaring.

Boven rijk koloniaals en beneden arm inheems. Colombiaans, Tunesisch, Ecuadoraans, Gambiaans.

Op naar de Stars and Stripes Diner. Volledig Amerikaanse vlag boven, volledig Guatemalteekse vlag beneden.

Plus één Indiase vlag toen Biju kwam.

'Waar ligt Guatemala?' wilde hij weten.

'Waar ligt Guam?'

'Waar ligt Madagascar?'

'Waar ligt Guyana?'

'Weet je dat niet?' zei de man uit Guyana. 'Man, overal in Guyana Indiërs.'

'Indiërs in Guam. Praktisch overal waar je kijkt, Indiërs.'

'Trinidad?'

'Trinidad vol Indiërs! En ze praten – echt waar – net zoals de mensen van daar.'

Madagascar – Indiërs Indiërs.

Chili – in de belastingvrije Zona Rosa van Tierra del Fuego, Indiërs, whisky, elektronica. Knarsetandend bij de gedachte aan Pakistani in de Areca handel van tweedehands auto's. 'Ach… laat ook maar… laat die *bhenchoots* maar hun kwart procent maken…'

Kenya, Zuid-Afrika. Saoedi-Arabië. Fiji. Nieuw-Zeeland. Suriname.

In Canada kwam lang geleden een groep Sikhs; ze gingen naar veraf-gelegen gebieden en de vrouwen trokken hun *salwars* uit en droegen hun kurta's als jurken.

Indiërs, ja, in Alaska; een *desi* was de eigenaar van de laatste bazaar in de laatste stad voor de noordpool, hoofdzakelijk voedsel uit blik, visgerei, zakken zout en schoppen; zijn vrouw was achtergebleven in Karnal, met de kinderen, waar ze, dankzij alles wat de echtgenoot zich ontzegde, naar de Little Angels Kindergarten konden gaan.

Aan de Zwarte Zee, ja, hadden Indiërs een kruidenhandel.

Hongkong. Singapore.

Hoe kwam het dat hij in zijn jeugd niets had geleerd? Engeland kende hij, Amerika, Dubai, Koeweit, maar dat was ongeveer alles.


De kelderkeukens van New York waren een wereld op zich, waarin Biju zich onwennig voelde en bijna opgelucht was toen de Pakistaan kwam. Nu wist hij tenminste wat hem te doen stond. Hij schreef het aan zijn vader.

De kok schrok. In wat voor soort gelegenheid werkte hij? Hij wist dat men uit alle delen van de wereld naar dat land kwam om te werken, maar toch geen Pakistani! Die werden toch niet in dienst genomen. Ze hadden toch veel liever Indiërs…

'Pas op,' schreef de kok aan zijn zoon. 'Pas op. Pas op.

Blijf uit zijn buurt. Vertrouw hem niet.'

Zijn zoon had hem niet teleurgesteld. Hij merkte dat hij niet rechtstreeks tegen de man kon praten; alles aan de man deed onecht aan, elke haartje van hem was op zijn hoede.

Desi's tegen Paki's.

Ach, die goeie ouwe oorlog...

Waar anders vloeiden de woorden met een gemak van eeuwenlange oefening? Hoe kon anders de geest van je vader, je grootvader uit de dood herrijzen?

Hier in Amerika, waar iedere nationaliteit haar cliché bevestigde...

Biju had het gevoel in een warm bad te stappen.

Maar het bad koelde af. Deze oorlog bracht uiteindelijk geen voldoening; hij kon nooit diep genoeg gaan; de zwelling werd nooit ontzwollen, de jeuk werd nooit gekrabd; de ontsteking breidde zich vanzelf uit en de strijders hadden des te meer jeuk.

'Zwijnen zwijnen, zwijnenzonen, *sooar ka baccha*,' schreeuw-de Biju.

'*Uloo ka patha*, uilenzoon, vuile Indiase klootzak.'

Ze scholden elkaar uit wanneer het hun uitkwam. Ze bekogelden elkaar met kolen.


'***!!!!' zei de Fransman.

In hun oren klonk het alsof hij boos tegen een paarden-bloem blies, maar in feite zei hij dat ze een lastig stel waren. Het kabaal van hun geruzie was de trappen opgegaan, ver-gezeld van bonkende geluiden en wie weet zouden ze het evenwicht verstoren, volmaakte eerste wereld boven, vol-maakte derde wereld tweeëntwintig treden lager. Als het een zooitje werd, wie zou er dan nog naar zijn restaurant komen, *hm*? Voor de *coquilles Saint-Jacques à la vapeur* voor $27,50 en de *blanquette de veau* voor $23 en een eend die, als een pasja gelegen in een laagje eigen vet, de geur van saffraan uitwasemend, een verwijzing naar de koloniale wereld was.

Wat dachten ze wel? Dat de kelders van de restaurants in Parijs vol zaten met Mexicanen, desi's en Paki's?

Nee, nee. Wat een idee!

Hun kelders zitten vol met Algerijnen, Senegalezen, Marokkanen…

Vaarwel Baby Bistro. 'Gebruik je vrije tijd om eens een bad te nemen,' zei de eigenaar. Hij was zo aardig geweest Biju in dienst te nemen ook al vond hij hem stinken.

Paki de ene kant op, Biju de andere. Ze kwamen de hoek om, liepen elkaar weer tegen het lijf en draaiden elkaar opnieuw de rug toe.

# 6

En zo, terwijl Sai bij het hek wachtte, kwam de kok met zijn o-benen het pad af, in zijn hand een lantaarn en blazend op een fluitje om de jakhalzen, de twee cobra's en de plaatselijke dief Gobbo, die bij toerbeurt alle bewoners van Kalimpong beroofde en een broer bij de politie had die hem beschermde, weg te jagen.

'Kom je uit Engeland?' vroeg de kok aan Sai, terwijl hij de zware vergrendeling van het hek openmaakte, hoewel iedereen met gemak over de oever had kunnen klimmen of via het ravijn naar boven had kunnen klauteren.

Ze schudde haar hoofd.

'Amerika? Daar geen problemen met water en elektriciteit,' zei hij. Ontzag deed zijn woorden bol staan, liet ze verwaand en vet als munten van de eerste wereld rinkelen.

'Nee,' zei ze.

'Nee? Nee?' Hij was diep teleurgesteld. 'Uit het buitenland.' Geen vraagteken. Herhaling van een fundamenteel onomstotelijk feit. Schudde zijn hoofd alsof zij het had gezegd, niet hij.

'Nee. Uit Dehra Dun.'

'Dehra Dun!' Verslagen. '*Kamaal hai*,' zei de kok. 'Hebben we ons daarom zo druk gemaakt; dachten dat je van heel ver kwam en al die tijd zat je in Dehra Dun. Waarom ben je niet eerder gekomen?'

'Nou goed,' zei de kok toen ze geen antwoord gaf. 'Waar zijn je ouders?'

'Die zijn dood,' zei ze.

'Dood.' Hij liet de lantaarn vallen en de vlam ging uit.

38

'*Baap re*! Ze vertellen mij ook nooit iets. Wat zal er van je worden, arm kind?' zei hij vol medelijden en wanhoop. 'Waar zijn ze gestorven?' Nu de lantaarn uit was, werd het tafereel gehuld in een waas van geheimzinnig maanlicht.

'Rusland.'

'Rusland! Maar daar is toch helemaal geen werk.' Zijn woorden werden weer gedevalueerde valuta, ongeluksgeld uit de derde wereld. 'Wat deden ze daar?'

'Mijn vader was ruimtevaarder.'

'Ruimtevaarder, nog nooit van gehoord...' Hij keek haar argwanend aan. Hij zag dat er iets mis was met dit meisje, maar ze was er nu eenmaal. 'Zal nu hier moeten blijven,' zei hij nadenkend. 'Zit niets anders voor je op... treurig... jammer.' Kinderen verzonnen vaak maar wat of werden wat wijsgemaakt om een vreselijke waarheid te verbergen.

De kok en de chauffeur worstelden met de koffer, want er groeide te veel onkruid op de oprijlaan om er een auto door te laten; slechts een smal paadje was aangestampt.

De kok draaide zich om: 'Hoe zijn ze gestorven?'

Ergens boven was het geluid van een verontruste vogel, van enorme vleugels die als een propeller in beweging kwamen.


Het was een vreedzame middag in Moskou geweest en meneer en mevrouw Mistry staken het plein over naar de Sociëteit voor Interplanetaire Reizen. Hier had Sais vader gewoond sinds hij uit de Indiase Luchtmacht was uitgekozen als een mogelijke kandidaat voor het Interkosmos Programma. Dit waren de laatste dagen van de romance tussen India en de USSR; er hing al een vage geur van verwelkte bloemen en de gesprekken tussen wetenschappers ontaardden al snel in ach en wee-geroep over het rode-rozentijdperk dat de naties elkaar nog het hof maakten.

Meneer en mevrouw Mistry waren opgegroeid in die

onstuimige jaren waarin de vriendschap was geconsolideerd met wapenverkoop, sportcommissies, bezoekende dansgroepen en geïllustreerde boeken die een hele generatie Indiase schoolkinderen deed kennismaken met Baba Yaga die in het prehistorische duister van een Russisch woud een huisje op kippenpoten bewoonde; met de beproevingen van prins Iwan en prinses Iwanka voordat ze nog lang en gelukkig in een paleis met een uivormige koepel leefden.

Het paar had elkaar ontmoet in een openbaar park in Delhi. Mevrouw Mistry, toen nog een studente, verliet de meisjesslaapzaal om te gaan studeren en haar haar te laten drogen in de stille schaduw van een nimboom, een plek waar de meisjes van de directrice heen mochten. Meneer Mistry kwam langs gejogd, toen al lid van de luchtmacht, sterk en lang, met een verzorgde snor, en de jogger vond deze studente met haar scherpe en tegelijk lieve blik zo verbazingwekkend mooi, dat hij stil bleef staan om te kijken. Op dit graslandje leerden ze elkaar kennen, koeien lagen vastgebonden aan enorme roestige maaimachines, hun kaken langzaam heen en weer malend, voor een vervallen Mogoltombe. Nog voor het jaar om was deed meneer Mistry een huwelijksaanzoek in het koele, binnenste vertrek van de tombe, waar verstild goud licht van nis in nis viel, steeds troebeler, steeds bedompter, via de gebeeldhouwde panelen die op hun beurt het licht elk in een eigen kantmotief – bloemen, sterren – op de grond weerkaatste. Ze dacht snel na. Dankzij deze romance had ze aan de treurigheid van haar verleden en de monotonie van haar huidige jongemeisjesbestaan kunnen ontsnappen. Er is een periode dat iedereen volwassen wenst te zijn en ze zei ja. De piloot en de studente, de Zoroastrist en de Hindoe kwamen uit de tombe van de Mogolprins naar buiten in de wetenschap dat behalve zijzelf niemand anders onder de indruk zou zijn van hun grote vrijzinnige liefde. Maar ze waren blij elkaar gevonden te hebben, omdat ze allebei dezelfde lege eenzaamheid kenden, zich allebei een vreemdeling en daardoor aangetrokken tot de ander voelden. Omdat beiden opgevoed waren met een oog gericht op het Westen konden ze heel aardig zingen en op een gitaar tokkelen. Ze voelden zich vrij en moedig, deel van een moderne natie in een moderne wereld.

Al in 1955 had Chroetsjev een bezoek aan Kasjmir gebracht en het voor altijd tot Indiaas grondgebied verklaard en recentelijker had het Bolsjoitheater een voorstelling van het Zwanenmeer uitgevoerd voor een Delhipubliek dat zich voor de gelegenheid had getooid in de mooiste zijden sari's met de grootste juwelen.

Dit was de begintijd van de ruimteverkenning. Een hond genaamd Laïka was in de Spoetnik II de lucht in geschoten. In 1961 had een chimpansee met de naam Ham de reis gemaakt. Na hem, in hetzelfde jaar, Joeri Gagarin. De jaren gingen voorbij en niet alleen Amerikanen en Sovjets, honden en chimpansees gingen de lucht in, maar ook een Vietnamees, een Mongool, een Cubaan, een vrouw en een zwarte man. Satellieten en shuttles draaiden om de aarde en de maan. Ze waren op Mars geland, werden afgeschoten naar Venus en hadden een reis rakelings langs Saturnus gemaakt. Nu was een sovjetteam bestaande uit luchtvaart- en vliegtuigkundige experts aangekomen in India met de opdracht van hun regering om kandidaten te zoeken die in aanmerking kwamen voor een reis in de ruimte.

Tijdens een bezoek aan een luchtmachtbasis in 's lands hoofdstad, was hun aandacht getrokken door meneer Mistry, niet alleen om zijn competentie, maar ook vanwege de onverzettelijke vastberadenheid die uit zijn ogen had gestraald.

Hij had zich bij enkele andere kandidaten in Moskou gevoegd en de zes jaar oude Sai was in alle haast toevertrouwd aan hetzelfde klooster waar ook haar moeder had gezeten.

De concurrentie was meedogenloos. Net toen meneer Mistry aan zijn vrouw vertelde er zeker van te zijn dat hij boven zijn collega's verkozen zou worden om de eerste Indiër buiten de zwaartekracht te zijn, besloot het noodlot anderszins en in plaats van in dit leven, in dit lichaam door de stratosfeer te scheuren, om als een god op de wereld neer te zien, viel hem een andere kijk op het onbekende ten deel, toen hij en zijn vrouw verpletterd werden door de wielen van een plaatselijke bus, onder het gewicht van dertig onstuitbare dames uit de provincie, die twee dagen gejakkerd hadden om hun waren op de markt te ruilen en verkopen.

Aldus vonden ze de dood onder de wielen van buitenlanders, tussen kisten met baboesjkapoppen. Nooit zou ze weten of hun laatste gedachten uitgingen naar hun dochter in het St. Augustinusklooster.


Moskou zat niet in het lesprogramma van het klooster. Sai stelde zich een sombere, logge architectuur voor, plomp, een en al spierballen en vierkante kaken, in grijze sovjettinten, onder grijze sovjetluchten, met rondom grijze sovjetmensen, die grijs sovjetvoedsel aten. Een mannelijke stad, zonder franje of zwakke plekken, zonder versieringen, zonder gedurfde buitenissigheden. Nu werd in deze voorstelling een onvoorziene bloedrode vlek geprojecteerd.

'Heel spijtig,' zei zuster Caroline, 'heel spijtig dit nieuws te horen, Sai. Je moet moedig zijn.'

'Ik ben wees,' zei Sai tegen zichzelf, in de ziekenboeg waar ze het nieuws moest verwerken. 'Mijn ouders zijn dood. Ik ben wees.'

Ze haatte het klooster, maar in haar herinnering was er nooit iets anders geweest.

'Lieve Sai,' schreef haar moeder, 'het wordt weer winter en we hebben onze dikke wollen kleren tevoorschijn gehaald. Bridge gespeeld met meneer en mevrouw Sharma en je papa speelde als gewoonlijk vals. Ze hebben hier heerlijke haring, een vis met een sterke smaak die jij ook eens moet proeven.'

Tijdens het correspondentieuur onder toezicht schreef ze terug:

'Lieve Mammie en Pappie, hoe maakt u het? Ik maak het goed. Het is hier erg warm. Gisteren hadden we een repetitie geschiedenis en Arlene Macedo spiekte zoals altijd.'

Maar de brieven leken op oefeningen uit een boek. Sai had haar ouders twee hele jaren niet gezien en de emotionele verbondenheid met hun bestaan was allang verdwenen. Ze probeerde te huilen, maar ze kon het niet.


In de vergaderkamer onder een Jezus in een dhoti, aan een gevernist kruis, pleegden de nonnen zorgelijk overleg. Deze maand zou de kloosterschatkist geen Mistry-bank-afschrijving ontvangen, geen verplichte bijdrage aan het renovatiefonds van de toiletten en aan het busfonds, aan heiligendagen en feestdagen.

'Arm schaap, maar wat kunnen wij eraan doen?' De nonnen oche-ochden omdat ze wisten dat Sai een speciaal geval was. De oudere nonnen wisten nog van haar moeder en dat de rechter voor haar onderhoud had betaald maar haar nooit was komen opzoeken. Er waren andere afleveringen van het verhaal, maar niemand wist die te reconstrueren, want bepaalde details waren verloren gegaan en andere opzettelijk vergeten. Alles wat ze van Sais vader wisten was dat hij was opgegroeid in een Zoroastrische liefdadigheidsinstelling voor wezen en dat een gulle gever hem van school naar de universiteit en daarna naar de luchtmacht had geholpen. Toen Sais ouders wegliepen voelde de familie in

Gujarat zich te schande gemaakt en onterfde haar moeder. In een land met zoveel verwanten kwam Sai familie tekort.

In de kolom onder 'Gelieve in geval van nood contact op te nemen met' stond maar een enkele naam, die van Sais grootvader, dezelfde man die ooit eens het schoolgeld had betaald.

Naam: Jemubhai Popotlal Patel
Verwantschap: Grootvader van moederszijde
Beroep: Opperrechter (gepens.)
Geloof: Hindoe
Kaste: Patidar

Ze had deze grootvader, die in 1957 was voorgesteld aan de Schot die Cho Oyu had laten bouwen en nu op de terugweg naar Aberdeen was, nog nooit gezien.

'Het ligt erg geïsoleerd, maar het land heeft grote mogelijkheden,' had de Schot gezegd, 'kinine, zijderupsen, kardemom, orchideeën.' Hoewel de rechter niet geïnteresseerd was in de agrarische mogelijkheden van het land, ging hij toch kijken; hij geloofde de man op zijn woord – het befaamde erewoord – ondanks alles wat er gebeurd was. Hij kwam te paard aanrijden, duwde de deur open naar de lege kloosterachtig verlichte ruimte, dat met het zonlicht van buiten een ander aanzien kreeg. Hij had de indruk meer een bewustzijn dan een huis binnen te gaan. De vloer was donker, bijna zwart, met brede planken. Het plafond leek op de ribbenkast van een haai, het hout droeg nog de sporen van een bijl. Een schoorsteen vervaardigd van zilverkleurige riviersteen glinsterde als zand. Welige varens verdrongen zich om de ramen, de bladnerven stijf met viltachtige sporen, kroezige knobbeltjes bedekt met een bronskleurig waas. Hij wist dat hij hier inzicht zou krijgen in diepte, breedte, hoogte en een andere, ongrijpbaardere dimensie. Buiten vlogen felgekleurde vogels en floten en de bergen van de Himalaya rezen laag na laag op, totdat die glanzende pieken lieten zien dat de mens in zijn nietigheid zich het beste maar kon overgeven en alles achter zich laten. In deze schil, deze schedel kon de rechter leven, in de troostende wetenschap een vreemdeling in zijn eigen land te zijn, want ditmaal zou hij de taal niet leren.

Hij keerde nooit meer naar de rechtbank terug.


'Dag,' zei Sai tegen de perversies van het klooster, de zoete, snoezige pastelkleurige engeltjes en de bloedende Christus, die samen zo'n schrijnend contrast vormden. Dag tegen het voor een klein meisje veel te zware uniform, blazer met mannelijke schouders en das, zwarte klompschoenen. Dag tegen haar vriendin Arlene Macedo, de enige andere leerlinge met een bijzondere achtergrond. Arlenes vader was, naar Arlene beweerde, een Portugese zeeman die kwam en ging. Niet naar zee, fluisterden de andere meisjes, maar naar een Chinese kapster in het Claridge's Hotel in Delhi. Dag tegen vier jaar onderwijs dat vooral bestond uit vernedering en angst, het verzinnen van uitvluchten, opgespoord worden door in zwart geklede detectives en sidderen voor de regel die van een doodgewoon ongelukje of vergissing een hoofdzonde maakte. Dag tegen

a. als domkop in de afvalbak staan
b. op één been staande en met je handen omhoog een zonnesteek krijgen
c. je zonden belijden tijdens de ochtendbijeenkomst
d. bont en blauw geslagen worden

'Je moest je schamen,' had zuster Caroline tegen Sai gezegd toen ze op een dag haar huiswerk niet had gemaakt, en sloeg haar net zolang tot haar achterwerk glom als dat van een baviaan, zodat zij die zich moest schamen dat ook snel deed. Het systeem was weliswaar geobsedeerd door kuisheid, maar legde zich vooral toe op het bepalen van wat zondig was. Het was heerlijk om schuld en begeerte op te sporen en wat ze aanrichtten aan te dikken en te benadrukken. Dat had Sai in ieder geval geleerd. Dit was de onderlaag en daaroverheen een leeg credo: cake was lekkerder dan *laddoos*, vork mes lepel beter dan handen, Christus' bloed drinken en zijn lichaam eten in de vorm van een ouwel was beschaafder dan een fallisch symbool versieren met een slinger van goudsbloemen. Engels was beter dan Hindi.

Alles wat Sai had moeten leren had met contradicties te maken en deze contradicties had ze zich eigen moeten maken. *Lochinvar* en Tagore, economie en moraaltheorie, Schotse volksdans in ruitrokken en Punjabi oogstdans in dhoti's, volkslied in Bengali en een onbegrijpelijke spreuk op een bies op de zakken van hun blazers evenals op een boog boven de ingang: *Pisci tisci episculum basculum.* Of iets in die trant.

Voor de laatste keer liep ze onder deze spreuk door, vergezeld van een non die daar was geweest in het kader van een onderzoek naar het financiële beheer van kloosters en nu op weg was naar Darjeeling. Vanaf Dehra Dun naar Delhi, van Delhi naar Siliguri kregen ze vanuit het raam een kijkje op het dorpsleven en India leek heel erg oud. Vrouwen liepen langs met brandhout op hun hoofd, te arm voor een bloes onder hun sari. 'Wel wat dunnetjes gekleed,' zei de non die in een vrolijke bui was. Daarna verging het lachen haar. Het was vroeg in de ochtend en langs de spoorrails zaten rijen blote achterwerken. Van dichtbij konden ze tientallen mensen zien die hun behoefte op de rails deden en hun achterwerk schoonmaakten met water uit een blik. 'Wat een viezeriken,' zei ze, 'armoede is geen excuus, nee, nee, probeer me dat niet wijs te maken. Hoe komen ze op het idee?'

'Vanwege de helling,' zei een ernstige bebrilde geleerde die naast haar zat, 'de grond loopt af naar de rails, dat maakt het een geschikte plek.'

De non gaf geen antwoord. En de mensen die zich ontlastten vonden degenen in de trein zo irrelevant – niet eens soortgenoten – dat het hun niet uitmaakte of ze hun zwoegende achterwerken aan passanten of aan een mus lieten zien.

Verder en verder.


Sai stilletjes… was zich bewust dat ze haar bestemming tegemoetging. Ze kon Cho Oyu al voelen.

'Maak je geen zorgen, kind,' zei de non.

Sai antwoordde niet en de non begon haar geduld te verliezen.

Ze stapten over in een taxi en reden door een vochtigere lucht, een bruingroen landschap, dat klapperde en danste in de wind. Ze reden langs theestalletjes op palen, kippen die verkocht werden in ronde rieten manden en hutten waarin gewerkt werd aan Durga Pujabeelden. Ze passeerden rijstvelden en vervallen uitziende pakhuizen met namen van beroemde theefirma's: Rungli Rungliot, Ghoom, Goenkas.

'Je moet je niet zo zielig voelen. Je denkt toch niet dat God zat te kniezen? Met alles wat hij te doen had?'

Plotseling kwam, aan hun rechterhand, de rivier de Teesta op hen af tussen witte zandoevers. Ruimte en zon tuimelden door het raam naar binnen. In de weerspiegelingen werden het licht, de rivier uitvergroot en weerkaatst, waarbij elk aan de ander invalshoeken en kleuren toevoegde en Sai werd zich bewust van de enorme ruimte die ze betrad.

Aan de oever van de rivier, terwijl het water wild voorbij kolkte en vlekken late avondzon door de takken van de bomen schemerden, namen ze afscheid van elkaar. Naar het oosten lag Kalimpong, dat zich slechts met moeite wist vast te klampen aan de Deolo- en Rinkingpongheuvels. Naar het westen, in de diepte van het Singalilagebergte, lag Darjeeling. De non probeerde een laatste raad te geven, maar haar stem kon niet tegen het riviergeraas op, en dus kneep ze Sai ten afscheid in de wang. Ze reed weg in een jeep van de zusters van Cluny, 2200 meter hoog een thee verbouwend land in, naar een zwarte, modderige stad, waar in de druipende mist groepjes kloosters als paddestoelen uit de grond verrezen.


Toen de zon eenmaal was ondergegaan viel de nacht snel. In de achteroverhellende auto, zodat de neus naar de hemel wees, spiraalden ze voort – één verkeerde beweging en ze zouden neerstorten. In Sais oor fluisterde de dood, in haar pols klopte het leven, neer zonk haar hart, opwaarts kronkelden ze. Kalimpong had geen straatlantaarns en de lampen in de huizen schenen zo zwak dat je ze pas zag als je erlangs kwam; ze doemden plotseling op en verdwenen onmiddellijk achter je. De mensen die in het donker liepen, hadden zaklampen noch lantaarns en als de auto passeerde, kon je in de koplampen zien hoe ze uitweken. De chauffeur draaide van een geasfalteerde een onverharde weg op en ten slotte stopte de auto midden in de wildernis bij een tussen twee stenen pilaren hangend hek. Het geluid van de motor stierf weg; de koplampen doofden. Het enige geluid was het *sssssss tseu ts ts* van het bos.

# 7

O, grootvader meer hagedis dan mens.

Hond meer mens dan hond.

Sai's gezicht ondersteboven in haar soeplepel.

Ter verwelkoming had de kok een auto van aardappelpuree gemaakt, een lang vergeten vaardigheid uit een ander tijdperk ophalend, toen hij, met gebruikmaking van hetzelfde aangename middel, feestelijke kastelen versierd met papieren vlaggetjes fabriceerde, vissen met neusringen, stekelvarkens met selderijstekels, kippen waarachter hij echte eieren legde voor het komische effect.

Deze auto had wielen van schijfjes tomaat en was versierd met gladgestreken stukjes oude aluminiumfolie, die de kok als kostbaar metaal behandelde, want hij waste, droogde, gebruikte en hergebruikte het totdat het uiteenviel in glimmende snippers die hij nog steeds niet wilde weggooien.

De auto stond midden op de tafel, samen met schaapskoteletten in de vorm van roeispanen, waterige sperziebonen, en een met kaassaus overgoten bloemkool, die eruitzag als een gesluierd brein. Dikke dampen stegen van alle schalen op en warme, naar voedsel ruikende nevels condenseerden op Sais gezicht. Toen de stoom enigszins was weggetrokken, keek ze nogmaals naar haar grootvader aan de andere kant van de tafel en de hond op een stoel naast hem. Mutt keek vriendelijk – de kop gebogen, de staart bonkbonkte tegen de stoel – maar de rechter leek Sais komst niet opgemerkt te hebben. Hij was een verschrompelde figuur in een wit overhemd en een zwarte broek met opzij een gesp. De kleren waren versleten, maar schoon, gestreken door de kok, die nog steeds alles streek – pyjama's, handdoeken, sokken, ondergoed en zakdoeken. Zijn gezicht leek schuil te gaan achter iets dat eruitzag als witte poeder op een donkere huid – of kwam het door de stoom? En hij rook lichtelijk naar antibiotisch reukwater, iets te weinig parfum, iets te veel conserveringsmiddel. Zijn terugwijkende gezicht had veel weg van een reptiel, zijn brede, kale voorhoofd, de naar beneden gebogen neus, de wijkende kin, de onbeweeglijkheid, de ontbrekende lippen, de roerloze blik. Zoals andere oude mensen leek hij niet in de tijd vooruit, maar ver achteruit te zijn gereisd. Teruggekeerd naar de prehistorie, in afwachting van oneindigheid, leek hij op een schepsel van de Galapagos Eilanden dat uitkeek over de oceaan.

Ten slotte keek hij op en richtte zijn blik op Sai. 'Nu, hoe heet je?'

'Sai.'

'Sai?' zei hij nors, alsof hij boos was om een onbeschaamde opmerking.

De hond nieste. Ze had een elegante snuit, een adelijke knobbel boven op haar kop, plooiende broek, staart met welverzorgde franje…

Ze had nog nooit zo'n mooie hond gezien.

'Uw hond ziet eruit als een filmster,' zei Sai.

'Misschien wel als een Audrey Hepburn,' zei de rechter, die probeerde niet te laten merken hoeveel plezier deze opmerking hem deed, 'maar zeker niet als zo'n engerd van die affiches in de bazaar.'

Hij pakte zijn lepel op. 'Waar is de soep?'

Die had de kok vergeten in zijn opwinding over de auto van puree.

De rechter liet zijn vuist neerkomen. Soep na het hoofdgerecht? De routine was verstoord.

Plotseling, als in overeenstemming met de afkeuring van

de rechter, werd de stroomtoevoer zwakker en de gloeilamp begon te zoemen als de tor die ruggelings over de tafel tolde, omdat zijn kamikaze door dit armzalige voltage mislukt was. De kok had al alle andere lampen uitgedaan teneinde het beetje energie voor deze te sparen en in dit ongelijkmatige licht waren ze vier figuren uit een schimmenspel die zich heen en weer bewogen op het gezwollen pleister van de muur – een hagedisman, een gebochelde kok, een lieftallig meisje, een langstaartige wolfshond...

'Ik zou eigenlijk eens naar die adjunct moeten schrijven,' zei de rechter, 'maar wat haalt het ook uit.' Hij draaide de tor op de tafel om met zijn mes, het zoemen hield op en Mutt, die er geschokt naar had zitten kijken, staarde hem aan als een bewonderende echtgenote.


De kok bracht twee kommen rinse, pikante tomatensoep binnen en mompelde: 'En nooit een bedankje... Moet je zien wat ik allemaal doe terwijl ik toch ook zo jong niet meer ben en ook niet gezond... Het is vreselijk om een armoedzaaier te zijn, vreselijk, vreselijk...'

De rechter nam een lepel uit een kom met room en mikte een witte klodder in het rood.

'Goed,' zei hij tegen zijn kleindochter, 'we moeten elkaar niet voor de voeten lopen. We moeten een leraar voor je zoeken – een dame uit het dal, ik kan geen kloosterschool betalen – en waarom zouden we meehelpen de kerk te spekken...? Die is trouwens te ver weg, en we hebben immers niet meer de luxe van eigen vervoer. En naar naar een openbare school wil ik je niet sturen, daar leren ze je het verkeerde accent en neuspeuteren.'


Het licht werd nu zo dun als een gloeidraad, ijl als Edisons eerste wonder tussen de twee fragiele draadklemmen in de glazen peervormige bol. Het lichtte een allerlaatste keer blauw op, en doofde.

'Verdomme,' zei de rechter.


Later die avond lag Sai in haar bed onder een tafelkleed, want de laatste lakens waren allang versleten. Ze voelde de aanzwellende aanwezigheid van het bos, hoorde het kloppen van de holle, knokige bamboe, het geluid van de jhora die diep beneden door de steile bergkloof stroomde. Overdag overstemd door de huishoudelijke geluiden, klonk het bij de schemering op om met zuivere stem voor de ramen te zingen. De constructie van het huis leek broos in dit nachtelijke evenwicht, niet meer dan een schil. Het dak van golfplaten rammelde in de wind. Sai bewoog haar voet en haar tenen staken geruisloos door het vergane textiel. Ze had het angstige gevoel zich in een ruimte te bevinden die zo groot was dat hij zich zowel achterwaarts als voorwaarts uitstrekte.

Plotseling, alsof er in haar gehoor een geheime deur was opengegaan, werd ze zich bewust van het geluid van microscopisch kleine kaken die het huis tot zaagsel vermaalden, een geluid zo nauw met de lucht verweven dat het nauwelijks hoorbaar was, maar eenmaal geïdentificeerd werd het reusachtig. Ze zou ontdekken dat in dit klimaat onbehandeld hout in één seizoen kon worden weggekauwd.

# 8

Aan de andere kant van de gang tegenover Sais kamer nam de rechter een Calmpose in, want de komst van zijn kleindochter bleek hem te hebben aangegrepen. Hij lag wakker in zijn bed, met Mutt naast hem. 'Mijn snoesje,' hij klakte met zijn tong tegen haar. 'Met je lange kruloren. Kijk nou toch eens naar al die krullen.' Elke nacht sliep Mutt met haar kop op zijn kussen en in koude nachten werd ze in een sjaal van konijnenangora gewikkeld. Ze sliep, maar zelfs in haar slaap spitste ze een van haar oren alsof ze, al snurkend, naar de rechter luisterde.

De rechter pakte een boek en probeerde te lezen, maar slaagde er niet in. Tot zijn eigen verwondering besefte hij dat hij aan zijn eigen reizen dacht, zijn eigen momenten van aankomst en vertrek, vanuit plaatsen uit zijn verre verleden. Hij was op twintigjarige leeftijd voor het eerst van huis vertrokken, met een zwarte koffer, net zo een als die waarmee Sai was gearriveerd, en waarop in witte letters geschreven stond: 'Mr. J.P. Patel, ss Strathnaver.' Het was 1939. De stad die hij verliet was Piphit, de geboorteplaats van zijn voorvaderen. Daarvandaan was hij naar de kade van Bombay gereisd en toen naar Liverpool gevaren en van Liverpool was hij naar Cambridge gegaan.

Vele jaren waren voorbijgegaan, maar de dag kwam hem weer helder, onbarmhartig voor de geest.

De toekomstige rechter, die toen nog alleen maar Jemubhai – of Jemu – werd genoemd, had bij zijn vertrek een muzikale hulde gekregen van twee gepensioneerde, door zijn schoonvader ingehuurde leden van een militair muziekcorps. Ze hadden op het perron gestaan tussen banken met bordjes 'Alleen voor Indiërs' en 'Alleen voor Europeanen', gekleed in gevlekte rode jassen met dofmetalen, gerafelde zigzagbiezen langs de mouwen en revers. Toen de trein het station uitreed, speelden ze 'Take Me Back to Dear Old Blighty', een melodie die in hun herinnering bij een vertrek toepasselijk was.

De rechter werd vergezeld door zijn vader. Zijn moeder zat thuis te huilen omdat ze geen rekening had gehouden met de onevenredigheid tussen de onherroepelijkheid van het afscheid en de korte duur van het laatste moment.

'Hij mag niet gaan. Hij mag niet gaan.'

Haar kleine jongen met zijn dunne, grappige snorretje, die zo dol was op haar speciale *choorva* die hij in Engeland nooit zou krijgen, en die zo'n hekel had aan kou, waarvan hij te veel zou krijgen; in de door haar gebreide trui met een motief dat zo fantasierijk was dat ze er al haar buitensporige liefde in had kunnen verwerken; met zijn nieuwe *Oxford English Dictionary* en zijn versierde kokosnoot, die als offerande in de golven gegooid moest worden, opdat de goden zijn reis zouden zegenen.

Vader en zoon hadden de gehele ochtend en middag in een rammelende trein gezeten en de grootsheid van het landschap, waarin Jemu had geleefd zonder zich daarvan rekenschap te geven, liet een diepe indruk bij hem achter. Het feit alleen al dat ze in de trein zaten, de snelheid, maakte zijn wereld triviaal, wees door ieder venster op de ledigheid die gretig klaarstond om bezit te nemen van een onbeschermd hart. Hij voelde een snerpende angst, niet voor zijn toekomst, maar voor zijn verleden, voor het dwaze vertrouwen waarin hij in Piphit had geleefd.

De stank van Bombay-eenden die aan een stellage van stokken langs het spoor te drogen hingen maakte een tijdelijk einde aan zijn overpeinzingen; toen de lucht normaal werd, kwam zijn angst weer opzetten.

Hij dacht aan zijn vrouw. Hij was een één-maand-getrouwde man. Hij zou vele jaren na nu terugkeren... en wat dan...? Het was allemaal heel vreemd. Zij was veertien jaar en hij had haar gezicht nog nooit echt goed bekeken.

Ze reden over de zoutwaterinham Bombay binnen, arriveerden op Victoria Terminus waar ze de klantenlokkers voor hotels afschudden en logeerden bij een kennis van zijn schoonvader; ze werden vroeg wakker om op weg te gaan naar de Ballard Pier.

De eerste maal dat Jemubhai leerde dat de oceaan zich om een bol heen bewoog, had hij zich door dat feit gesterkt gevoeld, maar nu hij op het met confetti bestrooide dek van het schip stond en zag hoe de zee haar grenzeloze krachten bundelde, gaf deze wetenschap hem een nietig gevoel. Kleine golven sloegen tegen de zijkant van het schip stuk tot zuinig schuim, waaroverheen het machinelawaai zich nu deed gelden. Toen het geloei van de scheepssirene driemaal de lucht doorkliefde, zag Jemu's vader, die het dek afzocht, zijn zoon staan.

'Maak je geen zorgen,' riep hij. 'Je wordt de allerbeste.' Maar de angstige klank deed de geruststellende woorden teniet.

'Gooi de kokosnoot,' gilde hij.

Jemubhai keek naar zijn vader, een man met nauwelijks enige opleiding die zich daar waagde waar hij niet behoorde te zijn en de liefde in Jemubhais hart mengde zich met medelijden, het medelijden met schaamte. Zijn vader voelde zijn hand omhooggaan en zijn mond bedekken: hij had zijn zoon teleurgesteld.

Het schip zette zich in beweging, het water spleet en spatte op, vliegende vissen sprongen zilverig boven het verstuivende oppervlak uit, er gingen Tom Collinses rond, en de feestelijke stemming bereikte een hoogtepunt. De menigte aan de wal werd wrakgoed kolkend op de vloedlijn: kam-schelpen en lichtflitsen, ruches van rokken, propjes papier en speekselspatten, vissenstaarten en tranen... Spoedig was het in de nevel opgegaan.

Jemubhai keek toe hoe zijn vader wegliep. Hij gooide de kokosnoot niet en hij huilde niet. Nimmer meer zou hij voor een menselijk wezen liefde voelen zonder dat die door een ander, tegenstrijdig gevoel was gecorrompeerd.

Ze voeren langs de Colaba-vuurtoren de Indische Oceaan op totdat, naar welke kant hij ook keek, alleen de zee zich uitstrekte.


Het was dom van hem dat hij zich door Sais komst van zijn stuk liet brengen, en toeliet dat daardoor het verleden weer werd opgerakeld. Waarschijnlijk hadden de koffers zijn geheugen opgefrist.

Miss S. Mistry, St. Augustinusklooster.

Mr. J.P. Patel, ss Strathnaver.


Maar er bleven herinneringen opkomen: toen hij zijn hut had gevonden, ontdekte hij dat hij deze deelde met een jon-gen die was opgegroeid in Calcutta, auteur van Latijnse son-netten in Catullische elflettergrepige verzen, opgeschreven in een meegebracht verguld schrift. De cabinegenoot trok zijn neus op voor Jemu's in een aantal puri's verpakte klont zoetzuur; uien, groene pepertjes, en zout in een zakje van krantenpapier; een banaan die de hete reis niet overleefd had. Geen vrucht sterft zo'n ellendige en weerzinwekkende dood als een banaan, maar hij was ingepakt voor het geval dat. Voor het geval van *wat?* schreeuwde Jemu in stilte naar zijn moeder.

Voor het geval hij onderweg trek zou krijgen of voor als het nog een poosje duurde voordat er een echte maaltijd gemaakt kon worden of dat hij de moed miste om aan boord naar de eetzaal te gaan, aangezien hij niet met mes en vork kon eten...

Hij was razend dat zijn moeder aan de mogelijkheid van gezichtsverlies had gedacht en deze daardoor, dacht hij, juist had bespoedigd. Haar poging te voorkomen dat hij voor gek zou staan had alleen maar opgeleverd dat hij nog erger voor gek stond.

Jemu greep het pakje, rende naar het dek en smeet het overboord. Begreep zijn moeder niet hoe misplaatst haar gebaar was? Onwaardige liefde, Indiase liefde, stinkende, onesthetische liefde – de oceaanmonsters mochten hebben wat zij zo prachtig had ingepakt in haar sentimentele bui toen ze voor dag en dauw was opgestaan.

De lucht van rottende bananen trok weg, o, maar daardoor liet de stank van angst en eenzaamheid zich des te meer gelden.

Als hij 's nachts in zijn hut lag, maakte de zee onbetamelijke likkende geluiden rondom het schip. Hij dacht terug aan hoe hij zijn vrouw half uitgekleed en haastig weer aangekleed had, hoe hij alleen maar een glimp had opgevangen van haar blik, bij stukjes en beetjes toen hij de *pallu* over haar hoofd trok. Maar bij de herinnering aan de nabijheid van het vrouwelijke vlees, richtte zijn penis zich schokkend in het donker op, een eenvoudig blind zeeschepsel dat zich echter niet liet afwijzen. Zijn lid voelde onwennig aan: het was lafhartig opdringerig; op gezwollen toon smekend.

Ze gingen voor anker in Liverpool en de band speelde 'Land of Hope and Glory'. Zijn cabinegenoot, in Donegaltweed, hield een kruier aan die hem moest helpen met zijn bagage – een blanke man die de tassen van een bruine man moest oppakken! Jemubhai droeg zijn eigen bagage, sleepte zich naar een trein en op weg naar Cambridge was hij, rijdend door de weilanden, geschokt door het enorme verschil tussen de (vierkante) Engelse en (ingevallen) Indiase koeien.

Hij bleef zich verbazen over wat hij te zien kreeg. Het Engeland waar hij een huurkamer zocht bestond uit kleine, grijze huisjes in grijze straten, aan en op elkaar geplakt als op een strip met vliegenlijm. Het was een grote verrassing voor hem, omdat hij alleen maar voornaamheid had verwacht, zich niet had gerealiseerd dat ook daar mensen een armoedig en smakeloos bestaan konden leiden. Maar terwijl hij bij dat alles onaangedaan bleef, gold dat ook voor de mensen die hem te zien kregen als ze opendeden: 'Net verhuurd,' 'Helemaal vol,' of zelfs een gordijn dat even open- en onmiddellijk dicht werd getrokken, een stilte alsof op datzelfde moment alle bewoners waren gestorven. Hij belde bij tweeëntwintig huizen aan, voordat hij op de stoep stond van mevrouw Rice op Thornton Road. Ook zij wilde hem niet, maar ze had het geld nodig en de ligging van haar huis was dusdanig – aan de andere kant van het station ten opzichte van de universiteit – dat ze bang was helemaal geen huurder te vinden.

Tweemaal per dag zette ze een dienblad met eten beneden aan de trap – gekookt ei, brood, boter, jam, melk. Nadat hij een aantal nachten wakker had liggen luisteren naar het knorren van zijn halflege maag en met tranen in de ogen aan zijn familie in Piphit dacht die vond dat hij evenveel recht had op een warme maaltijd als de koningin van Engeland, verzamelde Jemubhai al zijn moed en vroeg of hij 's avonds een echte maaltijd kon krijgen. 'Zelf eten we 's avonds ook niet veel, James,' zei ze, 'dat is te zwaar voor Vaders maag.' Ze noemde haar man altijd Vader en ze was Jemubhai James gaan noemen. Maar die avond vond hij een dampend bord witte bonen in tomatensaus en toost.

'Dank u wel. Echt verrukkelijk,' zei hij, terwijl mevrouw Rice onbeweeglijk uit het raam staarde.


Later verwonderde hij zich over dit staaltje van moed, want al heel snel gaf hij alle moed volledig op.

Hij had zich ingeschreven op Fitzwilliam met behulp van een opstel 'Overeenkomsten en verschillen tussen de Franse en de Russische revoluties', dat hij voor het toelatingsexamen had geschreven. In die tijd stelde Fitzwilliam niet veel voor, het was meer een privé-instelling dan een universiteit, maar hij begon onmiddellijk met zijn studie, omdat het de enige vaardigheid was die hij van het ene land naar het andere kon meenemen. Hij werkte twaalf uur onafgebroken, tot laat in de nacht en door zich aldus terug te trekken, wist hij zich, wanneer de situatie erom vroeg, geen houding te geven tegenover de buitenwereld en merkte in plaats daarvan dat zijn schuwheid en eenzaamheid een vruchtbare bodem hadden gevonden. De eenzaamheid werd een gewoonte, de gewoonte maakte zich meester van de man en verdrukte hem tot schim.

Maar uiteindelijk scheppen schimmen hun eigen ongemak en ondanks zijn pogingen niet op te vallen, straalde hij iets uit dat bij anderen een zeker onbehagen opriep. Dagenlang werd hij door niemand aangesproken, zijn keel raakte verstopt van onuitgesproken woorden, zijn hoofd en hart raakten pijnlijk afgestompt en oudere dames, zelfs de onfortuinlijke – met blauwe haren, vlekken, en gezichten als verschrompelde pompoenen – schoven een eindje op als hij in de bus naast hen ging zitten; zo maakten ze hem duidelijk dat wat ze ook mochten hebben, dat bij lange na niet zo vreselijk was als wat *hij* had. Degenen die jong en mooi waren deden niet aardiger; meisjes knepen hun neus dicht en giechelden: 'Bah, hij stinkt naar kerrie.'

Zo begon Jemubhai vreemde ideeën te krijgen; hij was voor zichzelf meer vreemdeling dan voor de mensen om hem heen, vond zijn eigen huidskleur merkwaardig, zijn eigen accent raar. Hij wist niet meer hoe hij moest lachen; met moeite trok hij zijn lippen tot een glimlach op, en als hij dat deed, hield hij zijn hand voor zijn mond, omdat hij niet wilde dat anderen zijn tandvlees en tanden zagen. Dat was te intiem. Hij was zo bang aanstoot te geven, dat hij eigenlijk bijna niets van zichzelf onbedekt durfde te laten. Hij waste zich als een bezetene, uit angst dat men hem vond stinken en elke ochtend schrobde hij de dikke melkachtige slaaplucht weg, de bedompte lucht die bij het wakker worden om hem heen hing en in de stof van zijn pyjama was gaan zitten. Tegen het einde van zijn leven zou hij zich nooit vertonen zonder sokken en schoenen en verkoos schemer boven licht, sombere dagen boven zonnige, want hij was bang dat zijn lelijkheid in het zonlicht al te duidelijk zou uitkomen.

Van het Engelse landschap zag hij niets; hij genoot niet van de prachtige universiteiten met hun beeldhouwwerk en de met goudblad en engelen beschilderde kerken; hoorde niet de jongenskoren met meisjesstemmen en zag niet de rimpelend groene rivier waarin de in elkaar overlopende tuinen zich weerspiegelden, noch de drijvende, aan hun spiegelbeeld gekleefde zwanen.


Uiteindelijk verloor hij bijna ieder menselijk besef, dook wanneer hij op zijn arm werd getikt, weg als van een ondraaglijke intimiteit, was zelfs bang voor en brak zijn hoofd over een 'Hoe-maakt-u-het-mooi-weer' tegen de dikke, in vriendelijk roze geklede vrouw die de buurtwinkel dreef. 'Waarmee kan ik je van dienst zijn? Zeg het nog eens, jongen...' zei ze op zijn gemompel, boog voorover om zijn woorden op te vangen, maar zijn stem zakte weg en brak toen hij in snikken van zelfmedelijden uitbarstte bij de terloopse vriendelijke opmerking. Hij zocht verder de stad in naar anoniemere winkels en toen hij een scheerkwast kocht en het winkelmeisje zei dat haar man precies dezelfde had, werd hij, bij de herkenning van hun identieke menselijke behoeften, de intimiteit die hen onderling verbond, *scheren, echtgenoot,* door de impertinentie van het idee overweldigd.

De rechter deed het licht aan en keek naar de uiterste gebruiksdatum op de verpakking van de Calmpose. Ja, het medicijn was nog steeds goed: het had moeten werken. Maar in plaats van slaap, had het hem een nachtmerrieachtige slapeloosheid bezorgd.

Hij lag daar totdat de koeien als misthoorns in de mist begonnen te loeien en de haan van oom Neutje, Kookar Raja, zijn *kukeleku* door de lucht zwiepte; hij klonk onbenullig en luid tegelijk, als een man die klanten moet binnenhalen. Hij was weer gezond sinds oom Neutje hem onderste-boven had gehouden, vervolgens met zijn kop in een blik had gestopt en de bromvliegen in zijn achterwerk met een flinke spuit Flit had uitgeroeid.

Aan de ontbijttafel ontmoette de rechter zijn kleindochter opnieuw en hij droeg de kok op haar naar de onderwijzeres te brengen die hij had aangenomen, een dame met de naam Noni, die op een uur lopen woonde.

Sai en de kok stapten flink door over de lange weg die als een dunne, zwarte slang omhoog en omlaag door de heuvels gleed; de kok wees haar de grenspalen van haar nieuwe tehuis aan, maakte haar opmerkzaam op de huizen en vertelde wie waar woonde. Hun dichtstbijzijnde buurman was oom Neutje, die zijn land jaren geleden van de rechter had gekocht, een hereboer en een dronkaard; en zijn vriend vader Laars van het Zwitserse zuivelbedrijf, die alle avonden samen met oom Neutje drinkend doorbracht. De ogen van de mannen waren rood als van een konijn, hun tanden waren bruin van de tabak, hun lichamen konden wel een ontslakkingskuur gebruiken, maar hun geest was nog steeds scherp. 'Hello Dolly,' zei oom Neutje, en woof naar Sai vanaf zijn veranda die als een scheepsdek uitstak over de steile helling. Op deze veranda zou Sai voor het eerst de Beatles horen. En ook : *'All that MEAT and no PERTATAS? Just ain't right, like GREEN TERMATAS!'*

De kok wees naar de visvijvers die niet meer in gebruik waren, het legerkampement, het klooster boven op de Durpinheuvel, en beneden een weeshuis en een kippenhok. Tegenover het kippenhok, zodat ze gemakkelijk hun eieren konden rapen, woonden twee Afghaanse prinsessen; hun vader was op vakantie naar Brighton gegaan en ontdekte bij terugkomst dat de Britten iemand anders op zijn troon hadden gezet. Uiteindelijk had Nehroe (een echte heer!) de prinsessen asiel verleend. En in een klein somber huisje woonde mevrouw Sen, wier dochter, Mun Mun, naar Amerika was gegaan.

Ten slotte was er Noni (Nonita) die met haar zuster Lola (Lalita) een met rozen begroeid huis met de naam Mon Ami bewoonde. Nadat Lola's man aan een hartaanval was overleden, was Noni de ouwe vrijster ingetrokken bij haar zuster de weduwe. Ze leefden van zijn pensioen, maar vanwege de eindeloze reparaties die aan het huis werden verricht, de stijgende prijzen in de bazaar, en de salarissen van hun meid, schoonmaker, nachtwaker en tuinman, hadden ze meer geld nodig.

En om aldus haar bijdrage te leveren aan de huishoudelijke financiën had Noni het verzoek van de rechter om Sai les
te geven geaccepteerd. Pas toen Sai zestien en Noni's kennis van wis- en natuurkunde niet meer toereikend was, had
de rechter zich genoodzaakt gezien Gyan voor deze vakken
aan te nemen.

'Dit is Saibaby,' zei de kok en stelde haar aan de zusters
voor.

Ze hadden haar treurig aangekeken, weeskind van India's
mislukte romance met de Sovjets.

'Het stomste wat India ooit heeft gedaan, de verkeerde
kant kiezen. Weet je nog toen Chotu en Motu naar Rusland
gingen? Dat hadden ze nog nooit meegemaakt, zeiden ze,'
merkte Lola tegen Noni op, 'zelfs niet in India. Zo ongelooflijk inefficiënt.'

'En herinner jij je nog,' zei Noni op haar beurt tegen Lola,
'onze Russische buren in Calcutta? Elke ochtend renden
ze het huis uit en kwamen met tassen vol eten terug, weet
je nog? En maar *bergen* aardappels en uien snijden, koken,
bakken. En 's avonds *weer* naar de winkel, en weer helemaal
opgewonden terug met nog *meer* uien en aardappels voor
het avondeten. Voor hen was India een land van overvloed.
Zoiets als onze markten hadden ze nog *nooit* gezien.'

Maar ondanks hun mening over Rusland en Sais ouders,
raakten ze met de jaren heel erg gesteld op Sai.

# 9

'*Nee toch,*' gilde Lola, toen ze hoorde dat de geweren van de rechter uit Cho Oyu waren gestolen. Ze was nu veel grijzer, maar koppiger en eigenzinniger dan ooit. 'Stel je voor dat die oproerkraaiers naar Mon Ami komen? Daar kun je zeker van zijn. Wij hebben wel niets, maar *dat* zal hen niet weerhouden. Voor vijftig roepie snijden ze je de strot af.'

'Jullie hebben toch een nachtwaker,' zei Sai afwezig, want de gedachte dat Gyan op de dag van de overval niet was gekomen hield haar nog steeds bezig. Zijn liefde was zeker aan het tanen...

'Budhoo? Maar die is Nepalees. Hoe kunnen we hem nu nog vertrouwen? Bij berovingen is het altijd de nachtwaker. Zij geven de informatie door en delen de buit... Weet je nog van mevrouw Thondup? Ze had zo'n Nepalees; op een dag kwam ze terug uit Calcutta en trof haar huis helemaal leeggehaald aan. *Leeggehaald.* Kopjes borden bedden stoelen bedrading licht leidingen, alles – zelfs de kettingen en de vlotters van de toiletten. Een van de mannen had geprobeerd de kabels langs de weg mee te nemen en die vonden ze geëlektrocuteerd. Elke bamboe was gekapt en verkocht, er zat geen één limoen meer aan de bomen. In de waterleidingen waren gaten geboord zodat elke hut op de helling water uit hun voorraad kon tappen – en van de nachtwaker uiteraard geen spoor te bekennen. Snel de grens over en terug naar Nepal gevlucht. Goeie god, Noni,' zei ze, 'we moeten Budhoo maar ontslaan.'

'Rustig nou maar. Dat kunnen we toch niet doen?' zei Noni. 'Daar is geen enkele reden voor.'

De twee zusters die samen op Mon Ami oud waren geworden, hadden altijd op Buddhoo gerekend en hem vertrouwd; in hun groentetuin groeide, voor zover ze wisten, de enige broccoli van het hele land, gekweekt uit zaden die uit Engeland kwamen; de boomgaard gaf genoeg vruchten voor dagelijkse porties gestoofde peertjes in het perenseizoen en er bleef nog voldoende over; daarvan probeerden ze in de badkuip wijn te maken. Hun waslijn boog door onder talloze Marks and Spenceronderbroeken en tussen de pijpjes door hadden ze uitzicht op de Kanchenjunga in een kraag van wolken. Bij de ingang van het huis hing een *tangka* van een demon – met hongerige hoektanden en halskettingen van schedels, pronkend met een grimmige penis – om de missionarissen af te schrikken. De salon stond vol met prullaria. Op Tibetaanse, in jadegroen en roodoranje geschilderde *choksee*-tafels lagen stapels boeken waaronder een boek met schilderijen van Nicholas Roerich, een Russische aristocraat die het Himalayagebergte zo indrukwekkend had afgeschilderd dat je al rilde bij de gedachte aan die koude neerslag, de eenzame reiziger op een yak, op reis – waarheen? Het onmetelijke vergezicht duidde op een abstracte bestemming. Verder de vogelgids van Salim Ali en de complete Jane Austen. In de eetkamerkast stond Wedgwood en op het buffet een jampot, die bewaard werd omdat hij zo mooi was. 'Fabrikant en hofleverancier van jam en marmelade' stond in gouden letters geschreven onder een door een gekroonde leeuw en een eenhoorn gedragen blazoen.

En dan was er de kat Mustafa, een roetzwart, langharig heerschap dat een volmaakte, voor geen enkele vorm van liefde gevoelige, onverschilligheid aan de dag legde. Op dit moment snorde hij als een startende vrachtwagen op Sais schoot, maar zijn ogen keken uitdrukkingsloos in de hare als waarschuwing dat zij niet moest denken dat dit liefde was.

Ter bescherming van al deze zaken en hun waardigheid hadden de zusters Budhoo in dienst genomen, een gepensioneerde militair, die in Assam had meegevochten tegen guerrillatroepen, in het bezit van een groot geweer en een even woeste snor. Hij kwam iedere avond om negen uur, rinkelend met zijn bel als hij op zijn fiets kwam aanrijden en zijn achterwerk van het zadel tillend als hij over de hobbel in de tuin reed.

'Budhoo?' riepen de zusters van binnen; ze zaten in bed, Kulusjaals om zich heen geslagen, nippend aan een Sikkimese cognac, terwijl op de radio het BBC-nieuws sputterde en hen met levendige knallen bestookte.

'Budhoo?'

'*Huzoor*!'

Dan luisterden ze weer verder naar de BBC en later soms naar hun kleine zwartwittelevisie, wanneer Doordashan trakteerde op *To the Manor Born* of *Yes, Minister*, met in de hoofdrollen heren met gezichten als sappige, vlezige hammen. Terwijl Budhoo op het dak aan de antenne morrelde, riepen de zusters vanuit het raam naar hem: 'Rechts, links, nee terug,' en de arme kerel bewoog heen en weer tussen de boomtakken en nachtvlinders, de neerslag van vies Kalimpongweer.

Om de zoveel tijd deed Budhoo 's nachts de ronde om Mon Ami; hij sloeg met een stok en blies op een fluit zodat Noni en Lola hem konden horen en zich veilig voelen totdat de bergen opnieuw als puur 24 karaat glommen en zij ontwaakten bij de poederachtige mist die in de zon wegbrandde.

Maar hun vertrouwen in Budhoo was nergens op gebaseerd. Hij zou hen in hun nachthemden kunnen vermoorden...

'Maar als we hem wegsturen,' zei Noni, 'wordt hij kwaad en is de kans dat hij wat doet tweemaal zo groot.'

'Ik zeg je dat die Nepalezen niet te vertrouwen zijn. En ze stelen niet alleen. Ook voor een moord draaien ze hun hand niet om.'

'Nu,' zuchtte Lola, 'het moest er wel van komen. Het broeide al een hele tijd. Is het hier ooit rustig geweest? Toen we naar Mon Ami verhuisden stond heel Kalimpong op zijn kop, weet je nog? Niemand wist wie spioneerde en wie niet. Volgens Beijing was Kalimpong een broeinest van anti-Chinese activiteiten...'

De bossen hadden vol monniken gezeten, en van de bergen regende het granaatrode vuurstralen, terwijl ze via de zout- en wolroutes uit Tibet ontsnapten. Ook waren er aristocraten gekomen, schoonheden uit Lhasa die walsten op het Gymkhanabal en de lokale bevolking verbaasden met hun wereldse leefwijze.

Maar lange tijd waren er grote voedseltekorten geweest, zoals altijd, wanneer politieke problemen de bergen bereikten.

'We kunnen beter zo snel mogelijk naar de markt gaan, Noni. Straks is er niets meer. En onze bibliotheekboeken! Die moeten we ruilen.'

'Hier doe ik niet mee tot het einde van de maand,' zei Lola. 'Heb 't bijna uit,' ze tikte op *A Bend in the River*, 'een hele kluif...'

'Schitterende schrijver,' zei Noni. 'Fantastisch. Een van de beste boeken die ik ooit heb gelezen.'

'O, ik weet niet,' zei Lola. 'Ik vind hem vreemd. Zit vast in het verleden... Heeft zich niet ontwikkeld. Een koloniale neurose, waarvan hij nooit is losgekomen. Er is heel wat veranderd tegenwoordig. Trouwens,' zei ze, 'in Engeland heeft kip tikka masala de fish and chips vervangen als favoriete afhaalmaaltijd. Stond pas in de *Indian Express.*'

'Tikka masala,' zei ze nog eens. 'Moet je nagaan.' Ze schilderde het Engelse landschap, met kastelen, hagen, egels enzovoort en tikka masala, die voorbijzoefde in bussen, fietsen, Rolls Royces. En daarna speelde ze een scène uit *To the Manor Born*: 'O Audrey. Wat verrukkelijk! Kip tikka masala! Ja, en ik heb ook wat basmati voor ons meegenomen. Dat vind ik de lekkerste rijst, jij ook niet?'

'Nou, ik ben het niet graag met je eens, maar daarin heb je misschien gelijk,' gaf Noni toe. 'Waarom schrijft hij niet over zijn huidige woonplaats? Waarom behandelt hij bijvoorbeeld niet de rassenrellen in Manchester?'

'Ja, ook het nieuwe Engeland, Noni. Een volslagen kosmopolitische gemeenschap. Pixie, bijvoorbeeld, wordt helemaal niet gediscrimineerd.'


Pixie was Lola's dochter en verslaggeefster bij de BBC; af en toe ging Lola haar opzoeken en verveelde bij terugkomst iedereen omdat ze van geen ophouden wist: 'Prachtig toneelstuk en o, die aardbeien met room… Ah, die aardbeien met room…'


'Tsjonge jonge! Wat een aardbeien met room, liefje en buiten in zo'n *beeldige* tuin,' deed Noni haar zuster na. 'Alsof je in Kalimpong geen aardbeien met room kan eten!' zei ze daarna. 'En die kan je eten zonder ieder woord op een goudschaaltje te wegen en rond te moeten lopen als een olifant op glazen muiltjes.'

'Die Engelse meisjes hebben vreselijke benen,' zei oom Neutje, die de woordenwisseling had bijgewoond. 'Dik en papperig. Gelukkig dragen ze tegenwoordig broeken.'

Maar Lola was veel te opgewonden om te luisteren. Haar koffers zaten vol met Marmite, Oxo-bouillonblokjes, pakjes Knorr-soep, After Eights, narcissenbollen en nieuwe voorraden Boots-komkommerlotion en Marks and Spencer-ondergoed – in haar ogen de essentie, de kwintessens van wat Engels was. De koningin droeg vast en zeker ook dit onovertroffen ondergoed:

| | |
|---|---|
| Zij was solide. | Het was solide. |
| Zij was sober. | Het was sober. |
| Zij was sterk. | Het was sterk. |
| Zij was serieus. | Het was serieus. |

Zij waren superieur.

Het kwam door Pixie dat ze 's avonds naar de radio luisterden.

'Budhoo?'

'*Huzoor.*'

'Goedenavond... hier is Piyali Bannerji met het BBC-nieuws.'

In heel India lachten de mensen als ze de Indiase naam hoorden uitspreken met *pucca* Brits accent en ze lachten zo hard dat ze er buikpijn van kregen.

Ziekte. Oorlog. Hongersnood. Noni protesteerde en was verontwaardigd, maar Lola glom van trots en hoorde alleen maar de steriele elegantie van haar dochters stem, die triomfeerde boven alle verschrikkingen die de wereld anderen aandeed. 'Je kan beter te vroeg dan te laat weggaan,' had ze haar dochter lang geleden geadviseerd, 'India is een zinkend schip. Ik wil je niet dwingen, kindje, ik denk alleen maar aan jouw geluk, maar *de deuren blijven niet eeuwig openstaan...*'

# 10

Biju was zijn tweede jaar in Amerika begonnen in Pinoc-
chio's Italiaans Restaurant. Hij roerde in grote pannen met
sputterende Bolognese terwijl uit de luidspreker een opera-
zanger zong van liefde, moord, wraak en gebroken harten.

'Hij stinkt,' zei de vrouw van de eigenaar. 'Ik geloof dat ik
allergisch ben voor zijn haarolie.' Ze had gehoopt op mannen uit de arme streken van Europa – Bulgaren misschien,
of Tsjecho-Slowaken. Met hen hadden ze tenminste misschien dingen gemeen als godsdienst en huidskleur, groot-
vaders die gerookte worstjes aten en ook op hen leken;
maar of het nou was dat er niet genoeg van kwamen of dat
ze niet wanhopig genoeg waren, ze wist het niet...

De eigenaar kocht zeep en tandpasta, tandenborstel,
shampoo inclusief crèmespoeling, wattenstokjes, nagel-
knipper en, het allerbelangrijkste, deodorant; tegen Biju
zei hij dat hij kon pakken wat hij nodig had.

Ze voelden zich opgelaten door de intimiteit van de voor
hen liggende producten.

Hij gooide het over een andere boeg: 'Wat vinden ze in
India van de paus?'

Als hij liet zien dat hij waarde hechtte aan Biju's ideeën,
zou hij Biju's gevoel van eigenwaarde versterken, want op
dat gebied kwam de jongen duidelijk tekort.

'Je hebt het geprobeerd,' zei zijn vrouw een paar dagen
later troostend, toen ze geen enkele verandering in Biju
konden ontdekken. 'Je hebt de zeep zelfs voor hem betaald,'
zei ze.

Biju ging naar Tom & Tomoko – 'Geen werk.'
McSweeny's Pub – 'Nemen niemand aan.'
Freddy's Wok – 'Kan je fietsen?'
Ja, dat kon hij.


Szechuan-vleugeltjes en patates frites, slechts $3,00. Gebakken rijst $1,35 en $1,00 voor gebakken noedels, rijkelijk gevuld – snij ze open en laat je bord vollopen met verrukkelijke olie. In dit land eten arme mensen als koningen! Kip van generaal Tso, varken van de keizer en Biju op een fiets, de tas met te bezorgen spullen aan zijn stuur, een bedeesde figuur tussen zwoegende bussen, uitpuilende taxi's – wat een grommende en winderige geluiden maakte dit verkeer. Biju trapte op de pedalen, uitgescholden door rechtstreeks uit Punjab afkomstige taxichauffeurs – een man is geen gekooid ding, een man is wild *wild* en moet als zodanig rijden, in een jakkerende jodelende taxi. Ze bestookten Biju met een getoeter dat horen en zien je deed vergaan:

# tuuuuttt!

Op een avond moest Biju soep en foe yong hai bij drie Indiase meisjes bezorgen, studenten, nieuwkomers in een flatgebouw dat sinds kort werd geëxploiteerd volgens herziene gemeentelijke huurvoorschriften. De oude bewoners hadden over de straten spandoeken met 'Dag tegen de verrijking' gespannen voor een feest eerder op de middag; ze hadden muziek gespeeld, op straat hotdogs gegrild en al hun waardeloze ouwe troep verkocht. De Indiase meisjes hoopten ooit eens tot de nieuwe rijken te behoren, maar op dit moment waren het studentes die, ook al waren ze niet welkom in de buurt, hartstochtelijk de kant van de armen kozen, die niets van hen moesten hebben.

Het meisje dat op zijn bellen opendeed glimlachte, blinkende tanden, blinkende ogen door blinkende glazen. Ze pakte de zak aan en ging geld halen. Binnen was de sfeer Indiaas vrouwelijk, veel zojuist gewassen haren, overal met goud bestikte slippers uit Kolhapur. Op de tafel lagen dikke rekenboeken samen met een gedrongen Ganesh die ondanks zijn gewicht helemaal van huis was meegenomen om het huis op te sieren en financiën en examens gelukkig te beïnvloeden.

'Nou,' zette een van hen het gesprek voort dat door Biju's komst was onderbroken, pratend over een vierde, niet aanwezig Indiaas meisje, 'waarom neemt ze dan geen Indiase jongen die al dat gedoe van driftbuien wel begrijpt?'

'Ze kijkt niet eens naar Indiase jongens, ze wil geen begrijpende Indiase jongen die kletsend met zijn tantes in de keuken is opgegroeid.'

'Wat wil ze dan?'

'Ze wil een stoere cowboy met een doctorstitel.'

Ze bezaten de eigendunk van zoveel Indiase vrouwen uit het milieu van Engels-sprekende hoogopgeleiden, bezochten cocktaillunches, aten de roti van hun Dadi's met bedreven vingers, wikkelden sari's om of schoten in een elastisch fitnessbroekje, zeiden even gemakkelijk '*Namaste*, Kussum Auntie, *aayiye, baethiye, khayiye!*' als 'Shit!' Ze lieten al snel hun haar afknippen, dweepten met romantiek in westerse stijl en keken uit naar een traditionele ceremonie met veel juwelen: een groene parure (ze bedoelden smaragd), een rode parure (ze bedoelden robijn) een witte parure (ze bedoelden diamant). Ze vonden dat zij de bij uitstek aangewezen personen waren om mensen over alle mogelijke onderwerpen te onderhouden: docenten financiële administratie over financiële administratie, inwoners van Vermont over herfstbladeren, Indiërs over Amerika, Amerikanen over Indiërs, Indiërs over India, Amerikanen over Amerika. Ze waren zelfverzekerd; ze maakten indruk; in de

Verenigde Staten, waar men gelukkig nog steeds veronderstelde dat de Indiase vrouw onderdrukt werd, werden ze geprezen als buitengewoon – met als ongelukkig resultaat dat ze nog meer werden wat ze al waren.

Ze controleerden: gelukskoekjes, chilisaus, sojasaus, eendensaus, eetstokjes, servetten, plastic lepels messen en vorken.

'*Dhanyawad. Shukria.* Dank je wel. Extra fooi. Eigenlijk zou je voor de winter muts-sjaal-handschoenen moeten kopen.'

Het meisje met de blinkende ogen zei het op vele manieren, zodat het echt tot hem zou doordringen – zodat hij goed zou beseffen hoe welwillend ze waren bij deze ontmoeting tussen Indiërs in den vreemde van verschillende klassen en talen, rijk en arm, noord en zuid, hoogste kaste laagste kaste.

Biju stond bij de deur en werd door meerdere gevoelens tegelijk bekropen: honger, respect, afkeer. Hij klom op de fiets die hij tegen het hek had gezet en stond op het punt te gaan, maar iets weerhield hem. Het was een appartement op de begane grond met zwarte veiligheidstralies; hij stopte twee vingers in zijn mond en floot naar de meisjes die hun lepels in de plastic verpakking staken; het bruine vocht en troebele stukjes ei zagen er in het plastic afschuwelijk uit; *twie twieeeeee twoee*, en voordat hij hun reactie kon zien, fietste hij zo hard hij kon weg, in het donderende denderende verkeer Broadway af, en onder het fietsen zong hij luidkeels: '*O, yeh ladki zara si deewani lagti hai...*'

Ouwe liedjes waren de mooiste liedjes.


Maar een week later belden vijf mensen naar Freddy Wok om te klagen dat het eten koud was. Het was nu winter.

De dagen werden korter, de avond schrokte meer op dan de hem toebedeelde portie uren. Biju snoof de eerste sneeuw op en vond dat het net zo onaangenaam prikte als de lucht in de vrieskast; hij voelde het als piepschuim onder zijn voeten kraken. Het ijs van de Hudson barstte krakend en binnen de contouren van deze grijze, gebarsten rivier was het alsof de inwoners van de stad een glimp kregen voorgeschoteld van iets wat veraf en verlaten was en dat hun de mogelijkheid gaf over hun eigen eenzaamheid na te denken.

Biju stopte onder zijn hemd een laag kranten – overgebleven exemplaren van die aardige meneer Iype de krantenverkoper – en soms stopte hij de pannenkoeken met sjalotjes onder de kranten, op het idee gebracht door de herinnering aan een oom die 's winters op het land ging werken met zijn *parathas* voor de lunch onder zijn jasje. Maar zelfs dat leek niet te helpen en eenmaal op zijn fiets huilde hij van de kou en zijn tranen boorden een dieper gelegen verdrietader aan – tussen zijn snikken door ontsnapte zo'n enorme kreun dat hij zich met een schok realiseerde hoe diep zijn droefheid zat.


Eenmaal terug in de kelder in het hartje van Harlem, viel hij meteen in slaap.

Het pand behoorde toe aan een onzichtbaar verhuurbedrijf dat als adres One and a Quarter Street had en overal in de buurt huizen bezat; de hoofdopzichter vulde zijn inkomen aan door illegale verhuur op week-, maand- en zelfs dagbasis van verblijfplaatsen in de kelder aan mede-illegalen. Hij sprak ongeveer net zoveel Engels als Biju en zo hadden ze met Spaans, Hindi en wilde mimiek een huurcontract opgesteld, terwijl Jacinto's gouden tanden glinsterden in de late avondzon. Biju voegde zich bij een wisselende bevolking van mannen die bij de stoppenkast sliepen, achter de boiler, in de hoeken en gaten die ooit als voorraadruimtes, dienstboden-, was- en opslagkamers hadden gediend onder in wat eens het huis van een gezin was geweest, met een entree die nog steeds versierd was met een fragment van een stervormig, gekleurd mozaïek. De mannen deelden een gele wc; de gootsteen was een zinken wastobbe. Er was één stoppenkast voor het hele pand en als iemand te veel apparaten of lichten aandeed, deed de elektriciteit FFFT, en de bewoners schreeuwden tegen niemand, want er was natuurlijk niemand die naar hen luisterde.

Vanaf de eerste dag had Biju zich hier zenuwachtig gevoeld. 'H'llo,' had een man op de stoep van zijn nieuwe onderkomen gezegd en stak met een hoofdknik zijn hand uit, 'ik ben Joey en ik heb net wat WHIEZ-KIEE gekocht!' Gezag en gesis. Dit was de buurtzwerver aan de grens van zijn jachtterrein en vaste territorium, dat hij soms markeerde door recht over de weg een heldere boog te plassen. Hij overwinterde hier op een rooster van de ondergrondse in een slaphangende, enorme plastic zak die als tent dienstdeed en elke keer dat er een trein passeerde bol ging staan met muffe lucht. Biju had de kleverige uitgestoken hand aangenomen, de man had hem stevig vastgehouden en Biju had zich losgerukt en was weggerend, achtervolgd door een kakelende lach.


'Het eten is koud,' klaagden de klanten. 'Soep was koud. Alweer! De rijst is elke keer opnieuw koud.'

'Ik heb het ook koud,' zei Biju die kwaad begon te worden.

'Fiets dan harder,' zei de eigenaar.

'Kan ik niet.'


Het was even na een uur in de ochtend toen hij Freddy's Wok voor de laatste keer verliet. De straatlantaarns waren lichtkransen gevuld met stervormige flinters bevroren nevel

75

en hij stapte tussen met lege afhaalverpakkingen getooide sneeuwhopen en hondenpies die nog geel van verbazing was gestold. De straten waren leeg op de dakloze na die op een onzichtbaar horloge aan zijn pols stond te kijken en in een niet werkend toestel van een telefooncel stond te praten. 'Vijf! Vier! Drie! Twee! Een – AF!' riep hij; toen hing hij op en zette het op een lopen terwijl hij zijn hoed vasthield alsof de raket die hij zojuist in de ruimte had gelanceerd hem zou kunnen wegblazen.

Biju ging werktuiglijk bij het zesde donkere huis met zijn grafstenen gevel naar binnen, langs de metalen vaten waartegen hij het onmiskenbare geluid van klauwende ratten kon horen, en liep de trap naar de kelder af.

'Ik ben heel moe,' zei hij hardop.

Vlakbij lag een man in zijn bed te woelen, nu eens op zijn ene zij, dan weer op zijn andere zij draaiend. Iemand anders lag te knarsetanden.


Tegen de tijd dat hij weer werk had gevonden, bij een bakkerij ter hoogte van Broadway en La Salle, had hij al zijn geld uit de spaarenvelop in zijn schoen opgemaakt.

Het was lente, het ijs smolt, de ontdooide pis liep weg. Overal, in cafés en bistro's in de stad werd van deze tere, buitengewone, flinterdunne periode tussen de helskoude winter en de helshete zomer geprofiteerd en gedineerd in de buitenlucht op het smalle trottoir onder de kersenbloesems. Vrouwen in poppenjurkjes, met linten en strikken die niet bij hen pasten, trakteerden zichzelf op de eerste *fiddleheads* van het seizoen; de geur van duur eten mengde zich met de uitlaatgassen van taxi's en de wulpse adem van de ondergrondse die onder de voorjaarsrokken van de meisjes kroop, die zich afvroegen of Marilyn Monroe zich *zo* had gevoeld – ik denk het niet, ik denk het niet…

De burgemeester vond een rat in Gracie Mansion.

En in de Queen of Tarts-bakkerij maakte Biju kennis met Saeed Saeed, die de door hem meest bewonderde man in de Verenigde Staten van Amerika zou worden.

'Ik kom uit Zanzibar, *niet* uit Tanzania,' stelde hij zich voor.

Biju had nog nooit van het een noch van het ander gehoord. 'Waar ligt dat?'

'Weet je dat niet? Man, Zanzibar stikt van de Indiërs. Mijn grootmoeder – zij is Indiase!'

In Stone Town aten ze samosa's en *chapatis, jalebis* en pilav... Saeed Saeed kon net zo zingen als Amitabh Bachhan en Hema Malini. Hij zong *Mera joota hai japani...* en Bombay *se aaya mera dost – Oi!* Hij kon met uitgestrekte armen sierlijke gebaren maken en met zijn heupen wiegen net zoals Kavafya van Kazachstan en Omar uit Maleisië dat deden en gezamenlijk voerden zij voor Biju de ene na de andere opwindende dans uit. Biju was zo trots op de films van zijn land dat hij bijna flauwviel.

# 11

Maandag, woensdag en vrijdag waren de dagen dat Noni lesgaf aan Sai.

De kok zette haar af en haalde haar op bij Mon Ami en intussen ging hij zelf door naar de markt en het postkantoor en verkocht zijn chhang.

Oorspronkelijk was hij zijn handeltje in sterke drank begonnen omwille van Biju, omdat zijn salaris al die jaren nauwelijks veranderd was. Zijn laatste opslag was vijfentwintig roepie geweest.

'Maar sahib,' had hij gesoebat, 'hoe kan ik hiervan rondkomen?'

'Alles wordt voor je betaald – onderdak, kleding, eten, medicijnen. Dit is extra,' snauwde de rechter.

'En Biju dan?'

'*Biju?* Biju moet zijn eigen leven leiden. Wat mankeert hem?'

De kok, die bekendstond om de goede kwaliteit van zijn product, kocht gierst, waste en kookte het als rijst, voegde er gist aan toe en liet het bij heet weer een nacht lang fermenteren, in de winter langer. Een dag of twee in een jutezak en als het die zure droge rinse smaak had, verkocht hij het aan een eethuisje met de naam Gompu's. Hij zwol van trots als hij mannen in de stoom en rook zag zitten, hun bamboekommen vol met zijn met heet water aangelengde graan. Ze zogen het vocht op, filterden de gierst met een bamboestengel als rietje – *aaaaah...* De kok gaf zijn klanten het dringende advies altijd wat chhang naast hun bed te hebben, voor het geval ze 's nachts dorst kregen, en beweerde dat het versterkend werkte na een ziekte. Deze onderneming leidde tot een andere, nog lucratievere toen de kok op de zwarte markt van merknamen contacten legde en een belangrijke, alhoewel kleine schakel werd in de clandestiene handel in gesubsidieerde alcohol- en brandstofrantsoenen voor het leger. Zijn hut was voor militaire vrachtwagens op weg naar de officiersmess simpel te bereiken via een door het oerwoud aan het oog onttrokken afslag. Hij wachtte in het struikgewas. De wagens stopten en de kratten werden snel uitgeladen – Teacher's, Old Monk, Gilby's, Gymkhana. Hij droeg ze naar zijn hut en later naar bepaalde kooplui in de stad, die de flessen verkochten. Allen deelden in de winst, de kok uit de hele onderneming een luttel bedrag, vijftig roepie, honderd roepie, de vrachtwagenchauffeurs een grotere som, de mannen in de mess nog meer. De grootste portie ging naar majoor Aloo, vriend van Lola en Noni, die hun, op dezelfde manier, voorzag van hun favoriete Black Cat-rum en kersenbrandewijn uit Sikkim.

De kok deed dit voor Biju, maar ook voor zichzelf, want de kok dweepte met moderne zaken: grillovens, elektrische scheerapparaten, horloges, camera's, stripverhalen in kleur. 's Nachts droomde hij niet in de Freudiaanse symbolen waar anderen nog in verstrikt zaten, maar in moderne codes, de cijfers op een telefoon die wegvlogen voordat hij ze kon draaien, een vervormde televisie.

Hij had ontdekt dat niets zo erg was als in dienst te zijn van een familie waarop je niet trots kon zijn, die jou in de kou liet staan, je in verlegenheid bracht en voor gek zette. Hoe de andere koks en meiden, nachtwakers en tuinmannen op de berg lachten en opschepten hoe goed *zij* het hadden bij *hun* werkgevers – geld, comfort, zelfs pensioenen op speciale bankrekeningen. Ja, sommigen van deze bedienden waren zo geliefd dat men hen *smeekte* niet te werken; hun werkgevers vroegen hun of ze alsjeblieft room en ghee wilden eten, goed voor hun winterhanden en -voeten zorgen en zich op de winterse namiddagen als varanen in de zon koesteren. De nachtwaker van de MetalBox verzekerde hem dat hij elke ochtend een gebakken ei nuttigde – met witte toost, toen wit brood nog in de mode was, en met bruine toost nu bruin brood in zwang was.

Deze rivaliteit ging zover dat de kok zichzelf betrapte op het vertellen van leugens. Meestal over het verleden, want het heden kon te gemakkelijk geverifieerd worden. Hij liet iets los over de voorbije roem van de rechter en dus ook over die van hem, en dat ging als een lopend vuurtje de hele markt rond. Een groot politicus, vertelde hij, een rijke grondbezitter die zijn familiebezittingen had weggeschonken, een voorvechter van vrijheid die een enorme machtspositie bij de rechtbank opgaf omdat hij zijn medemensen niet wilde veroordelen – met zijn patriottische inborst kon hij geen congres-wallahs in de gevangenis laten zetten of demonstraties verbieden. Een heel bezielende man maar, gebroken door verdriet over de dood van zijn vrouw, asceet en filosoof geworden, een vrouw die op haar beurt het soort opofferende en vrome moeder was voor wie een Hindoe beeft. 'Daarom is hij dag in dag uit alleen.'

De kok had de vrouw van de rechter nooit gekend, maar hij beweerde dat hij zijn informatie had gekregen van de oudere bedienden van het huis en ten slotte was hij zijn prachtige verhaal gaan geloven. Het gaf hem een gevoel van eigenwaarde, zelfs als hij de afgeprijsde groenten door zijn handen liet gaan en goedkope meloenen vol blutsen bekeek.

'Hij was een volslagen ander mens,' zei hij tegen Sai, toen ze pas in Kalimpong was. 'Je zult het niet geloven. Hij was van rijke afkomst.'

'Van welke familie is hij?'

'Van de hoogste families uit Gujarat. Ahmedabad. Of was

het Baroda? Een *haveli* zo groot als een paleis.'

Sai was graag bij hem in de keuken als hij haar verhalen vertelde. Hij gaf haar stukjes deeg om chapati's van te rollen en liet haar zien hoe zij ze mooi rond moest maken, maar die van haar hadden alle mogelijke vormen. 'De kaart van India,' zei hij, terwijl hij er een afkeurde. 'O, nu heb je de kaart van Pakistan gemaakt,' hij pikte de volgende eruit. Uiteindelijk mocht ze er een op het vuur leggen om op te laten komen, en als hij niet opkwam, zei hij: 'Nu ja, hondenroti speciaal.'

'Vertel verder,' vroeg ze als ze jam op een taart mocht smeren of kaas in een saus raspen.

'Hij werd naar Engeland gestuurd en tienduizend mensen brachten hem naar het station. Hij zat boven op een olifant. Hij had namelijk een beurs van de maharadja gewonnen...'


De rechter ving het gepraat van de kok op terwijl hij in de salon over zijn schaakbord gebogen zat. Als hij aan zijn verleden dacht, voelde hij een vreemde jeuk. Over zijn hele lichaam ontstond een branderig gevoel. Het kriebelde van binnen zo erg dat hij het nauwelijks kon uithouden.


De waarheid was dat Jemubhai Popatlal Patel was geboren in een familie die tot de boerenkaste behoorde, in een provisorisch bouwsel onder een dak van palmbladeren waar het ritselde van de ratten, aan de rand van Piphit, waar de stad weer op een dorp leek. Het was 1919 en de Patels herinnerden zich het Piphit dat tijdloos leek te zijn. Eerst had het toebehoord aan de Gaekwad-koningen van Baroda en vervolgens aan de Engelsen, maar hoewel nu eens de ene, dan de andere eigenaar de opbrengsten had opgestreken, was het landschap onaangetast gebleven. Midden in het land stond een tempel met daarnaast een meerstammige banyanboom. In de schaduw van deze zuilen gingen witgebaarde mannen op in hun herinneringen. Koeien loeiden *booee ooeee, booee, ooeee,* door de katoenvelden liepen vrouwen om water te gaan halen bij de door modder vertroebelde, trage, bijna ingeslapen rivier.

Maar daarna waren er rails aangelegd over de zoutpannen zodat stoomtreinen uit de dokken van Surat en Bombay de katoen vanuit het binnenland konden halen. Er kwamen woonwijken met ruime woonhuizen, een rechtbank met een torenklok om de nieuwe, snel voortschrijdende tijd bij te houden en in de straten krioelde het van alle soorten mensen: Hindoes, christenen, Jain, moslims, kantoorpersoneel, soldaten, tribale vrouwen. Op het marktplein dreven winkeliers vanuit piepkleine winkeltjes handel die een brug sloeg tussen Kobe en Panama, Port-au-Prince, Shanghai, Manila, maar ook naar minuscule kraampjes met ijzeren daken, op vele dagen reizen met de ossenwagen. Hier op het plein, op een smal uitstekend muurtje van een grossierderij in snoepwaar bezat Jemubhais vader een bescheiden handeltje in het verschaffen van valse getuigenissen voor de rechtbank. (Wie had kunnen denken dat zijn zoon zoveel jaren later rechter zou worden?)

Het waren de gebruikelijke dingen: een jaloerse echtgenoot die de neus van zijn vrouw afhakte of een vervalst document waarin een nog in leven zijnde vrouw dood werd verklaard, zodat haar bezittingen verdeeld konden worden onder de inhalige nabestaanden.

Hij gaf instructies aan de armen, de wanhopigen, de schoften en repeteerde nauwgezet: 'Wat weet je van Manubhais buffel?'

'Manubhai hád helemaal geen buffel.'

Hij was trots op zijn vermogen het pad der gerechtigheid te corrumperen, het goede te verwisselen met het kwade of het kwade met het goede. Schuldgevoel kende hij niet.

Tegen de tijd dat de zaak van een gestolen koe voorkwam bij de rechtbank, hadden er zoveel woordenwisselingen tussen de strijdende families plaatsgehad, zoveel verwikkelingen en vergeldingsacties, dat er helemaal geen goed en kwaad meer bestond. Het was een waan om een zuiver antwoord na te jagen. Hoever kon je teruggaan en dingen rechtzetten?

De zaken liepen goed. Voor vijfendertig roepie kocht hij een tweedehands Hercules-fiets en rijdend door de stad werd hij een vertrouwd beeld. Bij de geboorte van zijn eerste en enige zoon waren zijn verwachtingen onmiddellijk hooggespannen. Baby Jemubhai klemde vijf miniatuurvingertjes om één vinger van zijn vader. Zijn greep was vastbesloten en enigszins genadeloos, maar zijn vader zag hierin een bewijs van goede gezondheid en kon zijn blijdschap niet verbergen. Toen zijn zoon groot was, stuurde hij hem naar de zendingsschool.


Elke doordeweekse ochtend schudde Jemubhais moeder hem wakker terwijl het nog donker was, zodat hij zijn lessen nogmaals kon repeteren.

'Nee, nee, alstublieft, nog eventjes, nog eventjes.' Hij wrong zich los uit haar greep, zijn ogen nog dicht, klaar om weer in te slapen; hij had nooit kunnen wennen aan dit ontwaken in het donker, dit tijdstip dat toebehoorde aan rovers en jakhalzen, aan vreemde geluiden en vormen, die, dat wist hij zeker, niet bedoeld waren om door hem, nog maar een schooljongetje aan de Bishop Cotton School, gehoord en gezien te worden. Voor zijn ogen was het alleen maar zwart, al wist hij dat het toneel in werkelijkheid een allegaartje was, buiten sliepen bemoeizieke verwanten zij aan zij, *kakas-kakis-masas-masis-phois-phuas*, en aan het strooien dak van de veranda bengelden pakjes in verschillende kleuren, aan de bomen stonden buffels vastgemaakt aan een ring door hun neus.

Zijn moeder waarde als een geest rond over het donkere erf, goot koud bronwater over zijn onzichtbare persoontje, schrobde hem hardhandig met de dikke polsen van een boerenvrouw, wreef olie in zijn haar en al wist hij dat het zijn hersenen goed deed, het voelde aan alsof zij ze eruit wreef.

Hij werd tot barstens toe volgepropt. Elke dag kreeg hij een groot glas verse melk waarop dikke gouden vetdeeltjes dreven. Zijn moeder hield het glas aan zijn lippen en haalde het pas weg als het leeg was, zodat hij opdook als een walvis uit de zee, hijgend naar adem. Zijn maag vol room, zijn hoofd vol kennis en in een klein zakje om zijn nek kamfer om ziekten af te wenden; over dit alles werd een gebed uitgesproken en het werd met een duim van rode en gele *tikas* voorzien. Achter op zijn vaders fiets werd hij naar school gebracht.

Aan de ingang van het schoolgebouw hing een portret van koningin Victoria in een jurk die op een gerimpeld gordijn leek, een pelerine met franjes en een merkwaardige hoed waaruit veervormige pijlen staken. Elke ochtend als Jemubhai eronderdoor liep, werd hij gefascineerd door haar kikkerachtige uitdrukking en was diep onder de indruk dat zo'n gewone vrouw zo machtig was geweest. Hoe meer hij over deze eigenaardigheid nadacht, des te meer groeide zijn respect voor haar en de Engelsen.

Hier, onder haar wrattige aanwezigheid, had hij uiteindelijk gerealiseerd wat zijn man-zijn had beloofd. Uit hun aftakelende Patel-lijn verscheen een intelligentie die door zijn vlotheid modern leek. Hij las een bladzijde, deed het boek dicht en dreunde het op, kende uit zijn hoofd een stuk of tien getallen, werkte zich als een maaimachine door een doolhof van berekeningen, leverde het antwoord als een kant-en-klaarproduct dat van de lopende band rolde. Soms keek zijn vader naar hem en vergat dat het zijn zoon was: in de röntgenflitsen van zijn verbeelding zag hij vooral die vernuftige bloemkool binnen in zijn zoons schedel.

Meteen werd de dochters alles ontzegd om er zeker van te zijn dat hij van alles het beste kreeg, van liefde tot en met voedsel. De jaren vlogen om.

Maar Jemubhai zelf had weinig uitgesproken ideeën en het was zijn vader die als eerste de ambtenarij opperde.

Toen Jemu, veertien jaar oud, als beste van de klas zijn examen had gehaald, ontbood de directeur, meneer McCooe, zijn vader; hij adviseerde hem zijn zoon het plaatselijke examen te laten doen, waarmee hij werk zou kunnen vinden bij de lagere ambtenarij. 'Slimme jongen… wie weet komt hij bij het hooggerechtshof!'

De vader vertrok en dacht: Nou, als hij dat kan, kan hij nog meer. Misschien kan hij zelfs wel rechter worden.

Zijn zoon zou misschien, *heel misschien!* de zetel bezetten waar zijn vader, trotse ontwrichter van het systeem, laagste op de rechterlijke ladder, tegenaan keek. Hij kon hoofdcommissaris worden of rechter aan het hooggerechtshof. Hij zou een rare witte pruik dragen boven een donker gezicht in de brandende zomerzon en recht spreken over zaken waaraan van alles vals en doorgestoken was. In hun handen, vader onderaan, zoon bovenaan, zou de gerechtigheid liggen, met alles wat erbij kwam.

Hij maakte Jemubhai deelgenoot van zijn droom. Hun droom was zo fantastisch, dat het hen verrukte als een prachtig sprookje. En het was misschien omdat deze droom zo'n hoge vlucht nam, dat de logica hem niet kon weerhouden, dat hij vorm kreeg en zich begon te laten gelden. Als vader en zoon niet zo naïef waren geweest, zou het hun niet gelukt zijn; als ze lager hadden gemikt, zouden ze, volgens de logica der waarschijnlijkheid, misgeschoten hebben.

Het aanbevolen aantal Indiërs in de ics was vijftig procent, een quota dat zelfs niet bij benadering werd gehaald. Aan de top, ja, daar was plaats. Maar onderaan was zeker geen plaats.

Jemubhai bezocht dankzij een beurs het Bishop's College en daarna vertrok hij op de ss Strathnaver naar Cambridge. Bij zijn terugkomst werd hij, als ambtenaar van de ics, aangesteld in Uttar Pradesh, een district ver van zijn huis.

'Toen waren er een heleboel bedienden,' zei de kok tegen Sai. 'Nu ben ik natuurlijk de enige.' Hij was gaan werken als tienjarige voor een salaris dat de helft van zijn leeftijd bedroeg, vijf roepie, als het allerlaagste *chokra* manusje van alles in de keuken van een club waar zijn vader de dessertskok was.

Op zijn veertiende nam de rechter hem in dienst voor twaalf roepie per maand. In die tijd moest je nog weten dat, als je een pot room onder een koe bond en je naar de volgende overnachtingsplaats liep, de room tegen het einde van de dag vanzelf boter was geworden. Dat je van een omgekeerde paraplu met muskietengaas eromheen een draagbare provisiekast voor vlees kon maken.

'We waren altijd op reis,' zei de kok, 'drie van de vier weken. Alleen op de ergste moessondagen reisden we niet. Als hij kon, reed je grootvader in zijn auto, maar in grote delen van het district waren geen wegen en over de rivieren nauwelijks bruggen, dus vaker moest hij te paard gaan. Af en toe, in woeste gebieden met diepe, snelle stromen, reed hij op een olifant. Wij reisden vooruit in een optocht van ossenwagens, volgeladen met serviesgoed, tenten, meubilair, vloerkleden – van alles. Er waren dragers, adjudanten, een stenograaf. Er was een draagbaar closet voor de badkamertent, en zelfs een *murga-murgi* in een kooi onder de wagen. Ze waren in het buitenland gefokt en de hen legde meer eieren dan alle murgi die ik ooit heb gezien.'

'Waar sliepen jullie?' vroeg Sai.

'We zetten in dorpen overal in het district onze tenten op. Een grote, circusachtige slaaptent voor je grootvader, met daaraan vast een badkamer-, kleedkamer-, salon-, en eetkamertent. De tenten waren heel ruim, met kasjmieren tapijten, zilveren schalen en je grootvader droeg voor het diner, zelfs in het oerwoud, een zwarte smoking met vlinderdas.

Ik zei al dat wij vooruitgingen, zodat, wanneer je grootvader arriveerde, alles precies zo stond als het in het vorige kampement was achtergelaten. Dezelfde dossiers in dezelfde hoek open op precies dezelfde bladzijde. Als het maar even wat anders was, werd hij boos.

We moesten ons stipt aan het tijdschema houden – we mochten nog geen vijf minuten te laat zijn, dus we moesten allemaal leren klokkijken.

Om kwart voor zes bracht ik de ochtendthee op een dienblad naar de tent van je grootvader. Dan riep ik "Bed tea" terwijl ik de tentflap oplichtte.'

Het klonk als *bad tea. Bad tea, bad tea.* Sai barstte in lachen uit.

De rechter staarde naar zijn schaakbord, maar na de aanvankelijk schrijnende herinneringen, voelde hij zoete opluchting toen hij terugdacht aan zijn leven als rondreizend ambtenaar.

Hij voelde zich op zijn gemak in het strakke tijdschema, evenals in zijn onverzettelijke gezagsuitoefening. Hij genoot van zijn macht over de klassen waarvoor zijn familie eeuwenlang door het stof was gekropen – zoals de stenograaf bijvoorbeeld, een Brahmaan. Die kroop in een klein tentje opzij, terwijl Jemubhai als een koning op een uit teakhout gebeeldhouwd, met een muskietennet bespannen bed lag.

'Bed thee,' riep de kok. '*Bad tea.*'

Hij ging rechtop zitten om te drinken.

6 uur 30: hij nam een bad in water dat op het vuur was verhit, zodat het naar hout geurde en vol asspikkels zat. Zijn zojuist gewassen gezicht smukte hij op met een pufje poeder, zijn haren met een likje pommade. Knauwde op toost die verkoold was omdat het op open vuur was geroosterd, de geblakerde korst bestreken met marmelade.

8 uur 30: hij reed het land in met de lokale ambtenaren en de rest van het dorp dat voor de lol meeging. Gevolgd door een adjudant die een paraplu tegen de felle zon boven zijn hoofd hield, nam hij de maten van de akkers op, ging na of de door hem opgegeven berekening overeenkwam met de verklaring van de hoofdman. Boerderijen verbouwden minder dan tien man rijst of tarwe per acre en voor twee roepie per persoon stond iedereen in een dorp, van tijd tot tijd, in het krijt bij de *bania*. (Natuurlijk wist niemand dat Jemubhai zelf schulden had, dat lang geleden in het kleine dorpje Piphit in Gujarat geldschieters in hem een winnende combinatie van ambitie en armoede hadden geroken... dat ze nog steeds met gekruiste benen op een vuile mat op het marktplein zaten, hun tenen knakkend en hun knokkels krakend in afwachting van de terugbetaling...)

14 uur: na de lunch hield de rechter zitting aan zijn bureau onder een boom, gewoonlijk uit zijn humeur, want hij hield niet van het gebrek aan formaliteit, haatte de schaduwvlekken van de bladeren op zijn gezicht, waardoor hij eruitzag als een onverzorgde halfbloed. Onzuiverheid en

verbastering hadden hun kwalijkere kant: hij behandelde zaken in het Hindi, die echter door zijn stenograaf in het Urdu waren opgetekend en door de rechter in een tweede verslag in het Engels vertaald, hoewel zijn kennis van het Hindi en Urdu zeer matig was. De getuigen die helemaal niet konden lezen, plaatsten hun vingerafdrukken onder aan het 'Gezien en goedgekeurd', zoals voorgeschreven. Niemand wist met zekerheid hoeveel van de waarheid was zoekgeraakt tussen talen, tussen talen en ongeletterdheid. De door justitie vereiste helderheid bestond niet. Maar ondanks de schaduw van de bladeren en de taalverwarring verwierf hij een geduchte reputatie om zijn uitspraken die tot geen enkele taal leken te behoren en om zijn masker-achtige gezicht waaruit zoiets als bovenmenselijke onfeil-baarheid sprak. Zijn hier aangescherpte handelwijze zou hem uiteindelijk helemaal naar het hooggerechtshof in Lucknow brengen. Daar zou hij, getergd door zich van de wet niets aantrekkende, over de hoge, beschaduwde gebou-wen heen en weer fladderende duiven, de rechtbank voor-zitten, een witte gepoederde pruik boven zijn witte gepoe-derde gezicht, hamer in de hand.

Zijn foto, in die uitrusting, met die getergde blik, hing nog steeds aan de muur, als historisch pronkstuk van de ontwikkeling van Indiaas gezag en orde.

16 uur 30: de thee moest perfect zijn: pannenkoeken gebakken in de koekenpan. Hij begon eraan met gefronst voorhoofd, alsof hij boos nadacht over iets belangrijks en vervolgens, net zoals later toen hij gepensioneerd was, won de zoete smaak het, en ontspande zijn grimmige werkge-zicht zich.

17 uur 30: met visgerei of geweer ging hij het land in, waar heel veel wild zat. In oktober trokken zwermen trekvogels als lassolussen door de lucht. Kwartels en patrijzen, gevolgd door slingerende rijen babyvogels, klapwiekten voorbij als speelgoed dat al bewegend geluid maakt; fazanten – dik-

ke dwaze schepsels, bestemd om te worden afgeschoten – renden dribbelend door het struikgewas. De knal van het geweerschot stierf weg, de bladeren trilden na en hij ervoer de diepe stilte die alleen na geweld kon komen. Maar één ding ontbrak altijd, de klap op de vuurpijl, de kroon op het werk, de huid van de beer, de patrijs voor de pan, omdat hij terugkeerde met...

*Niets!*

Als schutter was hij niets waard.

20 uur: de kok redde zijn reputatie, bereidde een kip en serveerde die als 'gebraden gangster', precies zoals de inboorlingen die geen correct Engels spreken in het bij de Engelsen favoriete moppenblaadje. Maar soms, tijdens het eten van die gebraden zogenaamde gans, bekroop de rechter het gevoel dat de grap misschien ook op hem sloeg en hij riep om nog een glas rum, nam een slok en at met het idee dat hij zichzelf at, omdat hij (ja of nee?) ook deel van de grap was...

21 uur: nippend aan een Ovaltine noteerde hij wat hij die dag aan gegevens had verzameld. De Petromax-lantaarn werd aangestoken – wat een herrie maakte het ding – en insecten staken het donker over om hem te bombarderen met tere bloemen (motten), met iriserende kleuren (kevers). Lijnen, kolommen, vierkanten. Hij besefte dat de waarheid het best bekeken kon worden in kleine hoeveelheden tegelijk, want een heleboel minuscule waarheden konden uitkomen op een gigantische onsmakelijke leugen. Ten slotte schreef hij in zijn dagboek, dat ook aan zijn superieuren moest worden overlegd, de toevallige waarnemingen van een ontwikkeld man, iemand die opmerkzaam was, zowel literair als financieel onderlegd, en hij verzon jachttriomfen: twee patrijs... een hert met een een halve meter gewei...

23 uur: 's winters viel hij in slaap met een hete kruik en in alle seizoenen bij het geluid van de wind die de bomen geselde en van de snurkende kok.

Het werken voor Jemubhai stelde de kok teleur. Een enorme achteruitgang, vond hij, vergeleken bij zijn vader die alleen maar voor blanken had gewerkt.

De ICS verindiaaste en een aantal oudgedienden vond het maar niets, maar wat deed je ertegen? Er was zelfs een mededinger voor zijn post gekomen, de man dreunde aanbevelingen op, geërfd van zijn vader en grootvader, waaruit moest blijken dat hij afstamde van een eerlijke en loyale familie.

De vader van de kok had carrière gemaakt zonder dergelijke lovende uitspraken en had voor zijn zoon aanbevelingen gekocht op de getuigschriftenbeurs van bedienden. Sommige waren zo oud dat ze spraken van grote ervaring in *dhobi*-pastei en veldmaarschalkkip.

De rechter bestudeerde ze. 'Maar hij heet geen Solomon Pappiah. En ook geen Sampson. En geen Thomas.'

'Maar ze hielden zo veel van hem,' zei de vader van de kok, 'dat ze hem een naam van hun eigen mensen gaven. Omdat ze van hem hielden, noemden ze hem Thomas.'

De rechter geloofde het niet.

'Hij moet nog ervaring opdoen,' gaf de vader ten slotte toe en zag ervan af twintig roepie voor zijn zoon te eisen. 'Maar daarom is hij goedkoop. En in desserts kan niemand hem verslaan. Hij kan voor elke dag van het jaar een ander dessert maken.'

'Wat kan hij maken?'

'Gebakkenbanaangebakkenananasgebakkenappelappelsurpriseappelcharlotteappelbettybroodenboterjamtaartcaramelvlatipsypuddingrumtumpuddingjamrolgestoomdegembercitroenpannenkoekeiervlasinaasappelvlakoffievlaaardbeienvlatrifleijstaartmangosoufflécitroensouffléchocoladesoufflékruisbessensouffléhetechocoladepuddingkoudekoffiepuddingkokospuddingmelkpuddingrumbabarumcakegemberwafelgestoofdepeertjesgestoofdeguavegestoofdeprui-

mengestoofdeappeltjesgestoofdeperziken-
gestoofdeabrikozenmangotaartchocoladetaarttap-
peltaartkruisbessentaarcitroentaartjamtaartmarme-
ladetaartbebincaschuimpjesinvanillesausananas-
beignetappelbeignetkruisbessenbeignetpruimenbeignet-
perzikenbeignetdruivenbeignet...'
    'Prima. Prima.'

# 12

Dat was het leven van Sai in Kalimpong – Lola en Noni, oom Neutje en vader Laars, de rechter en kok... totdat ze Gyan leerde kennen.

Ze leerde Gyan kennen omdat Noni op een dag, toen Sai zestien was, ontdekte dat ze haar geen natuurkundeles meer kon geven.

Het was een gloeiend hete zomermiddag en ze zaten op de veranda van Mon Ami. De hitte had de bewoners op de berg in een toestand van lethargie gebracht. De ijzeren daken sisten, tientallen slangen lagen op de stenen te roosteren en de bloemen bloeiden net zo fluwelig en volmaakt als op een zomerjurk. Oom Neutje keek uit op de trillende hitte, vetdruppels op zijn neus, op de salami, de kaas. Een hap kaas, een hap salami, een slok ijskoude Kingfisher. Hij leunde achterover zodat hij schaduw op zijn gezicht en zon op zijn tenen had en zuchtte: de wereld klopte. De basiscomponenten waren in evenwicht, de hitte en kou, het vloeibare en vaste, de zon en schaduw.

Het malende geluid van zijn kauwende koeien bracht vader Laars, in zijn melkerij, in een staat van meditatie. Hoe zou kaas van yakmelk smaken...?

Niet ver weg zuchtten de Afghaanse prinsessen en besloten hun kip koud te eten. Mevrouw Sen, onaangedaan door de hitte, begon aan de tocht naar Mon Ami, voortgedreven door het laatste nieuws van haar dochter, Mun Mun, in Amerika: ze stond op het punt aangenomen te worden bij CNN. Ze bedacht vrolijk hoe vreselijk Lola dit zou vinden. Ha, wat verbeeldde die Lola Banerjee zich wel? Met haar kouwe drukte, altijd aan het opscheppen over haar dochter bij de BBC...

Nietsvermoedend van het naderende nieuws stond Lola in de tuin rupsen af te halen van de Engelse broccoli. De rupsen waren groen en wit gespikkeld met namaak blauwe ogen, belachelijke brede voeten, een staart en een enorme snuit. Prachtige schepsels, dacht ze terwijl ze er een van dichtbij bestudeerde; maar vervolgens wierp ze hem naar een wachtende vogel die erin pikte. Uit de rups krulde een groen goedje als tandpasta uit een doorgeprikte tube.

Op de Mon Ami veranda zaten Noni en Sai voor een opengeslagen leerboek: neutronen... en protonen... elektronen. Dus als – dan...?

Ze begrepen niets van de vraag, terwijl het uitzicht voor de veranda uitdagend een volmaakte, zonovergoten illustratie van het antwoord bood: een wolk piepkleine insecten, die zich onvermoeibaar op en neer bewogen, in de ban van een betovering die niet verbroken kon worden.

Noni voelde zich plotseling volslagen uitgeput. Het antwoord leek via een wonder en niet via de wetenschap gevonden te moeten worden. Ze legden het boek opzij toen de bakker bij Mon Ami arriveerde, zoals elke middag. Hij lichtte de kist van zijn hoofd en maakte hem open. Van buiten was de kist versleten, van binnen glom hij als een schatkist, met koninginnenbrood, krentencakejes, en pindakaaskoekjes die de missionarissen op de berg hem hadden leren maken en die, vonden de dames, deden denken aan het Amerika van de stripverhalen: jeetje, gossie, jeminee, heremetijd.

Ze zochten roze en gele krentencakejes uit en maakten een praatje.

'Zeg Sai, hoe oud ben je nu? Vijftien?'

'Zestien.'

Het was moeilijk te schatten, dacht Noni. In sommige opzichten zag Sai er veel ouder, in andere opzichten veel jonger uit.

Jonger waarschijnlijk omdat ze zo'n beschermd leven leidde en ouder waarschijnlijk omdat ze al haar tijd doorbracht met gepensioneerde mensen. Misschien zou ze er altijd zo uitzien, meisjesachtig, zelfs als ze oud was, oud, zelfs als ze jong was. Noni bekeek haar kritisch. Sai droeg een kaki broek en een T-shirt waarop stond: Bevrijd Tibet. Ze was blootsvoets en haar korte haar zat in twee slordige vlechten die net boven haar schouders kwamen. Noni en Lola hadden onlangs nog besproken hoe slecht het voor Sai was op deze manier op te groeien. 'Ze leert helemaal geen sociale vaardigheden... niemand van haar eigen leeftijd... huis vol mannen...'


'Vind je het niet vervelend zo bij je grootvader te moeten wonen?'

'De kok praat zoveel, dat ik het niet erg vind,' zei Sai.

Zoals ze jarenlang aan de kok was overgelaten... Als Lola en zij er niet waren geweest, dacht Noni, zou Sai al jaren geleden afgezakt zijn tot het niveau van de bedienende klasse.

'Waar heeft hij het over?'

'O, verhalen van zijn dorp, hoe zijn vrouw stierf, de rechtszaak tegen zijn broer... Ik hoop dat Biju veel geld verdient,' zei Sai peinzend, 'zij zijn de armste familie van het dorp. Hun huis is nog van leem met een strodak.'

Noni vond het niet gepast dat de kok dit soort informatie doorgaf. Het was belangrijk dat er duidelijke grenzen waren tussen de klassen, anders zouden beide partijen aan weerszijden van de grote scheidslijn er alleen maar op achteruitgaan. Bedienden hadden allerlei ideeën en als ze beseften dat zij en hun kinderen in het leven niet zouden krijgen wat anderen wel kregen, werden ze boos en wraakzuchtig. Lola en Noni moesten voortdurend hun meid Kesang ervan weerhouden persoonlijke dingen te vertellen, maar het was moeilijk, gaf Noni toe, om dat vol te houden. Voor je het wist ging het over hartsaangelegenheden die men alleen tussen sociaal gelijken besprak. Ze dacht aan een voorval niet zo lang geleden, toen de zusters te geboeid waren om hun meid te onderbreken in het verhaal over haar liefdes- betrekking met de melkboer.

'Ik wilde zo graag met hem trouwen,' zei Kesang. 'Ik ben een Sherpa en hij is Rai, maar ik heb tegen mijn ouders gelogen en gezegd dat hij een Bhutia was, zodat ze het goed vonden dat we trouwden. Het was een hele mooie bruiloft. Aan zijn mensen moet je van alles geven, een varken, geld, van dit en van dat, wat ze ook vragen moet je geven, maar onze bruiloft was niet zo. Hij zorgde voor mijn ouders toen ze ziek waren en al gelijk in het begin beloofden we elkaar dat hij mij niet zou verlaten en ik hem niet. Dat geen van beiden de ander in de steek zal laten. Hij zal niet doodgaan en mij alleen laten en ik zal niet doodgaan en hem alleen laten. Dat beloofden we elkaar. Nog voor we trouwden.'

En ze barstte in huilen uit. Kesang met haar rotte, bruine tanden die schots en scheef stonden, haar armoedige kle- ren vol vlekken en haar dwaze knoetje dat hachelijk boven op haar hoofd wiebelde. Kesang die ze uit vriendelijkheid in dienst hadden genomen terwijl ze niets kon, die ze geleerd hadden Indonesische saté te maken met pindakaas en soja- saus, zoetzuur met ketchup en azijn, Hongaarse goelasj met tomaten en wrongel. De zusters waren getroffen door haar liefde. Lola beweerde altijd dat bedienden niet op dezelfde wijze liefde beleefden als zij: 'De basis van hun relatie is heel anders, economisch, praktisch – veel verstandiger, denk ik, als je daar zo mee om kunt gaan.' Zelfs Lola vroeg zich nu af of zij misschien nooit het ware had beleefd; zij en Joydeep hadden nooit gesproken over volledige overgave – omdat het niet rationeel was. Maar hadden ze daarom misschien geen ware liefde gekend? Ze stopte de gedachte weg.

Noni had helemaal nooit liefde gekend.

Ze had nooit in een stille kamer gezeten en over dingen gesproken die je tot in het diepst van je ziel raakten. Waarvan je hart ging trillen als een kaarsvlam. Ze had nooit koket meegedaan aan Calcutta-party's, een sari strak om de heupen gewikkeld en wild rammelende ijsblokjes in haar lime soda. Ze had nimmer de kortstondige, glorieuze helrode vlag der romantiek boven haar bestaan laten wapperen, zelfs niet zogenaamd, als excuus om haar leven enige kleur te geven. Wat had zij gekend? Niet eens vreselijke haat; niet eens verbittering, verdriet. Hoogstens irritaties over kleinigheidjes: de manier waarop iemand haar neus *niet* snoot, maar *snuf-snuf-snuf* door de bibliotheek liep, steeds weer opnieuw het snot ophalend.

Tot haar schrik ontdekte ze dat ze eigenlijk jaloers was op Kesang. De regels hadden hun kracht verloren, geluk was op de verkeerde bestemming gekomen.

En wie zou van Sai houden?

Aanvankelijk had Noni, toen Sai was gearriveerd, in haar, in Sais verlegenheid, zichzelf herkend. Dat kwam ervan als je een gevoelig wezen toevertrouwde aan een laaghartig opvoedingssysteem, dacht ze. Ook Noni was naar zo'n school gestuurd – je kon de val alleen ontlopen door je te verbergen, niets te zeggen wanneer er wat gevraagd werd, geen mening te hebben, in de hoop onzichtbaar te blijven – anders vingen ze je en kregen je klein.

Noni had haar zelfvertrouwen teruggekregen toen het te laat was. Het leven was aan haar voorbijgegaan en in die tijd moesten de dingen voor een meisje snel gebeuren, anders gebeurden ze helemaal niet.


'Heb je geen zin mensen van je eigen leeftijd te leren kennen?' vroeg ze aan Sai.

Maar Sai ging haar leeftijdgenoten uit de weg. Van een

ding echter was ze zeker: 'Ik wil reizen,' bekende ze.

Boeken maakten haar rusteloos. Ze begon te lezen, sneller, meer, totdat ze in het verhaal zat en het verhaal in haar, met ingehouden adem vloog ze over de bladzijden – ze kon niet ophouden. Op die manier had ze uit de bibliotheek van de Gymkhana Club *To Kill a Mockingbird, Cider with Rosie* en *Life with Father* verslonden. En afbeeldingen van de chocoladekleurige Amazone, van het kale Patagonië in de *National Geographics,* een doorschijnende vleugelslak in de zee, zelfs van een oud Japans huis sluimerend in de sneeuw... Ze merkte dat ze haar zo ontroerden dat ze dikwijls nauwelijks de bijgaande tekst kon lezen – het gevoel dat ze gaven was zo intens, het verlangen zo pijnlijk. Ze dacht aan haar ouders, aan haar vader die gehoopt had ruimtereizen te maken. Ze bestudeerde de satellietfoto's van een storm die een rode wolk van het zonoppervlak wegblies, voelde een hevig verlangen naar de vader die ze niet kende en stelde zich voor dat ook in haar diezelfde drang zat naar iets buiten het alledaagse.

Dan had ze het gevoel gekortwiekt te worden door Cho Oyu en de gewoonten van de rechter.

'Af en toe zou ik zo graag aan zee willen wonen,' zuchtte Noni. 'Golven staan tenminste nooit stil.'

Heel lang geleden, toen ze een jonge vrouw was, was ze naar Digha geweest en had ontdekt wat het was om door de mysterieuze oceaan opgetild te worden. Ze keek naar de bergen, naar hun volmaakte onbewogenheid.

'Eens bevond het Himalayagebergte zich onder water,' zei Sai. Dat had ze gelezen. 'Op de Mount Everest zijn ammonieten.'


Noni en Sai pakten het natuurkundeboek weer op.

En legden het weer neer.

'Luister goed naar me,' zei Noni tegen Sai, 'als het leven je een kans geeft, moet je die grijpen. Kijk naar mij. Ik had aan de toekomst moeten denken toen ik jong was. Maar in plaats daarvan besefte ik pas toen het te laat was wat ik veel eerder had moeten doen. Ik droomde ervan archeologe te worden, naar de British Council te gaan en boeken over koning Toetankamon te bekijken... Maar mijn ouders konden dat niet begrijpen. Mijn vader was het ouderwetse type, een man die alleen maar opgegroeid en grootgebracht was om orders uit te delen... Je moet het zelf doen, Sai.'

Ze probeerden nog een keer de natuurkunde, maar Noni kon het antwoord op het vraagstuk niet vinden.

'Ik vrees dat mijn kennis van de natuur- en wiskunde uitgeput is. Sai zal een hoger gekwalificeerde leraar in deze vakken nodig hebben,' stond er in het briefje dat ze aan Sai meegaf voor de rechter.

'Je kan verdomme niet op dat mens rekenen,' zei de rechter, uit zijn humeur omdat de hitte hem herinnerde aan zijn afkomst. Later op de avond dicteerde hij Sai een brief gericht aan de directeur van het plaatselijke college.

'Als er een leraar of oudere student privé-lessen geeft, laat die dan alstublieft weten dat wij een leraar wis- en natuurkunde zoeken.'

# 13

Al binnen enkele zonnige weken antwoordde de directeur dat hij een veelbelovende student kon aanbevelen, die zijn eerste graad had gehaald, maar nog geen baan had kunnen vinden.

De student was Gyan, een rustige student financiële administratie, die in de veronderstelling had geleefd dat hij bevrediging zou vinden in het ordenen van cijfers. Maar zo ging het niet, want hoe meer sommen hij maakte, hoe meer statistiektabellen hij overschreef – het leek alleen maar meer plekken op te leveren waar nauwkeurig beschrijfbare kennis ervandoor ging en onbereikbaar werd. Hij genoot van de wandeling naar Cho Oyu en voelde zich verkwikt en op simpele wijze gelukkig, ook al deed hij twee uur over de tocht van zijn huis in Bong Busti naar boven. Het licht viel in fonkelende, dansende stralen door het dikke bamboeloof, en voelde aan of het vloeibaar schijnsel was.

Aanvankelijk liet Sai zich met tegenzin losrukken uit de *National Geographics* en met Gyan opsluiten in de eetkamer. Voor hen lagen in een halve cirkel, door de kok uitgestald, de studiebenodigdheden: liniaal, pennen, wereldbol, grafiekpapier, set driehoeken, puntenslijper. De kok vond dat ze de kamer een klinische sfeer verleenden die te vergelijken was met de sfeer die hem bij de apotheker, het ziekenhuis, het pathologisch laboratorium zoveel ontzag inboezemde: daar genoot hij van de rust die uitging van de planken met medicijnen, de weegschalen en thermometers, dopjes, flesjes, pipetten, de lintworm op sterk water, zijn afmeting al op de fles geschreven.

De kok maakte een praatje met de apotheker, behoedzaam, ervoor wakend niet het wankele evenwicht van de omgeving te verstoren, want hij hechtte net zo veel waarde aan bijgeloof als aan wetenschap. 'Jazeker, dat begrijp ik,' zei hij, ook al begreep hij er niets van en op verstandige toon, zonder te overdrijven, somde hij de symptomen op aan de door hem aanbeden dokter die hem door haar brillenglazen onderzoekend aankeek. 'Vijf dagen geen stoelgang, vieze smaak in de mond, een sjunsjungevoel in mijn benen en armen en soms een tsjuntsjun.'

'Wat is een tsjuntsjun en wat is een sjunsjun?'

'Tsjuntsjun is als het prikt. En sjunsjun als de pijn komt en gaat.'

'En wat voelt u nu? Tsjuntsjun?'

'Nee, SJUNSJUN.'

Bij het volgende bezoek: 'Voelt u zich beter?'

'Beter, maar nog steeds...'

'Sjunsjun?'

'Nee dokter,' antwoordde hij doodernstig, 'tsjuntsjun.'

Hij vertrok met zijn medicijnen en een gevoel van goed gedrag. Jazeker, hij was klaar voor de moderne tijd en wist dat als je daar op inzette, je te horen zou krijgen dat je in deze wereld meetelde.

Maar buiten het ziekenhuis liep hij Kesang tegen het lijf of de schoonmaker van het ziekenhuis of de nachtwaker van de MetalBox, en die begonnen te roepen: 'Het is een hopeloze zaak, nu moet je puja doen, dat gaat duizenden roepie kosten...'

Of: 'Ik heb iemand gekend die precies had wat jij beschrijft; hij heeft nooit meer kunnen lopen...' Tegen de tijd dat hij thuis was gekomen, had hij zijn vertrouwen in de wetenschap verloren en jammerde: '*Hai hai, hamara kya hoga, hamara kya hoga?*' En de volgende dag moest hij weer terug naar het ziekenhuis om tot bezinning te komen.

Dus, vol waardering voor en verlangen naar logica, bracht de kok thee en toost met gebakken chilipeperkaas en ging daarna op zijn kruk net buiten de deur zitten; hij hield Sai en de nieuwe leraar in de gaten, knikte instemmend bij Gyans nauwgezette manier van praten, de bedachtzame woorden die, berekening na berekening, een exact, helder antwoord opleverden, dat bevestigd kon worden door een lijst achter in het lesboek.

Dwaze kok. Hij had niet begrepen dat de bedachtzaamheid niet voortkwam uit vertrouwen in de wetenschap, maar uit verlegenheid en onzekerheid. Dat ze elkaar niet loslieten, hoewel ogenschijnlijk verdiept in atomen, hun ogen gefixeerd op de cijfers in die kamer waarvan de muren opbolden als zeilen. Dat, zoals de nacht de afgronden dieper maakt, zij zich zouden overgeven aan iets wat onberekenbaarder was dan het doel waarvoor Gyan was aangenomen. Dat hoewel ze zich inspanden om met alles wat tot hun beschikking stond een zekerheid op te bouwen, er reden genoeg was te vrezen dat dat niet voldoende zou zijn om hen te beschermen.

Het nietige juiste antwoord had geen enkel effect.

Gyan gaf het verontschuldigend. Het was een anticlimax. Het was niet voldoende. Ze schoven het opzij en de overweldigende verwachtingsvolle spanning die niet langer aan de som geweten kon worden, werd groter en steeg; en toen de twee uren voorbij waren, snakten ze naar adem en kon Gyan ervandoor gaan zonder naar Sai te kijken, die zo'n diepe indruk op hem had gemaakt.

'Vreemd dat de leraar Nepalees is,' merkte de kok tegen Sai op, toen hij weg was. Even later: 'Ik dacht dat hij Bengaals zou zijn.'

'Hè?' vroeg Sai. Wat voor indruk had ze gemaakt? dacht ze. Hoe had de leraar haar gevonden? De leraar zelf, vond ze, maakte een heel intelligente indruk. Hij keek ernstig, had een diepe stem, maar zijn lippen waren te vol voor zo'n ernstige blik en zijn haar was gekruld en stond op een manier overeind die hem er grappig uit deed zien. Ze vond deze combinatie van ernst en grappigheid innemend.

'Bengalezen zijn heel intelligent,' zei de kok.

'Doe niet zo dom,' zei Sai. 'Hoewel ze het er zeker mee eens zouden zijn.'

'Dat komt door de vis,' zei de kok. 'Mensen aan de kust zijn intelligenter dan mensen uit het binnenland.'

'Hoe kom je daar bij?'

'Dat weet iedereen,' zei de kok. 'Mensen aan de kust eten vis en kijk eens hoeveel knapper ze zijn, de Bengalezen, Malayalis en Tamils. In het binnenland eten ze te veel graan, dat vertraagt de spijsvertering – vooral gierst – vormt een grote, zware bal. Het bloed stroomt naar de maag en niet naar het hoofd. Nepalezen zijn prima soldaten en koelies, maar geen erg knappe studenten. Dat is niet hun schuld, de stumpers.'

'Ga dan zelf vis eten,' zei Sai. 'Je zegt de ene stommiteit na de andere.'

'Ik zorg voor je zoals ik voor mijn eigen kind zorg, met net zoveel liefde en moet je nu eens horen hoe je tegen me praat...' begon hij.


Die avond staarde Sai in de spiegel.

Tegenover Gyan zittend was ze zich plotseling erg van zichzelf bewust geworden; dat kwam, wist ze zeker, omdat hij naar haar keek maar steeds wanneer zij opkeek, keek hij een andere kant uit.

Soms vond ze zichzelf knap, maar toen ze echt begon te kijken, ontdekte ze dat schoonheid iets veranderlijks was. Ze had het nog niet ontdekt of het was alweer verdwenen; in plaats van wat mooi was te disciplineren, kon ze niet nalaten de plooibaarheid ervan uit te buiten. Ze stak haar tong uit tegen zichzelf en rolde met haar ogen, om vervolgens bekoorlijk te glimlachen. Van een duivelinnengezicht trok ze een koninginnengezicht. Bij het tandenpoetsen merkte ze dat haar borsten wiebelden als twee gelatinepuddinkjes die op een drafje naar tafel worden gebracht. Ze bracht haar mond omlaag om de huid te proeven en vond die zowel stevig als soepel. Mollig wiebelig stevig zacht, dat alles op een onwaarschijnlijke manier gecombineerd, daar moest ze toch wel iets mee kunnen beginnen?

Maar als ze de rest van haar leven bij twee krombenige mannen in een godvergeten uithoek bleef, zou deze schoonheid, die zo kortstondig was dat ze haar nauwelijks kon grijpen, verwelken en vergaan zonder ooit bezongen, zonder ooit uit gevaar gehaald, of zelfs maar in gevaar gebracht te zijn geweest.

Ze keek nogmaals en zag in haar gezicht een zweem van verdriet; het beeld leek ver weg.

Ze moest alles op alles zetten om zichzelf naar de toekomst te duwen, anders zou ze voor altijd vastzitten op een plek waarvan de tijd al verstreken was.


Overdag was ze alleen maar bezig met haar gezicht, in het besef dat ze intussen haar eetlust opwekte voor iets anders.

Maar hoe zag ze eruit? Ze keek in de roestvrijstalen pannen, de opgepoetste *gompa*-boterlampen, in de koopmansvaten op de markt, in de lepels en messen op de eettafel, in het groene vijveroppervlak. Op de lepels was ze rond en dik, lang en dun op de messen, in de vijver vol bultjes door insecten en visjes; goud in het ene licht, asgrauw in een ander licht; dan terug naar de spiegel; maar de immer wispelturige spiegel liet dan eens dit, dan eens dat zien en gaf haar zoals gewoonlijk geen antwoord.

# 14

Om 4 uur 25 in de ochtend ging Biju op weg naar de Queen of Tarts-bakkerij, uitkijkend of er geen politieagenten te voorschijn sprongen: waar ga je heen en wat doe je met wie wanneer en waarom?

Maar Immigratie werkte onafhankelijk van de politie, zodat het misschien wel zo goed was om in de ochtendploeg te zitten, en Biju kroop keer op keer door de mazen van het net.

Boven de bakkerij reed de ondergrondse over een primitief bouwwerk op ijzeren pilaren. De treinen passeerden met een duivels gekrijs; van de wielen spatten regens van vuurwerk dat 's nachts een fel, grillig licht wierp op de wijken van Harlem, waar hij al een paar lichten zag branden en enkele andere mensen die net als hijzelf hun petieterige levens begonnen. Bij de Queen of Tarts ging het tralieluik knarsend omhoog, het licht flikkerde aan, een rat liep het donker in. Kegelvormige staartwortel, dik geschedeld, breed geschouderd keek het dier achterom, grijnzend terwijl het fluweelzacht over de val trippelde die te karig was om hem vast te houden.

'*Namaste, babaji*,' zei Saeed Saeed.

Biju dacht aan zijn vorige woordenwisseling met een Pakistani, de gebruikelijke aanval op de man zijn godsdienst waarmee hij was opgegroeid: 'Zwijnen, zwijnen, zonen van zwijnen.'

Maar hier was Saeed Saeed en Biju wist niet goed raad

met zijn bewondering voor de man. Zo ging het lot te werk. Biju's grootste wens was net zoals zijn vriend te zijn, want Saeed Saeed ging niet ten onder, hij hield zijn hoofd boven water. In feite wilden een heleboel mensen zich aan hem vastklampen zoals schipbreukelingen aan een plank – niet alleen mede-Zanzibari's en mede-illegalen maar ook Amerikanen; zwaarlijvige, moedeloze mensen uit de stad met wie hij grapjes maakte als ze in hun eentje tussen de middag een stuk pizza aten; eenzame kantoormensen van middelbare leeftijd die langskwamen voor een praatje na slapeloze nachten waarin ze zich afvroegen of ze in Amerika – *in Amerika!* – echt het beste kregen van wat er te krijgen was. Ze vertelden geheimen die misschien alleen maar veilig aan een illegale buitenstaander verteld kunnen worden.

Saeed was vriendelijk en hij was geen Paki. Daarom was hij oké?

De koe was geen Indiase koe; daarom was ze niet heilig?

Daarom vond hij moslims aardig en haatte hij alleen maar Paki's?

Daarom vond hij Saeed aardig, maar haatte hij de moslims in hun algemeenheid?

Daarom vond hij moslims en Paki's aardig en zou India moeten inzien dat het allemaal fout was en Kasjmir moeten afstaan?

Nee, nee, hoe zou dat kunnen en...

Dit was maar een klein onderdeel van het dilemma. Hij herinnerde zich hoe ze thuis over zwarte mensen praatten. Op een dag had een man uit zijn dorp, die in de stad werkte, gezegd: 'Pas op voor de *hubshi*. Ha, ha, in hun eigen land leven ze als apen in bomen. Ze komen naar India en worden mannen.'

Biju had gemeend dat de man uit zijn dorp beweerde dat India zo hoog ontwikkeld was dat zwarte mensen na hun aankomst leerden hoe zich te kleden en te eten, maar hij had bedoeld dat zwarte mannen probeerden ieder Indiaas meisje dat ze zagen zwanger te maken.

> Daarom haatte hij alle zwarte mensen maar vond hij Saeed aardig?

> Daarom was er niets mis met zwarte mensen en Saeed?

> Of met Mexicanen, Chinezen, Japanners, of wie dan ook...?

Deze haat was een tweede natuur van Biju geworden en hij merkte dat hij ontzag koesterde voor witte mensen, die India aanwijsbare schade hadden berokkend, en geen goed woord over had voor bijna ieder ander die India nooit enig kwaad had gedaan.

Kennelijk had Saeed Saeed ten opzichte van Biju hetzelfde dilemma gekend.

Uit andere keukens kwam hij te weten wat de mensen van Indiërs vonden:

> In Tanzania zouden ze hen, als ze konden, eruit gooien, net zoals ze in Oeganda deden.

In Madagascar zouden ze hen eruit gooien, als ze konden.

In Nigeria zouden ze hen eruit gooien, als ze konden.

In Fiji zouden ze hen eruit gooien, als ze konden.

In China worden ze gehaat.

In Hong Kong.

In Duitsland.

In Italië.

In Japan.

In Guam.

In Singapore.

Birma.

Zuid-Afrika.

Ze zijn niet geliefd.

In Guadaloupe – zijn we daar geliefd?

Nee.


Kennelijk was Saeed gewaarschuwd tegen Indiërs, maar hij scheen niet te lijden onder tegenstrijdigheden; hij dreef op een ruimdenkendheid die hem boven zulke dilemma's uit-tilde.

Hij had een heleboel meisjes.

'O mijn god!' zei hij. 'O mijn go-h-od! Ze blijft me maar bellen,' hij greep naar zijn hoofd, 'oioioioioi... ik weet niet wat ik eraan moet doen!'

'Dat weet je heel goed,' zei Omar zuur.

'Achachach, nee. Ik word er ge-h-ek van. Te veel van-dit-tum-en-van-dattum, man.'

''t Komt door je dreadlocks. Knip ze af en de meisjes gaan weg.'

'Maar ik wil niet dat ze *weggaan.*'

Aan de knappe meisjes die hun kaneelbroodjes met een dikke laag glanzend bruine suiker en kaneel kwamen kopen, vertelde Saeed Saeed over de pracht en armoede van Zanzibar; en het medelijden van de meisjes bruiste op als gegist deeg – wat wilden ze hem graag helpen, hem mee naar huis nemen en hem vertroetelen met mooi sanitair en televisie. Wat wilden ze zich graag op straat vertonen met een lange mooie man met een hoofd vol dreadlocks. 'Hij is *schattig!* Hij is *schattig!* Hij is *schattig!* zeiden ze, terwijl ze hun hartstocht samenpersten en over hun vriendinnen uitkne-pen.

Saeeds eerste baan in Amerika was bij de moskee op de Zes-ennegentigste straat geweest, waar de imam hem had aan-genomen voor de ochtendoproep voor het gebed, omdat hij kon kraaien als een haan; maar hij had zich aangewend om op weg naar zijn werk te stoppen bij de nachtclubs op zijn route, hetgeen qua tijdsindeling een vrij natuurlijke gang van zaken leek. Met een wegwerpcamera op zak stond hij bij de deur te wachten om kiekjes van zichzelf met de beau monde te laten maken: Mike Tyson, inderdaad! Is mijn broer. Naomi Campbell, is mijn vriendin. Hé, Bruce (Springsteen)! Ik ben Saeed Saeed van Afrika. Wees maar niet bang man, we eten geen witte mensen meer.

Het moment kwam dat ze hem binnenlieten.

Deuren openen was zijn sterke punt, ook al was hij twee jaar geleden tijdens een razzia van de immigratiedienst ontmaskerd en uitgewezen ondanks zijn tête-à-tête, Kodak als bewijs, met de fine fleur van Amerika. Hij ging terug naar Zanzibar, waar hij als Amerikaan werd onthaald, at in kokosmelk gekookte koningsvis in de gestreepte schaduw van de palmbomen, luierde op griesmeelfijn gezeefd zand en 's avonds, als de maan goud kleurde en de nacht glansde alsof het overal nat was, maakte hij de meisjes in Stone Town het hof. Ze werden door hun vaders aangemoedigd 's avonds uit het raam te klimmen; de meisjes klommen uit de bomen in Saeeds schoot; de vaders spioneerden in de hoop de geliefden in een compromitterende houding te verrassen. Deze jongen, die ooit eens alleen maar op straathoeken rondhing – geen werk, volop problemen, zoveel, dat alle buren aan zijn biljet naar het buitenland hadden bijgedragen – nu had deze jongen wonder boven wonder iets te betekenen. Ze hoopten dat hij de dikke Fatma moest trouwen of de mooie Salma of Khadija met haar troebele grijze ogen en haar kattenstem. De vaders deden hun best en de meisjes deden hun best, maar Saeed wist te ontkomen. Ze gaven hem *kangas* zodat hij aan hen zou denken, met spreuken, 'Herinneringen zijn als diamanten,' en 'Jouw heerlijke geur is een balsem voor mijn hart,' zodat hij, als hij in NYC uitrustte, zijn kleren kon uittrekken, zijn kanga om zich heen slaan, zijn ballen luchten en aan de meisjes thuis denken. Binnen twee maanden was hij terug – nieuw paspoort, nieuwe naam uitgetikt met behulp van een paar bankbiljetten aan een ambtenaar buiten het ministerie. Toen hij als Rasheed Zulfickar op JFK arriveerde, kwam hij bij het loket van precies dezelfde ambtenaar die hem had uitgewezen. De schrik was hem om het hart geslagen, maar de man had hem niet herkend. 'Goddank zien we er in hun ogen allemaal hetzelfde uit.'

Saeed genoot van dit spel en de manier waarop dit land hem zijn vindingrijkheid liet gebruiken en beloonde; hij wist het land te charmeren, voor zich in te nemen, voor de gek te houden, en droeg het een warm en loyaal hart toe. Als de tijd daar was zou hij, die alle sluipwegen bewandeld had, die met fotokopieerapparaat, correctievloeistof en papiersnijder op spectaculaire wijze het systeem had gesaboteerd (één vakkundig iemand achter het kopieerapparaat kon Amerika op de knieën krijgen, verzekerde hij Biju), hij zou ware trouw aan de vlag zweren met tranen in zijn ogen en overtuiging in zijn stem. Het land herkende iets in Saeed, hij iets in het land en het was een wederzijdse verliefdheid. Met ups and downs, misschien soms meer zuur dan zoet, maar niettemin was het een ouderwetse romance, meer dan de immigratiedienst zich kon voorstellen.

Rond zes uur 's ochtends lagen de planken in de bakkerij vol met roggebrood, haverbrood en boerenbrood, abrikozen- en frambozenkoeken waaruit dikke klodders gele en robijnrode jam dropen. Op zo'n ochtend zat Biju, met een broodje, buiten in een bleke zonnevlek. Hij scheurde de bovenste laag van de korst open en met zijn lange dunne vingers het zachte deeg lostrekkend begon hij te eten.

Maar in New York heeft onschuld het nooit voor het zeggen; een ambulance kwam voorbij, de NYPD, een brandweerauto; boven zijn hoofd reed de ondergrondse en het schokkerige ritme ging omhoog via zijn weerloze schoenen; het deed zijn hart bonzen en bedierf het broodje. Hij hield op met kauwen en dacht aan zijn vader...

Ziek. Dood. Verminkt.

Hij hield zichzelf voor dat zijn angstige gedachten alleen maar het resultaat waren van het nadrukkelijk manhaftige verkeer dat voorbijkwam en zocht naar het brood in zijn mond, maar het was als een vluchtige wolk op zijn tong opgelost en verdwenen.

In Kalimpong schreef de kok: 'Beste Biju, kan je alsjeblieft helpen...'

Vorige week had de nachtwaker van de MetalBox de kok een echt bezoek gebracht om hem over zijn zoon te vertellen, die nu groot genoeg was om te werken, maar er was geen werk. Zou Biju hem naar Amerika kunnen helpen? De jongen was bereid huishoudelijk werk te verrichten, maar een kantoorbaan was natuurlijk het beste. Italië zou ook goed zijn, voegde hij er voor alle zekerheid aan toe. Iemand uit zijn dorp was naar Italië gegaan en verdiende goed als tandoorikok.

Aanvankelijk was de kok geschokt, geërgerd door het verzoek, voelde zich heen en weer geslingerd tussen ruimhartigheid en zelfzucht, maar vervolgens...: 'Waarom ook niet, ik zal het hem vragen, je moet wel weten dat het heel moeilijk is, maar het kan geen kwaad het te proberen.'

Vervolgens bekroop hem een gevoel van opwinding – het feit alleen al dat de nachtwaker het had gevraagd! Dit maakte Biju in de ogen van zijn vader opnieuw tot een op-en-top succes.

Ze zaten voor zijn onderkomen te roken; en het gaf een goed gevoel als twee oude mannen bij elkaar te zitten en over jonge mannen te praten. De giftige doornappel bloeide met reusachtige glanzende klokvormige bloemen, gestijfseld wit, sinister smetteloos. Een ster verscheen en een verdwaalde koe liep langzaam voorbij in de duisternis.

Dus ter meerdere glorie van zijn zoon en zijn eigen trots schreef de kok op het blauwe luchtpostpapier: 'Beste *beta*, kijk alsjeblieft of je de zoon van de nachtwaker van de Metal-Box kunt helpen.'

Hij ging naar bed met een goed en blij gevoel, schrok slechts een moment wakker van een bons, maar het was alleen maar de verdwaalde koe die terug was gekomen door het ravijn en probeerde uit de regen naar binnen te komen. Hij joeg haar weg, ging in gedachten terug naar zijn zoon, hervond zijn kalmte en ging weer slapen.

Een verzoek deed je status goed.

De verblijfsvergunning, de verblijfsvergunning...

Ieder jaar deed schreef Saeed zich in voor de immigratie-loterij, maar Indiërs mochten zich niet inschrijven. Bulgaren, Ieren, Madagasken... de lijst ging eindeloos door, maar Indiërs, ho maar. Er waren er te veel die vochten om weg te komen, ieder ander pootje te haken, over andermans rug de wijk te nemen. Het zou de wachtlijst jarenlang verstoppen, het quotum was vol, overvol.

Op de bakkerij belden ze de telefonische hulpdienst van de immigratie zodra de klok 8 uur 30 aanwees en hielden om beurten de hoorn vast voor wat een dagvullende bezigheid van aan-de-lijn-blijven kon worden.

'Wat is uw status nu, meneer? Ik kan u niet helpen tenzij ik uw huidige status ken.'

Dan legden ze haastig de hoorn neer, uit angst dat Immigratie een superdesuper zing bing biep piep zeer oplettend elektronische supersonische ruimtelijke racemachine bezat die in staat was het nummer

over te dragen

te verbinden

te bellen

te lezen

te achterhalen naar hun

*illegale verblijfplaats*

O, de verblijfsvergunning, de verblijfsvergunning, de...
Biju was soms zo rusteloos dat hij geen minuut kon stilzitten. Na het werk liep hij naar de rivier, niet naar dat gedeelte waar honden uitgelaten speelden op zakdoekgrote pleintjes, terwijl hun eigenaren tussen alle stoeipartijen door de poep opraapten, maar daar waar na een vrijgezellenavond in de synagoge meisjes in lange rokken en lange mouwen ouderwets wandelden met ouderwets uitziende mannen in zwarte pakken en hoeden, alsof ze hun verleden te allen tijde bij zich moesten dragen zodat ze het niet kwijt zouden raken. Hij liep helemaal door naar het verste gedeelte, waar de dakloze soms sliep in een dichte kamer van groen dat niet zozeer uit de aarde leek te groeien als wel uit een vruchtbare stadsmest. Ook zwierf er een kip in het park. Van tijd tot tijd zag Biju haar huiselijk in de modder scharrelen en dacht met pijn terug aan het dorpsleven.

'Tssskkksk,' riep hij naar haar, maar ze rende onmiddellijk zenuwachtig weg, vertederend als een lelijk verlegen meisje, dat ervan overtuigd is dat deugd haar bekoring heeft.

Hij liep naar waar de begroeiing eindigde in een rij palen en waar mensen zoals hij vaak op de rotsen gingen zitten en uitkeken op een saai stuk van New Jersey. Merkwaardige boten voeren voorbij: afvalschuiten, stompneuzige sleepboten die breed gebodemde kolenschuiten met hun neuzen voortduwden; andere waarvan het doel niet duidelijk was – totaal verroeste kranen, kleine sloepen, zwarte rook uitbrakend.

Biju voelde ondanks zichzelf een flits van boosheid op zijn vader die hem alleen naar dit land had gestuurd, maar hij wist dat hij het zijn vader ook niet vergeven zou hebben als hij niet geprobeerd had hem te sturen.

# 15

De pruimenboom naast het hospitaal in Kalimpong werd begoten met bedorven bloed uit het pathologische lab en gaf zoveel bloemen dat pasgetrouwde stellen zich op een bank eronder lieten fotograferen. Het dringende verzoek van een stelletje om zich buiten hun beeld te plaatsen negerend, ging de kok aan het uiteinde van de bank zitten en zette zijn bril op om de zojuist aangekomen brief van Biju te lezen.

'Ik heb een nieuwe baan bij een bakkerij en de baas laat ons de volledige verantwoording...'

Het was *haat*-dag in Kalimpong; een feestelijke, opgewonden en in hun beste kleren gestoken menigte dromde naar de markt.

De kok vouwde de brief op en stak hem in de zak van zijn hemd. Hij was opgewekt en daalde rechtstreeks af naar de haat, zijn weg banend tussen bukkende en buigende Nepalese dames met gouden, bengelende neusringen en Tibetaanse vrouwen met vlechten en gebedskralen, tussen degenen die van verafgelegen dorpen waren gekomen om modderige, door de zon al half gekookte paddestoelen, afgedekt met verwelkte bladeren of loof, te verkopen. Lepcha-medicijnmannen boden poeders, oliën en wortelknollen aan; andere kramen verkochten yakhaar, slordig en ruig als het haar van demonen, en zakken gedroogde miniatuurgarnalen met bovenmaatse voelsprieten. Er was buitenlandse smokkelwaar uit Nepal, parfums, denimjasjes, elektronica. Er waren sikkelvormige Gurkhamessen, vellen regendicht plastic en valse gebitten.

Toen de kok en de rechter pas in Kalimpong waren aangekomen, trokken er nog steeds wolkaravanen doorheen, begeleid door Tibetaanse muilezeldrijvers met bontlaarzen, meedeinende oorringen en de grondlucht van mannen en dieren stak scherp af tegen de subtiele dennengeur waarvoor mensen zoals Lola en Noni uit Calcutta kwamen. De kok herinnerde zich yaks die meer dan tweehonderd pond zout droegen en bovenop roze baby's in kookpotten gepropt, kauwend op blokjes gedroogde *churbi*-kaas.

'Mijn zoon werkt in New York,' schepte de kok op tegen iedereen die hij tegenkwam. 'Hij is manager van een restaurant.'

'New York. Hele grote stad,' legde hij uit. 'Hele andere auto's en gebouwen dan hier. In dat land heeft iedereen genoeg te eten.'

'Wanneer ga je, Babaji?'

'Op zekere dag,' lachte hij. 'Binnenkort komt mijn zoon me halen.'

Bundeltjes gedroogde azalea en jeneverbes lagen verpakt in krantenpapier. Hij dacht aan de dag dat de Dalai en Panchen Lama naar Kalimpong waren gekomen en de hele weg lang wierook hadden gebrand. De kok was ook meegelopen. Hij was uiteraard geen boeddhist, maar hij was in een wereldse stemming gegaan. Het gedempte gebedsgedruis daalde rommelend de berg af toen de met pompons versierde muilezels en paarden uit de mist stapten, met rinkelende bellen en wapperende gebedsvlaggen aan de zadels. De kok had voor Biju gebeden en was naar bed gegaan met zo'n intens vroom gevoel, dat hij zich schoon voelde al wist hij dat hij vies was.

Nu liep hij door het vettige busstation, met zijn verstikkende stank van uitlaatgassen en langs het donkere hokje waar je, achter een smoezelig rood gordijn, tegen betaling op een trillend scherm naar films kon kijken als *Rape of Erotic Virgin* en *SHE: The Secrets of Married Life*.

Hier was niemand geïnteresseerd in de zoon van de kok.

Bij het Snow Lion-reisbureau wachtte de kok tot de manager tijd voor hem zou hebben. Tashi was druk bezig op een toerist in te praten – hij stond erom bekend dat hij buitenlandse vrouwen uit hun Patagoniabroeken wist te flirten en hun de gelegenheid gaf naar huis het vereiste verslag van een liefdesavontuur met een sherpa te schrijven.

Overal lagen brochures van door Tashi georganiseerde uitstapjes naar kloosters, foto's van in traditionele stijl gebouwde hotels, gemeubileerd met antiek, in vele gevallen afkomstig uit de kloosters zelf. Natuurlijk vermeldde hij niet dat de eeuwenoude bouwwerken allemaal gemoderniseerd waren met beton, tl-buizen en badkamerbetegeling.

'Als je naar Amerika gaat, neem me dan mee,' zei Tashi, nadat hij de toerist een uitstapje naar Sikkim had verkocht.

'Ja, ja, we gaan met z'n allen. Waarom niet? In dat land is genoeg ruimte. Hier zitten we boven op elkaar.'

'Maakt u zich geen zorgen, ik leg mijn geld opzij voor een ticket en hoe gaat het met u, hoe is uw gezondheid?' had Biju geschreven. Op een dag zou zijn zoon alles bereiken wat Sais ouders niet hadden bereikt, wat de rechter niet had bereikt.

De kok kwam voorbij de Apollo Dove Kleermakers. Daar hoefde je niets te zeggen, omdat je letterlijk voor dovemansoren sprak, zoals de klant die kwam klagen dat ze er een zooitje van hadden gemaakt, strepen horizontaal in plaats van verticaal, de kleren van de rechter in Sais maat en de kleren van Sai in de maat van de rechter.

Hij ging bij Lark's naar binnen voor Tosh-thee, eiernoedels en gecondenseerde melk van Milkmaid. Tegen de dokter, die de vaccins kwam halen die ze in de koelkast van Lark's bewaarde, zei hij: 'Mijn zoon heeft een nieuwe baan in de vs.' Haar zoon was daar ook. Dat had hij gemeen met de dokter! De voornaamste persoon van de stad.

Op weg naar huis in het donker vertelde hij het aan hen

die met hun zware lasten bergopwaarts op adem moesten komen en midden op de weg zaten uit te rusten, waar modder en gras hun nette kleren niet vies konden maken. Als er een auto aankwam, stonden ze op, wanneer hij voorbij was, gingen ze weer zitten.

Hij vertelde het mevrouw Sen, die natuurlijk ook een kind in Amerika had. 'Beste land ter wereld. Al die mensen die naar Engeland zijn gegaan hebben nou spijt....' Met haar hand gebaarde ze veelbetekenend naar het huis van haar buren in Mon Ami. Toen ging de kok het aan Lola vertellen, die elke vergelijking met Engeland uit den boze vond, maar vriendelijk tegen hem deed omdat hij arm was; alleen de dochter van mevrouw Sen vormde een bedreiging waarmee korte metten gemaakt moesten worden. Hij vertelde het de Afghaanse prinsessen, van wie hij geld kreeg om steeds als hij naar de markt ging een kip voor hen mee te nemen. Ze kookten de kip dezelfde dag, omdat ze geen koelkast hadden en elke dag, totdat die op was, warmden ze een portie op een verschillende manier op – in kerrie, in sojasaus, in kaassaus, en, in die hemelse periode dat in één nacht alle tuinen in Kalimpong vol stonden met paddestoelen, in paddestoelensaus met een vingerhoedje cognac.

Hij vertelde het aan de monniken, die met opgeschorte pijen voetbalden voor de gompa. Hij vertelde het aan oom Neutje en vader Laars. Ze dansten op de veranda, en oom Neutje deed het licht aan uit aan uit aan uit. 'Wat zei je?' zeiden ze, en draaiden de muziek zachter om te luisteren. 'Heeft-ie goed gedaan!' Ze hieven hun glazen en zetten de muziek weer harder: 'Jambalaya... pompoenpastaa... mio miaaa...'

Bij de laatste kraam hield de kok halt om aardappels te kopen. Hij kocht ze altijd hier, zodat hij ze niet de hele weg hoefde te dragen en hij trof de dochter van de eigenaar aan achter de toonbank in een lang nachthemd, zoals nu de mode was. Overal, als ze boodschappen gingen doen, water gingen halen, zag je vrouwen in nachthemden, dochters, echtgenotes, grootmoeders, nichten, op klaarlichte dag alsof ze naar bed gingen, lange haren, biesjes en stroken, net alsof je overdag droomde.

Het was een aantrekkelijk meisje, klein en mollig; een split in het nachthemd liet een glimp zien van zulke zachtglanzende borsten dat zelfs vrouwen erdoor werden bekoord. En ze leek geschikt voor de winkel. Biju zou haar toch zeker wel leuk vinden? En men zei dat de vader van het meisje goed verdiende…

'Drie kilo aardappels,' zei hij tegen het meisje op een voor hem ongebruikelijk vriendelijk toon. 'Hoe is de rijst? Schoon?'

'Nee oom,' zei ze. 'Wat wij hebben is vies. Zo vol met steentjes dat je bij het eten je tanden erop breekt.'

'En de *atta*?'

'De atta is beter.'

Hoe dan ook, zei hij tegen zichzelf, geld was niet alles. Het echte geluk was om voor iemand te zorgen en iemand te hebben die voor jou zorgde.

# 16

Met Sais interesse in de liefde kwam haar nieuwsgierigheid naar de liefdesrelaties van anderen en ze bestookte de kok met vragen over de rechter en zijn vrouw.

De kok zei: 'Toen ik werd aangenomen, hoorde ik van alle oude bedienden dat je grootvader door de dood van je grootmoeder een wreed mens was geworden. Zij was een echte dame, verhief nooit haar stem tegen de bedienden. Wat hield hij veel van haar! Het was zo'n innige band dat het hartverscheurend was om aan te zien.'

'Hield hij echt zoveel van haar?' vroeg Sai verbaasd.

'Dat moet wel,' zei de kok. 'Maar ze zeiden dat hij het niet liet merken.'

'Misschien hield hij niet van haar,' suggereerde ze.

'Houd je mond, hoe durf je. Neem je woorden terug!' schreeuwde de kok. 'Natuurlijk hield hij van haar.'

'Maar hoe wisten de bedienden dat dan?'

De kok dacht even na, dacht aan zijn eigen vrouw. 'Dat is waar,' zei hij. 'Niemand wist het echt, maar in die tijd zei niemand iets, want je kunt op veel manieren liefde tonen, niet alleen zoals in de film – dat is het enige wat jij weet. Jij bent een grote domoor. De grootste liefde is de liefde die nooit getoond wordt.'

'Je zegt gewoon wat je uitkomt.'

'Ja, ik heb geleerd dat dat het beste is,' zei de kok na nog enig nadenken.

'Nou? Hield hij van haar of niet?'

De kok en Sai zaten met Mutt op de trap die naar de tuin ging; ze trokken teken uit en dat vonden ze altijd een aangenaam moment. De grote dikke waren gemakkelijk te pakken en te vernietigen, maar de kleine bruine teken lieten zich moeilijk doodmaken; ze drukten zich plat in de holletjes van het gesteente en als je er met een steen op sloeg, gingen ze niet dood, maar richtten zich bliksemsnel op en begonnen te rennen.

Sai spoorde ze weer op. 'Hier blijven. Waag het niet om weer op Mutts rug te klimmen.'

Ze probeerden ze te verdrinken in een blik met water, maar ze waren taai, zwommen in het rond, klommen op elkaars rug en kropen eruit. Sai pakte ze weer op, stopte ze terug in het blik, rende naar de wc en trok ze door, maar zelfs toen kwamen ze weer boven en in de toiletpot was het een gedrang en geduw van jewelste.

Ditmaal glunderde de kok om een echte herinnering.

'Nee,' zei de kok. 'Hij hield helemaal niet van haar. Ze raakte de kluts kwijt.'

'Echt waar?'

'Ja, ze zeiden dat ze volslagen gek was.'

'Wat was ze voor iemand?'

'Haar naam weet ik niet meer, maar ze was de dochter van een rijk man en de familie had een veel hoger aanzien dan jouw grootvader, uit een bijzondere tak van een op zichzelf geen hoge kaste, maar daarbinnen vielen ze op. Je zag het aan haar fijne trekken; haar tenen, neus, oren en vingers waren allemaal heel rank en klein en ze was heel blank – als melk. Wat haar huidskleur betreft, zeiden ze, kon je denken dat ze buitenlandse was. Haar familie trouwde slechts binnen vijftien families, maar voor je grootvader werd een uitzondering gemaakt, omdat hij bij de ICS werkte. Maar meer dan dat weet ik niet.'

'Wat was mijn grootmoeder voor iemand?' vroeg Sai toen aan de rechter die onbeweeglijk als een reiger boven zijn schaakbord zat. 'Kwam ze uit een heel bijzondere familie?'

Hij zei: 'Zie je niet dat ik aan het schaken ben?'

Hij keek weer naar het bord, stond op en liep de tuin in. Vliegende eekhoorns joegen op elkaar in de mist tussen ingerolde varens; de bergen waren als horens van een steenbok die doorkwamen. Hij keerde terug naar zijn schaakbord en deed een zet, maar het voelde als een eerder gespeelde zet in een eerder gespeeld spel.

Hij wilde niet aan haar denken, maar het beeld dat hem voor ogen kwam was verbazingwekkend zachtmoedig.


De droom van de Patels was hun zoon naar Engeland te sturen, maar hoe hard Jemu's vader ook werkte, er was niet genoeg geld. Daarom gingen ze naar de geldschieters, die vader en zoon in de gaten hielden als slapende krokodillen en zich toen op hen stortten met een aanbod van tienduizend roepie. Tegen tweeëntwintig procent rente.

Maar dat was nog steeds niet genoeg en ze gingen op zoek naar een bruid.

Jemu was de eerste jongen uit hun gemeenschap die naar een Engelse universiteit ging. De aanbiedingen voor een bruidsschat kwamen binnen en zijn vader begon opgewekt af te wegen en af te strepen: een lelijk gezicht – wat meer geld, een blanke huid – wat minder geld. Een donkere lelijke dochter van een rijke man leek hun de beste keuze.


Aan de andere kant van Piphit, bij het militaire kampement, woonde een kleine man met een neus als van een neushoorn, die in plaats van omhoog naar omlaag leek te wijzen; hij liep met een rotan wandelstok, droeg een lange jas van brokaat en woonde in een haveli die zo kunstig was gebeeldhouwd, dat hij leek te zweven. Dit was Bomanbhai Patel. Zijn vader had onopvallend de rechterkant geholpen in een zekere schermutseling tussen de Engelsen en de Gaekwads en was daarvoor door de intendant van het regiment beloond met een contract voor de officiële leveranties van paardenvoer aan het Britse militaire kampement in Piphit. Ten slotte had de familie het monopolie verworven voor alle droge goederen voor het leger en toen Bomanbhai zijn vader opvolgde, zag hij de weg open naar nog meer winst door zijn zaak naadloos te verbinden met een andere. Hij bood soldaten in een clandestien gedeelte van de stad clandestiene vrouwen op wie zij hun toenemende mannelijkheid konden botvieren; en als ze onder de zwarte haren zaten en stonken als konijnen uit een konijnenhok bracht hij hen terug naar hun barakken.

Maar de vrouwen en dochters van Bomanbhai bleven zorgvuldig opgesloten achter de hoge muren van de haveli, met buiten een bord waarop te lezen stond: 'Residentie van Bomanbhai Patel, Militair Leverancier, Financier, Koopman.' Hier sleten ze in de vrouwenverblijven hun leven in ledigheid en de strenge handhaving van deze purdah droeg bij aan Bomanbhais aanzien in de omgeving; hij veroorloofde zich nu kleine fantasietjes en grillen, cultiveerde bepaalde eigenaardigheden die, precies zoals hij zich had voorgesteld, zijn vermogen extra veilig stelden en zijn aanzien nogmaals verhoogden. Hij etaleerde zijn aankopen, zijn gewoonten quasi-nonchalant, maar in werkelijkheid goed doordacht – maakte van zijn jas van brokaat en gepolijste wandelstok zijn handelsmerk en als huisdier hield hij een schubdier, omdat hij een zekere affiniteit had met alle grootneuzige schepsels. Hij bestelde een paar glas-in-loodpanelen, die de haveli in een rijk veelfruitkleurig licht zetten; daarin speelden de kinderen, die zich vermaakten door te kijken hoe ze er oranje of paars of half oranje en half groen uit konden zien.

Rondreizende Chinese handelaars in kant en zijde wachtten buiten als hun waren naar de vrouwen ter inspectie werden gebracht. Juweliers brachten bijzondere stukken voor de bruidsschatten van de dochters, erfstukken die door een bankroete raja verkocht werden. De oorlellen van Bomanbhais vrouw rekten uit door het gewicht van Zuid-Afrikaanse diamanten, die zo groot en zo zwaar waren dat op zekere dag een oorring uit een oor scheurde en als een meteoor met een bloedige 'kloink' in haar kom met *srikhand* verdween.

Maar het toppunt van triomf kwam toen hij, oorspronkelijk niet meer dan een winkelier in een hutje van golfplaten, maar rijker dan alle Brahmanen in de stad, een Brahmaanse kok in dienst nam die de reinheidswetten zo streng naleefde, dat, als er in de keuken alleen al *'eendoo'*, ei werd gezegd, elke pot en pan en elke lepel gewassen, en al het voedsel weggegooid diende te worden.

Op zekere dag kwam een in hun opwinding bijna kwakende groep mannen bij Bomanbhai op bezoek om hem te vertellen dat Jemu op het punt stond naar Engeland te vertrekken. Bomanbhai fronste zijn wenkbrauwen terwijl hij de mededeling tot zich door liet dringen, maar zei niets. Hij nipte aan een kleine Exshaw no. 1 brandy met heet water uit een Venetiaanse bokaal.

Zijn eerzucht was nog onverminderd en al had hij een Brahmaanse kok, hij wist dat de wereld meer te bieden had en slechts heel zelden gaf de geschiedenis gelegenheid om een kunstje uit te halen. Een week later stapte hij in zijn landauer, getrokken door twee witte merries, reed langs de British Club op Thornton Road waar hij nooit lid van kon worden hoeveel geld hij ook had, helemaal naar de andere kant van de stad en daar overrompelde hij de bewoners van het Patel-mensenpakhuis met het aanbod van Bela, zijn mooiste dochter, die met haar zusters in hun grote bed lag en onder een kristallen kroonluchter die in de zomerse hitte de luxe aanblik van ijs bood, klaagde dat ze zich verveelde.

Als Jemu zijn doel zou bereiken, werd zij de vrouw van een van India's machtigste mannen.

De bruiloft duurde een week en was zo groots dat niemand in Piphit eraan twijfelde dat de familie baadde in ghee en goud, dus toen Bomanbhai zich met een *namaste* boog en zijn gasten nederig verzocht te eten en te drinken, wisten ze dat zijn bescheidenheid vals was en daarom van de beste soort. De bruid was een berg van geslepen, licht weerkaatsende juwelen, nauwelijks in staat een voet te verzetten onder het gewicht van de stenen en metalen die ze torste. De bruidsschat behelsde contant geld, goud, smaragden uit Venezulea, robijnen uit Birma, ongeslepen *kundun* diamanten, een horloge aan een horlogeketting, meters wollen stof voor haar kersverse echtgenoot om pakken van te maken waarin hij naar Engeland zou reizen en in een knisperende envelop een biljet voor een overtocht op de ss Strathnaver van Bombay naar Liverpool.

Bij haar huwelijk werd haar naam veranderd in de naam die Jemubhais familie voor haar had gekozen en binnen enkele uren werd Bela Nimi Patel.

Aangemoedigd door de alcohol en de gedachte aan zijn ticket deed Jemubhai een poging de sari, evenveel goud als zilver, van zijn vrouw weg te trekken, terwijl zij op de rand van het bed zat, precies zoals zijn jongere ooms het hem met een klap op zijn rug hadden geadviseerd.

Hij was bijna verbaasd onder al het goud- en zilverwerk een gezicht te ontdekken. Het was behangen met sieraden, maar zelfs die konden de veertienjarige die angstig 'Nee, nee,' huilde, niet helemaal verbergen.

Aangestoken door haar angst verloor hij op slag alle moed. De ban der arrogantie was verbroken en hij werd weer de bescheiden jongen. 'Huil maar niet,' zei hij paniekerig pogend de schade ongedaan te maken. 'Luister, ik kijk niet, ik kijk niet eens naar je.' Hij gaf haar de zware stof weer terug, wikkelde hem weer om haar hoofd, maar ze bleef snikken.


De volgende morgen lachten de ooms. 'Wat is er gebeurd? Niets?' ze wezen naar het bed.

De dag daarop opnieuw gelach.

De derde dag, bezorgdheid.

'Dwing haar,' drongen de ooms aan. 'Houd vol. Je moet haar niet haar gang laten gaan.'

'Andere families zouden niet zo geduldig zijn,' waarschuwden ze Nimi.

'Grijp haar beet en dwing haar,' was het bevel van de ooms aan Jemubhai.

Ondanks zijn irritatie en het feit dat hij soms een gerichte en niet mis te verstane drang voelde, verdween zijn verlangen wanneer hij tegenover zijn vrouw stond.

'Verwend,' zeiden ze tegen Nimi. 'Aanstellerij.'

Hoe was het mogelijk dat ze niet gelukkig was met hun knappe Jemu, de eerste uit hun gemeenschap die naar Engeland ging?

Maar terwijl zij deze beproeving van falende daadkracht nacht na nacht deelden, kreeg Jemubhai zowel met haar als met zichzelf medelijden.

Toen de familie weg was om de juwelen te verkopen voor extra geld, stelde hij haar voor een ritje te maken op de Hercules-fiets van zijn vader. Ze schudde haar hoofd, maar toen hij aan kwam fietsen, won kinderlijke nieuwsgierigheid het van haar huilerigheid en ze ging achterop zitten. 'Strek je benen uit,' instrueerde hij haar en trapte op de pedalen. Sneller en sneller gingen ze, tussen de bomen en koeien door, zoevend door de koeienvlaaien.

Jemubhai draaide zich om, ving een glimp van haar ogen op – o, geen wezen had zulke ogen of keken op die manier de wereld in...

Hij trapte harder. Het terrein liep af en terwijl ze de helling af vlogen, bleven hun harten een moment achter en stegen op tussen groene bladeren, blauwe hemel.


De rechter keek op van zijn schaakbord. Sai was in een boom aan de rand van de tuin geklommen. Vanaf de takken had ze uitzicht op de weg die naar beneden kronkelde en kon ze Gyan zien aankomen.

De spanning groeide per les en per week zo dat ze nauwelijks in dezelfde ruimte konden zitten zonder te willen weglopen. Zij had hoofdpijn. Hij moest vroeg weg. Ze verontschuldigden zich, maar op het moment dat ze elkaars gezelschap verlieten, waren ze rusteloos en bozig en keken ze uit naar de volgende dinsdag, vol ondraaglijke verwachting.

De rechter kwam aangelopen.

'Kom eruit.'

'Waarom?'

'Mutt wordt zenuwachtig als ze jou daar boven ziet.'

Mutt keek omhoog naar Sai, kwispelde, in haar ogen geen spoor van ongerustheid.

'Echt waar?'

'Ik hoop dat die leraar van jou zich geen ideeën in het hoofd haalt,' zei de rechter toen.

'Wat voor ideeën?'

'Kom er onmiddellijk uit.'

Sai klom uit de boom, ging naar binnen en sloot zich op

in haar kamer. Op een dag zou ze deze plek verlaten.

'Tijd moet bewegen,' had Noni tegen haar gezegd. 'Kies geen leven waarin de tijd stilstaat, zoals ik heb gedaan. Dat is het allerbeste advies dat ik je kan geven.'

# 17

In de Queen of Tarts ving Saeed Saeed een muis; hij schopte haar in de lucht met zijn voet, dribbelde ermee, probeerde haar naar Biju te schoppen, die wegrende, wierp haar
omhoog en toen ze neerviel, gaf hij het piepende ding nog
een schop na en lachte: 'Dus *jij* at al het brood, hè en *jij* eet
de suiker?' Stuiptrekkend sprong het diertje omhoog en
viel dood neer. Pret over. Weer aan het werk.

In Kalimpong schreef de kok op een luchtpostblad. Hij
schreef in het Hindi en schreef daarna het adres over in
onbeholpen Engelse letters.

Hij werd bestookt met verzoeken om hulp. Hoe meer ze
vroegen, hoe meer mensen er kwamen hoe meer ze vroegen – Lamsang, meneer Lobsang Phuntsok, Oni, meneer
Shezoon van de *Lepcha Quarterly*, Kesang, de schoonmaker
van het ziekenhuis, de laborant die verantwoordelijk was
voor de lintworm op sterk water, de man die de gaten dicht-
te in verroeste potten, iedereen met zonen die wachtten
om weg te gaan. Ze gaven hem kippen cadeau, pakjes met
noten of rozijnen, boden hem een drankje aan bij Thapa's
voormalige legerkantine en hij kreeg het gevoel dat hij een
politicus was, een verlener van gunsten, een ontvanger van
dankbetuigingen.

Hoe meer je verwend wordt hoe meer je verwend zult
worden hoe meer cadeaus je krijgt hoe meer cadeaus je zult
krijgen hoe meer je bewonderd wordt hoe meer je bewonderd zult worden hoe meer je bewonderd wordt hoe meer

cadeaus je krijgt hoe meer je verwend wordt...

'*Bhai, dekho, aesa hai...*' hield hij hun voor. 'Kijk, je moet een beetje geluk hebben, het is bijna onmogelijk een visum te krijgen...' Het was bovenmenselijk moeilijk, maar hij zou aan zijn zoon schrijven. 'We zullen zien, we zullen zien, misschien heb je geluk...'

'*Biju beta,*' schreef hij. 'Jij had het geluk om daarheen te gaan, doe alsjeblieft ook iets voor de anderen...'

Hij gebruikte een zelfgemaakte lijm van meel en water om de zijkanten van de luchtpostbladen dicht te plakken, stuurde ze, een hele bundel brieven, als pijlen de Atlantische Oceaan over...

Men zou nooit te weten komen hoeveel er zoekraakten in de wisselvallige aansluitingen onderweg, tussen de onberekenbare postbode in de stromende regen, de onberekenbare vrachtwagen over de grondverschuivingen naar Siliguri, de donder en bliksem, het mistige vliegveld, de reis van Calcutta helemaal naar het postkantoor op de Honderdvijfentwintigste straat in Harlem, dat net zo gebarricadeerd was als een Israëlische militaire buitenpost in Gaza. De postbode liet de brieven achter boven op de bussen van de legale bewoners en soms vielen de brieven eraf, werden vertrapt en volgden het spoor terug naar buiten.

Maar er kwamen er genoeg aan om Biju de indruk te geven dat hij overspoeld werd.

'Zo'n slimme jongen, vreselijk arme familie, let alsjeblieft een beetje op hem, hij heeft al een visum, arriveert... Zoek alsjeblieft werk voor Poresh. Eigenlijk staat ook zijn broer op het punt om te gaan. Help hen. Sanjeeb Thom Karma Ponchu en vergeet Budhoo niet, nachtwaker bij Mon Ami, zijn zoon...'

'Man, ik weet precies hoe je je voelt,' zei Saeed.

De moeder van Saeed Saeed deelde scheutig zijn telefoonnummer en adres uit aan half Stone Town. Ze arriveerden op het vliegveld met een dollar op zak en zijn telefoonnummer; ze vroegen toegelaten te worden in een appartement dat al barstensvol zat, tot en met de laatste meter verhuurd: Rashid Ahmed Jaffer Abdullah Hassan Musa Lufti Ali en nog vele anderen die de bedden in ploegen deelden.

'Een hele horde. Ik word wakker, ga naar het raam en DAAR STAAN ZE. En elke keer dat ik kijk – WEER EEN HELE HORDE. En iedereen maar zeggen "O nee, geen visa meer, ze zijn heel streng geworden, het is heel moeilijk," en ondertussen krijgt IEDEREEN, iedereen die een aanvraag indient, een visum. Waarom doen ze mij dit aan? Die Amerikaanse ambassade in Dar – WAAROM? Niemand zou die Dooli een visum geven. Niemand. Je hoeft maar te kijken en je weet, ja, hier is iets mis – maar *hem* geven ze een visum!'

Saeed bereidde kousenband en koningsvis uit de Price Chopper om zichzelf op te vrolijken, en bananen in suiker en kokosmelk. Dit kleverige goedje dat naar te lang gekoesterde hoop rook smeerde hij op stokbrood en deelde hij aan de anderen uit.


Het zoetste fruit van heel Stone Town groeide op het kerkhof en de lekkerste bananen groeiden op het graf van de grootvader van diezelfde onbetrouwbare Dooli van wie de Amerikaanse ambassade in Dar es Salaam zich zo'n verkeerd oordeel had gevormd, dat ze hem een visum gaven – vertelde Saeed hun terwijl hij uit het raam keek...

En bliksemsnel onder de toonbank dook.

'O, mijn gohod.' Op fluisterende toon. 'Daar zijn ze, man. *Weer een hele horde.* Goeie god. Ga ze zeggen dat ik hier niet werk. *Hoe komen ze aan dit adres!* Mijn moeder. Ik zeg haar nog zo: Niet meer doen! *Alsjeblieft!* Omar. Ga! Ga! *Zeg dat ze weggaan.'*

Voor de bakkerij stond een groepje mannen, hun blik zo vermoeid alsof ze meerdere levens hadden gereisd; ze krabden aan hun hoofd en keken naar de Queen of Tarts.

'Waarom help je ze dan?' vroeg Omar. 'Ik ben ermee gestopt en nu weten ze allemaal dat ze niet op mij hoeven te rekenen en niemand valt me meer lastig.'

'Dit is niet het moment voor een preek.'

Omar ging naar buiten. 'Wie? Saeed? Nee, nee. Hoe? *Soyad?* Nee, niemand die zo heet. Alleen ik, Kavafya en Biju.'

'Maar hij werkt hier. Zijn moeder zij zegt.'

'Nee, nee. Jullie moeten hier weg. Hier is niemand die jullie zoeken en als jullie moeilijk doen, krijgen WIJ problemen, dus ik vraag jullie vriendelijk, GA WEG.'



'Goed zo,' zei Saeed. 'Dank je wel. Zijn ze weg?'

'Nee.'

'Wat doen ze?'

'Ze staan nog steeds te kijken,' zei Biju; andermans ongeluk gaf hem een dapper en opgewonden gevoel. Hij huppelde bijna.

De mannen schudden hun hoofd, niet van plan te geloven wat ze te horen hadden gekregen.

Biju ging naar buiten en kwam weer binnen. 'Ze zeggen dat ze nu je huisadres gaan proberen.' Hij voelde een zekere trots bij het doorgeven van dit belangrijke nieuws. Besefte dat hij het spelen van zo'n rol, die ook in India heel gewoon was, miste. Je bemoeienissen met andermans levens leverden vele kleine mogelijkheden om zelf iets te betekenen.

'Ze komen terug. *Ik ken ze.* Ze blijven het proberen, of eentje blijft en de anderen gaan. Doe de deur dicht. Doe het raam dicht...'

'We kunnen de winkel niet sluiten. Te heet, het raam kan niet dicht.'

'Doe het dicht!'

'Nee. Stel dat meneer Bocher komt kijken?' Dat was de eigenaar van de winkel die soms onverwachts langskwam in de hoop hen op onregelmatigheden te betrappen.

'Geen zorgje, baasje,' zei Saeed dan. 'We doen alles precies zoals u zegt...'

Maar nu...

'Man, het gaat hier om mijn leven. Niet of het een beetje heet is, baas of geen baas...'

Ze sloten het raam en de deur en vanaf de eerste verdieping belde hij naar zijn woning. 'Hé Ahmed, neem de telefoon niet aan, man. Dooli en de jongens zijn van het vliegveld gekomen! Doe alles dicht, houd je gedeisd. Laat je niet zien en ga niet voor het raam staan.'

'Ach ach, waarom krijgen zij een visum? Hoe komen ze aan hun ticket?' Ze hoorden de stem aan de andere kant van de lijn. Vervolgens ging het over in Swahili en klonk het als een krachtige kledder stront, een dikke, dampende, dierlijke ontlasting.


In de bakkerij ging de telefoon.

'Niet aannemen,' zei hij tegen Biju, die de hoorn wilde oppakken.

Toen het antwoordapparaat inschakelde, hield het rinkelen op.

'Dat zijn zij! Altijd *doodsbang* voor een antwoordapparaat!'

De telefoon rinkelde en rinkelde opnieuw. *Tring tring tring tring.* Antwoordapparaat. Telefoon neergelegd.

Opnieuw: *tring tring.*

'Saeed, je moet met ze praten.' Biju's hart begon plotseling mee te bonken met het kwellende gerinkel. Het kon de baas zijn, het kon India aan de lijn zijn, zijn vader, zijn vader...

Dood? Aan het doodgaan? Door ziekte geveld?

Kavafya nam aan en een rauwe, van paniek doortrokken stem werd de kamer ingeslingerd. 'Help! Help! We komen van het vliegveld. *Help! Help! Saaeed S-aa-eed?*'

Hij legde neer en trok de stekker eruit.

Saeed: 'Als je die jongens binnenlaat gaan ze nooit meer weg. Ze zijn ten einde raad. *Ten einde raad.* Laat je ze eenmaal binnen, luister je eenmaal naar hun verhaal, dan kan je geen nee zeggen, je kent hun tante, je kent hun neef, je moet de *hele* familie helpen en als ze eenmaal beginnen, pakken ze *alles.* Je kan niet zeggen dit is mijn eten, zoals Amerikanen, en alleen ik eet het. Vraag maar aan Thea,' – zij was het laatste van-dittum-en-van-dattum-onderwerp van gesprek in de bakkerij – 'ze woont met drie vriendinnen, ieder doet *z'n eigen* boodschappen, ze koken *hun eigen* eten, *samen* eten ze *hun eigen* voedsel. De koelkast verdelen ze en op hun eigen plaats – *hun eigen plaats* – stoppen ze wat over is in een *eigen doos.* Een van de huisgenoten schrijft *haar naam op de doos, dan weet je van wie hij is!'* Zijn vinger ging ongewoon streng omhoog. 'In Zanzibar wat iemand heeft *deelt hij met iedereen,* zo *hoort* het, zo *moet* het...'

'*Maar dan heeft niemand iets, man! Daarom ben ik uit Zanzibar weggegaan.*'

Stilte.

Biju's medelijden met Saeed ging over in medelijden met zichzelf, vervolgens werd Saeeds schaamte zijn eigen schaamte dat hij nooit al die mensen die hem om hulp vroegen en elke dag, *elk uur,* op zijn antwoord zaten te wachten, zou kunnen helpen. Ook hij was op het vliegveld aangekomen met een paar op de zwarte markt van Kathmandu gekochte dollars op zak en het adres van Nandu, de vriend van zijn vader, die met tweeëntwintig taxichauffeurs in Queens woonde. Ook Nandu had de telefoon niet opgenomen en had geprobeerd zich te verstoppen toen Biju voor zijn deur stond, en toen hij dacht dat Biju vertrokken was, had hij de deur opengedaan en tot zijn ontzetting Biju aangetroffen die daar twee uur later nog steeds stond.

'Hier is geen werk meer,' had hij gezegd. 'Als ik nog jong was, ging ik terug naar India, daar heb je nu meer kansen, voor mij is het nu te laat om nog te veranderen, maar luister naar wat ik je te zeggen heb. Iedereen zegt wel dat je *moet* blijven, dat je hier goed kan verdienen, maar het is veel beter als je *teruggaat.*'

Op zijn werk sprak Nandu met iemand die hem van de kelder in Harlem vertelde en vanaf het moment dat hij Biju daar had afgezet, had Biju hem nooit meer gezien.

Hij was aan zijn lot overgelaten te midden van vreemdelingen: Jacinto, de hoofdopziener, de dakloze man, een stramme cocaïnedealer met o-benen, die liep alsof zijn ballen te groot waren om gewoon te lopen, met zijn stramme, gele hond met o-poten, die ook liep alsof zijn ballen te groot waren om gewoon te lopen. 's Zomers kwamen gezinnen uit de benauwde woningen naar buiten en gingen op het trottoir zitten met gettoblasters; zware, omvangrijke vrouwen met geschoren, zwart gestippelde benen verschenen in shorts; groepjes gedesillusioneerde mannen speelden kaart op planken die wiebelend op vuilnisbakken lagen en namen grote teugen bier uit in bruine zakken gestoken flesjes. Ze knikten hem vriendelijk toe en boden hem soms zelfs een biertje aan, maar Biju wist niet wat hij tegen hen moest zeggen, zelfs zijn iele, korte 'Hallo' klonk verkeerd: te zachtjes zodat ze hem niet verstonden, of pas als ze zich hadden omgedraaid.


De verblijfsvergunning de verblijfsvergunning. De...

Zonder kon hij niet weg. Om weg te gaan wilde hij een verblijfsvergunning. Zo bespottelijk was het. Hij wilde maar een ding: Na De Verblijfsvergunning Terug Naar Huis, een ticket te kunnen kopen als hij daar zin in had, of niet als hij er geen zin in had... Met afgunst keek hij naar de legale vreemdelingen in de discount kofferwinkels op zoek naar de miraculeuze, uitvouwbare derde-wereldkoffer, als een accordeon ingevouwen, voorzien van vakken en ritsen die nog meer verborgen plekjes openden, het hele geval zich uitklappend tot een reusachtige ruimte, waarin je genoeg kon stoppen om een heel nieuw leven in een ander land te beginnen.

Maar natuurlijk waren er ook de mensen die illegaal in Amerika woonden en doodgingen en hun familie nooit meer hadden gezien, tien, twintig, dertig jaar, nooit meer.

Wat moest je doen? In de Queen of Tarts keken ze naar de televisie-uitzendingen op het Indiase kanaal waarin een immigratiejurist vragen beantwoordde.

Op het scherm verscheen een taxichauffeur: het bekijken van illegale kopieën van Amerikaanse films had hem op het idee gebracht naar Amerika te gaan, maar wat moest hij doen om er echt bij te horen? Hij was illegaal, zijn taxi was illegaal, de gele verf was illegaal, zijn hele familie was hier, alle mensen uit zijn dorp waren hier, volmaakt geïntegreerd in en onderdeel van het stedelijke taxisysteem. Maar hoe kwamen ze aan hun papieren? Was er een kijkster bereid met hem te trouwen? Hij zou zelfs tevreden zijn met een lichamelijk of verstandelijk gehandicapte houdster van een verblijfsvergunning...


Het was natuurlijk Saeed Saeed die van de vrachtwagen hoorde en Omar, Kavafya en Biju meenam naar Washington Heights en daar stonden ze te wachten op de hoek van een straat. Alle winkels hadden tralieluiken, zelfs de kleine winkeltjes voor kauwgom en sigaretten. Bij de apotheken en drankzaken waren bellen; hij zag mensen aanbellen, toegelaten worden in een kooi die in de winkel stond waarvandaan je zicht had op de planken en kon aanwijzen wat je wilde en na geld gelegd te hebben op het ronddraaiende plateau in een daarvoor bestemde kleine uitsparing in het tralierooster en het kogelvrije glas, werden de gevraagde voorwerpen met weinig animo op datzelfde draaiplateau neergelegd. Zelfs in de Jamaicaanse pasteiwinkel bevonden de dame, de pasteitjes, de calalusoep en de roti's, de Nice Every Time-drankjes zich achter een zwaar beveiligde barrière.

Maar toch was het leuk. Mensen dromden voorbij. Voor de Kerk van Zion doopte een prediker een hele rij mensen onder een brandkraan. Er liep een man voorbij in een korte Florida-hibiscus-broek met bijpassend shirt, magere knobbelknieën, gel in zijn krullende haren, vierkant Charlie Chaplin-Hitlersnorretje, een bandrecorder, *Guantanamera… guajira Guantanamera…*' Een paar vrouwen riepen ongegeneerd naar hem vanuit de ramen: 'Oehoe BABY. Wat een benen. Waaaauuuuuw. Ben je vrij vanavond?'

Een andere vrouw gaf advies aan een jongere vrouw naast haar: 'Het leven is maar kort, liefje… Zet hem buiten bij de vuilnis! Je bent nog jong. Je moet gelukkig zijn. Zet! hem! bui! ten! bij! de! vuil-nis!


Hier voelde Saeed zich thuis. Hij woonde twee straten verderop en veel mensen op straat begroetten hem.

'Saeed!'

Een jongen met een gouden ketting zo dik als die aan de stop van een badkuip, een oogverblindend vertoon van zijn succes, sloeg Saeed op de rug.

'Wat doet hij?' informeerde Biju naar de jongen.

Saeed lachte. 'Zaakjes.'

Om de gelegenheid een nog pikanter tintje te geven, trakteerde Saeed hen op een verhaal over hoe hij een van zijn kennissen had helpen verhuizen; en toen stopte er een auto terwijl zij in de weer waren met dozen vol verstelde kleren, een wekker, schoenen, een geblakerde pan, helemaal uit Zanzibar, door een huilende moeder in de koffer gestopt – en uit het autoraampje stak een geweer en een stem zei: 'Stop het maar achterin, jongens.' De achterbak ging open en de stem achter het geweer zei vol afkeer: 'Is dat alles?' Toen was de auto weggereden.

Heftig zwetend stonden ze op de hoek te wachten, mijn god, mijn god… Eindelijk kwam er een gedeukte bestelwagen en ze betaalden door de op een kier geopende deur, overhandigden hun foto's die volgens de INS-voorschriften één onbedekt oor en driekwart profiel toonden en door de kier heen van een vingerafdruk werden voorzien. Twee weken later stonden ze nogmaals te wachten…
    ze wachtten…
    en wachtten…
    en… De bestelwagen kwam niet terug. De kosten van deze onderneming leegde opnieuw de spaarenvelop van Biju.
    Omar opperde dat ze zich maar moesten troosten omdat ze toch in de buurt waren.
    Kavafya zei dat hij meedeed.
    Maar vijfendertig dollars.
    Prijzen niet gestegen.
    Biju bloosde bij de herinnering aan wat hij in zijn hot-dogs-dagen had gezegd. 'Stinken… zwarte vrouwen… *Hubshi hubshi.*'
    'Ik vind het te warm,' zei hij.
    Ze lachten.
    'Saeed?'
    Maar Saeed hoefde niet naar de hoeren te gaan.
    Hij had een afspraak met een nieuwe van-dittum-en-van-dattum.

'Wat is er met Thea gebeurd?' vroeg Biju.

'Die is buiten de stad een wandeling gaan maken. Ik zei nog tegen haar: "AFRIKAANSE MANNEN kijken niet naar bladeren!" Hoe dan ook, ik heb nog een paar van-dittum-en-van-dattumpjes waar Thea niets van weet.'

'Pas maar op,' zei Omar. 'Witte vrouwen, ze zien er goed uit als ze jong zijn, maar ze slijten snel, en als ze veertig zijn, zijn ze heel lelijk, vallen hun haren uit, een en al rimpels en dan die vlekken en die aderen, je weet wel wat ik bedoel...'

'Ja, ja, weet ik, weet ik,' zei Saeed. Hij begreep hun afgunst.

In de bakkerij vond een klant een complete muis meegebakken in een zonnebloembrood. Die was natuurlijk achter de granen aan gegaan...

Er kwam een team inspecteurs van de gezondheidszorg. Ze kwamen binnen als US-mariniers, de FBI, de CIA, de NYPD; stormden binnen: HANDEN OMHOOG!

Ze ontdekten een gebarsten rioolbuis, een hikkende zwarte afvoer, messen opgeslagen achter de wc, muizenkeutels in het meel en in een vergeten eierkom eencellige organismen die zich zo op hun gemak voelden dat ze zich vanzelf, zonder aansporing van buitenaf, vermenigvuldigden.

De baas, meneer Bocher, werd opgetrommeld.

'Die verrekte elektriciteit viel uit,' zei meneer Bocher, 'het is heet buiten. Wat moeten we verdomme dan doen?'

Maar hetzelfde was al tweemaal voorgevallen, in de tijd voor Biju, Saeed, Omar en Kavafya, toen Karim, Nedim en Jesus er waren. De Queens of Tarts zou gesloten worden ten behoeve van een Russisch etablissement.

'Die rot-Russen! Met hun smerige borsjt!' schreeuwde meneer Bocher woedend maar tevergeefs, en plotseling was het allemaal weer voorbij. 'Stomme klootzakken,' gilde hij naar de mannen die voor hem hadden gewerkt.

'Biju, je moet eens langskomen.' Saeed vond snel werk in een Banana Republic, waar hij aan mondaine stedelingen de zwarte coltrui van de laatste mode verkocht, in een winkel waarvan de naam stond voor koloniale uitbuiting en de roofzuchtige vernietiging van de derde wereld.

Biju wist dat hij hem waarschijnlijk niet terug zou zien. Zo ging dat nu eenmaal, had hij inmiddels geleerd. Je was dikke vrienden met iemand en zomaar, ineens, was je hem kwijt, omdat de schaduwklasse gedoemd was altijd in beweging te blijven. De mannen vonden ander werk, andere steden, werden uitgezet, gingen terug naar huis, veranderden hun naam. Soms dook iemand weer op, op een straathoek, of in de ondergrondse, en dan verdwenen ze weer. Adressen, telefoonnummers raakten achterhaald. Biju werd keer op keer geconfronteerd met de leegte die ze achterlieten tot hij er uiteindelijk voor zorgde niet te veel aan vriendschappen te hechten.

Toen hij 's nachts op zijn plek in de kelder lag, dacht hij terug aan zijn dorp waar hij met zijn grootmoeder had geleefd van het geld dat zijn vader iedere maand stuurde. Het dorp ging schuil achter meer dan manshoge zilveren grassen, die een *sjoe sjooee, sjoe, sjoooeee* geluid maakten als ze door de wind heen en weer werden bewogen. Via een droge greppel door deze grassen kwam je bij een zijrivier van de Jamuna, waar je kon kijken naar de mannen die zich stroomafwaarts lieten voeren op opgeblazen buffelhuiden; alle vier de dode poten van het beest staken omhoog als ze langs voeren, en waar de rivier ondiep over de stenen liep, stapten ze uit en sleepten hun boten van buffelhuid eroverheen. Deze ondiepe plek was de plaats waar Biju en zijn grootmoeder overstaken op hun tochten naar en van de markt in de stad, zijn grootmoeder met opgebonden sari en soms een zak rijst op haar hoofd. Boven het water zweefden vissende adelaars, veranderden in een enkel moment hun horizontale zweefvlucht, doken, kwamen naar boven, soms met heftig spartelend zilver. Op de oever woonde een kluizenaar, staande als een ooievaar, en wachtte, wachtte tot hij een glimp zou opvangen van een hele andere, een ongrijpbare, mystieke vis. Als die aan de oppervlakte zou komen, moest hij zich erop storten, anders zou hij weer teloorgaan en nooit terugkomen... Tijdens Diwali stak de man lampen aan en zette ze op de takken van de *peepul*-boom en liet ze de rivier af drijven op vlotjes van goudsbloemen – prachtig waren die dansende lichtjes in de jonge duisternis. Tijdens een bezoek aan zijn vader in Kalimpong hadden ze 's avonds buiten gezeten en zijn vader had herinneringen opgehaald: 'Ons dorp is zo vredig. De roti daar smaakt zo lekker. Dat komt omdat de atta met de hand wordt gemalen en niet met een machine... en omdat het op *choolah* wordt bereid, beter dan alles wat op gas of petroleum wordt gemaakt... Verse roti, verse boter, verse melk die nog warm is van de buffel...' Ze waren laat opgebleven en hadden de toen dertienjarige Sai niet opgemerkt, die uit haar slaapkamerraam toekeek, jaloers op de liefde van de kok voor zijn zoon. Kleine roodgebekte vleermuizen dronken uit de jhora en schoten onophoudelijk heen en weer met een beheksend gefladder van zwarte vleugels.

# 18

'O, een *vleermuis*, een *vleermuis*,' zei Lola, in paniek, toen er een langs haar oor suisde met zijn hoog klinkende *tjoe tjoe*.

'Wat geeft dat nou, 't is niet meer dan een rondvliegende schoenzool,' zei Noni; in haar lichte zomersari zag ze eruit als een klodder smeltend vanilleijs...

'Hou toch je mond,' zei Lola.

'Het is ook zo heet en plakkerig,' zei Lola daarna ter verontschuldiging tegen haar zuster. 'De moesson is zeker in aantocht.'

Het was net twee maanden nadat Gyan voor de lessen van Sai was gekomen en aanvankelijk dacht Sai dat de spanning in de lucht kwam door zijn aanwezigheid.

Maar nu klaagde iedereen. Oom Neutje zat er uitgezakt bij. 'Hij zit eraan te komen. Vroeg dit jaar. Schenk me maar een glaasje rum in, schatje, voordat nie-ie-iemand zich meer om deze ouwe bekommert.'

Lola nipte aan een Disprin die bruiste en danste in het water.

Toen ook de kranten berichtten over de naderende onweerswolken, leefde ze helemaal op: 'Ik *wist* het wel. Ik *weet* het altijd. Ik voel dat altijd aan. Je weet hoe ik ben – de prinses op de erwt – zo is het nu eenmaal – de prinses op de erwt.


Op Cho Oyu waren de rechter en Sai op het gazon gaan zitten. Mutt zag de schaduw van haar staart, sprong op om hem te pakken en bleef in het rond draaien, niet begrijpend van wie de staart was. Ze gaf niet op, maar uit haar ogen sprak verwarring en een smekende vraag – hoe kon ze ophouden, wat moest ze doen? – ze had een vreemd beest te pakken en wist niet dat ze het zelf was. Hulpeloos rende ze door de tuin.

'Domme meid,' zei Sai.

'Kleine schat,' zei de rechter toen Sai weg was, voor het geval Mutts gevoelens gekwetst waren.

En toen, ineens, was hij er. De bananenbomen lieten een angstig geluid horen toen ze met hun grote oren begonnen te flapperen, want zij sloegen altijd als eersten alarm. De bamboemasten werden tegen elkaar gezwiept, wat klonk als een oude vechtsport.

In de keuken klapperde de godenkalender van de kok tegen de muur alsof er leven in zat, een en al armen, benen, demonische hoofden, gloeiende ogen.

De kok hield alles dicht, deuren en ramen, maar Sai deed juist de deur open op het moment dat hij de snuitkevers uit het meel zeefde; het meel stoof op en bedekte hen beiden.

'Oooo. Kijk nou toch wat je gedaan hebt.' Kleine wroetende beestjes ontsnapten uitgelaten over de vloer en de muren. Ze keken naar elkaar, bedekt onder het wit, en barstten in lachen uit.

'*Angrez ke tarah.* Net als de Engelsen.'

'*Angrez ke tarah. Angrez jaise.*'

Sai stak haar hoofd om de hoek. 'Kijk eens,' zei ze vrolijk, 'net als de Engelsen.'

De rechter begon te kuchen toen een scherpe combinatie van rook en peper zich in de salon verspreidde. 'Onnozel wicht,' zei hij tegen zijn kleindochter. 'Doe de deur dicht!'

Maar de deur ging vanzelf dicht, samen met alle deuren van het huis. Bang bang bang. De hemel spleet open, verlicht door vlammen. Blauw vuur wierp zich op de pijnboom, die sissend een onmiddellijke dood stierf, met achterlating van een verkoolde stomp, een schroeilucht, een kriskras van takken over het gazon. Een niet-ophoudende regen barstte boven hen los en Mutt veranderde in een primitieve levensvorm, een amoebe die over de grond voortgleed.

Vanaf een bliksemafleider boven op Cho Oyu naar een ondergrondse kuil met zout liep een kabel, die hen moest beschermen, maar dat kon Mutt niet begrijpen. Nieuwe donderslagen en een rukwind op het ijzeren dak deden haar haar toevlucht zoeken achter de gordijnen, onder de bedden. Maar of haar achterste bleef onbeschermd of haar snuit, en ze schrok van de spookachtige geluiden die de wind in de lege sodaflessen maakte: *whoee, hooee, hooee.*

'Je hoeft niet bang te zijn, kleintje, kikkertje, kippetje, hondieponni. Het is maar regen.'

Ze probeerde blij te kijken, maar haar staart bleef onder haar gevouwen en haar ogen waren als die van een soldaat in de oorlog, die niets meer moest hebben van al die dwaze verhalen over moed. Haar oren probeerden de horizon af te luisteren, vooruitlopend op wat niet naliet te komen, weer een bombardementsgolf – het geluid van de ineenstortende wereld – ze had nooit geweten dat die zo groot was – steden en monumenten vielen – en weer vluchtte ze weg.

Dit natte seizoen zou drie, vier maanden duren, misschien vijf. Op Cho Oyu speelden lekkende druppels op de wc honky-tonkmuziek, totdat Sai, die een paraplu opstak als ze naar de wc ging, dat onderbrak. Condenswater bewasemde het glas van de uurwerken en de kleren die op de zolder te drogen hingen bleven een weeklang nat. Uit de balken vielen witte schilfers, een schimmel weefde over alles een harige laag. Tegen dit omfloerste beeld tekenden zich toch enkele kleuren af: insecten vlogen rond in carnavalsuitrusting, brood werd in een dag tijd groen als gras; toen Sai de lade met haar ondergoed opentrok, vond ze een helderroze gelei die uitschulpte tussen de lagen saaie katoen. En de ingebonden nummers van de *National Geographic* vielen uit elkaar in pagina's die aangestoken waren door een opzichtige ziekte: paarsgele schimmels rivaliseerden met de prieelvogels uit Papoea-Nieuw-Guinea, de inwoners van New Orleans en de advertenties – 'Op de Bahama's is het beter!' – die erin stonden.

Gedurende deze maanden was Sai altijd kalm en opgewekt geweest, de enige periode dat haar leven in Kalimpong volmaakt zinvol was en zij vrede had met de wetenschap dat het min of meer onmogelijk was met iemand te communiceren. Ze zat op de veranda, liet zich meevoeren door de stemming van het seizoen en bedacht hoe verstandig het was om te berusten als in heel Kalimpong de moderne tijd het liet afweten. Uit de telefoons klonk een doodsrochel, de televisie zond de zoveelste opname van een slagregen uit. En in dit vochtige, waterbrakende seizoen zweefde het losse, lichte gevoel dat het leven een bewegend, vlietend, kil en eenzelvig iets was, dat zich niet liet pakken. De wereld verdween, het hek gaf toegang tot niets – geen Gyan die om de bocht van de berg verscheen – en dat afschuwelijke gevoel van afwachten verslapte zijn wurggreep. Het was zelfs onmogelijk naar oom Neutje te gaan, want de jhora was buiten zijn oevers getreden en had de brug meegesleurd.

In Mon Ami friemelde Lola aan de radioknop; ze moest zich erbij neerleggen niet bevestigd te krijgen dat haar dochter het nog steeds voor het zeggen had op een droge plek tussen nieuws over overstromende rivieren, cholera, aanvallende krokodillen en de inwoners van Bangladesh weer hoog in hun bomen. 'Nou ja,' zuchtte Lola, 'misschien worden de oproerkraaiers wel uit de bazaar weggespoeld.'

Een serie stakingen en optochten waren onlangs tekenen geweest van toenemende politieke onvrede. Nu waren een driedaagse staking en een poging tot een *raasta roko* wegversperring uitgesteld vanwege het weer. Waarom zou je rantsoenen verhinderen door te komen als ze hoe dan ook niet doorkwamen? Hoe moest je kantoren dwingen te sluiten als ze gesloten bleven? Hoe moest je straten versperren als er geen straten meer waren? Zelfs de hoofdweg naar Kalimpong vanuit Teesta Bazaar was gewoon van de helling gegleden en lag in stukken beneden in het ravijn.

Tussen de buien door verscheen een madebleke zon en alles dampte een ranzige wasem uit terwijl mensen zich naar de markt haastten.

Gyan echter liep de andere kant uit, naar Cho Oyu.

Hij maakte zich zorgen over de lessen en was bang dat hij niet betaald zou worden, dat hij en Sai op het programma achter geraakt waren. Dat maakte hij zichzelf wijs, uitglijdend op steile stukken, zich vasthoudend aan struiken.

Maar in werkelijkheid liep hij deze kant uit omdat de regenpauze opnieuw dat ondraaglijke verwachtingsvolle gevoel had losgemaakt waardoor hij niet op een plaats kon blijven. Hij trof Sai aan tussen de kranten die met de bus uit Siliguri waren aangekomen, twee weken bij elkaar gebundeld. De kok had stuk voor stuk elke pagina droog gestreken. Dikke bossen verschillende varens rondom de veranda droegen kragen van druppels. Begonia's hielden trillende klonters regendril vast; en de talloze onzichtbare spinnenwebben in de struiken om het huis heen waren zichtbaar geworden, afgezet met zilver, gevat in nevelsliertjes. Sai droeg haar kimono, een cadeau van oom Neutje, die hem in een kast van zijn moeder had gevonden, een souvenir aan haar reis naar Japan om de kersenbloesems te zien. Hij was van scharlakenrode zijde, met gouden draken en zo zat Sai, mysterieus en in goud belicht, een keizerin van een wild rijk, stralend tegen de welige achtergrond.

Het land, zo merkte Sai, liet los op de naden: politie verjoeg militanten in Assam, Nagaland en Mizoram; Punjab stond in brand nu Indira Gandhi sinds oktober van het vorige jaar dood en verleden tijd was; en de Sikhs met hun Kanga, Kachha, enzovoort, wilden nog een zesde K toevoegen, Khalistan, hun eigen staat om met de vijf andere K's te bewonen.

De regering in Delhi had na veel geheimzinnig overleg haar nieuwe financiële programma bekendgemaakt. Zij had het passend gevonden de belasting op gecondenseerde melk en dameslingerie te verlagen en die op tarwe, rijst en petroleum te verhogen.

'Onze liefste Piu,' een zwart omlijnd overlijdensbericht toonde de foto van een glimlachend kind, 'zeven jaren zijn verstreken sinds jij naar de hemelse woonplaats vertrok, maar de pijn is niet verdwenen. Waarom werd je zo wreed weggehaald voor het jouw tijd was? Mammie huilt nog steeds als ze aan jouw lieve glimlach denkt. Ons leven heeft geen zin meer. We wachten met smart op je reïncarnatie.'


'Goedemiddag,' zei Gyan.

Ze keek op en voelde een scherpe steek.

Terug aan de eettafel, met de wiskundeboeken tussen hen in, gekweld door grafieken en decimale komma's van volmaakte berekeningen, was Gyan zich bewust van het feit dat zo'n prachtig wezen niet achter zo'n armoedig leerboek diende te zitten; hij deed er verkeerd aan haar deze alledaagsheid op te dringen – de halvering en de halvering van de halvering van een hoek. Toen, als om te benadrukken dat hij beter thuis had kunnen blijven, begon het weer te regenen; nu was hij gedwongen het geluid van de regen op het ijzeren dak te overschreeuwen, hetgeen de meetkunde een epische hoedanigheid verleende die duidelijk belachelijk was. Een uur later stortregende het nog steeds. 'Ik kan maar beter gaan,' zei hij wanhopig.

'Nee,' zei ze met een klein stemmetje, 'je zou door de bliksem getroffen kunnen worden.'

Het begon te hagelen.

'Ik moet nu echt gaan,' zei hij.

'Niet doen,' waarschuwde de kok, 'in mijn dorp stak een man zijn hoofd buiten de deur tijdens een hagelbui, er viel een grote *goli* op hem en hij was op slag dood.'

De storm versterkte zijn greep, en verslapte die toen de avond viel, maar tegen die tijd was het veel te donker voor Gyan om over een berg vol ijseieren naar huis te gaan.


Over zijn koteletjes heen wierp de rechter een geërgerde blik op Gyan. Hij vatte zijn aanwezigheid op als een belediging, een vrijpostigheid die misschien niet op opzet dan wel op dwaasheid berustte. 'Wat bracht je ertoe met dit weer van huis te gaan, Charlie?' zei hij. 'Je mag dan een kei in de wiskunde zijn, maar verder lijk je met weinig gezond verstand bedeeld te zijn.'

Geen antwoord. Gyan leek verzonken in zijn eigen gedachten.

De rechter nam hem nauwlettend op.

Hij zag duidelijk dat Gyan niet op zijn gemak was, aarzelde met bestek en voedsel, maar hij voelde dat de jongen ideeën had, iets wilde bereiken. Er hing een onmiskenbare vleug van eerzucht om hem heen – en de rechter voelde een oude emotie, herkende een zwakheid, die niet alleen inwendig voelbaar was maar ook, als koorts, uitwendig. Hij kon zien dat Gyan nooit dit soort voedsel op deze manier had gegeten. De rechter kreeg een bittere smaak in de mond.

'Zeg eens,' zei hij, vakkundig het vlees van het bot snijdend, 'zeg eens jongeman, welke dichters lezen jullie tegenwoordig?' Hij voelde een boosaardige behoefte de jongen van zijn stuk te brengen.

'Hij studeert exacte vakken,' zei Sai.

'Nou en? Poëzie is toch niet verboden voor wiskundigen, of wel soms?'

'Wat is er gebeurd met de veelzijdige opleiding?' zei hij in de aanhoudende stilte.

Gyan pijnigde zijn hersens. Hij las nooit dichters. 'Tagore?' antwoordde hij weifelend en erop vertrouwend dat dat veilig en respectabel was.

'Tagore!' De rechter spietste een stukje vlees aan zijn vork, doopte het in de saus, legde er een stukje aardappel op, drukte er een paar erwten bij en stopte het geheel, de vork in zijn linkerhand houdend, in zijn mond.

'Overschat,' zei hij, na alles goed gekauwd en ingeslikt te hebben, maar ondanks deze afkeuring commandeerde hij met zijn vork gebarend: 'Draag ons eens wat voor, wil je?'

'Waar het hoofd is opgericht, waar kennis vrij is, waar de wereld niet is opgedeeld door nauwe binnenlandse grenzen... in zo'n hemel van vrijheid, o Vader, willen mijn land en ik ontwaken.' Dit was wat ieder schoolkind in India kende.

De rechter liet een akelige, vreugdeloze lach horen.

Wat haatte hij dit vieze seizoen. Hij ergerde zich eraan om redenen die verder gingen dan Mutts ongelukkigheid. Het stak de gek met hem, zijn idealen. Om zich heen kijkend zag hij dat hij de leiding kwijt was: schimmel op zijn tandenborstel, slangen die onbevreesd over de patio glibberden, meubilair dat zwaarder werd en Cho Oyu dat zich ook volzoog met water en als een bros brood verkruimelde. Met elke ranselende regenstorm bleef er minder bewoonbare ruimte over.

De rechter voelde zich oud, heel oud, terwijl het huis om hem heen afbrokkelde; ook zijn wilskracht leek mee te geven, en deuren die hij stevig dicht had gehouden tussen de verschillende herinneringen begaven het. Het was nu veertig jaar geleden dat hij poëzie had bestudeerd.

De bibliotheek was nooit lang genoeg open.

Hij kwam als zij openging en vertrok als zij sloot, toevluchtsoord voor buitenlandse studenten, omdat ze daar volop privacy vonden en door niemand werden lastiggevallen.

Hij las een boek getiteld *Expedition to Goozerat*: 'De kust van Malabar slingert in de vorm van een golf langs de westkant van India en strekt zich dan in een sierlijke beweging uit naar de Arabische Zee. Dit is Gujarat. Aan de rivierdelta's en langs de malariakusten liggen steden die gemaakt zijn om handel te drijven...'

Waar ging dit in godsnaam over? Het had niets te maken met wat hij zich van zijn huis herinnerde, van de Patels en hun leven in het Patel-mensenpakhuis, en toch, toen hij de kaart openvouwde, zag hij Piphit. Daar lag het, een minuscuul stipje aan een trage rivier.

Vol verbazing las hij verder. Over de aankomst van zeelui met scheurbuik, de Britten, de Fransen, de Nederlanders, de Portugezen. Door hun toedoen kwam de tomaat naar India, en ook de cashewnoot. Hij las dat de Oost-Indische Compagnie voor tien pond per jaar Bombay huurde van Charles II, die de stad ter gelegenheid van zijn huwelijk met Catherina van Braganza als een extraatje in zijn bruidsschat had gekregen; en hij leerde dat tegen het midden van de negentiende eeuw schepen door het Suezkanaal namaakschildpadsoep transporteerden voor degenen die daar naar smachtten in het land van rijst en dhal. Zo kon het dat een Engelsman tegen een tropische achtergrond met een eigele zon die zijn stralen over de palmen uitgoot, een Yarmouth-haring of een

Bretonse oester zat te eten. Het was allemaal nieuw voor hem en hij hunkerde naar een land dat al het zijne was.

Halverwege de ochtend stond hij op van zijn boeken, ging naar de wc voor zijn dagelijkse spijsverteringsbeproeving en perste uit alle macht, een pijnlijke en langdurige krachtsinspanning. Als hij hoorde dat anderen buiten schuifelend op hun beurt wachtten, stak hij een vinger in zijn gat en peurde het leeg, zodat er met veel lawaai een opgehoopte voorraad verschrompelde geitenkeutels neerkletterde. Hadden zij daarbuiten hem gehoord? Hij probeerde ze op te vangen voordat ze het water bekogelden. Zijn vinger zat vol met uitwerpselen en bloed, en hij waste zijn handen herhaaldelijk, maar ze bleven stinken en een zwakke geur vergezelde hem zijn hele studietijd. Naarmate de tijd verstreek, werkte Jemubhai harder. Hij stelde een leeskalender op, legde van elk boek, elk hoofdstuk een ingewikkeld kaartsysteem aan. Tophams *Law of Property*, Aristoteles, *Indian Criminal Procedure*, de *Penal Code* en de *Evidence Act*.

Terug op zijn huurkamer werkte hij tot diep in de nacht, steeds achtervolgd door de hardnekkige poepgeur, tuimelde rechtstreeks van zijn stoel in zijn bed, schrok een paar uur later wakker en hees zich weer op de stoel. Hij werkte achttien uur per dag, meer dan honderd per week. Soms stopte hij om de hond van zijn hospita eten te geven als deze bedelde om een stukje van de varkenspastei die hij 's avonds at, waarbij zij vochtige plekken op zijn schoot kwijlde, zijn knie onophoudelijk bestookte met een poot en de vouw van zijn corduroybroek verpestte. Dit was zijn eerste vriendschap met een dier, want in Pihpit had men oog noch bewondering voor het karakter van een hond. Drie nachten voor het eindexamen kon hij helemaal niet slapen; heen en weer wiegend op het ritme las hij zichzelf hardop voor, en herhaalde, herhaalde.

Een eenmaal begonnen reis eindigt nooit. De herinnering aan zijn zeereis lichtte tussen de regels door op. Diep weggeborgen lagen de monsters van zijn onderbewustzijn op de loer, in afwachting van het tijdstip dat ze zouden opstaan en echt bleken te zijn, en hij vroeg zich af of hij al van de zee met haar allesverslindende kracht had gedroomd voordat hij haar voor het eerst gezien had.

Zijn hospita bracht het dienblad met eten voor zijn deur. Een traktatie: vier mooie vette worstjes, zelfbewust, glimmend en spetterend van leven. Al gereed voor het tijdperk waarin voedsel op televisie zichzelf zingend zou adverteren.

'Werk niet te hard.'

'Men moet wel, mevrouw Rice.'

Hij had geleerd zijn toevlucht te nemen tot de derde persoon, om iedereen en ook zichzelf op een afstand te houden, net zoals de koningin.


*Open vergelijkend examen, juni 1942*

Hij zat tegenover een rij van twaalf examinatoren en de eerste vraag werd hem gesteld door een professor van de universiteit van Londen – Kon hij hun vertellen hoe een stoomtrein werkte?

Jemubhai wist ineens niets meer.

'Geen interesse voor treinen?' De man trok een persoonlijk teleurgesteld gezicht.

'Een fascinerend terrein, professor, maar men had het te druk met de bestudering van de aanbevolen onderwerpen.'

'Geen idee hoe een trein werkt?'

Jemu pijnigde zijn hersens zo hard hij kon – wat zette wat in werking? – maar hij had nooit de binnenkant van een locomotief gezien.

'Nee, professor.'

Kon hij dan misschien een beschrijving geven van de begrafenisrituelen bij de oude Chinezen? Hij kwam uit dezelfde streek als Ghandi. Wat vond hij van de non-coöperatiebeweging? Wat was zijn mening over het Congress?

De kamer zweeg. KOOP BRITS – Jemubhai had de aanplakbiljetten op de dag van aankomst in Engeland gezien en plotseling bedacht dat men hem in de gevangenis zou hebben gegooid als hij in India op straat KOOP INDIAAS had geroepen. En in 1930, toen Jemubhai nog maar een kind was, was Ghandi van de Sabarmati-ashram naar Dandi gelopen en had daar, in de muil van de oceaan, zout gewonnen en aldus een subversieve handeling verricht.

'*Wat denkt hij daarmee te bereiken? Poeh, hij mag zijn hart op de juiste plaats hebben, maar zijn verstand moet uit zijn hoofd gevallen zijn,*' had Jemubhais vader gezegd, ook al zaten de gevangenissen vol met aanhangers van Ghandi. Op de ss Strathnaver was het zeeschuim tegen Jemubhai opgespat en op zijn gezicht en armen opgedroogd in uitdagende witte zoutvlekken... Het leek *echt* belachelijk daar belasting op te heffen...

'Als men niet voor het huidige bestuur was, zou men vandaag niet hier zitten, professor.'

Ten slotte, wie was zijn lievelingsschrijver?

Enigszins zenuwachtig, omdat hij er geen had, antwoordde hij dat hij veel van sir Walter Scott hield.

'Wat heeft u gelezen?'

'Al zijn uitgegeven werk, professor.'

'Kunt u een van uw lievelingsgedichten voor ons opzeggen?' vroeg een professor in de sociale antropologie.

*De jonge Lochinvar is gekomen uit het westen*
*Alom in de Border is zijn strijdros het beste*

Tegen de tijd dat ze examen deden voor het ICS hadden de meeste kandidaten hun uitspraak bijgeschaafd, maar Jemubhai had in al die jaren zijn mond nauwelijks opengedaan en zijn Engels bezat nog steeds het ritme en accent van het Gujarati.

*Maar eer hij bij de poort van Netherby staat*
*Heeft de bruid ja gezegd, is de minnaar te laat:*
*Want traag in de liefde en bang voor gevaar*
*Is hij die trouwt met Ellen van Lochinvar...*

Toen hij opkeek, zag hij dat ze allemaal gniffelden.

*Haar moeder tobt, haar vader bekt schuim*
*En de bruidegom klungelt met hoed en met pluim...*

De rechter schudde zichzelf wakker. 'Idioot,' zei hij hardop, schoof zijn stoel achteruit, stond op, legde vol vernietigende zelfkritiek zijn vork en mes neer en verliet de tafel. Zijn kracht, zijn mentale gehardheid, begon af te takelen. Zijn geheugen scheen op het kleinste ding te reageren – Gyan die zich niet op zijn gemak voelde, het absurde gedicht dat hij opzei... Binnenkort zou alles wat de rechter met zoveel moeite van elkaar had gescheiden, verweken en hem omhullen als een nachtmerrie, en de barrière tussen dit leven en de eeuwigheid zou uiteindelijk, hoogstwaarschijnlijk, de zoveelste zwakke plek in de constructie zijn.

Mutt volgde hem naar zijn kamer. Terwijl hij zat na te denken, vlijde zij zich tegen hem aan met het genot waarmee kinderen zich tegen hun ouders aanvlijen.

'Het spijt me,' zei Sai, vuurrood van schaamte. 'Je weet nooit van tevoren hoe mijn grootvader zich zal gedragen.'

Gyan scheen haar niet te horen.

'Sorry,' zei Sai opnieuw, gekrenkt, maar opnieuw scheen hij haar niet gehoord te hebben. Voor de eerste keer bleven zijn ogen rechtstreeks op haar gericht, alsof hij haar in een teugelloze verbeelding levend opat – aha! Eindelijk was het zover.

De kok haalde de vuile borden weg en borg de kwartliter kop met het restant erwten op in de kast. De kast leek op een kippenhok, met gaas om het houten raamwerk en de vier poten in bakjes water om mieren en ander ongedierte weg te houden. Hij vulde het water in deze bakjes bij met water uit de emmers onder de lekkages, leegde de andere emmers uit het raam en zette ze weer op de bestemde plaatsen terug.

In een kamer die over was en verder vol stond met afval maakte hij het bed dat precies middenin stond op en hij zette bleke maagdelijke kaarsen vast op schoteltjes voor Sai en Gyan om mee naar hun kamers te nemen. 'Uw bed is gereed, *masterji*,' zei hij snuivend.

Hing er een vreemde atmosfeer in de kamer?

Maar Sai en Gyan leken opnieuw verdiept in de kranten en hij verwarde hun stijgende verwachtingsvolle gevoel met dat van hem, want die ochtend waren er met de post twee brieven van Biju gekomen. Ze lagen onder een leeg tonijn-blikje onder zijn bed, bewaard voor het einde van de dag en de hele avond had hij zich erop verheugd. Hij rolde zijn broekspijpen op en vertrok met een paraplu, want het was opnieuw gaan stortregenen.

In de salon zaten Sai en Gyan met de kranten alleen, hele-maal alleen, voor de eerste maal.

157

De receptenrubriek van Kiki De Costa: wonderen met aardappels. Heerlijke hapjes met vlees. Noedels met doedels en doedels met saus en oedels en oedels met kaas.

De schoonheidsadviezen van Fleur Hussein.

De wedstrijd mooie kale koppen op de Calcutta Gymkhana Club had prijzen uitgereikt aan meneer Zonneschijn, meneer Maneschijn en meneer Wil Schijn.

Hun ogen lazen ijverig door, maar ze konden hun gedachten er niet bijhouden en ten slotte kon Gyan de te snijden spanning tussen hen niet langer verdragen, legde zijn krant met veel geritsel neer, wendde zich tot haar en flapte eruit: 'Doe je olie in je haar?'

'Nee,' zei ze, geschrokken, 'dat doe ik nooit.'

Na een korte stilte vroeg ze: 'Waarom?' Was er iets mis met haar haar?

'Ik versta je niet – de regen maakt zo'n lawaai,' zei hij, dichter naar haar toe schuivend. 'Wat?'

'Waarom?'

'Omdat het zo glanst.'

'Nee.'

'Het ziet er zo zacht uit,' merkte hij op. 'Was je het met shampoo?'

'Ja.'

'Welke?'

'Sunsilk.'

Och, de onduldbare intimiteit van merknamen, de impertinentie van de vragen.

'En welke zeep?'

'Lux.'

'De schoonheidszeep van filmsterren?'

Maar ze waren te beschroomd om te lachen.

Nog meer stilte.

'En jij?'

'Wat er in huis is. Voor jongens doet het er niet toe.'

Hij kon niet toegeven dat zijn moeder de bruine binnenlandse zeep kocht die in grote rechthoeken op de markt te koop lag, en waarvan kleine stukken afgesneden en goedkoop verkocht werden.

De vragen werden ongepaster: 'Laat me je handen eens zien. Ze zijn zo klein.'

'O ja?'

'Ja.' Hij hield zijn hand naast die van haar. 'Zie je wel?'

Vingers. Nagels.

'*Hm.* Wat een lange vingers. Kleine nagels, maar kijk nou eens, je bijt ze.'

Hij woog haar hand.

'Zo licht als een musje. De botten zijn vast hol.'

Uit deze woorden, die zich richtten op iets ongrijpbaars, bleek dat er van tevoren over nagedacht was, besefte ze in een vlaag van vreugde.


Rondom vlogen veelkleurige regenkevers. Uit ieder gaatje in de vloer kwam een als het ware op maat gemaakte muis, kleine muisjes uit kleine gaatjes, grote muizen uit grote gaten en de termieten krioelden uit het meubilair met zovelen tegelijk dat alles, het meubilair, de vloer, het plafond, leek te deinen.

Maar Gyan zag dat niet. Zijn blik was zelf een muis; hij verdween in de belladonnamouw van Sais kimono en ontwaarde haar elleboog.

'Scherpe punt,' gaf hij als commentaar. 'Dat kan pijn doen.'

Armen vergeleken ze en benen. Blik viel op haar voet…

'Laat eens zien.'

Hij deed zijn schoen uit en toen de versleten sok, waarvoor hij zich onmiddellijk schaamde en die hij in zijn zak propte. In het halfduister bekeken ze naast elkaar de naakte kleine uitsteeksels.

Haar ogen, merkte hij bij zichzelf op, waren buitengewoon bekoorlijk: groot, vochtig, sprekend, en vingen al het licht van de kamer.

Maar hij kon zich er niet toe brengen om er iets van te zeggen; het was gemakkelijker te blijven bij wat hem minder ontroerde, bij een meer wetenschappelijke benadering.

Hij legde de palm van zijn hand om haar hoofd.

'Is-ie plat of rond?'

Met een onvaste vinger begon hij aan de boog van haar wenkbrauw...

Hij kon zijn eigen onverschrokkenheid niet geloven. Die dreef hem verder en negeerde de angst die hem terugriep; hij was moedig ondanks zichzelf. Zijn vinger gleed af naar haar neus.

Van alle kanten kwam het geluid van water: vol op de ruiten, ketsend op de bananenbomen en het ijzeren dak, lichter en ongelijkmatiger op de patiostenen, diep gorgelend in de goot die als een gracht om het huis liep. Het ruisende geluid van de jhora en van water dat zichzelf in dit water stortte, van de regenpijpen die leegstroomden in de regentonnen, van regentonnen die overliepen, soppende geluidjes van het mos.

De toenemende onmogelijkheid om te praten zou andere intimiteiten vergemakkelijken.

Zijn vinger stond op het punt de sprong te wagen van het puntje van haar neus naar haar volmaakt gewelfde lippen...

Ze sprong overeind.

'Oewaaaa,' riep ze.

Hij dacht dat ze een muis zag.

Nee. Ze was gewend aan muizen.

'Oef,' zei ze. Ze hield het geen moment langer uit, dat prikkelende gevoel afgetast te worden door de vinger van een ander en die jonge ontluikende romantiek. Ze veegde zonder omhaal met haar handen over haar gezicht, klopte haar kimono af alsof ze de avond wilde ontdoen van deze delicate huivering.

'Nu, goedenacht,' zei ze vormelijk, Gyan overrompelend. Ze zette een voet voor de ander met de bedachtzaamheid van een dronkeman, liep in de richting van de deur, bereikte de rechthoekige deuropening en dook het barmhartige donker in, gevolgd door Gyans eenzaam achtergebleven ogen.

Ze kwam niet terug.

De muizen wel. Het was heel opmerkelijk hoe vasthoudend ze waren – je zou denken dat hun tere hartjes uitgeput zouden raken, maar hun bedeesdheid was misleidend: hun angst kende geen herinnering.

In zijn bed dat als een hangmat wiebelde op zijn gebroken veren, omringd door lekkages, lag de rechter onder een drukkend zware laag muffe dekens. Op de lamp lag zijn ondergoed te drogen en eronder lag zijn horloge, zodat de waas onder het glas zou optrekken – een treurige toestand voor de man van beschaving. De lucht tintelde van vochtige prikjes, die het gevoel gaven dat het binnen ook regende, maar toch gaf dit geen verfrissing. Het was verstikkend neerdrukkend, een weerzinwekkende gistende combinatie van sporen en schimmel, lucht van verbrand hout en muizenkeutels, petroleum en kilte. Hij stapte uit bed op zoek naar een paar sokken en een wollen muts. Terwijl hij ze aantrok, zag hij de onmiskenbare aftekening van een schorpioen, schaamteloos tegen de smoezelige muur; hij mepte ernaar met een vliegenmepper, maar het beest voelde zijn aanwezigheid, richtte zich op, stak woedend de staart omhoog, zette het op een rennen en verdween in een spleet tussen de muur en de vloer. 'Rotbeest,' zei hij. Vanuit een glas water wierp zijn valse gebit hem een skeletachtige grijns toe. Hij zocht naar een Calmpose en nam die in met een slok water uit het glas, koud, altijd koud – het water in Kalimpong kwam rechtstreeks van de Himalayasneeuw – en dit deed vreselijk pijn aan zijn tandvlees. 'Welterusten, mijn lief karbonaadje,' zei hij tegen Mutt, toen hij zijn tong weer kon gebruiken. Zij lag al te dromen, maar ach, de zwakheid van een oude man; zelfs de pil kon de onaangename gedachten die tijdens het eten waren losgelaten, niet terug in hun holen jagen.

Toen de resultaten van het mondelinge examen bekend waren gemaakt, bleek zijn prestatie hem honderd van de driehonderd punten te hebben opgeleverd, het laagste kwalificatiecijfer. Het schriftelijke gedeelte had zijn puntentotaal omhoog gebracht en hij was achtenveertigste, maar alleen de eerste tweeënveertig werden toegelaten tot de Indian Civil Service. Bevend, bijna bezwijmend, stond hij op het punt weg te strompelen, toen een man naar buiten kwam met een aanvullende mededeling: overeenkomstig de pogingen de dienst te verindiasen, was er een nieuwe lijst opgesteld. De menigte studenten stormde naar voren en in het gedrang zag hij, helemaal onder aan het blad, de naam Jemubhai Popatlal Patel.

Met gevouwen armen ging het jongste, bijna onwelkome, uit de lucht gevallen lid, zonder links of rechts te kijken, naar huis en onmiddellijk naar bed, met al zijn kleren en zelfs zijn schoenen nog aan, en doorweekte zijn kussen met zijn tranen. Tranen stroomden over zijn wangen, biggelden langs zijn neus, stortten zich in zijn hals; hij bleek niet in staat zijn gekwelde, gefolterde zenuwen in bedwang te krijgen. Drie dagen en drie nachten lag hij te huilen.

'James,' de hospita rammelde aan de deur. 'Gaat het?'

'Alleen maar moe. Niets aan de hand.'

'James?'

'Mevrouw Rice,' zei hij. 'Men is klaar. Men heeft het eindelijk achter de rug.'

'Heel goed, James,' zei ze grootmoedig en tegen zichzelf

zei ze dat ze blij was. Wat was de wereld vooruitstrevend, wat was de wereld dapper en moedig. Ze zou er steeds versteld van staan.

Niet nummer een, niet nummer twee. Maar hij had het gehaald. Hij stuurde een telegram naar huis.

'Resultaat ondubbelzinnig.'

'Wat betekent dat?' vroeg iedereen. Het klonk alsof er een probleem was, omdat woorden met 'on' negatief waren, gaven degenen met een basiskennis van het Engels toe. Maar toen ging Jemubhais vader te rade bij de adjunct-commies en ze sprongen een gat in de lucht; zijn vader werd een koning die hof hield, toen buren, kennissen, zelfs onbekenden, binnenstroomden om in stroop gedoopte lekkernijen te eten en met van jaloezie doordrenkte stemmen gelukswensen aan te bieden.


Niet lang na de bekendmaking van de resultaten reed Jemubhai met zijn koffer waarop stond 'Mr. J.P. Patel, ss Strathnaver' in een taxi weg van het huis op Thornton Road; hij draaide zich om teneinde te zwaaien naar de hond met vleespasteitjes in de ogen. Zij keek hem na vanuit het raam en hij voelde een echo van de pijn bij het vertrek uit Piphit.

Jemubhai, die van tien pond per maand had geleefd, mocht nu rekenen op driehonderd pond per jaar, uitbetaald door de staatssecretaris van India voor twee jaar proeftijd. Hij had een duurdere, nu voor hem betaalbare kamer gevonden, dichter bij de universiteit.

Het nieuwe pension had meerdere huurkamers en hier zou hij te midden van andere huurders zijn enige vriend in Engeland krijgen: Bose.

Ze hadden dezelfde verkeerde kleren, dezelfde wanhopig lege kamers, dezelfde armeluiskoffers. Bij de eerste ontmoeting was er een blik van herkenning geweest, maar tevens de geruststelling dat ze hun geheimen niet zouden verraden, zelfs niet aan elkaar.

In een belangrijk opzicht echter verschilde Bose van de rechter. Hij was een optimist. Er was nu slechts één weg te gaan en die ging vooruit. Hij was al verder in het proces. Hij vond het leuk om: 'Cheerio, prima, het is me wat, santjes, asjemenou, ad fundum, wablief!' te zeggen. Samen punterden ze onhandig de glanzende rivier naar Grantchester af en dronken thee tussen de met jam volgevreten wespen, precies zoals je verwacht werd te doen, er lol in hebbend (maar niet echt) als de dikke wespen zich zacht zoemend naar beneden in hun schoot stortten.

Londen beviel hun beter, waar ze naar de aflossing van de wacht bij Buckingham Palace keken, uit de buurt bleven van de andere Indiase studenten bij Veeraswamy's en in plaats daarvan een aardappelpasteitje aten, en het er in de trein naar huis over eens waren dat Trafalgar Square niet echt voldeed aan de Britse maatstaven voor hygiëne met al die poepende duiven, waarvan er eentje een masala-kleurige klodder op Bose had gedeponeerd. Bose vertelde Jemubhai welke platen hij voor zijn nieuwe grammofoon moest kopen: Caruso en Gigli. Hij verbeterde ook zijn uitspraak 'Djielie, niet Gigglie, York*sjer*. Edin*burroh*, Jane *Aae*, een woord dat ontsnapte en verloren ging als de wind op het land van de Brontës, en nooit gevonden noch voltooid werd; niet Jane *Aijer* als een Zuid-Indiër. Samen lazen ze *A Brief History of Western Art, A Brief History of Philosophy, A Brief History of France*, enzovoort, de hele reeks. Een verhandeling over de opbouw van een sonnet, de variaties op de vorm. Een boek over porselein en glaswerk: Waterford, Salviati, Spode, Meissen en Limoges. Beschuitbollen probeerden ze, en scones, vruchtenmarmelade en vruchtengelei.

Zo wreekte de rechter uiteindelijk zijn vroegere vergissingen, verpakte zijn verlegenheid in iets wat 'de regels in acht nemen' werd genoemd, verborg zijn accent achter een masker van iemand die niet veel praatte. Hij merkte dat men hem begon aan te zien voor iemand die hij niet was, een man van respect. Deze onverwachte zelfverzekerdheid werd belangrijker dan wat dan ook. De Engelsen benijdde hij. Op de Indiërs keek hij neer. Met een door haat gevoede toewijding werkte hij aan het Engels-zijn en iedereen, zonder uitzondering, Engelsen en Indiërs gelijk, zou hem verachten om wat hij zou worden.

Aan het einde van hun proeftijd tekenden de rechter en Bose het dienstcontract, beloofden gehoorzaamheid aan Zijne Majesteit en de onderkoning, kregen circulaires met de laatste informatie betreffende slangenbeten en tenten en ontvingen de lijsten met goederen die zij dienden aan te schaffen: kniebroeken, rijlaarzen, tennisracket, twaalf kaliber geweer. Ze hadden het gevoel dat ze meegingen op een enorme padvindersexpeditie.

Op de terugreis aan boord van de Strathnaver nam de rechter teugjes bouillon en las *How to Speak Hindustani*, omdat hij in een deel van India was geplaatst waarvan hij de taal niet sprak. Hij zat alleen, omdat hij zich nog steeds niet op zijn gemak voelde in het gezelschap van Engelsen.

Zijn kleindochter passeerde zijn deur, ging haar badkamer in en hij hoorde het spookachtige gefluit van half water half lucht in de kraan.

Sai waste haar voeten met dat wat er toevallig in de emmer stond, maar ze vergat haar gezicht, liep naar buiten, dacht aan haar gezicht, ging terug, vroeg zich af waarom, dacht aan haar tanden, stopte de tandenborstel in haar zak, liep weer naar buiten, dacht aan haar gezicht *en* haar tanden, ging terug, waste opnieuw haar voeten, liep weer naar buiten...

Liep op en neer, beet op haar nagels...

Ze ging er prat op dat ze alles kon hebben...

Alles behalve tederheid.

Had ze haar gezicht gewassen? Ze ging terug de badkamer in en waste opnieuw haar voeten.

De kok zat met een brief voor zich; blauwe inktgolven liepen over het papier en elk woord was verdwenen, zoals zo vaak gebeurde in de moessontijd. Hij opende de tweede brief en vond een herhaling van de kern van de zaak: tussen hem en zijn zoon bevond zich letterlijk een oceaan. Neerslachtig richtte hij zijn hoop van vandaag op de volgende dag en ging naar bed, klemde zijn armen om zijn kussen – hij had onlangs de vulling laten vervangen – en vond troost in de zachtheid.

In de logeerkamer vroeg Gyan zich af wat hij had gedaan – had hij er goed of verkeerd aan gedaan, wat voor moed was zijn dwaze hart binnengeslopen en had hem overgehaald de grenzen der welvoeglijkheid te overschrijden? Het kwam door het glaasje rum dat hij had gedronken, door het vreemde eten. Het kon niet waar zijn, maar hoe onvoorstelbaar ook, het was wel zo. Hij was bang maar ook een beetje trots. 'Aijaijaijaijai,' zei hij tegen zichzelf.

Alle vier de bewoners lagen wakker, terwijl buiten de regen en wind gutsten en dreunden, de bomen zwoegden en zuchtten en de donder schaamteloos de lucht boven Cho Oyu openritste.

# 19

'Biju, hé man.' Het was Saeed Saeed, in een vreemde com-
binatie van een witte *kurta*-pyjama met een zonnebril, een
gouden ketting en plateauschoenen, zijn dreadlocks bijeen-
gebonden in een paardenstaart. Hij was weg bij de Banana
Republic. 'Ik zweer je mijn baas hij grijpt steeds naar mijn
kont. Hoe dan ook,' vervolgde hij, 'ik ben getrouwd.'
   'Je bent getrouwd?'
   'Zo is 't, man.'
   'Met wie ben je getrouwd?'
   'Toys.'
   '*Toys?*'
   'Toys.'
   'Ze vragen ineens naar mijn verblijfsvergunning, ze zeg-
gen ze vergeten te kijken als ik solliciteer. Dus ik vraag haar:
"Wil je met me trouwen voor papieren?"'
   'Geschift,' hadden ze allemaal gezegd in het restaurant
waar ze werkten, hij in de keuken, zij als serveerster. 'Ze is
geschift.'
   Lief geschift. Hart van goud. Ze ging met Saeed naar het
stadhuis – gehuurde smoking, bloemetjesjurk – zeiden 'Ja'
onder het rood wit en blauw.
   Nu oefenden ze voor het gesprek met de immigratedienst:
'Wat voor soort ondergoed draagt uw man, welke tandpasta
heeft uw vrouw het liefst?'
   Als ze het niet vertrouwden, zetten ze je apart, man in een
kamer, vrouw in een andere, stelden dezelfde vragen, probeerden je erin te laten lopen. Sommigen zeiden dat ze spionnen stuurden voor een extra controle; anderen zeiden

nee, de immigratiedienst had daar geen tijd of geld voor.
'Wie koopt het wc-papier?'
'Ik man, ik, Softy, en je moet eens zien hoeveel zij gebruikt.
Om de twee dagen ga ik naar de Rite Aid.'

'En haar ouders vinden het goed?' vroeg Biju ongelovig.
'Maar ze zijn DOL op me! Haar moeder, ze is DOL op me,
ze is DOL op me.'

Hij was bij hen op bezoek gegaan en trof een familie van
langharige hippies uit Vermont, die zich voedden met pita-
brood met een smeersel van knoflook en baba ghanoush.
Ze hadden medelijden met iedereen die niet hun bruine,
coöperatief biologisch-dynamisch gekweekte, niet-voorver-
pakte en niet-bewerkte voedsel at. Saeed, die graag zijn pri-
maire voeding wit had – witte rijst, wit brood en witte suiker
– moest plaatsnemen naast hun hond die zijn minachting
deelde voor de klisburger, de brandnetelsoep, de sojamelk
en Tofutti – 'Een echte fastfoodjunk!' – op de achterbank
van grootmoeders in regenboogkleuren geschilderde auto
tuf-tuffend op weg naar de Burger'n Bun. En daar zaten ze,
Saeed en Buckeroo Bonzai, twee BigBoyBurgers, met twee
brede grijnzen op de foto genomen voor het immigratie-
fotoalbum. Dat haalde hij uit zijn nieuwe aktetas, speciaal
gekocht om deze belangrijke documenten te vervoeren, en
liet het aan Biju zien.

'Leuke foto's,' verzekerde Biju hem.

En een Saeed met de familie op het Bread & Puppet-the-
aterfestival, poserend met de pop die de slechte verzeke-
ringsman speelde; Saeed die de Grafton-kaasfabriek bezich-
tigt; Saeed bij de mesthoop met zijn arm om grootmoeder,
zonder beha in haar wijde zomerjurk, haar peper-en-zout-
kleurige okselhaar alle kanten uitstekend.

Och, de Verenigde Staten, het is een prachtig land. Een
prachtig land. En zijn inwoners zijn de aardigste ter wereld.

Hoe meer hij hun over zijn familie in Zanzibar vertelde, zijn vervalste papieren, over hoe hij een paspoort voor Saeed Saeed en een voor Zulfikar had – hoe gelukkiger ze werden. Bleven op tot laat in de dolle Vermontnacht, met overal om hen heen sterren, en stelden hem gerust. Aan elke subversieve actie tegen de regering van de vs deden ze graag mee.

Grootmoeder schreef een brief aan de immigratiedienst om hun te verzekeren dat Zulfikar van Zanzibar een welkom – nee, sterker nog – een dierbaar nieuw lid was van de oude Williamsclan van de Mayflower.

Hij gaf Biju een klap op de rug. 'Tot ziens,' zei hij en ging weg om voor het interview het zoenen te oefenen. 'Moet er echt uitzien, anders worden ze achterdochtig.'

Biju vervolgde zijn weg, probeerde naar Amerikaanse vrouwen te glimlachen: 'Hoi, hoi.' Maar ze keken hem nauwelijks aan.

De kok ging terug naar het postkantoor. 'Jullie laten de brieven nat worden. Letten niet op.'

'*Babaji*, kijk naar buiten – hoe moeten we ze droog houden? Dat kan je van geen mens verwachten, ze worden al nat als we ze van de bestelwagen naar het kantoor overbrengen.'

De volgende dag: 'Is er post?'

'Nee, de wegen zijn afgesloten. Vandaag niets. Misschien gaat de weg vanmiddag open. Kom later terug.'

Lola deed hysterische pogingen vanuit de telefooncel te telefoneren omdat het de verjaardag van Pixie was: 'Wat bedoelen jullie dat hij niet werkt, hij werkt al een week niet.'

'Hij werkt al een maand niet,' een jongeman, die ook had

staan wachten corrigeerde haar, maar hij scheen zich erbij neer te leggen. 'De magnetron is kapot,' legde hij uit.

'Wat?'

'De magnetron.' Hij draaide zich om naar de anderen in het kantoor ter bevestiging. 'Ja,' knikten ze; dit waren allemaal mannen en vrouwen van de toekomst. Hij keerde zich weer om. 'Ja, de satelliet in de lucht,' wees hij, met zijn vinger omhoog, 'is naar beneden gekomen.' En hij wees naar de nederige vloer, grijze beton aangestampt met lokale modder.

Onmogelijk om te telefoneren, onmogelijk voor de brieven om door te komen. Zij en de kok kwamen elkaar tegen en beklaagden elkaar een ogenblik, dan vervolgde hij verdrietig zijn weg naar de slager en ging zij een paar Baygon-spuitbussen en meppers kopen, tegen de insecten. Elke dag in dit vruchtbare seizoen lieten enorme aantallen kleine zieltjes hun korte leventje ten gevolge van Lola's verdelgingsmiddelen. Muskieten, mieren, termieten, duizendpoten, honderdpoten, spinnen, houtwormen, kevers. Maar wat haalde het uit? Elke dag werden er duizenden nieuwe geboren... 's Nachts kwamen hele naties brutaal opzetten.

# 20

Gyan en Sai. In opeenvolgende onderbrekingen van de regen vergeleken ze oren, schouders en de omvang van hun ribbenkast.

Sleutelbeenderen, wimpers en kinnen.

Knieën, hielen en voetholte.

Lenigheid van vingers en tenen.

Jukbeenderen, halzen, spieren van de bovenarm, de ingewikkelde kootgewrichtjes.

Het groen en paars van hun aderen.

's Werelds meest verbazingwekkende tongdemonstratie: Sai had van haar vriendin Arlene uit het klooster geleerd met haar tong haar neus aan te raken en demonstreerde dit aan Gyan.

Hij kon zijn wenkbrauwen op en neer bewegen, zijn hoofd van links naar rechts naar links schuiven als een Bharat Natyam-danser en hij kon op zijn hoofd staan.

Van tijd tot tijd dacht ze aan bepaalde subtiele details die ze had waargenomen wanneer ze zichzelf in de spiegel bekeek en die Gyan niet had opgemerkt omdat ze zich beiden op onbekend terrein bevonden. Het was, wist ze, een kwestie van opvoeding om te leren hoe je naar een vrouw moest kijken en ze was bang dat Gyan zich zijn geluk niet helemaal bewust was.

Oorlellen donzig als tabaksbladen, haren die zo zacht aanvoelden, de transparante huid aan de binnenkant van de pols...

Deze niet opgemerkte zaken bracht ze bij zijn volgende bezoek ter sprake, presenteerde haar haren met de ijver van een koopman in sjaals: 'Kijk eens – voel eens, net zijde, hè?'

'Net zijde,' beaamde hij.

Ze liet haar oren zien alsof het verboden voorwerpen uit een curiosawinkel waren die werden voorgelegd aan een kritische klant; maar toen hij de diepte van haar ogen wilde peilen met de zijne, bleek haar blik te glibberig om vast te houden; hij pakte hem op en liet hem wegglippen, viste hem weer op en liet hem opnieuw wegglippen en raakte hem uiteindelijk kwijt.

Zo maakten ze elkaar speels het hof, kwamen elkaar tegemoet, trokken zich terug, plagend, ontwijkend – het was heerlijk om te doen of je aandacht op iets speciaals was gericht, wonderbaarlijk hoe daarmee de uren verstreken. Maar terwijl ze uitputtend alles naliepen wat fatsoenshalve getoond kon worden, boden de niet onderzochte delen van hun anatomie een onverbiddelijker en krachtiger potentieel en opnieuw werd de situatie zo wanhopig als in de dagen dat ze hun tanden stukbeten op de meetkunde.

Omhoog over de ruggengraat.

Maag en navel...


'Kus me,' drong hij aan.

'Nee,' zei ze, verrukt en doodsbang.

Hij zou er heel wat voor moeten doen.

Maar ze had nooit lang spanning weten te bewaren.

Een dunne motregen schreef gedachtenpuntjes op het ijzeren dak...

Seconden tikten stipt voorbij en uiteindelijk hield ze het niet langer uit – ze sloot haar ogen en voelde hoe hij beschroomd zijn lippen afmat op de hare, in een poging de vormen op elkaar af te stemmen.

Nog geen twee weken later waren ze schaamteloze bedelaars die steeds meer wilden.

'Neus?' Hij kuste haar neus.

'Ogen?' Ogen.

'Oren?' Oren.

'Wang?' Wang.

'Vingers.' Een, twee, drie, vier, vijf.

'Mijn andere hand, alsjeblieft.' Tien kussen.

'Tenen?'

Als kleine kinderen verbonden ze woord, voorwerp en genegenheid met elkaar, een bekrachting dat alles één was, zoals in den beginne...

Armen benen hart...

Al hun lichaamsdelen, stelden ze elkaar gerust, zaten waar ze hoorden te zitten.

Gyan was twintig en Sai zestien en aanvankelijk hadden ze weinig aandacht gehad voor de gebeurtenissen in de bergen, de nieuwe aanplakbiljetten op de markt die naar oude grieven verwezen, de leuzen die op regeringskantoren en winkels waren gekrabbeld en geschilderd. 'Wij zijn statenloos,' stond er. 'Beter te sterven dan als slaven te leven', 'Wij worden grondwettelijk gemarteld. Wij willen ons land terug van Bengalen.' Verderop waren er nog steeds leuzen en zelfs meer waar de grondverschuivingen gestut werden; ze vochten om een plekje met slogans als 'Beter laat dan nooit', 'Een getrouwd man flirt niet met snelheid', 'Whisky drinken is niet zonder risico', die langs je heen flitsten als je naar de Teesta reed.

De oproep herhaalde zich langs de weg naar het legerkamp en dook ook op minder voor de hand liggende plaatsen op. De grote rotsblokken langs de smalle paadjes die als aders door de bergen liepen, de boomstammen tussen hutten van bamboe en leem, waar onder de afdaken van de veranda's schoven graan lagen te drogen met erboven wapperende gebedsvlaggen, terwijl in de kotten erachter varkens liepen te knorren. Als je in een loodrechte lijn naar de hemel klom en buiten adem op de top van de Rinkingpong aankwam, zag je op het waterleidingbedrijf 'BEVRIJDING!' staan. Maar een tijdlang wist niemand welke kant het zou uitgaan en het werd afgedaan als de gebruikelijke handvol studenten en oproerkraaiers. Op zekere dag echter verzamelden vijftig jongens zich, leden van de jeugdafdeling van de GNBF, en legden in Mahakaldara de eed af dat ze zich dood zouden vechten voor de oprichting van een eigen staat, Gorkhaland. Daarna marcheerden ze door de straten van Darjeeling en draaiden om bij het marktplein en de Mall. 'Gorkhaland voor de Gorkha's. Wij zijn het bevrijdingsleger.' De ponymannen en hun pony's, de eigenaars van de souvenirwinkels, de kelners van Glenary's, de Planter's Club, de Gymkhana en de Windamere keken toe hoe ze met hun getrokken messen zwaaiden en de woeste lemmeten de dunne mist onder het waterige zonnetje lieten klieven. Vrij plotseling gebruikte iedereen het woord *opstand.*

## 21

'Ergens hebben ze wel gelijk,' zei Noni, 'misschien niet helemaal, maar wel voor een groot deel.'

'Onzin,' wimpelde Lola de mening van haar zuster weg. 'Van nu af aan horen de Nepalezen er niet meer bij, maar vooral wij Bongs. Dat is wat ze al tijden van plan zijn. De droom komt uit. Ze zullen alle mogelijke rotstreken uithalen – en daarna vrolijk de grens oversteken en in Nepal schuilen. Lekker makkelijk.'

Ze stelde zich voor hoe de nachtwaker Budhoo met haar BBC-radio en haar zilveren taartmes in Kathmandu de bloemetjes buitenzette samen met andere Kancha's en Kanchi's en hun respectieve buit.

Na de les van Sai dronken ze in de salon van Mon Ami thee.

Het mistige landschap waar het raam op uitkeek had iets weg van naïeve kunst: egaal grijze berg en lucht, egaal witte rij koeien van vader Laars op de heuvelrug en tussen hun poten door vierkante stukjes hemel. Binnen brandde de lamp en het geelbruine licht viel op een schaal met roomhorens, in een vaas stonden tuberozen. Sai, bij wie Mustafa op schoot was geklommen, dacht hoe ze, sinds ze verliefd was, een nieuw inzicht in katten had gekregen. Mustafa trok zich niets aan van de problemen op de markt, probeerde het zich alleen zo aangenaam mogelijk te maken door tegen haar ribbenkast te duwen op zoek naar een rib waaraan hij zijn kin kon schuren.

'Die staatstichterij,' vervolgde Lola, 'is de grootste vergissing die Nehroe gemaakt heeft. Op basis van zijn regels kan elke groep idioten opstaan, een nieuwe staat eisen en hem nog krijgen ook. Hoeveel nieuwe gaan er nog komen? Van vijftien gingen we naar zestien, van zestien naar zeventien, zeventien naar tweeëntwintig...' Lola trok een lijn van boven haar oor en tekende noedels in de lucht om te laten zien wat zij vond van die dwaasheid.

'En als je het mij vraagt, is het allemaal met Sikkim begonnen. De Nepalezen belazerden de boel en kregen het hoog in de bol – en nu denken ze dat ze dat nog een keer kunnen doen – weet je dat, Sai?'

Mustafa's botten leken te smelten onder Sais liefkozingen, en in vervoering rolde hij zich op haar knieën op, ogen dicht, in zalige onwetendheid van de ene of van de andere godsdienst, van het ene of van het andere land, alleen maar vol van *gevoel.*

'Ja,' zei ze afwezig, ze had het verhaal al zoveel keren eerder gehoord: Indira Gandhi had op slinkse wijze een referendum voor elkaar gekregen en alle Nepalezen die Sikkim waren binnengestroomd stemden tegen de koning. Het edelsteenkleurige koninkrijk, waarvan de blauwe heuvels in de verte te zien waren, waarvandaan die heerlijke sinaasappels kwamen en de Black Cat-rum die majoor Aloo naar hen smokkelde, was door India opgeslokt. Waar kloosters als spinnen voor de Kanchenjunga hingen, er zo vlakbij, dat je dacht dat de monniken alleen maar hun handen hoefden uit te steken om de sneeuw aan te raken. Het was alsof het geen echt land was geweest – vol sprookjesverhalen, vol reizigers op zoek naar Shangri-la – en daarom was zijn vernietiging des te gemakkelijker gebleken.

'Maar je moet het vanuit hun standpunt bekijken,' zei Noni. 'Eerst werden de Nepalezen uit Assam gegooid en toen uit Meghalaya, dan begint de koning van Bhutan zich te verzetten tegen...'

'Illegale immigratie,' zei Lola. Ze pakte een roomhoren. *'Stoute* meid,' zei ze tegen zichzelf, haar stem een en al gulzigheid.

'Het ligt voor de hand dat de Nepalezen zich ongerust maken,' zei Noni. 'De meesten zijn hier al generatieslang. Waarom mag er geen Nepalees op school gegeven worden?' 'Omdat ze op die basis kunnen beginnen hun soevereiniteit op te eisen. Onafhankelijkheidsbewegingen hier, onafhankelijkheidsbewegingen daar, terroristen, guerrilla's, opstandelingen, rebellen, onruststokers, aanstichters, en ze steken elkaar allemaal aan – de Nepalezen worden aangemoedigd door de Sikhs en hun Khalistan, door ULFA, NEFA, PLA; Jharkand, Bodoland, Gorkhaland; Tripura, Mizoram, Manipur, Kasjmir, Punjab, Assam…'

In gedachten voelde Sai hoe zij onder Gyans handen vloeibaar werd, haar huid opging in zijn strelende vingers, totdat ze uiteindelijk het verschil niet meer wist tussen haar huid en zijn aanraking.

De nasale kreun van het hek: 'Hallo, hallo,' zei mevrouw Sen, die haar haakneus om de hoek stak. 'Ik hoop niet dat ik ongelegen kom – o kijk nou toch eens, gebakjes …' In haar opgetogenheid maakte ze vogel- en muizengeluidjes.

Lola: 'Heeft u de brief gelezen die ze aan de koningin van Engeland hebben gestuurd? Gorbatsjev en Reagan? Apartheid, genocide, om Pakistan maken ze zich zorgen, ons vergeten ze, koloniale onderdrukking, Nepal wordt levend in stukken gesneden… Sinds wanneer hoorden Darjeeling en Kalimpong bij Nepal? Darjeeling is in feite afgepakt van Sikkim en Kalimpong van Bhutan.'

Noni: 'Die verdomde Britten snappen niets van grenzen trekken.'

Mevrouw Sen deed ook een duit in het zakje: 'Kunnen ze ook niet snappen, want ze hebben alleen maar water om zich heen, ha ha.'

Wanneer Gyan en Sai zich ten langen leste probeerden los te rukken van deze luie, gezamenlijk doorgebrachte middagen, waren ze als klodders boter met elkaar versmolten – het kostte heel wat moeite om af te koelen en ieder weer een apart individu te worden.

'Pakistan! Daar ligt het probleem,' zei mevrouw Sen, overspringend op een van haar favoriete onderwerpen; zodra ze in een gesprek haar kans schoon zag, gaf ze haar weinig oorspronkelijke gedachten en meningen ten beste, die met de jaren steeds afgezaagder waren geworden. 'Dat was immers de eerste doodsteek aan ons land, die nooit genezen is…'

Lola: 'Het komt doordat de grenzen niet waterdicht zijn. Je kan ze niet uit elkaar houden, Indiase Nepalezen en Nepalese Nepalezen. En dan, *baba*, zoals die Nepalezen zich voortplanten.'

Mevrouw Sen: 'Als moslims.'

Lola: 'Niet de moslims van *hier*.'

Mevrouw Sen: 'Dat soort mensen kent geen zelfbeheersing. Walgelijk.'

Noni: 'Iedereen plant zich voort. Overal. Je kan niet de schuld van de een in de schoenen van de ander schuiven.'

Lola: 'Lepcha's planten zich niet voort, die sterven uit. Eigenlijk hebben zij het eerste recht op dit land, maar niemand heeft het ooit over hen.' Dan, terugkomend op haar steun voor de Lepcha's zei ze: 'Niet dat zij nou zo fantastisch zijn. Denk eens aan de leningen die de regering aan de Lepcha's geeft om varkensfokkerijen op te zetten – 'Ontwerp voor Herleving van Traditionele Activiteiten' – en geen varkensfokkerij te bekennen, hoewel ze natuurlijk allemaal prachtig geschreven aanvragen hebben ingediend, met de maten van de troggen en de kosten van varkensvoer en antibiotica – en het geld keurig snel opgestreken…'

Mevrouw Sen: 'In India zijn er meer moslims dan in Pakistan. Ze planten zich liever hier voort. Weten jullie nog die Jinnah, die at elke morgen voor het ontbijt eieren met spek en dronk elke avond whisky. Wat is dat voor soort moslimland? En vijf keer per dag het achterwerk omhoog naar God. Moet je nagaan,' ze stopte haar kleverige vinger in haar mond en haalde hem er met een ploffend geluid uit. 'Wat kan je anders verwachten met die Koran? Ze kunnen niet anders dan twee gezichten tonen.'

Die redenering kenden ze allemaal van vroeger, was een van de steunpilaren van het hindoegeloof en ging als volgt: de Koran was zo streng dat de mens onmogelijk zijn leer kon naleven, dus moesten moslims wel het ene voorwenden en het andere doen; drinken, roken, varkensvlees eten, naar de hoeren gaan en het vervolgens ontkennen.

Niet zoals hindoes, die hoefden niet te ontkennen.

Lola was niet op haar gemak en nam een slok te hete thee. Dit geklaag over het geboortecijfer van de moslims was ordinair en ongepast voor mensen die Jane Austen lazen en ze voelde dat de kletspraat van mevrouw Sen iets zei over haar eigen standpunt aangaande Nepalezen. Het feit dat ze hen niet zo gemakkelijk kon typeren was in feite ook een soort vooroordeel.

'Met de moslims is het heel iets anders,' zei ze stijfjes. 'Die waren hier al. De Nepalezen zijn hier gekomen en hebben het heft in handen genomen en het is geen kwestie van godsdienst.'

Mevrouw Sen: 'Dat geldt ook voor de culturele kwestie van de moslims... Ze kwamen ook van elders, Babar en zo... En bleven hier om zich voort te planten. Niet dat het de schuld van de vrouwen is, de stumpers, het zijn de mannen, die trouwen drie, vier vrouwen – schaamteloos.' Ze giechelde. 'Ze hebben natuurlijk niets beters te doen. Zonder tv en elektriciteit zal dit altijd een probleem blijven...'

Lola: 'Ach mevrouw Sen, u dwaalt weer eens helemaal van het onderwerp af. Daar hebben we het niet over.'

Mevrouw Sen: 'Ah ha, ah,' zong ze luchthartig en legde met een weids gebaar nog een roomhoorn op haar schoteltje.

Noni: 'Hoe gaat het met Mun Mun?' Maar ze had het nog niet gezegd of ze had er spijt van, want dit was tegen het zere been van Lola en het zou de hele avond in beslag nemen om het gedane kwaad goed te maken.

Mevrouw Sen: 'O, ze *smeken* haar aldoor maar een verblijfsvergunning te nemen. En zij blijft maar nee zeggen. Ik heb haar gezegd: "Wees toch niet zo dom. Wat voor kwaad kan het? Als ze je het *aanbieden*, het je opdringen..." Er zijn hele volksstammen die er een moord voor zouden doen... Is het geen domme gans? Zo'n praa-aaachtig land en zo goed georganiseerd.'

De zusters hadden altijd op mevrouw Sen neergekeken als iemand van een lagere klasse. Dat ze minder was wisten ze al lang voordat haar dochter zich in een land vestigde waar op de jam 'Smuckers' stond in plaats van 'Hofleverancier', en voordat ze een baan kreeg bij de CNN waardoor ze rechtstreeks tegenover Pixie bij de BBC kwam te staan. Dat kwam omdat mevrouw Sen 'AREppel' en 'TEmaat' zei en omdat het gerucht ging dat ze ooit haar geld had verdiend door op een scooter huis aan huis door de douane op het Dum Dum-vliegveld geconfisqueerde voorwerpen te verkopen en met de goederen leurde bij moeders die bruidsschatten samenstelden uit zwarte-marktartikelen, om zo de kansen van hun dochters te vergroten.

Lola: 'Maar vind je die mensen niet erg onnozel?'

Mevrouw Sen: 'Ze hebben geen complexen. En zijn heel vriendelijk.'

'Maar dat is schijnvriendelijkheid, zegt men. Hallo-tot ziens, maar ze menen er niks van.'

'Beter dan in Engeland, *ji*, waar ze je achter je rug uitlachen...'

Engeland en Amerika wisten wellicht zelf niet dat ze in een dodelijk gevecht verwikkeld waren, maar het was om hunnentwil dat deze twee pittige weduwen uit Kalimpong die strijd streden.

'Niemand in Amerika die Mun Mun lastigvalt, het kan niemand schelen waar je vandaan komt...'

'Ja, als je onwetendheid als vrijheid ziet! En zeg me niet dat het niemand iets kan schelen. Iedereen weet,' zei Lola bitter alsof het haar iets uitmaakte, 'hoe ze negers behandelen.'

'Zij geloven tenminste dat je gelukkig kan zijn, *baba*.'

'En van het soort patriottisme dat ze bedrijven word je doodmisselijk *phata-phat*... geef hun een hotdog op een stokje en ze zwaaien ermee naar de vlag en...'

'Nou, wat is er mis met lol hebben...'


'Heb jij geen nieuws, Sai,' smeekte Noni, die wanhopig van onderwerp probeerde te veranderen. 'Kom, vertel ons wat leuks, dat moeten jonge mensen toch kunnen.'

'Ik heb geen nieuws,' loog Sai en bloosde, denkend aan haarzelf en Gyan. In gezelschap werd dat plooibare gevoel, dat ze voor de spiegel ervaren had, die herleidbaarheid tot een kneedbare vorm, de onuitputtelijke mogelijkheid steeds iets nieuws te bedenken, sterker.

De drie dames wierpen haar een strenge blik toe. Ze leek zich te onttrekken, haar gezicht was niet goed te zien en ze zat vreemd weggedoken in haar stoel.

'Zo zo,' zei Lola, haar frustratie vanwege mevrouw Sen een nieuwe richting gevend. 'Nog steeds geen vriendje? Hoe komt dat toch? In onze dagen waren we heel ondernemend. Altijd bezig te ontsnappen aan mammie en pappie.'

'Laat haar toch met rust. Ze doet niemand kwaad,' zei Noni.

'Je kan beter nu beginnen,' zei mevrouw Sen raadselachtig. 'Als je te lang wacht, heb je er geen zin meer in. Dat heb ik ook tegen Mun Mun gezegd.'

'Misschien heb je wormen,' zei Lola.

Noni rommelde in een schaal met van alles en nog wat en

haalde er een strip met pillen uit. 'Hier, neem een ontwormingspil. We hebben er een paar voor Mustafa. Ik zag hem met zijn gat over de vloer schuren. Dat is een zeker teken.'

Mevrouw Sen keek naar de tuberozen op de tafel. 'Weten jullie,' zei ze, 'met een paar druppels kleurstof kun je bloemen alle kleuren geven die je wilt, rood, blauw, oranje. Jaren geleden deden we dat soort spelletjes.'

Sai hield op met Mustafa te aaien en die kwaaiige kat beet haar.

'Mustafa!' waarschuwde Lola, 'als je je niet gedraagt, maken we kattenkebab van je.'

## 22

Brigitte's, in het financiële district van New York, was een restaurant vol met spiegels, zodat de gasten goed konden zien hoe benijdenswaardig ze eruitzagen tijdens het eten. Het was naar de hond van de eigenaar vernoemd, het grootste en dunste schepsel dat je ooit zag; net als papier kon je haar alleen maar van opzij goed zien.

's Ochtends, wanneer Biju en de rest van de staf druk in de weer waren, dronken de eigenaars, Odessa en Baz, darjeeling van Tailors of Harrowgate aan een hoektafel. Koloniaal India, vrij India – de thee was hetzelfde gebleven, maar de romantiek was eraf, en het werd voornamelijk verkocht om de voormalige reputatie. Ze dronken thee en lazen ijverig samen de *New York Times*, tot en met het internationale nieuws. Het was verpletterend.

Voormalige slaven en autochtonen. Eskimo's en mensen uit Hiroshima, Amazone-indianen en Chiapa-indianen en Chili-indianen en Amerikaanse indianen en Indiase indianen. Australische inboorlingen, Guatemalteken en Colombianen en Brazilianen en Argentijnen, Nigerianen, Birmezen, Angolezen, Peruanen, Ecuadoranen, Bolivianen, Afghanen, Cambodjanen, Rwandezen, Filippino's, Indonesiërs, Liberianen, inwoners van Borneo, van Papoea-Nieuw-Guinea, Zuid-Afrikanen, Irakezen, Iraniërs, Turken, Armeniërs, Palestijnen, Frans-Guyanezen, Surinamers, Sierra Leoners, Madagasken, Senegalezen, Maledivïërs, Sri Lankanen, Kenyanen, Panamezen, Mexicanen, Haïtianen, Dominicanen, Costa Ricanen, Kongolezen, Mauritaniërs, inwoners van de Marshall Eilanden, Tahitianen, Gabone-

zen, Beniners, Maliërs, Jamaïcanen, Botswanen, Burunde-
zen, Soedanezen, Eritreeërs, Uruguayanen, Nicaraguanen,
Oegandezen, Ivorianen, Zambianen, Guinee-Bissauers,
Kameroeners, Laotianen, Zaïrezen kwamen op je af en
schreeuwden kolonialisme schreeuwden slavernij schreeuwden mijnbouwondernemingen schreeuwden bananen-
plantages oliemaatschappijen schreeuwden CIA-spionnen
tussen de missionarissen schreeuwden het was Kissinger
die hun vader vermoordde en waarom schelden jullie de
derde-wereld-schuld niet kwijt; Loemoemba, riepen ze, en
Allende; aan de andere kant zeiden ze Pinochet, Moboetoe;
vervuilde melk van Nestlé, zeiden ze; Agent Orange; vuile
transacties van Xerox. Wereld Bank, VN, IMF, alles in handen van witte mensen. Elke dag in de kranten iets anders!

Nestlé en Xerox waren keurige eerlijke ondernemingen,
de ruggengraat van de economie, en Kissinger was tenminste een patriot. De Verenigde Staten was een jonge natie
gebouwd op de mooiste principes en hoe was het mogelijk
dat zij zoveel schulden had?

Genoeg was genoeg.

Zaken waren zaken. Je kon net zo goed geen winst maken
als het zo weinig was. De sterkste wint en strijkt de winst
op.


'Dat is de natuur,' zei Odessa tegen Baz. 'Stel je voor dat we
zeiden: "Tig en tig en tig jaren geleden kwamen de Nean-
derthalers uit het oerwoud, vielen mijn familie aan met een
enorm dinosaurusbot en nu moeten jullie alles teruggo-
ven." Twee van de allereerste ijzeren potten, en een appe-
tijtelijke meid met een lekker bekje uit het begin van het
landbouwtijdperk toen mensen grotere kiezen hadden en
vier exemplaren van een vroege variant van de aardappel,
toevallig door zowel Chili als Peru opgeëist.'

Ze was heel grappig, Odessa. Baz was trots op haar kosmopolitische manier van doen, vond dat ze er lief uitzag met haar brilletje met dun metalen montuur. Op een keer had hij tot zijn schrik een paar van hun vrienden horen zeggen dat ze door en door slecht was, maar hij had het uit zijn gedachten gezet.

'Die witte mensen!' zei Achootan, een collega-afwasser, tegen Biju in de keuken. 'Klojo's! Maar dit land is in elk geval beter dan Engeland,' zei hij. 'Hier doen ze tenminste nog alsof. Ze vinden zichzelf jofele mensen en ze helpen je een beetje. Daar schreeuwen ze openlijk op straat tegen je: "Ga terug naar waar je vandaan komt."' Hij had acht jaar in Canterbury gewoond en het antwoord dat hij gaf moest Biju vele malen horen, want hij herhaalde dat enkele keren per week: '*Jouw* vader kwam naar *mijn* land en pikte *mijn* brood en nu ben ik naar *jouw* land gekomen om *mijn* brood terug te pakken.'

Achootan wilde zijn verblijfsvergunning niet om dezelfde reden als Saeed er een wou. Hij wilde er een bij wijze van wraak.

'Waarom wil je zo nodig een vergunning, als je het hier zo vreselijk vindt?' vroeg Odessa boos aan Achootan, toen hij haar vroeg borg te staan.

Nou, hij wilde er gewoon een hebben. Iedereen wilde er een, of ze het hier nou leuk vonden of niet. Hoe vreselijker sommigen het hier vonden, hoe liever ze er een wilden.

En daar snapten ze niets van.

Het restaurant serveerde slechts één menu: biefstuk, salade, frietjes. Het veronderstelde bij de welgestelde klassen een zekere trots op eenvoud.

Heilige koe. Onheilige koe. Biju kende de redenering die hij in gedachten moest houden. Tijdens de lunch en het diner vulde de ruimte zich met jonge, twintig-, dertigjarige, uniform geklede zakenmensen.

'Hoe wilt u hem hebben, mevrouw?'

'Rauw.'

'En u, meneer?'

'Nog loeiend.'

Alleen idioten zeiden: 'Doorgebakken alstublieft.' Odessa kon nauwelijks haar misprijzen verhullen. 'Weet u het zeker? Nu, goed, maar dan is-ie wel taai.'

Ze zat aan de hoektafel waar ze haar ochtendthee dronk en maakte de mannen lekker door het mes in haar biefstuk te zetten.

'Weet je, Biju,' zei ze lachend, 'is het niet ironisch, in India eet niemand rundvlees, maar moet je kijken, het heeft de vorm van een enorme T-bone.'

Maar hier waren Indiërs die biefstuk aten. Indiase bankiers. Kauw kauw. Hij wierp hun een veelbetekenende blik toe als hij de borden afruimde. Ze zagen het. Ze wisten het. Hij wist het. Zij wisten dat hij het wist. Zij deden alsof ze niet wisten dat hij het wist. Ze keken de andere kant op. Hij keek spottend. Maar ze konden zich veroorloven dat niet op te merken.

'Ik neem de biefstuk,' zeiden ze met bestudeerde onverschilligheid, met het gemak waarmee achteloos een handtekening wordt neergekrabbeld waarvan je *weet* dat er bladzijdenlang op is geoefend.

Heilige koe onheilige koe.

Werk geen werk.

Men diende zijn geloof niet op te geven, de principes van zijn ouders en hun ouders daarvoor. Onder geen beding.

Je moest volgens iets leven. Je moest je waardigheid vinden. Het vlees schroeide op de grill, het bloed parelde aan de oppervlakte en dan begon ook het bloed te borrelen en te koken.

Degenen die een verschil konden zien tussen een heilige

koe en een onheilige koe zouden winnen.

Degenen die dat niet konden zien zouden verliezen.


Dus leerde Biju biefstukken te verschroeien.

Bloed, vlees, zout en met de molen op de borden gericht: 'Wilt u er vers gemalen peper op, meneer?'

'We zijn dan misschien arm in India, maar daar zou alleen een hond dergelijk gebakken vlees eten,' zei Achootan.

'We moeten ons wat Azië betreft offensief opstellen,' zeiden de zakenmensen tegen elkaar. 'Ze gooien hun grenzen open, een nieuw afzetgebied, miljoenen potentiële consumenten, middenklassen met grote koopkracht, China, India, mogelijkheden voor sigaretten, luiers, Kentucky Fried, levensverzekering, waterbeheersing, gsm's, – echte familiemensen, altijd aan het bellen, al die mannen die hun moeder bellen, al die moeders die hun vele, vele kinderen bellen; dit land hebben we gehad, Europa hebben we gehad, Latijns-Amerika hebben we gehad, Afrika doet niet mee, behalve voor de olie; Azië is het volgende afzetgebied. Is daar ergens olie? Ze hebben toch geen olie? Ze moeten...'

Het was weinig verheffende gespreksstof. Als iemand hen voor *Idioot!* durfde uitmaken, hoefden ze alleen maar naar hun bankrekeningen te wijzen en de getallen de aantijging laten weerspreken.

Biju dacht aan Saeed Saeed die nog steeds weigerde varkensvlees te eten. 'Zijn vies, man, zijn smerig. *Allereerst* ik ben moslim, dan ik ben een Zanzibari, en *dan pas* ik zal Amerikaan zijn.' Op een dag had hij Biju zijn laatste aanwinst laten zien: een moskeemodel waar onderin een kwartsklok was gemonteerd die was afgesteld om op de vijf juiste uren: '*Allah hu Akbar, la ilhaha illulah, wal lah hu akbar...*' te laten horen. Door de krakende bandopname van boven uit de minaret kwamen oude door zand verweerde woorden, de klagende roep uit de woestijn om een mens kracht en geloof te geven die hij nodig had voor een ochtend met een lege maag en de hele verdere dag, zodat de smerige geschilpunten tussen de landen niet zijn ondergang zouden worden. Lichtjes gingen bemoedigend branden, zetten de moskee in groen en witte discoverlichting.

'Waarom wil je weg?' Odessa was geschrokken. Hadden zij hem zo'n kans gegeven. Hij wist vast en zeker niet wat een geluk hij had.

'Met zo'n houding zal hij het nooit maken in Amerika,' zei Baz hoopvol.

Biju ging weg als herboren, brandend van verlangen zijn leven in strikte zuiverheid te leiden.

'Serveert u rundvlees?' vroeg hij een eventuele werkgever.

'Wij maken sandwich met Philly-steak.'

'Het spijt me, ik kan hier niet komen werken.'

'Ze aanbidden koeien,' hoorde hij de eigenaar van de zaak tegen iemand uit de keuken zeggen en hij had het gevoel tot een wonderbaarlijke stam te behoren.

Smoky Joe's.

'Rundvlees?'

'Schatje,' zei de dame, 'ik wil je niet beledigen, maar ik eet rundvlees en ik BEN rundvlees.'

Marilyn. Uitvergrote foto's van Marilyn Monroe aan de muur, Indiase eigenaar aan de kassa!

De eigenaar praatte in de telefoon.

'Rajnibhai, *Kem chho?*'

'Wat?'

'*Rajnibhai?*'

'Wie ies daar?' Het accent van Indiër-probeert-Amerikaan-te-zijn.

'*Kem chho? Saaru chho? Teme samjo chho?*'

'WAAT?'

'Spreek geen Gujarati, meneer?'

'Nee.'

'U komt toch uit Gujarat?'

'Nee.'

'Maar uw naam is toch Gujarati?'

'Wie bent u?!'

'U komt *niet* uit Gujarat?'

'Wie bent u?!'

'AT8T, meneer, met een aanbieding voor speciale tarieven naar India.'

'Ken niemand in India.'

'Kent niemand? U heeft toch wel enige familie?'

'Jaa,' Amerikaans accent werd duidelijker, 'maar iek praat niet met mijn famielie...'

Geschokte stilte.

'Praat niet met uw familie?'

Vervolgens: 'We hebben een aanbieding van zevenenveertig cent per minuut.'

'Waat maaakt het uit? Iek he-eb het u a-al geze-egd,' hij sprak l a n g-z a a m als tegen een idioot. 'Geen telefoo-oongesprekken met Ie-ndieja.'

'Maar u bent toch Gujarati?' Bezorgde stem.

'Via Kampala, Oeganda, Teepton, Engeland en Roanoke Virgie-inieja! Ik ben een keer naar Ie-ndieja keweest en neem maar van mij aan, iek ga er nooit meer heen ook al krijg iek geld toe!'

Naar buiten glippen en weer terug op straat. Het was vreselijk wat er met Indiërs in het buitenland gebeurde, en alleen andere Indiërs in het buitenland wisten dat. Het was een smerig klein knagend geheim. Maar nee, Biju was nog niet verslagen. Zijn land riep hem opnieuw. Hij rook zijn lot. Ondanks zichzelf liet hij zich door zijn neus leiden, een hoek om en zag de eerste letters van het uithangbord, G, dan AN. Zijn hart liep vooruit op de rest: DHI. Bij het naderen van het Ghandi Café werd de lucht langzaamaan dikker, totdat de opgehoopte lucht van ontelbare maaltijden roerloos stilstond, ongeacht de winterse buien die de hoek om gierden, de regen of de verzengende hitte. Hoewel het restaurant donker was, zwaaide de deur open toen Biju hem probeerde.

Achter in de schemerige ruimte, tussen gemorste linzen en uitgelopen vetvlekken op de tafelkleedjes van de verlaten, maar nog niet afgeruimde tafels, zat Harish-Harry, die met zijn broers Gaurish-Gary en Dhansukh-Danny een drietal Gandhi Cafés in New York, New Jersey en Connecticut dreef. Hij keek niet op toen Biju binnenkwam. Hij hield zijn pen boven een verzoek om een donatie, afkomstig van een koeientehuis in de omgeving van Edison, Connecticut.

Voor honderd dollar kreeg je, behalve extra punten op je balans voor toekomstige levens, 'Een gratis cadeau; zie kader om uw voorkeur aan te kruisen:

1. Een ingelijst schilderij van Krishna-Lila: 'Zij smacht naar haar Heer en weeklaagt.'
2. Een exemplaar van de *Bhagavad Gita* met een commentaar van Pandit die-en-die (B.A., MPhil., Ph.D., President van het Hindoe Nalatenschap Centrum), die juist een lezingentournee door zesenzestig landen had volbracht.

3. Een cd met gewijde lievelingsmuziek van Mahatma Gandhi.

4. Een cadeaubon voor de India-cadeauwinkel: 'Verras de speciale dame van uw leven met onze speciale *choli* in de kleuren ui en anjer, samen met een boter *lehnga*. Voor de vrouw die van uw huis een thuis maakt, een set van vijfentwintig kruidenpotjes met luchtdichte stoppen. Sla Haldiram's Extra Nagpur Chana Noten in als u dat nog niet gedaan heeft...'

Zijn pen zweefde. Dook naar beneden. Tegen Biju zei hij: 'Rundvlees? Ben je gek. Wij zijn een totaal hindoe etablissement. Geen Pakistanen, geen Bengalen, die mensen kunnen niet koken, ben je weleens in die restaurants op Sixth Street geweest? *Bilkur bekaar...*'

Een week later stond Biju in de keuken en Gandhi's favoriete muziek klonk uit de luidsprekers.

# 23

De idylle tussen Gyan en Sai bloeide en voor hen bleef de politieke onrust bijzaak.

Terwijl hij in chutney gedoopte *momo's* at, zei Gyan: 'Jij bent mijn *momo.*'

Sai zei: 'Nee, jij bent míjn momo.'

Ach, speels stadium van de liefde, het dompelde hen in een maalstroom van lieve woordjes en troetelnaampjes. Ze bedachten ze op rustige momenten en boden ze elkaar aan als geschenken. De momo, schapenvlees in deeg, het ene smakelijke hapje verstopt in het andere, riep bescherming en genegenheid op.

Maar de keer dat ze samen bij Gompu's aten, had Gyan zonder erbij na te denken zijn handen gebruikt en Sai at met het enige gerei dat op tafel lag – een eetlepel; zij rolde haar roti op en schoof daarmee het voedsel op de lepel. Ze zagen het verschil, voelden zich opgelaten en deden alsof ze niets gezien hadden.

'*Kishmish*,' zei hij tegen haar om de aandacht af te leiden en zij noemde hem '*Kaju*', rozijn en cashew, zoet, pittig en duur. Omdat pas verliefde stellen graag bezienswaardigheden bezoeken, zelfs in hun eigen stad, maakten ze uitstapjes naar het Mong Pong Natuurreservaat, naar het Delomeer; ze picknickten aan de oever van de Teesta en de Relli. Ze gingen naar het instituut voor zijdeteelt, waar het naar gekookte wormen rook. De bedrijfsleider gaf hun een rondleiding langs bergen gelige cocons die zachtjes in een hoek bewogen, machines die de waterdichtheid, de soepelheid testten; en hij maakte hen deelgenoot van zijn toekomstdroom, de waterdichte en kreukherstellende sari, de vlek-vrije, voorgeplooide, afritsbare, aan twee kanten draagbare, super-de-luxe sari van het nieuwe millenium, genoemd naar tijdloze Bollywoodhits als *Disco Dancer*. Ze namen de toy train naar de Darjeeling Zoo en keken vanuit hun vrije, eigendunkelijke, moderne liefde naar de onvrije ouderwetse tralies, waarachter een rode panda huisde, belachelijk ernstig voor een wezen dat zo buitengewoon mooi was, zijn bamboebladeren kauwend met de toewijding van een klerk die zijn berekeningen nakijkt. Ze bezochten het Zang Dog Palri Fo Brangklooster op de Durpin Dara, waar jonge monniken werden beziggehouden door grijsharige, die op en neer rennend de kinderen op rijstzakken meetrokken, hen over de gepoetste kloostervloer lieten glijden, in het aangezicht van de muurschilderingen van demonen en goeroe Padmasambhava met zijn toornige glimlach weggestopt onder een krullende snor, zijn karmijnrode pij, diamanten scepter, lotushoed met gierenveer; in het aangezicht van een geest die op een sneeuwwitte leeuw reed en een groene Tara op een yak; ze lieten de kinderen glijden langs deuren die als vogelvleugels openwiekten naar het omringende berglandschap.

Vanaf de Durpin Dara, waar je zo ver en zo hoog kon kijken, leek de wereld op een kaart vanuit een goddelijk perspectief. Je zag het landschap tot ver in de diepte, met zijn rivieren en plateaus. Gyan stelde Sai vragen over haar familie, maar ze wist niet zeker wat ze hem kon zeggen, want als ze hem over het ruimtevaartprogramma zou vertellen, zou hij zich misschien minderwaardig voelen en schamen. 'Mijn ouders zijn weggelopen en niemand heeft ooit meer met hen gesproken. Ze zijn in Rusland gestorven, waar mijn vader wetenschappelijk werk deed.'

Maar ook de geschiedenis van zijn familie voerde naar het buitenland, vertelde hij Sai, heel trots. Ze hadden meer gemeen dan ze dachten.

Het verhaal ging als volgt:

Rond 1800 waren zijn voorouders weggetrokken uit Nepal en in Darjeeling aangekomen, aangelokt door beloftes van werk op een theeplantage. In een gehucht aan de rand van een van de meer afgelegen theeplantages bezaten ze een buffel die beroemd was om haar buitengewoon romige melk. Na enige tijd kwam het Keizerlijke Leger langs, die van de eventuele soldaten in alle dorpen op de berg met centimeter en lineaal de maten namen; ze stuitten op de indrukwekkende schouders van Gyans overgrootvader die zo sterk was geworden van hun buffelmelk dat hij in een worstelwedstrijd de zoon van de snoepverkoper van het dorp, een buitengewoon blakend gezonde jongen, had verslagen. Een vroegere rekruut uit hun dorp vertelde dat de soldaten een damesachtig comfortabel leven leidden – warm en droog met dekens en sokken, boter en ghee, tweemaal per week schapenvlees, elke dag een ei, altijd water in de kraan, medicijnen voor elke ziekte, elke gril en elk pijntje. Je kon zonder schaamte hulp inroepen als je jeuk aan je achterwerk had of door een bij was gestoken, daarvoor hoefde je alleen maar de Grand Trunk Road op en af te lopen. Het leger bood deze van buffelmelk sterk geworden jongen meer dan zijn vader ooit verdiend had, want zijn vader beulde zich af als loopjongen voor de plantage; voor dag en dauw vertrok hij met een in vakken verdeelde, puntvormige mand op zijn rug en kwam bij zonsondergang zwoegend de heuvel op. De mand was dan gevuld met een laag groenten en een levende kip die aan het vlechtwerk pikte; eieren, wc-papier, zeep, haarspelden en briefpapier bovenop voor de memsahib, waarop hij zou schrijven: 'Mijn liefste dochter, het is hier adembenemend mooi en de schoonheid maakt bijna, bijna, de eenzaamheid goed...'

Dus zwoer hij trouw aan de Kroon en vertrok, het begin van een meer dan honderdjarige familietoewijding aan de oorlogen van de Engelsen.

Aanvankelijk kwam de belofte uit – Gyans overgrootvader hoefde alleen maar vele welvarende jaren te marcheren en hij kreeg een vrouw en drie zonen. Maar toen werd hij naar Mesopotamië gezonden waar Turkse kogels zijn hart doorzeefden en hij op het slagveld doodbloedde. Als welwillend gebaar naar de familie, opdat zij hun inkomsten niet zouden verliezen, nam het leger zijn oudste zoon in dienst, hoewel de beroemde buffel inmiddels dood en de nieuwe rekruut spichtig was. Indiase soldaten vochten in Birma, in Gibraltar, in Egypte, in Italië.

Twee maanden voor zijn drieëntwintigste verjaardag, in 1943, werd de spichtige soldaat in Birma gedood tijdens een bibberige verdediging van de Britten tegen de Japanners. Zijn broer kreeg werk aangeboden en stierf ook, in Italië, in de omgeving van Florence, niet tijdens een gevecht, maar tijdens de bereiding van abrikozenjam voor de majoor van het bataljon, in een villa waarin de Britse troepen gehuisvest waren. Zes citroenen, was hem geleerd, en vier koppen suiker. Op het vredige Italiaanse platteland roerde hij in de pan, terwijl fazanten over de olijfbomen en wijnstruiken fladderden en het verzetsleger in de bossen truffels opgroef. Het was een bijzonder weelderige lente en toen werden ze gebombardeerd…

Gyan was nog heel klein toen de laatste rekruut van de familie op een dag in Kalimpongs busstation uit de bus was geklommen en, een teen missend, aan de deur klopte. Niemand kon zich hem herinneren, maar uiteindelijk kwamen de herinneringen aan hun vaders jeugd naar boven en werd de man als oom herkend. Hij woonde tot aan zijn dood bij Gyans familie, maar nooit kwamen ze te weten waarheen hij had gereisd of tegen welke landen hij had gevochten. Hij behoorde tot een, wereldwijde, generatie die gemakkelijker vergat dan onthield en hoe meer hun kinderen aandrongen, hoe meer hun herinnering het af liet weten. Op een dag had Gyan gevraagd: 'Oom, maar hoe ziet Engeland eruit?'

En hij zei: 'Dat weet ik niet...'

'Hoe kunt u dat nou niet weten?'

'Ik ben er nooit geweest.'

Al die jaren in het Britse leger en nooit in Engeland geweest! Hoe was het mogelijk? Zij hadden gedacht dat hij rijk was geworden en hen had vergeten, terwijl hij het leven van een Londense lord leidde...

Waar was hij dan wel geweest?

Dat wou de oom niet zeggen. Eenmaal in de vier weken ging hij naar het postkantoor om zijn zeven-pond-per-maand pensioen te innen. Meestal zat hij op een klapstoel, terwijl zijn uitdrukkingsloze gezicht zwijgend en met een vruchteloze, verminkte hardnekkigheid als een zonnebloem de zon volgde, de enige zin die hem in zijn leven restte: dat de twee elkaar vonden, de ronde schijf van zijn gezicht en de ronde schijf van licht.

Sindsdien had de familie haar kapitaal in onderwijs belegd en Gyans vader gaf les op een theeplantage voorbij Darjeeling.

Daar hield het verhaal op. 'En je vader? Wat is dat voor iemand?' vroeg Sai, maar ze drong niet aan. Per slot van rekening wist ze van verhalen die moesten stoppen.

De nachten werden al killer en het werd vroeger donker. Sai kwam laat terug en de weg met haar voeten aftastend stopte ze bij oom Neutje voor een zaklantaarn. 'Waar is die mooie kerel...?' Oom Neutje en vader Laars plaagden haar. 'Goeie genade. Die Nepalese jongens met hun hoge jukbeenderen, gespierde armen en brede schouders. Dat zijn nou mannen die van alles kunnen, Sai, bomen hakken bijvoorbeeld, hekken bouwen, zware kisten sjouwen... mmm mmm.'

Toen ze eindelijk bij Cho Oyu aankwam stond de kok al met een lantaarn bij het hek te wachten. Zijn boze, gerimpelde gezicht stak uit boven een verzameling dassen en truien. 'Ik sta hier maar te wachten, te wachten... Het is al donker en jij nog steeds niet thuis!' klaagde hij; hij waggelde voor haar uit over het pad dat van het hek naar het huis voerde, als een vrouw steeds achterom kijkend. 'Waarom laat je me niet met rust?' zei ze; voor het eerst voelde ze de ondraaglijke opdringerigheid van familie en vrienden terwijl ze juist vrijheid en ruimte in de liefde had gevonden. De kok was tot in het diepst van zijn bruine Indiase ziel gekwetst. 'Een draai om je oren kan je krijgen,' schreeuwde hij. 'Vanaf dat je klein was heb ik voor je gezorgd! Van je gehouden. Is dat een manier van praten? Binnenkort ben ik er niet meer en wie zorgt er dan voor je? Ja, ja, binnenkort ben ik dood. Wat zal jij dan blij zijn. Ik sta hier doodsangsten uit en jij trapt lol, trekt je nergens iets van aan...'

'Ochochoch.' Als gewoonlijk eindigde het ermee dat ze hem probeerde te sussen. Hij wilde zich niet laten sussen en vervolgens liet hij zich, een heel klein beetje, sussen.

# 24

In het Gandhi Café brandden de lichten altijd gedempt, om de vlekken beter te verdoezelen. Er lag een wereld van verschil tussen hier en de fusion trend, de geitenkaas en basilicum samosa, de mango margarita. Dit was echt, oprecht Indiaas en het kon besteld worden met alles erop en eraan: rode stoelen met verguldsel, plastic rozen op de tafel met synthetische dauwdruppels, schilderijen op doeken voorstellende...

O nee, niet weer.

Ja, jawel.

Krishna en de gopi's, dorpsschone aan de bron...

En het menu...

O nee, niet weer...

Ja, jawel.

Tikka masala, tandoori grill, navrattan groentecurry, dhal makhni, pappadum. Zoals Harish-Harry zei: 'Ontdek je afzetgebied. Bestudeer je afzetgebied. Richt je op je afzetgebied.' Vraag en aanbod. Punt van overeenkomst tussen India en Amerika. Daarom zijn wij goede immigranten. Volmaakte combinatie. (Feitelijk, geachte heren, dames, bedreven wij al een hoog ontwikkelde vorm van kapitalisme voordat Amerika Amerika was; ja, u denkt misschien dat u zo succesvol bent, maar alle beschaving komt uit India, inderdaad.)

Maar onderschatte hij zijn afzetgebied niet? Het kon hem niet schelen.

De klanten – arme studenten, professoren zonder vaste aanstelling – stonden in de rij voor het 'ZOVEEL ALS JE ETEN

KUNT VOOR $5,99'-lunchbuffet en wankelden, bevangen door de benevelende slangenbezweerdersmuziek en de zware maaltijd, naar buiten.

Op zondagmorgen, nadat ze haar haren had gewassen, kwam Harish-Harry's vrouw de nieuwe getallen die rinkelend binnenkwamen optellen. Een paardenstaart van natte vlechten, losjes bijeengehouden door een gouden lint van een Diwali-vruchten-en-notendoos, droop op de vloer achter haar.

'Arre, Biju... *to sunao kahani*,' zei ze altijd, '*batao*... wat heb je ons te vertellen?'

Het deed er niet toe dat hij niets te vertellen had, want ze liep onmiddellijk naar de kasboeken die bewaard werden onder een rij goden en wierookstokjes.

'Ha ha,' lachte haar man vrolijk; en zijn zwart fluwelen pupillen schoten diamanten en gouden glitters. 'Malini houd je niet voor de gek. Ze pakt de telefoon en ze maakt betere deals dan wie dan ook.'

Het was Malini's idee geweest het personeel onder in de keuken te huisvesten.

'Vrije huisvesting,' zei Harish-Harry tegen Biju.

Dankzij dit aanbod om aan de NYC-huurprijzen te ontsnappen konden ze het loon tot een kwart van het minimumloon verlagen, de fooien voor de zaak opeisen, de werknemers in het oog houden en hen dwingen tot vijftien-, zestien-, zeventienurige werkdagen van slavenarbeid. Saran, Jeev, Rishi, meneer Lalkaka en nu Biju. Allemaal illegalen. 'We vormen een gelukkige familie,' zei ze, terwijl ze energiek haar armen en gezicht met plantaardige olie insmeerde. 'Voor mij geen wondersmeerseltjes, *baba*, dit werkt net zo goed.'

Biju had de kelder in Harlem verlaten op een vroege ochtend toen de bladeren aan de scharminkelige boom voor de deur een oranje verrassing waren, zacht en glanzend. Hij had een tas bij zich en zijn matras – een rechthoekig stuk schuimplastic met eierdoospatroon, opgerold en met een touw vastgebonden. Voordat hij inpakte, keek hij nog eens naar de uit India meegenomen, inmiddels verbleekte trouwfoto van zijn ouders. Het was nu een foto van twee ernstige geesten. Net toen hij op het punt stond weg te gaan kwam Jacinto, die altijd op het juiste moment voor zijn huur verscheen, de hoek om: 'Adios, adios,' een gouden tand flitste tussen het zwart.

Biju keek voor de laatste maal om naar de façade van afbrokkelende voormalige voornaamheid. In de verte stond Grants tombe als een ronde grijze, prollig opgemaakte begrafenistaart. Dichterbij waren de huurkazernes een compacte rij staafdiagrammen tegen de horizon.

In het Gandhi Café, te midden van buitenmatig grote pannen en met zaagsel bedekte zakken met masala's, begon hij zijn nieuwe bestaan. De mannen wasten hun gezicht en poetsten hun tanden boven de gootsteen, kamden hun haar in de erboven aan een spijker opgehangen postzegelgrote spiegel, hingen hun broeken naast de theedoeken over een door de ruimte gespannen touw. 's Nachts rolden ze hun matrassen uit waar er plaats was.

De ratten uit zijn vroegere baantjes hadden Biju niet in de steek gelaten. Ook hier waren ze, deden zich te goed aan het afval, klauwden in het hout en maakten gaten die door Harish-Harry met staalwol opgestopt en met stenen bedekt werden, maar van zulke nietige hindernissen trokken ze zich niets aan. Ze dronken melk, zoals hun op de reclameborden werd aangeraden en aten proteïne; hun triomfantelijke oren en klauwen, hun tandvlees en vacht waren oververzadigd van vitaminen en mineralen. Kwashiorkor, beri beri, krop (in Kalimpong de oorzaak dat een hele bevolkingsgroep van dwergen, hun kelen opgezet als die van boze padden, door de bergen zwierf), dergelijke gebreksziekten kende deze populatie niet.

Eentje kauwde 's nachts op Biju's haar.

'Voor haar nest,' zei Jeev. 'Ik denk dat ze gaat jongen.' Ze namen de gewoonte om naar boven te sluipen en op de tafels te slapen. Bij het aanbreken van de dag schuifelden ze weer naar beneden, voordat Harish arriveerde. '*Chalo, chalo*, een nieuwe dag, een nieuwe dollar.'


Tegenover zijn personeel gedroeg Harish-Harry zich als een vrolijke oom, maar hij kon plotseling opvliegen en hardhandig optreden. 'Kop dicht, bek houden,' zei hij dan en achtte het niet beneden zijn waardigheid er een klap bij uit te delen. Maar als er een Amerikaanse klant binnenkwam, sloeg hij onmiddellijk en volkomen om en leek hij in paniek te raken.

'Hallo, hallo,' zei hij tegen een in roze satijn gestoken kind dat zijn eten over alle stoelpoten uitsmeerde. 'Je bezorgt je moeder een hoop werk, hè. Maar eens maak jij haar trotse moeder, toch? Jij wordt belangrieke man, rieke man, vat ik je zeg. Viel jij lekkere kiepkerrie?' Hij glimlachte en maakte een kniebuiging.

Harish-Harry – de twee namen, zo merkte Biju, duidden op een diepe kloof die hij niet had vermoed toen hij de eerste keer binnenliep en hem aantrof, de verwezenlijking van die principiële zuiverheid, waarnaar Biju op zoek was. Die steun aan een koeientehuis was voor het geval de hindoeversie van het leven na de dood waar bleek te zijn en dat hij, na zijn dood, de hindoekuiperijen van het hiernamaals moest doorstaan. Maar als er nu eens andere goden op de troon zaten? Hij probeerde de juiste kant van de macht te kiezen, probeerde trouw te zijn aan zoveel dingen dat hij niet eens wist wie de echte Harish was, als er al een echte was.

Niet alleen Harish-Harry leed daaraan. Ook de 'half-om-half'-mensen, de Indiase studenten die hun Amerikaanse vrienden meenamen waren de kluts kwijt; met twee talen in een mond haalden ze alles door elkaar, kwamen niet uit hun woorden en praatten dan in godsnaam maar Hindi om te laten zien: Wie? Nee, nee, zij waren niet degenen die zich anders voordeden dan ze waren. Zij waren niet degenen die de grootste beschaving ter wereld de rug toekeerden...

En de stelletjes – vooral de combinatie Indiër-blanke vormde een speciaal probleem.

De desi's voelden zich niet op hun gemak en de kelners begonnen meesmuilend te grijnzen, trokken hun wenbrauwen op om te laten zien wat zij ervan vonden.

'Heet, medium of mild?' vroegen ze. De klanten zeiden zonder uitzondering 'Heet' om hun afspraakje eens goed te laten zien dat zij echt uit dat verre buitenland kwamen, en in de keuken lachten ze 'Ha ha,' om vervolgens plotseling hun onvervalste woede te luchten, '*sala!*'

De boosdoeners beten in de vindaloo...

En de vindaloo... beet terug.

Met vertrokken gezichten, brandende oren en ogen, verlamde tongen, murmelden ze om yoghurt en legden aan de disgenoot uit: 'Zo doen we in India, altijd yoghurt eten voor het evenwicht...'

Je kent het wel, het evenwicht, snap je...

Je kent het wel, je kent het wel...

Heet koud, zoet zuur, bitter scherp, de oude wijsheid van de Ayurveda die een mens volmaakt evenwicht kan garanderen...

'Te heet?' vroeg Biju grinnikend.

Snikkend: 'Nee, nee.'

Hier was geen zuiverheid te vinden. Noch trots te behalen. Hij was nu helemaal de weg kwijt.

Harish-Harry verweet zijn dochter dat zij hem en alles waarvoor hij zich uitsloofde te schande maakte. Veramerikaanst als ze was, vond ze dat een neusring heel goed samen ging met legerkistjes en camouflagekleren uit de dump. Zijn vrouw zei: 'Wat een onzin, wat krijgen we nou. Een paar fikse tikken moet ze hebben ...' 'Dat heb je goed gedaan,' had hij gezegd, maar tikken hadden niets uitgehaald. 'Ik wil je niet meer zien!' zei hij, als plaatsvervangende poging op te treden tegen de Amerikaanse dochter. 'Iek wiel jou NIET meer zien!' Maar ook dat haalde niets uit. 'Ik heb er niet om gevraagd geboren te worden,' zei ze. 'Jullie moesten toch zo nodig een dienstmeid? Maar in dit land veegt niemand voor niks je kont af, pap.' Niet eens *achterwerk!* Veegt je *kont* af! *Pap!* Niet eens *Papaji.* Niet veegt je achterwerk af, *Papaji.* Pap en kont. Harish-Harry begon te drinken; wanneer het zover was, en dat was het steeds vaker, ging hij naast de kassa zitten en wilde niet meer naar huis, terwijl het keukenpersoneel gespannen zat te wachten tot ze op de tafels konden klimmen, zich in de tafelkleden wikkelen en gaan slapen. 'En zij maar denken dat wij ze bewonderen!' Hij lachte. 'Ik zeg wel "Hallo, hoe maakt u het" als ze binnenkomen,' – hij toonde zijn dodengrijns – 'maar het liefst zou ik ze de nek omdraaien. Ik kan het niet, maar misschien mijn zoon wel. Eens legt Jayant-Jay lachend zijn handen om de nek van hun zonen en drukt ze dood.

Zie je, Biju, in wat voor wereld we leven,' zei hij en hij barstte in snikken uit, zijn arm om Biju's schouder.


Alleen in de gedachte aan het geld dat hij verdiende vond hij troost. Dat was een volmaakt aanvaardbare rechtvaardiging van zijn aanwezigheid hier, een onaanvechtbaar beginsel, een brug over de kloof – en dit enige feit waarin volkeren elkaar niet leken tegen te spreken, verkondigde hij te pas en te onpas. 'Een nieuwe dag, een nieuwe dollar, een dubbeltje gespaard is een dubbeltje gewonnen, wie maaien wil, moet zaaien, zaken zijn zaken, doe wat je te doen staat.' Dergelijke uitspraken waren voor Biju natuurlijk een onbereikbare luxe, maar hij praatte ze toch na en genoot van de vrolijke woorden en de kameraadschappelijke momenten.

'Je moet nu eenmaal de kost verdienen,' zei Biju.

'Je hebt gelijk, Biju. Zo is het nu eenmaal. We zijn hier om meer kansen te hebben,' zei hij peinzend. 'Is dat onze schuld?'

Hij hoopte op een groot huis, vervolgens hoopte hij op een groter huis, zelfs al moest hij het een tijdje ongemeubileerd laten, zoals zijn aartsrivaal meneer Shah, eigenaar van zeven kamers, allemaal leeg op een tv, sofa en witte stoffering na. Zelfs de tv was wit want wit symboliseerde voor de gemeenschap succes buiten India. 'Tja, we wachten nog even met de meubilering,' zei meneer Shah, 'maar het huis hebben we.' Naar alle verwanten in Gujarat waren foto's van de buitenkant gestuurd, met een witte auto ervoor geparkeerd. Een Lexus, zo'n super-de-luxe auto. Bovenop zat zijn vrouw met een zelfvoldane blik. Ze was als gedweeë bruid uit India vertrokken, vol hennakrullen- en stippen, en in haar sari zoveel goud dat elke metaaldetector op het vliegveld afging – en nu was ze hier, in een wit broekpak, met kortgeknipt haar, een beautycase, en kon de macarena dansen.

# 25

Ze gingen met Mutt naar Apollo Dove Kleermakers om de maat te laten nemen voor een winterdekje dat uit een deken geknipt moest worden; de winter was ingetreden en hoewel het niet sneeuwde in Kalimpong, werden de dagen druilerig, in de hele omgeving zakte de sneeuwlijn en de hoge bergen rondom de stad waren wit gevlekt. 's Ochtends vonden ze ijzel in de beekjes, ijzel op de top, en ijzel beneden in de heuvels. Door de kieren en gaten van Cho Oyu drong een steriele winterlucht. Van de kranen en schakelaars in de badkamer kreeg je schokken. De overeind staande vezels van truien en sjaals maakten een knisperend geluid en ontlaadden elektriciteit. 'Au, au,' zei Sai. Haar huid leek op uitgedroogde schubben. Als ze zich uitkleedde, vielen droge huidschilfers als zout van een zoutpilaar en haar haar, dat zich niets aantrok van de zwaartekracht, stond als een krakende radioantenne recht omhoog op haar hoofd. Als ze lachte, kwam er bloed uit de kloofjes van haar lippen.

Ter gelegenheid van Kerstmis had ze zich ingesmeerd met vaseline, zodat ze zacht was en glom en ze ontmoette vader Laars en oom Neutje in Mon Ami, waar het behalve naar vaseline ook rook naar natte schapen – maar dat waren alleen maar hun klamme truien. In de gloed van het suizende en ploffende haardvuur glinsterde het engelenhaar op een in een pot staande sparrenboom. Buiten heerste een snijdende kou. Vader Laars en oom Neutje zongen samen:

*Who threw the overalls in Mrs. Murphy's chowder?*
*When nobody answered, they shouted all the louder*
*Who threw the overalls in Mrs. Murphy's chowder?*

Ze vielen allemaal in, dronken en uitgelaten.

Heerlijke avond...

Heerlijke soep in de koperen gyakopan, een plas bouillon
rondom de schoorsteen met kooltjes, stoom van schapenvlees in hun haren, feestelijk glimmende gouden vetdeeltjes, gedroogde champignons die zo glibberig waren geworden dat ze gloeiend heet wegglipten voordat je een hap van
hun stevige vlees kon nemen. 'Wat hebben we als TOET?'
Lola was onthutst toen ze dit in Engeland zei en ontdekte
dat de Engelsen het niet begrepen... Zelfs Pixie had gedaan
alsof ze niet wist wat ze bedoelde...

Maar hier begrepen ze het heel goed en Kesang droeg
een indrukwekkende pudding binnen, de totale verbroede-
ring van drank, vrucht en noot, en ze wijdden de pudding
met een kroon van vlammende cognac.

Mustafa klom weer op zijn favoriete plekje, Sais schoot,
en eerst met zijn kop naar het vuur, daarna met zijn achterste, werd hij langzaamaan slap totdat zijn achterwerk van de
stoel begon te glijden en hij met een geschrokken miauw
opsprong, daarbij Sai aankijkend alsof zij verantwoordelijk
was voor dit onwelvoeglijke gedrag.

Voor de gelegenheid hadden de zusters de versiering
uit Engeland te voorschijn gehaald – verschillende dingen
die eruitzagen alsof ze naar pepermuntjes zouden smaken
– sneeuwvlokken, sneeuwmannen, ijspegels, sterren. Er
waren trolletjes, en schoenlappende kabouters (wat maakte schoenlappers, trollen en kabouters zo Kerstmisachtig?
vroeg Sai zich af) die de rest van het jaar opgeborgen zaten
in een Bata-doos boven op zolder, samen met het verhaal

van het Engelse spook in een wapperend nachthemd, waarmee ze Sai bang maakten toen ze er pas was.

'Wat zegt ze?'

'Hmm, ik denk dat ze *oehoe* doet als een uil, een laag fluitend *oehoe*, zachtjes en ernstig. En af en toe zegt ze: "Wil je een drupje sh-e-rr-y, li-ief-je?" Haar stem is onvast, maar zeer beschaafd.'

Verder waren er als cadeautjes de gebreide sokken uit het Tibetaanse vluchtelingendorp; de wol zat nog vol met strotjes en klissen, hetgeen authentiek aandeed en extra sympathie voor de vluchtelingen opriep, al deed het pijn aan je tenen. Er waren oorringen van amber en koraal, flessen met door vader Laars zelfgemaakte abrikozenbrandewijn, schriften met bladzijden van doorschijnend rijstpapier en ruggen van geribbelde bamboe, vervaardigd in Bong Busti door een tafelvol kletsgrage vrouwelijke werknemers; tussen de middag deelden ze de lekkernijen van hun lunch, en soms liet iemand een uitje vallen... dan zat er een feestelijke geel spatje op de bladzijden...


Nog meer rum. Het vuur brandde laag; Lola voelde zich aangenaam aangeschoten en liet zich op goed geluk diep in haar herinnering terugvoeren.

'Vroeger, in de jaren vijftig en zestig,' zei ze, 'was het nog een lange reis naar Sikkim en Bhutan, want er waren nauwelijks wegen. We reisden per pony, vervoerden zakken met peulen voor de pony's, kaarten, heupflacons met whisky. In het regenseizoen lieten de bloedzuigers zich vanuit de bomen op ons vallen en kozen daarvoor precies het juiste moment. We wasten ons met zout water om ze weg te houden, strooiden zout op onze schoenen en sokken, zelfs op ons haar. Maar de regens spoelden het zout weg en dan moesten we stoppen om opnieuw zout over ons heen te strooien. In die tijd waren de bossen nog wild en uitgestrekt – als ze zeiden dat er een betoverd beest in woonde, geloofde je het. We kwamen uit bij de bergtoppen, waar de kloosters aan hun flanken gekleefd leken, omgeven door chorten en gebedsvlaggen; op de witte façades de laatste lichtstralen, een en al strokleurig goud, en de bergen ruige lijnen van indigo. We rustten uit tot de bloedzuigers zich door onze sokken heen begonnen te werken. Boeddhisme was hier heel oud, ouder dan waar dan ook, en we gingen naar een klooster dat gebouwd heette te zijn toen een vliegende lama van de ene bergtop naar de andere was gevlogen, van Menak Hill naar Enchey, en naar een andere die gebouwd was toen een regenboog de Kanchenjunga verbond met de bergkam. De gompa's waren vaak verlaten, want de monniken waren ook boeren; ze waren op hun land en verzamelden zich slechts een paar maal per jaar voor puja's en het enige wat je hoorde was de wind in de bamboe. De wolken drongen via de deuren naar binnen en werden één met de wolken op de schilderingen. Binnen was het donker, berookt en we probeerden bij het licht van boterlampen de muurschilderingen te onderscheiden.

Het was een zware tocht van twee weken om Thimpu te bereiken. Onderweg door het oerwoud overnachtten we in dat soort op een schip lijkende vestingen die dzongs heten en die zonder een enkele spijker gebouwd worden. We stuurden een man vooruit om onze aankomst aan te kondigen en zij zonden ons ergens halverwege een geschenk ter verwelkoming. Honderd jaar geleden zou het Tibetaanse thee geweest zijn, saffraanrijst, zijden gewaden uit China, gevoerd met de vacht van ongeboren lammeren, dat soort dingen. Maar toen, in onze tijd, was het een picknickmand met hamsandwiches en Gymkhana-bier. De dzongs waren volslagen onafhankelijk, met eigen legers, boeren, aristocraten, en gevangenen in de kerkers – moordenaars en mannen die betrapt waren op het vissen met dynamiet zaten door elkaar. Wanneer ze een nieuwe kok of tuinman nodig hadden, lieten ze een touw neer en trokken een man op. Bij aankomst vonden we, in met lantaarns verlichte zalen, bloemkool met kaas en saucijzenbroodjes. Deze man, gevangengezet wegens een gewelddadige moord, kon heerlijk gebak maken – je kon het zo gek niet bedenken of hij maakte het. De heerlijkste kruisbessentaart die ik ooit geproefd heb.'

'En de badkuipen,' viel vader Laars bij. 'Weet je nog de badkuipen? Ik was eens op reis in het kader van een dienstverleningsprogramma voor zuivel en logeerde bij de moeder van de koningin, een zuster van Jigme Dorji, de Bhutanese gevolmachtigde die de baas was over de provincie Ha, in Tashiding was hij jouw buurman, Sai – hij kreeg zoveel macht dat de koning hem liet vermoorden ook al was hij de broer van de koningin. De badkuipen in hun dzong waren uitgeholde boomstammen met onderin een uitgehakte sleuf voor hete stenen die het water stomend warm moesten houden en terwijl je zat te baden, kwamen de bedienden binnen om de stenen te vervangen en je te schrobben. En als we kampeerden, groeven ze een put bij de rivier, vulden die met water en lieten er hete stenen in zakken; en zo poedelde je te midden van de Himalayasneeuw en rododendronbossen.

Toen ik later terugkwam in Bhutan, drong de koningin erop aan dat ik naar de wc zou gaan. "Maar ik hoef niet."

"Nee, maar u moet toch."

'Maar ik HOEF niet."

"Maar u MOET."

Dus ging ik en alle badkamers waren vernieuwd, moderne pijpleidingen, roze tegels, roze douches en roze wc's.

Toen ik naar buiten kwam, stond de koningin trots te wachten, even roze als de badkamer. "Ziet u hoe mooi het is. Heeft u het GEZIEN?"'

'Waarom gaan we niet nog eens met z'n allen,' zei Noni. 'Laten we een reis plannen. Waarom niet?'

Die avond ging Sai naar bed met haar nieuwe sokken aan, hetzelfde uit drie lagen bestaande ontwerp dat sherpa's gebruikten bij bergexpedities, dat Tenzing had gedragen bij de beklimming van de Everest.

Sai en Gyan hadden onlangs een uitstapje gemaakt om de sokken van Tenzing te bekijken, in alle glorie uitgestald in het Darjeeling Museum dat naast zijn monument stond en ze hadden ze goed bekeken. Ook hadden ze met aandacht zijn hoed bekeken, en zijn ijsprikker, rugzak, monsters gedroogd voedsel die hij eventueel bij zich had, Horlicks, toortsen en exemplaren van motten en vleermuizen uit de hoge Himalaya.

'Hij was een echte held, Tenzing,' had Gyan gezegd. 'Het was Hilary niet gelukt als hij geen sherpa's had gehad om zijn bagage te dragen.' Iedereen om hen heen had ingestemd. Tenzing was vast als eerste aangekomen en anders hadden ze hem opgehouden met de bagage zodat Hilary de eerste stap had kunnen zetten namens die koloniale ondernemingsgeest om je vlag neer te zetten op iets wat niet van jou was.

Sai had zich afgevraagd, moesten mensen de berg overwinnen of moesten ze juist willen dat de berg hen in zijn macht had? Sherpa's klommen op en neer, tien keer, in sommige gevallen vijftien keer, roemloos, zonder enige aanspraak op eigendom en dan waren er degenen die zeiden dat hij heilig was en volledig ongerept diende te blijven.

# 26

Het was nieuwjaar geweest; Gyan was toevallig op de markt om rijst te kopen en terwijl zijn rijst gewogen werd, hoorde hij geschreeuw. Toen hij de winkel uit kwam, werd hij opgenomen door een menigte die hijgend de Mintri Road opliep, aangevoerd door jonge mannen die hun messen omhooghielden en uitriepen: '*Jai* Gorkha.' Tussen de vele gezichten zag hij vrienden van de universiteit, die hij niet meer had gezien sinds het begin van zijn idylle met Sai. Padam, Jungi, Dawa, Dilip.

'Chhang, Bhang, Uil, Ezel,' riep hij zijn vrienden bij hun bijnaam.

Ze riepen 'Overwinning aan het Gorkha Bevrijdingsleger,' en hoorden hem niet. Voortgedreven door degenen achteraan en meegestuwd met degenen die vooraan liepen, versmolten ze tot een enkel wezen. Gyan merkte dat hij als vanzelf voortgleed door de straat van de Marwarikooplui, die met gekruiste benen boven op een verhoging van witte matrassen zaten. Ze stroomden langs de antiekwinkels met *tangkha's* die met elke stoot uitlaatgas van het passerende verkeer antieker werden; langs de Newari-zilversmeden; een homeopathische Parsi-dokter; de dove kleermakers die allemaal geschrokken keken: ze voelden de trillingen van wat er gezegd werd, maar konden de strekking ervan niet begrijpen. Een gestoorde vrouw met blikjes als oorhangers en gekleed in overgeschoten lapjes van de kleermaker had aan de kant van de weg een dode vogel staan roosteren op een paar kooltjes en woof naar de stoet als een koningin. Over de markt lopend had Gyan het gevoel dat hij zich midden in de draaiende machinerie der geschiedmaking bevond, de mannen gedroegen zich of ze optraden in een oorlogsdocumentaire en Gyan kon niet nalaten het evenement nu al vanuit een nostalgisch oogpunt te bekijken, in de positie van een revolutionair. Maar hij raakte dat gevoel kwijt bij het zien van de bezorgde winkeliers die vanuit hun door de moesson verweerde holen toekeken. Toen schreeuwde hij met de menigte mee en het feit dat zijn stem opging in de krachtige massa alleen al leek gewicht in de schaal te leggen, een gevoel van bevestiging dat nieuw voor hem was en opnieuw was hij onderdeel van de geschiedmaking.

Maar een blik werpend op de bergen was dat gevoel weer weg. Hoe kan men het alledaagse veranderen?

Was deze optocht van werkelijk levensbelang voor deze mannen? Lieten ze zich leiden door oude proteststemmen of door de hoop een nieuwe stem te laten horen? Volgden hun harten de stem van de waarheid? En was het allemaal echt gemeend, dat roepen en marcheren? Zagen ze zichzelf los van dit moment, deze losgeslagen Bruce Lee-fans in hun Amerikaanse in-China-gefabriceerde-via-Kathmandu-geïmporteerde T-shirts?

Hij dacht eraan hoe vaak hij gewenst had in de rij te kunnen staan voor de Amerikaanse of Engelse ambassade en weg te gaan. 'Luister, Momo,' zei hij tegen een verrukte Sai, 'laten we naar Australië gaan.' Wegvliegen. Vaarwel. Dag-dag. Geen geschiedenis. Geen familieverplichtingen, geen eeuwenoude schulden. Het was vals patriottisme, besefte hij plotseling onder het lopen. Het was alleen maar frustratie en de leiders gebruikten de jeugd met hun natuurlijke ergernis en minachting voor cynische doeleinden. Omdat ze hoopten dezelfde macht te verkrijgen die nu in handen was van de regeringsambtenaren, dezelfde bevoegdheid om plaatselijke zakenmensen te bevoorrechten in ruil voor steekpenningen, de bevoegdheid baantjes aan hun familieleden te vergeven, kun kinderen naar school te laten gaan, gasaansluitingen om te koken... De mannen schreeuwden en hij zag aan hun gezichten dat zij zijn cynisme niet deelden. Zij meenden wat ze zeiden; zij voelden de onrechtvaardigheid. Ze kwamen langs de pakhuizen die dateerden uit de tijd dat Kalimpong het centrum van de wolhandel was, langs het Snow Lion-reisbureau, de STD-telefooncellen, Ferrazzini's Fast Food Pionier, de twee Tibetaanse zusters in de Sjaalwinkel van het Warme Hart; langs de uitleenbibliotheek van stripboeken, en de kapotte paraplu's die als aangeschoten vogels om de man die ze repareerde heen hingen. Voor het politiebureau kwamen ze tot stilstand; de politieagenten die gewoonlijk buiten met elkaar stonden te kletsen, waren naar binnen verdwenen en hadden de deur gesloten.

Gyan dacht aan de opwindende verhalen toen burgers met miljoenen tegelijk in opstand waren gekomen en het vertrek van de Britten hadden geëist. Dat had nobelheid vereist, moed, glorierijk vuur – 'India voor de Indiërs. Zonder vertegenwoordiging geen belastingen. Geen hulp aan oorlogen. Geen man, geen roepie. Britse Raj Murdabad!' En zou een natie, die zo'n hoogtepunt in haar geschiedenis had gekend, diep in haar hart daar dan niet opnieuw naar hunkeren?


Een man beklom de bank:

'Broeders en zusters, toen de Britten in 1947 vertrokken, lieten ze vrijheid achter voor India, Pakistan voor de moslims, speciale voorzieningen voor de gevestigde kastes en stammen, broeders en zusters...

Maar voor ons, Nepalezen van India, niets. NIETS. Destijds, in april in 1947, wilde de Communistische Partij van India een Gorkhastan, maar het verzoek werd genegeerd...

Wij zijn arbeiders op theeplantages, koelies die loodzware vrachten sjouwen, soldaten. Hebben wij het recht dokter of regeringsambtenaar te worden, of eigenaar van een theeplantage? *Nee!* Wij blijven knechten. Tweehonderd jaar vochten we namens de Britten. We vochten in de Eerste Wereldoorlog. We gingen naar Oost-Afrika, naar Egypte, naar de Perzische Golf. Ze stuurden ons van hot naar her al naar gelang het hun uitkwam. We vochten in de Tweede Wereldoorlog. In Europa, Syrië, Perzië, Maleisië en Birma. Wat hadden ze moeten doen zonder de moed van ons volk? En nog steeds vechten we voor hen. Toen bij de onafhankelijkheid de regimenten werden opgedeeld, gingen sommigen naar Engeland, anderen bleven achter en vochten net zo hard voor India. Wij zijn trouwe, dappere soldaten. India noch Engeland hebben reden gehad aan onze trouw te twijfelen. In de oorlogen tegen Pakistan moesten we aan de andere kant van de grens tegen onze voormalige kameraden vechten. Dat deed ons hart pijn. Maar wij zijn Gorkha's. Wij zijn soldaten. Aan onze inborst is nooit getwijfeld. En zijn we ervoor beloond? Hebben we schadevergoeding gekregen? Hebben ze laten zien dat ze ons respecteren? *Nee!* Ze spugen op ons.'

Gyan dacht aan zijn laatste sollicitatiegesprek meer dan een jaar geleden; hij was in een nachtbus naar Calcutta gereden naar een kantoor midden in een betonblok, verlicht door een knipperende tl-buis die nooit normaal was gaan branden.

Iedereen had er wanhopig uitgezien, zowel de mannen in het vertrek als de man bij wie hij moest solliciteren en die ten slotte het knipperende licht had uitgedaan, – 'Voltage laag' – en het sollicitatiegesprek in het donker had gevoerd. 'Heel goed, u krijgt bericht van ons.' Gyan vond op de tast door het doolhof zijn weg naar buiten, stapte in het medogenloze zomerlicht en wist dat hij nooit zou worden aangenomen.

'Wij maken tachtig procent van de bevolking uit, er zijn negentig theetuinen in de regio, maar is er eentje het eigendom van een Nepalees?' vroeg de man.

'Nee.'

'Kunnen onze kinderen op school onze taal leren?'

'Nee.'

'Kunnen we meedingen naar banen als ze al aan anderen beloofd zijn?'

'Nee.'

'In ons eigen land, het land waarvoor we vechten, worden we als slaven behandeld. Elke dag rijden vrachtwagens weg volgeladen met onze bossen die door buitenlanders verkocht worden om de zakken van buitenlanders te vullen. Elke dag worden onze stenen uit de rivierbedding van de Teesta gehaald voor de bouw van hun huizen en steden. Wij zijn arbeiders die in weer en wind blootsvoets werken, broodmager, terwijl zij volgevreten in hun directeurshuizen zitten met hun dikke vrouwen, met hun dikke bankrekeningen en hun dikke kinderen die naar het buitenland gaan. Zelfs hun stoelen zijn dik. Broeders en zusters, wij moeten vechten om onze eigen zaken te regelen. We moeten ons verenigen onder het vaandel van het GNBF, Gorkha Nationaal BevrijdingsFront. Wij zullen ziekenhuizen en scholen bouwen. Wij zullen aan onze zonen werk geven. En waardigheid aan onze dochters, die nu zware vrachten sjouwen en stenen hakken langs de weg. Wij zullen ons geboorteland verdedigen. Hier werden we geboren, hier werden onze ouders geboren, hier werden onze grootouders geboren. Wij zullen onze zaken in onze eigen taal behartigen. Indien nodig zullen we onze bebloede messen schoonspoelen in de bronwateren van de Teesta. *Jai* Gorkha.' De spreker zwaaide met zijn kukri, maakte een snee in zijn duim en stak het bloederige schouwspel voor iedereen zichtbaar omhoog.

'*Jai* Gorkha! *Jai* Gorkha! *Jai* Gorkha!' schreeuwde de menigte; bij het zien van de hand van de spreker gonsde, klopte, stuwde hun eigen bloed. Dertig aanhangers kwamen naar voren en lieten door middel van hun kukri's hun duimen bloeden om, met bloed, een aanplakbiljet te schrijven dat Gorkhaland eiste.

'Dappere Gorkhasoldaten die India verdedigen – hoor de oproep,' stond er op de folders die de heuvels overstroomden. 'Verlaat het leger onmiddellijk. Want als je straks gepensioneerd bent, zullen ze je als vreemdeling behandelen.'

De GNBF zou werk bieden aan zijn eigen volk, en een veertigduizend man sterk Gorkhaleger, universiteiten, en ziekenhuizen.

Later zaten Chhang, Bang, Uil, Ezel en vele anderen in de benauwde keet van Thapa's voormalige legerkantine aan Ringkingpong Road. Aan de zijkant was een klein bord geschilderd waarop in handgeschreven letters 'Braadkuiken' stond. Buiten lag op een olievat een biljartblad waaraan twee in lompen gehulde soldaten, oorspronkelijk van de Achtste Gurkha Jagers, met krakende knieën speelden terwijl de wolken voorbijschoven en tussen hun o-benen door te zien waren. De bergen vielen steil naar beneden en stortten aan weerskanten in grijze dichtbenevelde bamboebossen.

De lucht koelde af en de avond viel in. Gyan, die toevallig was opgenomen in de optocht, die gedeeltelijk voor de grap, gedeeltelijk uit ernst had meegeschreeuwd, gedeeltelijk had gedaan alsof, gedeeltelijk oprecht had meegedaan, ontdekte dat de opwinding aanstekelijk was. Zijn sarcasme en zijn gêne waren verdwenen. Opgestookt door alcohol gaf hij uiteindelijk toe aan de onweerstaanbare drang der geschiedenis en merkte dat zijn polsslag klopte op het ritme van iets dat volkomen oprecht aanvoelde.

Hij vertelde het verhaal van zijn overgrootvader, zijn oudooms: 'En dachten jullie dat zij hetzelfde pensioen kregen als de Engelsen met dezelfde rang? Ze vochten zich dood, maar kregen ze hetzelfde salaris?'

Zijn woede werd verwelkomd door die van de andere aanwezigen in de kantine, kreeg een schouderklopje. En plotseling begreep hij waarom hij arm was en geen echte baan had gevonden, waarom hij niet naar een universiteit in Amerika kon gaan, waarom hij zich schaamde iemand mee naar huis te nemen. Hij dacht aan de dag dat hij Sai tegen had gehouden toen ze voorstelde bij zijn familie op bezoek te gaan. En vooral begreep hij zijn boosheid over zijn vaders onderdanigheid en zijn onvermogen over hem te praten, de man die zo'n bescheiden voorstelling van geluk had dat zelfs de dagelijkse kwelling van tweeënvijftig gillende jongens in zijn plantageschoolklas, zelfs het feit dat hij ver verwijderd van zijn eigen familie was, de eenzaamheid van zijn werk, hem niet deerde. Gyan zou hem door elkaar willen schudden, maar wat voor plezier beleefde je aan het schudden van een ouwe sok? De confrontatie met zo iemand – de gedachte eraan was een dubbele frustratie.

De verschillende uitvluchten waartoe hij zijn toevlucht had genomen, de schaamte die hij had gevoeld, de toekomst die niets van hem wou weten, al deze dingen kwamen een moment lang samen om een enkele waarheid te vormen.

De mannen lieten hun woede de vrije loop en ontdekten, zoals iedereen in dit land vroeg of laat, dat oude haatgevoelens eindeloos oproepbaar zijn.

En toen die woede eenmaal was opgewoeld, troffen ze pure haat, puurder dan het ooit tevoren had kunnen zijn, omdat de pijn van het verleden voorbij was. Alleen de razernij restte, gezuiverd, bevrijdend. Zij behoorde hun geboorterechtelijk toe en zweepte hen als een pepmiddel op. Daar op de smalle houten banken, met hun koude voeten op de aarden vloer stampend, voelden ze zich verheven.

Dit was een sfeer van mannen en Gyan dacht even met schaamte aan de theepartijtjes met Sai op de veranda, de toost met kaas, krentencakejes van de bakker en wat erger was, hun gezellige onderonjes, het kindertaaltje...

Plotseling had hij het gevoel dat dit niet strookte met wat men van een volwassen man mocht verwachten.

Hij sprak de keiharde mening uit dat de Gorkhabeweging zo onverbiddelijk mogelijk zou moeten optreden.

# 27

Gyan kwam de volgende dag in een chagrijnige en onge-
durige bui naar Cho Oyu, geërgerd over het feit dat hij die
lange wandeling in de kou moest maken voor het beetje
geld dat de rechter hem betaalde. Het irriteerde hem dat
mensen hier dit enorme huis en stuk land bewoonden,
hete baden namen, in hun eentje in ruime slaapkamers
sliepen, en ineens dacht hij aan het diner met koteletjes en
gekookte erwten met Sai en de rechter en de rechter die
zei: 'Verder lijk je met weinig gezond verstand bedeeld te
zijn, jongeman.'
    'Je bent laat,' zei Sai toen ze hem zag, en hij voelde een
andere boosheid dan de avond tevoren toen hij, met verontwaardigd krijgsvertoon, zijn rug gerecht en zijn borst
hoog opgezet, een nieuwe manier van praten ontdekt had.
Dit was een triviale boosheid die hem deed terugkrabbelen,
zijn geest kortwiekte, hem chagrijnig maakte. Nog nooit
eerder had hij zich op deze manier aan Sai geërgerd.


Om hem op te vrolijken deed Sai verslag van het kerst-
feest.
    We hebben drie keer geprobeerd de soeplepel met cog-
nac aan te steken en over de pudding te gieten...
    Gyan luisterde niet naar haar en sloeg het natuurkunde-
boek open. Hield ze haar mond maar – hij had die opge-
ruimde onnozelheid niet eerder in haar opgemerkt – hij
was te geïrriteerd om het aan te zien.
    Met tegenzin richtte ze zich op het boek, het was een

hele tijd geleden dat ze zich echt met natuurkunde hadden beziggehouden.

'Als twee voorwerpen, de een met een gewicht van..., de ander met een gewicht van... van de schuine toren van Pisa vallen, in hoeveel tijd en met welke snelheid vallen ze dan op de grond?'

'Je hebt een rotbui,' zei ze, breeduit geeuwend om te kennen te geven dat er andere, betere opties waren.

Hij deed alsof hij haar niet had gehoord.

Toen geeuwde hij ook, ondanks zichzelf.

Zij geeuwde opnieuw, breeduit als een leeuw, vol overgave.

Vervolgens geeuwde hij ook, magertjes, een geeuwtje dat hij probeerde af te breken en in te slikken.

Toen zij...

Toen hij.

'Heb je er genoeg van?' vroeg ze, aangemoedigd door de ogenschijnlijke verzoening.

'Nee hoor. Helemaal niet.'

'Waarom geeuw je dan?'

'OMDAT IK MEER DAN GENOEG VAN JOU HEB, DAAROM.'

Verbijsterde stilte.

'Wat kan mij Kerstmis schelen,' schreeuwde hij. 'En waarom vieren jullie Kerstmis? Jullie zijn hindoe en jullie vieren toch ook geen Id of de geboortedag van goeroe Nanak, en jullie doen zelfs niet aan Durga Puja of Dussehra of het Tibetaanse Nieuwjaar.'

Ze dacht erover na: Waarom? Ze had het altijd gevierd. Niet vanwege het klooster, waartegen ze een diepgewortelde haat koesterde, maar...

'Jullie zijn net slaven, dat is het, jullie lopen achter het westen aan en zetten jezelf voor gek. Mensen als jullie maken dat wij nooit iets bereiken.'

Gegriefd door zijn onverwachte boosaardigheid zei ze: 'Dat is het helemaal niet.'

'Wat dan wel?'

'Ik vier Kerstmis als ik daar zin in heb, en als ik geen zin heb Diwali te vieren, vier ik dat niet. Er is niets verkeerds aan om wat lol te hebben en Kerstmis is net zo'n Indiaas feest als elk ander.'

Dit gaf hem het gevoel anti-seculier en anti-Gandhi te zijn.

'Je doet maar,' zei hij schouderophalend, 'het maakt mij niets uit – je laat alleen de hele wereld zien dat je EEN ONNO-ZEL WICHT bent.'

Hij zei de woorden met opzet, om te kunnen zien hoe ze haar kwetsten.

'Nou, waarom ga je dan niet naar huis, als ik zo'n onnozel wicht ben? Wat heeft het voor *nut* me les te geven?'

'Oké, ik ga al. Je hebt gelijk. Wat voor *nut* heeft het jou les te geven? Het is duidelijk dat je alleen maar wil nadoen. Je kunt niet zelfstandig denken. *Na-aapster. Na-aapster.* Weet je, de mensen die jij na-aapt, DIE WILLEN NIETS VAN JOU WETEN.'

'Ik aap niemand na!'

'Denk je dat het idee om Kerstmis te vieren van jou komt? Je wil toch niet zeggen dat je zo stom bent?'

'Goed, als jij dan zo slim bent,' zei ze, 'hoe komt het dan dat je niet eens een behoorlijke baan vindt? Ongeschikt. Ongeschikt. Ongeschikt. Elke sollicitatie opnieuw.'

'*Vanwege mensen zoals jij!*'

'O, door mij… en net zeg je nog dat ik stom ben. Wie is er stom? Vraag dat eens aan iemand die er verstand van heeft en we zullen zien wie hier stom is.'

Ze pakte haar glas op en het water klotste erover heen voordat het haar lippen bereikte, zo erg trilde ze.

# 28

De rechter dacht aan het voorwerp van zijn haat.

Bij zijn terugkeer uit Engeland werd hij verwelkomd door hetzelfde bejaarde fanfaregezelschap dat hem had uitgeblazen; dit keer was het echter onzichtbaar, vanwege de rook- en stofwolken ten gevolge van het vuurwerk dat op de rails was gegooid en dat ontplofte toen de trein het station binnen reed. Gefluit en gejuich stegen op uit de tweeduizend mensen die zich verzameld hadden om getuige te zijn van deze historische gebeurtenis, de eerste zoon van de gemeenschap die in dienst trad van de ICS. Hij werd bedolven onder bloemkransen; bloemblaadjes bleven op de rand van zijn hoed liggen. En daar, in een vingerbrede strook schaduw, stond iemand die hem vaag bekend voorkwam. Geen zuster, geen nicht. Het was Nimi, zijn vrouw, die was teruggekomen van haar ouderlijk huis, waar ze de jaren van zijn afwezigheid had doorgebracht. Met uitzondering van gesprekjes met hospita's en 'Hoe maakt u het?' in winkels, had hij in jaren niet tegen een vrouw gesproken.

Ze kwam naar voren met een bloemenkrans. Ze keken elkaar niet aan toen ze deze boven zijn hoofd hield. Hij sloeg zijn ogen op, zij sloeg de hare neer. Hij was vijfentwintig, zij was negentien.

'Ach, zo verlegen, zo verlegen.' De verrukte menigte wist met zekerheid dat zij getuige was van romantische paniek. (Wat zijn toeschouwers toch verbazingwekkend hoopvol

– altijd weigeren ze te geloven dat liefde non-existent kan zijn.)

Wat moest hij met haar beginnen?

Hij was vergeten dat hij een vrouw had.

Nu, hij wist het natuurlijk wel, maar ze was verdwenen als alles uit zijn verleden, een verzameling feiten die niet langer van belang was. Maar dit feit zou hem volgen zoals in die dagen vrouwen hun echtgenoten volgden.

In de afgelopen vijf jaar was Nimi het fietstochtje en haar zwevende hart niet vergeten – hoe aantrekkelijk moest zij in zijn ogen geweest zijn... Hij had haar begeerlijk gevonden en zij was bereid iedereen die er zo over dacht aardig te vinden. Ze snuffelde in de toilettas die Jemubhai uit Cambridge had meegebracht en vond een potje met groene zalf, een zilveren haarborstel en kam, een pompon met een zilveren handvat in een ronde poederdoos – en rook voor het eerst lavendel, een subtiele vleug die op haar afkwam. De frisse, lichte geurtjes die uit zijn nieuwe bezittingen opstegen waren allemaal van vreemde oorsprong. Piphit rook naar stof en van tijd tot tijd was er de verrassende geur van regen. De parfums van Piphit waren bedwelmend, zwaar en weeïg. Van de Engelsen wist ze niet veel, en wat ze wist was gebaseerd op flarden van geruchten die hun in de afzondering van de vrouwenverblijven hadden bereikt, zoals het feit dat Engelse vrouwen op de club in hun ondergoed tennisten.

'Korte broeken!' zei een jonge oom.

'Ondergoed!' hielden de dames vol.

Hoe zou zij het ervan afbrengen tussen met tennisrackets zwaaiende dames in ondergoed?

Ze pakte de poederdons van de rechter, knoopte haar blouse los en poederde haar borsten. Ze knoopte de blouse weer dicht en de poederdons, zo buitenlands, zo zacht, stopte ze eronder; ze wist dat ze te groot was voor zo'n kinderachtige diefstal, maar haar begerigheid won het.

De middagen in Piphit duurden eindeloos en de Patels rustten uit en probeerden de angst dat de tijd nooit meer in beweging zou komen te vergeten; iedereen behalve Jemubhai, die verleerd had zich zo over te geven. Hij zat rechtop, bewoog onrustig, keek met de ogen van iemand die dat voor het eerst ziet naar de gevleugelde, dinosaurusachtige bananenboom met zijn purperen snavels. Hij was een vreemdeling – een *vreemdeling* – schreeuwde alles aan hem. Alleen zijn spijsvertering was het daarmee oneens en liet hem weten dat hij thuis was: met moeite hurkend in dat benauwde gemakhuisje, zijn herenknieën krakend, onder het vloeken van een 'Verdomme', voelde hij dat zijn spijsvertering net zo efficiënt werkte als... als *westers vervoer.*

Omdat hij niets te doen had besloot hij zijn bezittingen na te gaan en ontdekte de diefstal.

'Waar is mijn poederdons?' schreeuwde Jemubhai tegen de in de schaduw van de veranda op kussens uitgestrekte Pateldames.

'Wat?' vroegen ze; ze lichtten hun hoofd op en beschermden hun ogen tegen het felle licht.

'Iemand heeft aan mijn spullen gezeten.'

Feitelijk had tegen die tijd bijna iedereen uit het huis aan zijn spullen gezeten en ze zagen niet in wat het probleem was. Ze begrepen niets van zijn nieuwe ideeën van privacy; wat had hij ertegen en wat had dit met stelen te maken?

'Maar wat is er weg?'

'Mijn poederdons.'

'Wat is dat?'

Hij probeerde het uit te leggen.

'Maar waar dient dat in hemelsnaam voor, *baba*?' Ze keken hem niet-begrijpend aan.

'Roze en witte wat? Dat je op je gezicht smeert. Maar waarom?'

'Roze?'

Zijn moeder maakte zich ongerust. 'Is er iets mis met je huid?' vroeg ze bezorgd.

Maar een zuster die aandachtig luisterde, lachte: 'Haha, we stuurden je naar het buitenland om een heer te worden en in plaats daarvan ben je een dame geworden!'

De opwinding verbreidde zich en andere verwanten van de Patel-clan bemoeiden zich ermee. De *kakas kakis masas masis phuas phois.* Vreselijk, al die kinderen tegelijk, een kluwen die niet in aparte kinderen kon worden opgesplitst, want ze leken op een samengesteld monster met meerdere armen en benen dat radslag draaiend arriveerde, stof opjagend, gillend; het monster hield tientallen handen voor zijn tientallen giechelende monden. Wie had wat gestolen?

'Zijn poederdons is weg,' zei Jemubhais vader, die scheen te denken dat het voorwerp onontbeerlijk was voor het werk van zijn zoon.

Ze zeiden allemaal *powder puff* in het Engels, want het Gujarati had daar natuurlijk geen woord voor. De rechter ergerde zich aan hun zware accent. 'Pauvdar Paaf,' en het klonk als een Parsi-gerecht.

Ze haalden alle spullen uit de kast, draaiden ze om, becommentarieerden en onderzochten elk artikel, zijn pakken, zijn ondergoed, zijn toneelkijker, waardoorheen hij naar de tutu's van de ballerina's had gekeken die verrukkelijke zijwaartse dribbelpasjes in *Giselle* dansten, als uitwaaierende taartvormpjes en banketglaceersel.

Maar nee, daar was hij niet. En ook niet in de keuken, of op de veranda. Hij was nergens te vinden.

Zijn moeder ondervroeg de ondeugendste neef.

'Heb jij hem gezien?'

'Wat?'

'De paudar paaf.'

'Wat is een paudur poff? Paudar paaf?'

'Om je huid te beschermen.'

'Je huid te beschermen tegen wat?'

En de gênante toelichting begon weer van voren af aan.

'Roze en wit? Waarvoor?'

'Wat weten jullie eigenlijk wel?' vroeg Jemubhai. Stelende stomkoppen.

Hij had gedacht dat ze wel de goede smaak zouden hebben onder de indruk te zijn van en zelfs enig ontzag te hebben voor wat hij was geworden, maar in plaats daarvan lachten ze.

'Jij moet het weten,' beschuldigde de rechter ten slotte Nimi.

'Ik weet van niks. Hou zou ik?' zei ze; haar hart bonkte onder haar twee met lavendel gepoederde roze en witte borsten, onder de uit Engeland meegekomen poederdons van haar man.

Het gezicht van zijn vrouw stond hem niet aan, hij probeerde er zijn haat in te ontdekken, vond schoonheid, zette het uit zijn gedachten. Eens was het heel verleidelijk geweest en had zijn hart doen smelten, maar dat leek nu niet ter zake. Een Indiase kon nooit zo mooi zijn als een Engelse.

En op dat moment, net toen hij zich omdraaide, zag hij het...

Tussen de knoopjes door staken een paar dunne, tere vezeltjes.

'Rotmeid!' riep hij; tussen haar droevige borsten vandaan trok hij als een belachelijke bloem, of misschien wel een gebroken hart...

*Zijn prachtige poederdons.*

'Breek het bed maar af,' riep een oude tante bij het horen van de schermutseling in de kamer, en ze begonnen met z'n allen te giechelen en tevreden te knikken.

'Nu zal ze wel inbinden,' zei de volgende heks, met een van medicijnen doordrenkte stem. 'Dat meisje heeft te veel eigen wil.'

In de kamer, die door iedereen die daar gewoonlijk sliep, speciaal was vrijgemaakt, greep Jemubhai met een van boosheid vertrokken gezicht zijn vrouw beet.

Zij ontrukte zich aan zijn greep en hij ontstak in woede.

Zij had gestolen. Door haar toedoen werd hij *uitgelachen*.

Deze dorpsmeid die lezen kon noch schrijven. Hij probeerde haar opnieuw te pakken.

Zij begon te rennen en hij ging haar achterna.

Ze rende naar de deur.

Maar de deur was op slot.

Ze probeerde hem opnieuw.

Er zat geen beweging in.

De tante had hem op slot gedaan – voor het geval dat. Al die verhalen over bruiden die probeerden te ontsnappen – en af en toe was er zelfs sprake van een echtgenoot die ervandoor ging. Schandeschandeschandeschande over de familie.

Hij liep op haar toe met een bloeddorstige blik.

Ze rende naar het raam.

Hij hield haar tegen.

Zonder erbij na te denken pakte ze de poederdoos op van de tafel naast de deur en wierp hem in zijn gezicht; ze schrok van wat ze deed, maar de schrik was onlosmakelijk één met het gebaar geworden en in een seconde was het gebeurd...

De doos viel open, de poeder stoof op en dwarrelde neer.

Hij was een zoetkleurig besuikerde duivel die haar tegen zich aan drukte, haar op de grond gooide. Nog meer van die volmaakt roze kleur, verstoven in miljoenen stofjes, dwarrelde neer en terwijl zijn als van woede paarszwart geaderde penis zich oprichtte en hij met onhandige bewegingen de nauwe passage waarover hij had horen fluisteren ontblootte, stootte hij zich in een frustratie van louter lust en razernij zonder enig pardon in haar.

Een oudere oom, een verschrompeld vogeltje in dhoti en bril, keek door een spleet in de muur, voelde hoe zijn eigen lust de kop opstak en hem – hoplakee – een rondje door de tuin liet huppelen.

Jemubhai was blij dat hij zijn onervarenheid en onbeholpenheid kon maskeren achter woede en haat – dit foefje zou hem zijn hele leven op verschillende gebieden goed van pas komen – maar grote god, geschokt onderging hij het groteske gedoe: grijpende, zuigende organen die elkaar ontmoeten in een afschuwelijke verslindende aanval; verminkte, gekneusde, ontwijkende, ineenkrimpende vlezen; zurige, rondom behaarde gleuf; woedende, adderdikgeaderde meedogenloosheid; de stank van urine en stront vermengd met de lucht van seks; de zompige geluiden, de zilte straal, het niet tegen te houden leegstromen – zijn beschaafde maag draaide zich om.

Toch herhaalde hij de smerige daad keer op keer. Zelfs uit verveling, steeds opnieuw, een gewoonte die hij zelf onuitstaanbaar vond. Deze weerzin en het feit dat hij er niet mee kon ophouden maakten hem kwader dan ooit en hij beging elke mogelijke wreedheid tegenover haar. Hij zou haar dezelfde lessen van eenzaamheid en schaamte leren die hijzelf had moeten leren. In het openbaar sprak hij nooit tegen haar en keek nooit haar kant uit.

Zij raakte gewend aan zijn emotieloze uitdrukking als hij bij haar binnendrong, die wegstarende, volkomen in zichzelf gekeerde blik, net zo'n lege blik als van de reu die in de bazaar een teef berijdt; totdat hij plotseling de controle leek te verliezen en de uitdrukking van zijn gezicht gleed. Maar meteen daarna, voordat hij iets had laten blijken, kreeg zijn gezicht weer dezelfde uitdrukking en trok hij zich terug en was geruime tijd in de badkamer in de weer met zeep, heet water en Dettol. Hij besloot zijn toilet met een afgemeten maatje whisky, alsof hij een desinfecterend middel innam.

De rechter en Nimi reisden twee dagen per trein en auto, en eenmaal aangekomen in Bonda, huurde de rechter aan de rand van de bebouwde kom, voor vijfendertig roepie per maand, een bungalow zonder water of elektriciteit. Zolang hij zijn schulden niet had afbetaald kon hij zich niets beters veroorloven, maar toch reserveerde hij geld om gezelschap voor Nimi in dienst te nemen. Ene juffrouw Enid Pott die eruitzag als een bulldog met een hoed op. Voordien was ze gouvernante van de kinderen van meneer Singh geweest, de resident, en ze had haar pupillen ingeprent Mam tegen hun moeder en Va tegen hun vader te zeggen, had hun levertraan gegeven tegen hun buikpijn en hun geleerd 'Nellie Bly' voor te dragen. Op een foto in haar portemonnee stond ze met twee donkere meisjes in matrozenpakjes; hun sokjes kwamen helder uit, maar hun gezichtjes stonden somber.

Nimi leerde geen Engels en volgens de rechter was dat uit koppigheid.

'Wat is dit?' ondervroeg hij haar boos, terwijl hij haar een peer voorhield.

'Wat is dit?' – en wees op de sauskom, gekocht in een tweedehandswinkel, verkocht door een familie wier monogram JPP, in opzichtige krullen, zo mooi van pas kwam. Hij had het stiekem gekocht en in een extra tas weggestopt, zodat niemand zag hoe pijnlijk pretentieus en zuinig hij was. *James Peter Peterson* of *Jemubhai Popatlal Patel*. Dat u het maar weet.

'Wat is dit?' vroeg hij, een broodje omhoog houdend.

Stilte.

'Als je het woord niet kan zeggen, kan je het ook niet eten.'

Nog meer stilte.

Hij haalde het weg van haar bord.

Later op de avond pakte hij de Ovaltine weg waar ze aarzelend aan nipte: 'Als je het niet lekker vindt, moet je het ook niet drinken.'

Hij kon haar nergens mee naar toe nemen en kromp in elkaar als mevrouw Singh haar vinger naar hem uitstak en zei: 'Waar is uw vrouw, meneer Patel? Toch geen purdahgedoe, hoop ik?' Mevrouw Singh voerde haar eigen rol in de carrière van haar man en had gepoogd het midden te houden tussen kordate vriendelijkheid en vastberaden ernst op de manier die volgens haar de Engelse dame typeerde, en aldus was ze erin geslaagd een domper te zetten op het opgewekte karakter van de lokale bevolking die zichzelf grotendeels niet serieus nam.

Nimi vergezelde haar man niet op zijn reizen, in tegenstelling tot de andere vrouwen die meegingen op een paard of op een olifant of op een kameel of in een *palkis*, gedragen door dragers (die allemaal jong zouden sterven vanwege de dikke achterwerken van de dames), terwijl de potten en pannen en de fles whisky en de fles port, de geiger- en de scintillatieteller, het blik met tonijn en de doodsbange levende kip er achteraan rammelden. Niemand had het haar gezegd, maar ze wist het; het was haar aangeboren, het voorgevoel van de bijl.

Nimi bleef alleen achter in Bonda; drie van de vier weken liep ze op en neer door het huis en de tuin. Negentien jaar had ze doorgebracht in de afgebakende woongemeenschap van haar vader en het kwam zelfs niet bij haar op het hek uit te lopen. Het zien van het open hek waardoorheen ze kon komen en gaan vervulde haar met een gevoel van eenzaamheid. Er was niemand die zich om haar bekommerde, haar vrijheid diende tot niets, haar man verzaakte zijn plicht.

Ze beklom de treden naar het platte dak, loom onthaald door de zomerse schemering, en keek hoe de Jamuna stroomde door een omgeving die in een fijne stoflaag gehuld was. Koeien waren op weg naar huis, in de tempel luidden de klokken; ze zag hoe vogels eerst de ene boom uitprobeerden als slaapplaats voor de nacht, vervolgens een andere, ondertussen opgewonden kwetterend als vrouwen in een sariwinkel. In de verte, aan de overzijde van de rivier, kon ze de ruïnes zien van een jachthuis dat dateerde uit de tijd van de Mogolkeizer Jehangir: een paar verschoten bogen met daar bovenop reliëfs van irissen. De Mogols waren uit de bergen gekomen om India binnen te vallen, maar het mochten dan doorgewinterde krijgers zijn, ze waren weekhartig genoeg om de teloorgang van deze bloemen in de hitte te betreuren; hun eeuwige droom van irissen was overal uitgehouwen, door ambachtslieden vol nostalgie, met oog voor de schoonheid van wat ze gemaakt maar nooit gekend hadden.

De aanblik van dit landschap, waarin de geschiedenis voorbij- en voortging, gaf Nimi een gevoel van verlatenheid. Ze had alle contact met de wereld verloren. Er gingen weken voorbij dat ze met niemand praatte, de bedienden kwakten hun etensresten voor haar op tafel, pikten zonder enige schroom de voorraden, lieten zonder enig schuldgevoel het huis vervuilen tot aan de dag dat Jemubhai thuiskwam en het plotseling weer blonk, de klok op de juiste tijd was gezet, water twintig minuten werd gekookt, fruit het aantal voorgeschreven minuten geweekt in een oplossing van kaliumpermanganaat. Ten slotte kwam Jemubhais nieuwe tweedehands auto – die meer leek op een flinke vriendelijke koe dan op een automobiel – toeterend het hek binnenrijden.

Energiek betrad hij het huis, en als hij zijn vrouw aantrof in een staat die op ruwe wijze in tegenspraak was met zijn ambities...

Nu, dan kon hij zijn ergernis niet verkroppen.

Zelfs haar gelaatsuitdrukking ergerde hem, maar omdat deze langzaam maar zeker werd vervangen door een lege blik, ergerde hij zich aan het ontbreken ervan.

Wat moest hij met haar beginnen? Ze nam geen enkel initiatief, kon zichzelf niet vermaken, was volslagen onbetekenend en toch zo storend aanwezig.

Juffrouw Enid Pott had haar opgegeven met de woorden: 'Nimi schijnt vastbesloten te zijn niet te leren. U heeft te maken met een *swaraji*, meneer Patel. Ze gaat nergens op in – geeft nooit zoals anderen antwoord of maakt een praatje – ze geeft alleen maar mee.

En dan was er haar typisch Indiase kont, lui, breed als die van een buffel. De doordringende lucht van haar rode haarolie ervoer hij als een fysieke aanraking.

'Doe die belachelijke sieraden af,' commandeerde hij, geïrriteerd door het gerinkel van haar armbanden.

'Waarom kleed je je toch zo opzichtig? Geel en roze? Ben je gek geworden?' Hij gooide de flesjes met haarolie weg en haar lange haren raakten los, hoe strak ze ze ook in een knot draaide. De rechter kwam ze overal tegen, slierend in de kamer, dwarrelend door de lucht; eens vond hij er eentje gedraaid om een paddenstoel in zijn paddenstoelensoep.

Op een dag trof hij voetafdrukken op de wc-bril – *ze hurkte erop, ze hurkte erop!* – hij kon zijn woede nauwelijks bedwingen, pakte haar hoofd beet en stopte het in de wc-pot en toen kwam het moment dat Nimi, ziek van ellende, alle interesse verloor, in slaap viel wanneer de zon op z'n hoogst stond en wakker werd in het holst van de nacht. Ze zag de wereld, maar onscherp, ze keek nooit in de spiegel omdat ze haar eigen aanblik niet verdroeg en aan kleding en kapsel besteedde ze helemaal geen tijd; dat was iets voor gelukkige en beminde mensen.

Toen Jemubhai de etterende puistjes op haar wangen ontdekte, zag hij in haar vervallen schoonheid de zoveelste belediging en hij maakte zich zorgen dat haar huidziekte ook op hem zou overslaan. Hij gaf de bedienden instructies alles met Dettol te desinfecteren. Met zijn nieuwe poederdons poederde hij zichzelf extra zorgvuldig; en elke keer dacht hij terug aan die ene die gesmoord was tussen de twee onwelvoeglijke, van clownsneuzen voorziene borsten van zijn vrouw. 'Vertoon je niet buiten de deur,' zei hij tegen haar. 'De mensen zouden gillend op de vlucht slaan.' Aan het einde van het jaar was hun wederzijdse afkeer zo diep, dat hun bodemloze verbittering dieper ging dan voor gewone individuen mogelijk had geleken. Dit gevoel had hen volkomen in zijn macht en uit de daaruit voortkomende woede zouden hele elkaar hatende naties kracht kunnen putten.

# 29

'Kerstmis,' zei Gyan. 'Dom wicht.'

Toen hij wegging, hoorde hij Sai in snikken uitbarsten. 'Klootzak,' schreeuwde ze tussen haar snikken door, 'kom terug. Eerst gemeen doen en dan weglopen?'

Het was vreselijk om aan te zien wat voor puinhoop ze ervan gemaakt hadden en toen hij haar van emoties vertrokken gezicht zag, schrok hij zelf van zijn woede. Het drong tot hem door dat het niet Sais schuld was hoe hij zich voelde, maar bij het weggaan smeet hij het hek achter zich dicht.

Voorheen had hij nooit een punt van Kerstmis gemaakt...

Dat zijn haat vorm kreeg kwam door haar, dacht hij. Zij maakte hem erop opmerkzaam, en vervolgens kon hij niet nalaten op het beeld in te zoomen, al was het alleen maar om het beter te zien.

Heb je dan geen enkele trots? En maar proberen westers te zijn. Ze willen niets met jou te maken hebben! Ga er maar heen, dan zul je zien of ze je met open armen ontvangen. Je mag hun wc's schoonmaken, en dan nog willen ze niets van je weten.


Gyan kwam naar Cho Oyu terug.

'Het spijt me,' zei hij.

Het vereiste enige overredingskracht.

'Je was heel gemeen,' zei Sai.

'Sorry.'

Maar ten slotte aanvaardde zij zijn excuses want ze was

maar al te blij te kunnen vergeten dat zij, voor hem, niet het middelpunt van hun verliefdheid was. Ze had zich vergist – ze was alleen haar eigen middelpunt, en speelde slechts een kleine bijrol in het verhaal van een ander.

Ze liet zich door zijn kussen van deze gedachte afleiden.
'Je bent onweerstaanbaar, dat is het probleem.' zei Gyan. De verleidster lachte.

Maar de menselijke natuur verloochent zich niet. De kussen waren te klef. Binnen enkele minuten meende hij er niets meer van en nam zichzelf kwalijk dat hij zwak was geweest.

Gyan ging door naar de kantine; onderweg was het avondrood een razende Kali en opnieuw deed drang tot zuiverheid zich gelden. Als hij volwassen wilde zijn moest hij dat dwaze gezoen opgeven. Hij voelde zich een martelaar en maakte zich nog meer zorgen over zijn onkuise gedrag. Deze verliefdheid was een smet, en hij was onthutst dat zij zich zo gemakkelijk gewonnen gaf. Zo hoorde je niet te handelen. Het was onoorbaar.

In gedachten zag hij, vastgeklemd tussen de tanden en klauwen van een demon, de spil van het boeddhistische levensrad, een voorstelling van de hel waarin we gevangenzitten: haan – slang – zwijn; lust – woede – angst; een elk joeg op de ander, voedde zich met hem en werd door de ander verzwolgen.

In Cho Oyu dacht ook Sai na over begeerte, woede en onnozelheid. Ze probeerde haar boze gevoel te onderdrukken maar het bleef opborrelen; ze probeerde een compromis met haar gevoelens te sluiten, maar die wilden niet meewerken.

Wat was er in hemelsnaam fout aan een feestje? Zo kon je

wel doorgaan en ook bezwaar maken tegen Engels spreken, of een taartje eten bij Hasty Tasty – en dat waren dingen waar Gyan nauwelijks iets tegen in te brengen had. Ze vergeleek haar ideeën met die van hem om te zien waar het niet klopte.

'Rotzak,' zei ze in het niets. 'Ik heb heel wat meer te bieden dan jij.'

'Waar moest hij zo vroeg naar toe?' vroeg de kok later op de avond.

'Weet ik het?' zei Sai. 'Maar je had gelijk over vis en Nepalezen. Hij is niet erg intelligent. Hoe meer we studeren, des te minder lijkt hij te weten en hij wordt razend omdat hij het niet weet en ik wel.'

'Ja,' zei de kok vol medeleven. Hij had wel geweten dat de jongen stom was.


In Thapa's kantine vertelde Gyan aan Chhang en Bang, Uil en Ezel hoe hij verplicht was bijles te geven om wat geld te kunnen verdienen. Dat hij blij zou zijn als hij echt werk vond en weg kon gaan bij dat bemoeizieke stel, Sai en haar grootvader met zijn namaak Engelse accent, die zijn donkerbruine gezicht roze en wit poederde. In de kantine moesten ze allemaal lachen toen hij het accent nadeed: 'Welke dichters lezen jullie tegenwoordig, jongeman?' Aangemoedigd door hun 'Ha ha' en zijn tong geprikkeld en losgemaakt door alcohol, was het een kleine sprong naar de beschrijving van het huis, de geweren aan de muur en een Cambridgediploma, waarvan ze zelfs niet wisten dat het iets beschamends was.


Waarom zou hij Sai niet verraden?

Zij, die immers alleen maar Engels en pidgin-Hindi sprak, die alleen maar met mensen van haar eigen milieu kon praten.

Ze kon niet eens met haar handen eten. Kon niet gehurkt op de bus wachten. Bezocht alleen maar tempels uit interesse voor de architectuur. Kauwde nooit op een *paan* en had zelfs de meeste lekkernijen uit de *mithai*-winkel niet geprobeerd, want daar ging ze van boeren. Een Bollywoodfilm putte haar zo uit dat ze bijna ziek naar huis ging en uitgeteld op de bank lag. Ze vond olie in het haar vulgair en veegde haar achterwerk af met papier. Had liever zogenaamde Engelse groenten, sperziebonen, snijbonen, lenteuitjes, en vond *loki, tinda, kathal, patrel* en de lokale *saag* op de markt eng – *eng*.

Ze voelden zich altijd opgelaten als ze samen aten – hij niet op zijn gemak door haar kieskeurigheid en haar ingehouden genieten en zij vol afkeer over zijn extroverte gedrag en zijn vingers in de dhal, zijn geslurp en gesmak. De rechter at zelfs zijn chapati's, zijn puri's en paratha's met mes en vork. Eiste dat Sai dat, in zijn aanwezigheid, ook deed.


Toch was Gyan ervan overtuigd dat zij trots op zichzelf was; ze deed misschien wel alsof ze zich schaamde over haar gebrek aan Indiaasheid, maar het zei iets over haar positie. Ja. Daarom kon ze zich die kwalijke luxe veroorloven, je voelt je goed door jezelf naar beneden te halen en te bekritiseren en bereikt daarmee vreemd genoeg het tegenovergestelde: *je wordt er niet minder van, maar meer.*

En zo praatte hij in de opwinding van het moment. Over de geweren en de wel voorziene keuken, de drank in de kast, dat er geen telefoon was en niemand die om hulp geroepen kon worden.

Toen hij de volgende ochtend wakker werd, voelde hij zich weer schuldig. Hij dacht aan hun omhelzingen in het afgelopen jaar, in de tuin, op het ruwe gras onder de hoge bomen die de lucht in puzzelstukken zaagden, de spichtige sterren door de prehistorische varens.

Maar liefde was zo veranderlijk. Hij begon in te zien dat liefde geen zekerheid was, geen waarheid; liefde was wankel en leende zich tot verraad, nam de vorm aan van datgene waarin zij werd gegoten. En het was inderdaad moeilijk om haar niet in vele vaten te gieten. Zij kon voor allerlei doeleinden gebruikt worden... Hij wou dat zij haar beperkingen had. Zij begon hem werkelijk angst aan te jagen.

# 30

De kok, die zich zorgen maakte over de toenemende problemen op de markt en de verstoring van de bevoorrading ten gevolge van de stakingen, deed in Mutts prakje wat van het steeds moeilijker te bemachtigen buffelvlees. Hij haalde het ribstuk uit de met bloed doorweekte krant en plotseling had hij het verpletterende gevoel twee kilo dood lichaam van zijn zoon vast te houden.

De vrouw van de kok was jaren terug gestorven na een val uit de boom waarvan ze bladeren voor hun geit aan het plukken was en iedereen in het dorp had beweerd dat haar geest, vanwege deze gewelddadige dood, dreigde Biju met zich mee te nemen. Volgens de priesters bleef een geest die op een dergelijke manier heengaat voor altijd boos. Zijn vrouw was een stil mens geweest, feitelijk kon hij zich nauwelijks herinneren dat ze ooit iets zei, maar ze hadden volgehouden dat het waar was, dat Biju zijn moeder had gezien, een doorzichtige verschijning in de nacht die hem probeerde te pakken. De voltallige familie liep helemaal naar het postkantoor in de dichtstbijzijnde stad en bombardeerde het adres van de rechter met telegrammen. In die tijd werden telegrammen nog bezorgd door een postkoerier die met een geheven speer van dorp naar dorp rende. 'Uit naam van koningin Victoria, laat me erdoor,' zei hij op hoge toon, hoewel hij wist noch zich erom bekommerde dat ze allang gestorven was.

'De priester heeft gezegd dat er op *amavas*, de donkerste maanloze nacht van de maand, *balli* gepleegd moet worden. Je moet een kip offeren.'

De rechter wilde de kok niet laten gaan. 'Bijgeloof. Dwaas die je bent! Waarom zijn er hier dan geen geesten? Zouden ze hier niet net zo goed moeten zijn als in jouw dorp?' 'Omdat er hier elektriciteit is,' zei de kok. 'Ze zijn bang voor elektriciteit en in ons dorp is er geen elektriciteit. Daarom...' 'Is dan alles voor niets geweest?' vroeg de rechter. 'Je woont bij mij, gaat naar een echte dokter, je kunt zelfs een beetje lezen en schrijven, je leest soms de krant en dat allemaal voor niets! De priesters kunnen je nog steeds voor de gek houden en je geld aftroggelen.'

Alle overige bedienden adviseerden in koor dat de kok zich niets moest aantrekken van wat zijn werkgever zei maar zijn zoon moest redden, want geesten bestonden wel degelijk: '*Hota hai, hota hai*, je moet het doen.'

De kok ging naar de rechter met het verhaal dat het dak van zijn hut in het dorp er bij de laatste storm was afgewaaid. De rechter gaf het op en de kok ging naar zijn dorp.

Nu, na al die jaren, was hij bang dat het offer niet had gewerkt; dat het niet had kunnen werken vanwege de leugen die hij aan de rechter had verteld; dat de geest van zijn vrouw niet echt gesust was, dat er niet naar behoren notitie van het offer was genomen, of dat het niet groot genoeg was geweest. Hij had een kip en een geit geofferd, maar stel dat de geest nog steeds honger in Biju had?

De eerste keer dat de kok zijn best had gedaan om zijn zoon naar het buitenland te sturen was vier jaar terug toen er in Kalimpong een agent opdook die voor een cruiseschip zocht naar kelners, groentesnijders, wc-schoonmakers, het lagere, zich afbeulende personeel dat op het afsluitende galadiner in pakken met vlinderstrikjes moest verschijnen, schaatsend op het ijs, boven op elkaars schouders staand, met ananassen op hun hoofden en onderwijl pannenkoekjes flamberend.

'Bemiddeling voor wettig werk in de vs!" zeiden de advertenties in de lokale krant en op de muren op verschillende locaties in de stad.

De man richtte een tijdelijk kantoor in op zijn kamer in het Sinclair's Hotel.

De rij die zich buiten vormde liep om het hotel heen en eindigde waar hij begonnen was, en daar raakte het begin van de rij in de knoop met het einde en werd er hier en daar vals gespeeld.

Biju was blij dat hij eerder naar binnen kon dan hij gedacht had; hij was uit Kalimpong ontboden voor dit sollicitatiegesprek, ondanks de tegenwerpingen van de rechter. Waarom kon Biju niet voor hem gaan werken als de kok ermee ophield?

Biju kwam naar het gesprek met enkele nepaanbevelingen van de kok om te bewijzen dat hij uit een eerlijke familie kwam en met een brief van vader Laars waarin stond dat hij van onbesproken gedrag was en een van oom Neutje waarin stond dat hij de allerlekkerste makreel roosterde, hoewel oom Neutje nooit iets had gegeten dat deze jongeman had gekookt, die zelf evenmin iets van eigen kookkunst had gegeten, om de simpele reden dat hij nog nooit iets had gekookt. Hij was zijn leven lang gevoed en verwend geweest door zijn grootmoeder, hoewel ze een van de armste families waren in een arm dorp.

Maar het gesprek was niettemin een succes.

'Ik kan alle soorten desserts maken. Westerse en Indiase.'

'Schitterend. Elke avond hebben we een buffet met zeventien desserts.'

Het was een prachtig moment toen Biju werd aangenomen en hij zette zijn handtekening op de stippellijn van het aangereikte formulier.

De kok was vreselijk trots: 'Het komt omdat ik de jongen van alle puddingen heb verteld... Op het schip is er elke avond een groot buffet, het schip is net een hotel, en wordt gedreven zoals de clubs van vroeger. De man die de sollicitanten ondervroeg, informeerde wat hij kon maken en hij zei: "Ik kan van alles maken, alles wat u maar wilt. IJstaart, schuimpjes in vanillesaus, gemberwafels."'

'Zag hij er wel legitiem uit?' vroeg de nachtwaker van de MetalBox.

'Honderd procent,' zei de kok ter verdediging van de man bij wie zijn zoon zo in de smaak was gevallen.

De volgende avond keerden ze naar het hotel terug met een volledig ingevulde medische verklaring en een bankwissel van achtduizend roepie, als dekking voor de administratiekosten en de kosten van de opleiding die in Kathmandu werd gegeven, want iedereen vond het heel gewoon dat je moest betalen om werk te krijgen. De ronselaar schreef een ontvangstbewijs voor de wissel, verifieerde de medische verklaring, die de dokter op de bazaar gratis had ingevuld; ze was zo aardig geweest Biju's bloeddruk lager te laten zijn dan hij was, zijn gewicht meer, en ze had de kolom met inentingen voorzien van de data waarop die inentingen gegeven hadden moeten zijn als hij ze had gekregen.

'Het moet er perfect uitzien, anders gaan ze op de ambassade moeilijk doen, en wat dan?' Ze was goed op de hoogte, omdat ze haar zoon enkele jaren geleden deze reis had laten maken. In ruil voor deze gunst beloofde Biju een pak gedroogde churbi-kaas mee te nemen naar de vs en naar haar zoon te sturen die een medische opleiding in Ohio volgde; de jongen had in Darjeeling op kostschool gezeten en daar de gewoonte aangenomen tijdens het studeren deze kaas te eten.

Twee weken later nam Biju de bus naar Kathmandu voor een opleiding van een week in het hoofdkantoor van het bemiddelingsbureau.

Kathmandu was een houten stad met gebeeldhouwde tempels en paleizen, verstrikt in een desintegrerende chaos van zich in het stof uitstrekkend en tot aan de hemel reikend beton. Hij zocht tevergeefs naar de bergen; waar was de Mount Everest? Via vlakke hoofdstraten bereikte hij een wirwar van middeleeuwse steegjes vol met geluiden uit een ver verleden, een straat van metaalbewerkers, een straat van pottenbakkers, die met blote voeten klei, stro en zand mengden; ratten in een Ganeshtempel aten van de zoete lekkernijen. Ergens ging een kromgetrokken, met sterren uitgesneden luik open en er verscheen een gezicht als uit een sprookje, puurheid te midden van smerigheid, maar toen hij achteromkeek was het meisje verdwenen; haar plaats was ingenomen door een verschrompeld oud besje dat een praatje maakte met een ander oud besje, op weg met een pujablad met offerandes. En toen was hij weer terug tussen de blokken beton, scooters en bussen. Op een reclamebord stond een advertentie voor ondergoed waarop een gigantische opbollende gulp was te zien. Over de gulp stond een zwart kruis. 'Geen zakkenroller,' was de waarschuwing. Een paar lachende buitenlanders lieten zich ervoor fotograferen. Aan het eind van een steeg, om een hoek, achter een bioscoop, was een slagerswinkeltje; een rij gele kippenpoten hing als sierfranje boven de deur. Ervoor stond een man, wiens handen dropen van vleessappen boven een teil met door bloed rood gekleurd water. Het nummer dat naast de deur stond geschreven klopte met het adres dat Biju in zijn zak had: gebouw A 223, begane grond, achter Bisocoop Pun.

'Alweer een!' riep de man naar achteren. Een aantal mannen worstelde met een onwillige geit die een glimp had opgevangen van het als afval op de grond gegooide hart van een graasgenoot.

'Je bent bedrogen,' lachte de slager. 'Zoveel mensen die naar de vs willen.'

De mannen knevelden de geit en kwamen grinnikend naar buiten, allemaal met bloederige voorschoten. 'Stommeling. Wie geeft er nou zomaar geld? Waar kom je vandaan? Hoe denk je dat de wereld in elkaar zit? Oplichters! Oplichters! Je moet een aanklacht indienen op het politiebureau. Niet dat ze iets zullen doen...'

Voordat de slager de keel van de geit doorsneed, hoorde Biju hoe hij lucht gaf aan zijn minachting: 'Teef, slet, sloerie, *sali*,' gilde hij, en hij trok haar naar zich toe en stak haar dood.

Je moet een wezen kunnen uitvloeken om het te kunnen vernietigen.

Terwijl Biju buiten stond na te denken over wat hem nu te doen stond, vilden ze haar, hingen haar ondersteboven om leeg te laten bloeden.

Zijn tweede poging om naar Amerika te gaan was een eenvoudige, rechtstreekse aanvraag voor een toeristenvisum.

Een dorpsgenoot had het vijftien keer geprobeerd en onlangs, bij de zestiende keer, had hij het visum gekregen. 'Geef het nooit op,' was zijn advies aan de jongens uit zijn dorp, 'eens zal het je geluksdag zijn.'

'Is dit de Amrikaan ambassade?' vroeg Biju aan de bewakingsman voor de indrukwekkende gevel.

'*Amreeka nehi, bephkuph*. Dit is de ambassade van de vs.'

Hij liep verder: 'Waar is de Amrikaan ambassade?'

'Daar.' De man wees naar hetzelfde gebouw.

'Dat is de vs.'

'Dat is hetzelfde,' zei de man ongeduldig. 'Dat moet je wel weten voordat je op het vliegtuig stapt, *bhai*.'

Buiten had een groep sjofele mensen zo te zien dagenlang gekampeerd. Voltallige families waren van vergelegen dorpen gekomen en aten het zelf ingepakte en meegebrachte voedsel; sommige mensen waren blootsvoets, andere droegen gebarsten plastic schoenen; en allemaal roken ze al naar het verschaalde zweet van een nimmer eindigende reis. Eenmaal binnen was er airconditioning en kon je wachten in rijen oranje klapstoelen die gingen schudden als iemand in de rij zijn kniëen op en neer bewoog.

Voornaam: Balwinder
Achternaam: Singh
Verdere namen:...
Wat bedoelden ze daarmee?

Troetelnamen, zei iemand en vol vertrouwen schreven ze: Guddu, Dumpy, Plumpy, Cherry, Ruby, Pinky, Chicky, Micky, Vicky, Dicky, Sunny, Bunny, Honey, Lucky...'
Na enig nadenken schreef Biju 'Baba'.
'Wissel nodig? Wissel nodig?' zeiden de handelaars die in autoriksja's langsreden. 'Paspoortfoto *chahiye*? Paspoortfoto? Campa Cola *chahiye*, Campa Cola?'
Soms was elk papier dat de aanvragers meebrachten vervalst: geboorteakten, vaccinatiebewijzen van de dokters, aanbiedingen voor financiële steun. Er was een fantastische plek waar je terecht kon, honderden klerken zaten met gekruiste benen achter typemachines, gereed om te helpen met zegels en de juiste wettelijke bewoordingen voor elk denkbare aanvrage...
'Hoe kom je aan zoveel geld?' Iemand in de rij was bang dat ze hem zouden weigeren vanwege zijn kleine bankrekening.
'Oef, met zo weinig kan je niet voor de dag komen,' lachte iemand anders die ongegeneerd over zijn schouder meekeek. 'Weet je niet hoe je dat moet aanpakken?'
'Hoe dan?'
'Iedereen uit mijn familie,' zei hij, 'ooms overal vandaan, Dubai – Nieuw-Zeeland – Singapore, maakte telegrafisch geld over op de rekening van mijn neef in Tulsa, de bank

maakte een afdruk van het bankafschrift, mijn neef stuurde een geauthentiseerd bewijs van inkomsten en vervolgens stuurde hij het geld terug naar waar het vandaan kwam. Hoe kan je anders genoeg naar hun zin bij elkaar krijgen?' Vanuit een onzichtbare luidspreker klonk een aankondiging: 'Alle visumaanvragers in de rij voor loket nummer zeven voor visumbehandeling.'

'Wat wat, wat zeiden ze?' Zoals de helft van de aanwezigen had Biju het niet verstaan, maar hij zag van de anderen die het wel hadden gehoord, die het op een rennen zetten, blij met hun voorsprong, wat er van hen verwacht werd. Misbaar en gespuug en geschreeuw en geduw. Ze haastten zich naar het loket, probeerden zich er zo dicht tegen aan te drukken dat ze gewoon vastplakten en er niet vanaf geschraapt konden worden; jongemannen baanden zich een weg met hun ellebogen, duwden tandeloze omaatjes opzij, liepen kleine kinderen onder de voet. Hier was geen plaats voor goede manieren en aldus werd de rij gevormd: eerst vrijgezellen met wolfsgezichten, ten tweede mannen met gezinnen, alleenstaande vrouwen en Biju en ten slotte de oudjes. Degene die het hardst duwde stond vooraan, een en al zelfvoldane glimlach. Hij sloeg het stof van zich af en stelde zich voor met de bevallige bewegingen van een kat. Ik weet hoe het hoort, meneer, klaar voor de vs, ik weet hoe het hoort, mevrouw. Toen hij achteromkeek naar zijn landgenoten zag Biju hoe zijn blik, zo levendig voor de buitenlanders, onmiddellijk dof werd en alle uitdrukking verloor.

Sommigen zouden toegelaten worden, anderen geweigerd, en het was geen kwestie van eerlijk of niet. Wat gaf de doorslag? Het hing ervan af; omdat je gezicht hun niet aanstond, het buiten vijfenveertig graden Celsius was en ze geen geduld met Indiërs hadden, daarom. Of misschien alleen omdat je in de rij achter een ja stond, dan was jij waarschijnlijk nee. Hij sidderde bij de gedachte op wat voor gronden deze mensen hun medewerking konden weigeren.

Vermoedelijk waren ze aanvankelijk aardig en inschikkelijk, maar dan, eenmaal oog in oog met al die idiote en lastige mensen, met hun leugens en absurde verhalen, die hun verlangen om voorgoed te blijven nauwelijks konden verhullen achter vurige beloften dat ze terug zouden komen, mitrailleerden ze zonder onderscheid des persoons een NEE!NEE!NEE!NEE!NEE!

Anderzijds dachten degenen die vooraan in de rij stonden dat er in het begin, wanneer men nog fris en oplettend was, misschien aandachtiger naar de papieren werd gekeken en naar lacunes in hun betogen gezocht... Of dat er uit balorigheid nee werd gezegd, om te oefenen.

Het was onmogelijk iets te begrijpen van wat deze grote Amerikanen bewoog en Biju hield de loketten goed in de gaten in de hoop een patroon te ontdekken dat hem wijzer kon maken. Sommige ambtenaren leken vriendelijker dan andere, sommige uit de hoogte, andere nauwgezet, sommige waren geheid onheilsboden en stuurden iedereen onverrichterzake terug.

Hij zou spoedig genoeg oog in oog met zijn lot staan. Tegen zichzelf zei hij: Kijk niet bang alsof je niets te verbergen hebt. Geef duidelijk en vastberaden antwoord op de vragen en kijk de ambtenaar recht in de ogen om te laten zien dat je eerlijk bent. Maar wanneer je van angst en ingehouden opwinding bijna hysterisch bent, kan alleen oneerlijkheid je eerlijk en kalm doen lijken. Dus of hij nou eerlijk was of oneerlijk, er oneerlijk eerlijk uitzag, hij zou voor het kogelvrije glas moeten gaan staan, terwijl hij nog de antwoorden repeteerde op de vragen die zouden komen, vragen die hij passend diende te repliceren.

'Hoeveel geld heeft u?'

'Kunt u bewijzen dat u niet blijft?'

Biju zag toe hoe anderen zonder enige omzichtigheid werden aangesproken, strak en onaangedaan aangestaard – eigenaardig wanneer er zulke lompe vragen werden gesteld.

Straks was hij aan de beurt en zou voelen hoe ontzettend men op hem neerkeek, en dan moest hij slim, maar nederig antwoorden. Als hij stuntelde, te veel zijn best deed, te eigenwijs leek, in de war raakte, als ze wat ze vroegen niet snel en gemakkelijk kregen, zou het afgelopen zijn voor hem. In deze ruimte was het voor iedereen een voldongen feit dat Indiërs elke vernedering accepteerden om de vs binnen te komen. Je kon ze voor rotte vis uitmaken, en nog zouden ze smeken of ze naar binnen mochten kruipen...

'En wat is het doel van uw bezoek?'
'Wat moeten we zeggen, wat moeten we zeggen?' was het onderwerp in de rij. 'We zeggen dat een hubshi in de winkel heeft ingebroken en onze schoonzuster heeft gedood en wij nu naar de begrafenis moeten.'
'Dat moet je niet zeggen.' Een student die al techniek aan de universiteit van North Carolina studeerde en hier was voor de verlenging van zijn visum, wist dat dit niet goed zou vallen.
Maar hij werd overschreeuwd. Ze moesten niets van hem weten.
'Waarom dan niet?'
'Dat is overdreven. Het is afgezaagd. Ze zullen het verdacht vinden.'
Maar ze hielden vol. Het was algemeen bekend: 'Zwarte mannen doen dat soort dingen.'
'Ja, ja,' vielen enkele anderen in de rij bij. 'Ja, ja.' Zwarte mensen wonen in bomen, niet zoals wij beschaafde....
En ze schrokken toen ze de Afrikaans-Amerikaanse dame achter de balie zagen. (Goeie god, als Amerikanen hen toelieten, dan werden Indiërs toch met open armen ontvangen? Zullen ze niet blij zijn met ons?')
Maar... sommigen vooraan waren al afgewezen. Biju werd nog ongeruster toen hij zag dat een vrouw begon te gillen

en zichzelf op de grond liet vallen. 'Ze laten me niet gaan, en mijn dochter heeft net een baby gehad. Ze laten me niet gaan. Mijn eigen kleinkind mag ik niet opzoeken. Laat me dan maar doodgaan. Ze willen niet dat ik mijn kleinkind ga opzoeken...' De veiligheidsagenten kwamen aangerend en sleepten haar de met ontsmettingsmiddelen gedesinfecteerde gang uit.

De man van het hubshi-moordverhaal – hij werd verwezen naar het loket met de hubshi. *Hubshi hubshi bandar bandar,* koortsachtige poging tot nadenken – nee, gewoon Indiaas vooroordeel werkte hier niet, afkeer en lompheid – in zijn gedachten stortte het verhaal in.

'Mexicaan, zeg Mexicaan,' siste iemand.

'Mexicaan?'

Hij stond voor het loket, zette onder bedreiging zijn beste beentje voor. 'Goedemorgen, mevrouw.' (Je kon die hubshi beter niet boos maken, *yaar.* Zo graag wilde hij naar de vs van A emigreren, dat hij zelfs tegen zwarte mensen beleefd kon zijn.) 'Ja, mevrouw, zoiets ongeveer, Mexicaan-Texicaan, ik weet het niet zo precies,' zei hij tegen de vrouw die hem bekeek of hij een zeldzame vlinder was. (Mexicaan-Texicaan?) 'Ik weet het niet mevrouw,' zei hij verlegen, 'mijn broer zei iets van dien aard, maar hij is zo van streek, snapt u, dat ik niet verder wilde vragen.'

'Nee, we kunnen u geen visum geven.'

'Maar mevrouw, alstublieft mevrouw. Ik heb het ticket al gekocht mevrouw...'

En degenen die op een visum zaten te wachten, met hun grote huizen, gemakkelijke leventjes, spijkerbroeken, Engels, door chauffeurs gereden auto's die buiten wachtten om hen terug te brengen naar schaduwrijke straten en koks die geen middagslaapje deden omdat ze moesten blijven wachten voor de lunch (iets lichts – marcaroni met kaas...)

zij hadden al die tijd geprobeerd zich te distantiëren van de grote, armoedige menigte. Door hun gedrag, kleding en manier van praten probeerden ze de ambtenaren duidelijk te maken dat zij een uitverkoren, in aantal beperkte, voor-buitenlandse-reizen-volmaakte groep waren die met vork en mes konden eten, niet luidruchtig slurpten, niet op de wc-bril klommen om te hurken zoals zoveel dorpsvrouwen dat nu op ditzelfde moment deden en die nóg nooit zo'n wc gezien hadden, maar vanuit de hoogte water goten om hun achterwerk te reinigen zodat er stukjes natte stront over de vloer dreven.

'Ik ben al eerder naar het buitenland geweest en altijd teruggekomen. Kijkt u maar in mijn paspoort.' Engeland, Zwitserland. Amerika. Zelfs Nieuw-Zeeland. Verheug me, straks in New York, op de laatste film, op pizza, op Californische wijn, Chileense is ook erg lekker, weet u, en heel betaalbaar. Als je al eens geluk had zou je weer geluk hebben.

Biju naderde het hem toegewezen loket, met daarachter een propere, gebrilde jongeman. Witte mensen zagen er proper uit omdat ze witter waren; hoe donkerder je was, des te viezer zag je eruit, dacht Biju.

'Waarom gaat u?'

'Ik zou graag als toerist gaan.'

'Hoe kunnen we zeker zijn dat u terugkomt?'

'Mijn familie, vrouw en zoon, zijn hier. En mijn winkel.'

'Wat voor winkel?

'Camerawinkel.' Zou de man dat echt geloven?

'Waar gaat u logeren?'

'Bij mijn vriend in New York. Hij heet Nandu en hier is zijn adres als u dat wilt zien.'

'Voor hoe lang?'

'Twee weken, als het u schikt.' (O, alstublieft, een dag maar, een dag. Dat is voldoende…)

'Heeft u genoeg geld voor uw reis?'

Hij liet een vals bankafschrift zien, dat de kok had gekregen van een omgekochte klerk bij een overheidsbank in ruil voor twee flessen Black Label. 'Aan het loket om de hoek betalen en u kunt uw visum na vijf uur vanmiddag afhalen.'

Hoe was het mogelijk? Een man met wie hij had gepraat en die nog in de rij stond, riep op indringende toon: 'Is het gelukt, Biju? Biju is het gelukt? *Biju, Biju!*'

Biju hoorde in die rauwe kreet dat de man bereid was voor hem te sterven, maar zijn wanhoop gold natuurlijk hemzelf.

'Ja, het is gelukt.'

'Je bent de gelukkigste jongen van de hele wereld,' zei de man.


De gelukkigste jongen van de hele wereld. Hij liep door een park om in zijn eentje van dit nieuws te genieten. Ongezuiverd afvalwater werd gebruikt voor de bevloeiing van een grasperkje dat welig groeide en stonk, en glanzend grijnsde in de schemering. Biju joeg een paar varkens met zwarte watermerken op hun buik weg uit het rioolwater en rende uitgelaten achter ze aan. 'Vort, vort,' schreeuwde hij. De kraaien die op de rug van de varkens hadden gezeten vlogen verontwaardigd omhoog en moesten weer van voren af aan beginnen. Een jogger in trainingspak bleef staan om te kijken, de chauffeur die op de jogger wachtte en onderwijl tussen zijn tanden peuterde met een takje van de nimboom, hield ook op en keek. Biju rende achter een koe aan. 'Vort, vort.' Hij huppelde over de beplanting en hij sprong aan de rekstokken, trok zich op en drukte zich op.


De volgende dag stuurde hij een telegram naar zijn vader, 'de gelukkigste jongen van de hele wijde wereld', en wist dat hij daarmee zijn vader de gelukkigste vader van de wereld zou maken. Hij wist natuurlijk niet dat ook Sai dolgelukkig zou zijn. Dat ze doodongelukkig was geweest toen hij voor die tot mislukking gedoemde sollicitatie bij het cruiseschip naar Kalimpong was gekomen en zij begrepen had dat de kok een eigen familie bezat die op de eerste plaats kwam. Met zijn zoon in de buurt was zijn aandacht voor haar heel oppervlakkig. Ze was slechts tweede keuze, degene aan wie hij zijn liefde gaf als Biju, de eerste keuze, er niet was.

'Joepie,' had ze geroepen toen ze van zijn visum hoorde. 'Hiep hiep hoera.'


Iets meer dan drie jaar nadat hij zijn visum gekregen had, glibberde de gelukkigste jongen van de hele wereld in Harish-Harry's keuken van het Gandhi Café uit over een paar rotte spinazieblaadjes, schoot voorover in een slijmerig groen spoor en viel met een luid krakend geluid. Het was zijn knie. Hij kon niet overeind komen.

'Kunt u een dokter halen?' vroeg hij aan Harish-Harry, nadat Saran en Jeev hem naar zijn matras tussen de groenten hadden geholpen.

'Dokter! Weet je wat medische hulp kost in dit land?'

'Het is hier gebeurd. U bent verantwoordelijk.'

'Ik ben verantwoordelijk!' Harish-Harry stond woedend over Biju gebogen. '*Jij* bent degene die uitglijdt in de keuken. Stel dat je uitglijdt op straat, naar wie ga je dan toe, hè?' Hij had deze jongen een verkeerd beeld gegeven. Hij was te aardig geweest; Biju had verkeerde conclusies getrokken uit de avonden dat hij de verscheurde ziel van zijn baas moest troosten en lijmen met Harish-Harry's favoriete beweringen. 'Ik haal je binnen. Ik neem je aan zonder papieren, behandel je als mijn eigen zoon en dan bedank je me op deze manier! Je woont hier zonder huur te betalen. Zou je in India betaald krijgen? Hoe durf je? Kan ik er wat aan doen dat je de vloer niet eens schoonmaakt? *Jij* zou *mij* moeten betalen dat je niet schoonmaakt, dat je leeft als een varken. Heb ik jou soms gezegd dat je als een varken moet leven?' De stekende knie maakte Biju dapper, gaf hem moed recht op zijn doel af te gaan. Hij keek Harish-Harry woedend aan, het was nu niet het moment om mooi weer te spelen; de lichamelijke pijn zuiverde zijn gevoel.

'Als wij niet als varkens leefden,' zei Biju, 'hoe zou uw zaak er dan voor staan? U maakt winst omdat u ons niet betaalt, omdat u weet dat wij niets kunnen beginnen, laat ons dag en nacht werken omdat we illegaal zijn. Waarom wilt u geen borg staan voor onze verblijfsvergunningen?'

Vulkaanuitbarsting.

'Hoe kan ik borg staan voor jou? Als ik voor *jou* borg sta, moet ik voor *Rishi* borg staan en als ik voor *Rishi* borg sta, moet ik voor *Saran* borg staan, en doe ik het voor hem, dan moet het ook voor *Jeev* en dan komt meneer *Lalkaka* zeggen, maar ik ben hier het langst, ik ben de beste, ik zou de eerste moeten zijn. Hoe kan ik een uitzondering maken? Ik moet naar de vreemdelingendienst gaan en zeggen dat geen Amerikaan dit werk kan doen. Dat moet ik bewijzen. Ik moet bewijzen dat ik advertenties heb gezet. Ze komen een kijkje nemen in het restaurant. Ze doen een onderzoek en stellen vragen. En als het aan hen ligt, gaat de eigenaar de gevangenis in omdat hij illegaal personeel in dienst heeft. Als het je niet bevalt, ga dan meteen weg. Zoek maar iemand die borg wil staan voor jou. Weet je hoe gemakkelijk ik iemand anders kan krijgen? *Besef wat een geluk je hebt!* Je denkt zeker dat er geen duizenden mensen in deze stad werk zoeken? Ik heb zo iemand anders voor jou,' hij knipte met zijn vingers, 'ik hoef maar met mijn vingers te knippen of binnen een seconde staan er hier tientallen voor de deur. *Donder op.*'

Maar aangezien Biju niet kon lopen, was het Harish-

Harry die vertrok. Hij ging naar boven en kwam weer naar beneden omdat zijn humeur als een blad aan de boom was omgeslagen – zo ging het altijd met hem, een donderbui die snel overdreef.

'Luister,' zei hij vriendelijker, 'heb ik je ooit slecht behandeld? Zo'n kwaaie ben ik toch niet? Waarom ga je zo tegen mij tekeer? Eigenlijk doe ik al heel veel voor je, Biju, wat kan je nog meer verwachten? Maar zulke risico's kan ik niet nemen.' Hij telde vijftig dollar uit zijn portefeuille. 'Hier. Doe het rustig aan. Zolang je niet kan lopen, kan je helpen de groenten schoon te maken en als het niet overgaat, ga je naar huis. In India zijn dokters erg goedkoop en goed. Laat je goed door een arts onderzoeken en dan kan je daarna altijd terugkomen.'

Op de vloer lag een bescheiden geometrische vorm van ochtendlicht, een kleine ruit die door het traliewerk viel. 'Kwajongen,' Harish-Harry schudde met zijn vinger als voor de grap. De geometrische vorm lekte licht, begon te bewegen en over de muren omhoogschuivend verdween hij.

Naar huis gaan.

Hier terugkomen.

In een van de vroegere keukens van Biju had iemand eens gezegd: 'Zo erg kan het niet zijn, anders waren jullie hier niet met zovelen.'

Maar het *was* erg en *toch* waren ze hier met zovelen. Het was afschuwelijk, afschuwelijk. Tallozen zetten hun leven op het spel, werden vernederd, werden gehaat, verloren hun familie – en *toch* waren ze met zovelen.

En Harish-Harry wist dat. Hoe kon hij dan zo langs zijn neus weg zeggen: 'Ga naar huis, kom weer terug'?

'Kwajongen,' zei hij weer toen hij Biju *prasad* uit de tempel van Queens bracht. 'Bezorgt me zoveel last en zorgen.'

En vanwege die prasad wist Biju dat hij nergens op hoefde te rekenen. Het was een lokmiddel, een oud Indiaas trucje van meester tegenover bediende, de welwillende patriarch

die uit was op de trouw van het personeel; hij bood een sla-
venloon, maar wel af en toe een doos met lekkernijen, een
groot cadeau... Biju lag op zijn matras en observeerde door het traliewerk
de beweging van de zon op de huizen aan de overkant.
Vanuit elke hoek van waaruit je naar deze horizonloze stad
keek, zag je steeds meer bouwwerken die als naar licht hun-
kerende oerwoudgewassen naar omhoog reikten, terwijl
ze onderaan een immer durende semiduisternis vasthiel-
den; in deze labyrinten drong de dag bundelsgewijs door,
elk huis kreeg een flard op vaste en vlietende tijden, een
koperen segmentje dat tussen 10 en 12 langs kon komen,
of tussen 10 en 10 uur 45, tussen 14 uur 30 en 15 uur 45.
Zoals in buurten waar armoede heerst en luxeartikelen verhuurd, gedeeld en doorgegeven worden van buurman naar
buurman, werd bijgehouden wanneer hij kwam en hij werd
opgewacht door katten, planten, ouwetjes die hem eventjes
op schoot konden houden. Maar dit licht bleef te kort om
echte warmte te geven en het was meer of er een mooie
herinnering op bezoek kwam dan de zon zelf.

Na twee weken kon Biju met behulp van een stok lopen.
Twee weken daarna was de pijn weg, maar natuurlijk niet
het werkelijke probleem van de verblijfsvergunning. Daardoor bleef hij zich beroerd voelen.

Zijn papieren. Zijn papieren. De verblijfsvergunning, verblijfsvergunning, die *machoot sala oloo ka patha chaar sau bees*
zogenaamd groene verblijfsvergunning, die niet eens groen
was. Het zat dag en nacht in zijn gedachten, zwaar, log, roze;
hij kon aan niets anders meer denken en soms moest hij
overgeven, dan sloeg hij zijn armen om de wc-pot, leegde
zijn strot in die van de wc, terwijl hij er als een dronkeman
overheen hing. De post bracht nog meer brieven van zijn
vader en huilend raapte hij ze op. Dan las hij ze en werd
razend.

'Help Oni alsjeblieft ... Ik vroeg het je in mijn vorige

brief, maar je hebt niet geantwoord... Hij is naar de ambassade geweest en de Amerikanen waren erg onder de indruk van hem. Hij komt over een maand aan... Misschien kan hij bij jou logeren totdat hij wat gevonden heeft...' Biju knarsetandde tijdens zijn nachtmerries en op een ochtend werd hij wakker met een barst in een van zijn tanden.

'Je klinkt als een cementmolen,' klaagde Jeev, 'ik slaap al zo slecht, en dan ook dat geknarsetand van jou en die rondrennende ratten.'

Op een nacht werd Jeev wakker en sloot een rat op in de metalen afvalbak waarin het beest op zoek naar voedsel was.

Hij goot er aanstekerbenzine in en stak de rat in brand.

'Hou verdomme op, klootzak,' riepen mannen van boven. 'Etter. Wat doe je verdomme? Hufter. Lul.' Om hem heen regende het bierflesjes die aan scherven vielen.


'Vraag me wat schoenen kosten in Manhattan, en ik kan je precies vertellen waar ze het goedkoopst zijn.'

Weer Saeed Saeed. Hoe kwam het toch dat hij overal in de stad opdook?

'Kom op, vraag maar.'

'Weet ik veel.'

'Pas op man,' zei hij vriendelijk maar streng. 'Je bent nu hier, en niet thuis. Alles wat je wilt, moet je proberen en kan je doen.' Nu hij twee boeken las, *Stop Worrying and Start Living* en *How to Share Your Life with Another Person* was zijn Engels redelijk goed.

Hij bezat momenteel vijfentwintig paar schoenen; sommige waren de verkeerde maat, maar hij had ze toch gekocht, alleen maar omdat ze zo bijzonder mooi waren.

Biju's been was genezen.

Stel dat het niet was genezen?

Maar het was wel genezen.

En toch zou hij misschien teruggaan. Waarom niet? Om zichzelf te tergen, zijn lot te tergen, zijn vijanden hun zin te geven, degenen die hem hier weg wilden hebben en degenen die zich zouden verkneukelen als ze hem terugzagen – misschien *zou* hij naar huis gaan.

In de tijd dat Saeed schoenen verzamelde, was Biju bezig geweest zelfmedelijden te kweken. Toen hij een dood insect aantrof dat helemaal in een zak basmatirijst vanuit Dehra Dun was gekomen, moest hij bijna van verdriet en verbazing over diens reis huilen, wat niets anders was dan sentimentaliteit over zijn eigen reis. In India kon bijna niemand zich deze rijst veroorloven en je moest naar de andere kant van de wereld reizen om dergelijk voedsel te eten waar het zo goedkoop was dat je niet eens rijk hoefde te zijn om je ermee vol te stoppen. En was je eenmaal thuis, daar waar het groeide, dan kon je je het niet meer veroorloven.

'Blijf er zo lang je kan,' had de kok gezegd. 'Blijf daar. Verdien geld. Kom niet terug.'

## 31

In maart zaten vader Laars, oom Neutje, Lola, Noni en Sai in de jeep van het Zwitserse zuivelbedrijf op weg naar de Darjeeling Gymkhana om hun bibliotheekboeken te ruilen voordat de situatie in de bergen zou verergeren.

Het was enkele weken na de wapenroof op Cho Oyu en een recentelijk in Ghoom opgesteld actieprogramma dreigde met wegversperringen om een halt toe te roepen aan de economische activiteiten en te voorkomen dat de bomen uit de bergen, de rotsen uit de stroomgebieden werden afgevoerd naar de vlakten. Alle voertuigen zouden tegengehouden worden.

Zwarte-vlaggendag op 13 april.

Een tweeënzeventigurige staking in mei.

Geen nationale feestvieringen. Geen Dag der Republiek. Geen Onafhankelijkheidsdag en geen verjaardag van Gandhi.

Verkiezingsboycot met als slogan: 'West-Bengalen zal niet de staat van anderen zijn.'

Geen betaling of aflossing van belastingen en leningen. (Heel slim.)

Verbranding van het Indiaas-Nepalese verdrag van 1950.

Iedereen, Nepalees of niet, werd aangemoedigd (verplicht) geld bij te dragen en kalenders en cassetteopnamen te kopen van toespraken van Ghising, de leider van de GNBF in Darjeeling en van Pradhan, de leider in Kalimpong.

Elke familie – Bengalees, Lepcha, Tibetaans, Sikkimees, Bihari, Marwari, Nepalees of wat er nog meer was – werd verzocht (verplicht) naar elke optocht een mannelijke afgevaardigde te sturen en moest eveneens aanwezig zijn bij de verbranding van het Indiaas-Nepalese verdrag. Als je dat niet deed, zouden zij het weten en... maar niemand wilde dat ze de zin afmaakten.

'Waar is je kont gebleven?' vroeg oom Neutje aan vader Laars toen deze in de jeep stapte. Hij keek zijn vriend streng aan. Een griep had vader Laars zo vermagerd dat het was of zijn kleren om een skelet hingen. 'Je hebt helemaal geen kont meer.'

De priester zat op een opblaasbare zwemband, want zijn broodmagere achterwerk had te lijden van het rijden in die ruige dieseljeep, die niet meer was dan een geraamte van stangen en metalen platen met een simpele motor, en een voorruit vol spinnenwebben van alle barsten die de van de kapotte wegen opspattende stenen maakten. Hij was drieentwintig jaar oud, maar reed nog steeds en vader Laars beweerde dat geen ander voertuig eraan kon tippen.

Achterin waren de paraplu's, boeken, dames en een paar ronde kazen die vader Laars moest afleveren aan het Windamere Hotel en Loretoklooster, waar ze 's ochtends op toost werden gegeten, en een extra kaas voor Glenary's restaurant, voor het geval hij hen kon overhalen af te stappen van Amul, wat ze niet zouden doen. Volgens de bedrijfsleider was iets in een fabrieksblik met een naam erop gestempeld en onder de aandacht gebracht in een landelijke advertentiecampagne natuurlijk veel beter dan wat de boer uit de buurt maakte, een of andere twijfelachtige Thapa met een twijfelachtige koe die in zijn straatje graasde.

'Maar dit is gemaakt door boeren uit de buurt, wilt u hen niet steunen?' pleitte vader Laars.

'Kwaliteitscontrole, vader,' weerlegde hij, 'volledig Indiaas fabrikaat, merkartikel, respect voor de klant, internationale hygiënenormen.'

Maar vader Laars bleef toch hopen terwijl hij door de lente zoefde en elk bloempje, elk beestje zich uitsloofde en kwistig met zijn feromonen strooide.

En toen ze in de jeep langs de tuin van het St. Jozefklooster reden, gonsde het daar zo van vruchtbaarheid, dat Sai zich afvroeg of het de nonnen niet in verlegenheid bracht. Enorme wijd geopende paaslelies kleefden van druipende helmknoppen; in de lucht joegen insecten wild op elkaar, zoef, zoef; en komkommergroene verliefde vlinders buitelden langs de jeep de diepe zeeblauwe valleien in; zelfs tussen de eenvoudigste beestjes was tedere liefde en hofmakerij zichtbaar.

Gyan en Sai – ze dacht aan hen samen, hun geruzie over Kerstmis; het was afschuwelijk en in zo'n schrille tegenstelling met de tijd daarvoor. Ze dacht aan haar gezicht in zijn hals, armen en benen met elkaar verstrengeld, buiken, vingers, overal, overal, zodat ze soms wanneer zij hem kuste, ontdekte dat ze zichzelf kuste.

'Jezus komt,' stond er op een bord op de stutten voor de grondverschuiving te lezen toen ze de diepte indoken naar de Teesta.

'Om hindoe te worden,' had iemand er in krijt onder geschreven.

Vader Laars vond dit erg grappig, maar hield op met lachen toen ze voorbij het reclamebord van Amul reden.

'Super Smeuïg Smakelijk...'

'*Plastic!* Hoe durven ze dat boter en kaas te noemen? Dat is geen boter. *Dat is spul waar je dingen waterdicht mee maakt!*'

Lola en Noni zwaaiden vanuit het raampje van de jeep. 'Dag mevrouw Thondup.' Mevrouw Thondup, van een aristocratische Tibetaanse familie, zat buiten met haar dochters Pem Pem en Doma in edelsteenkleurige *bakus* en lichte zijden blouses waarin de acht boeddhistische gelukstekens waren geweven. Deze dochters die naar het Loretoklooster gingen, hadden vriendinnen van Sai moeten zijn – dat hadden de ouders eens, lang geleden, bekokstoofd – maar zij wilden geen vriendinnen met haar worden. Ze hadden al vriendinnen. Ze zaten al vol. Er was geen plaats voor een buitenbeentje.

'Zo'n elegante dame,' zeiden Lola en Noni altijd als ze haar zagen, want ze hielden van aristocraten en van boeren. Een hekel hadden ze aan wat daar tussenin zat: de middenstand die in eindeloze rijen aan de horizon verscheen. Daarom zwaaiden ze niet naar mevrouw Sen die uit het postkantoor kwam. 'Iedere keer weer smeken ze mijn dochter om *alsjeblieft* een verblijfsvergunning te nemen,' deed Lola haar buurvrouw na. Jokkebrok, jokkebrok, de vlammen likken al aan je rok...

Ze zwaaiden weer toen ze de Afghaanse prinsessen passeerden, die op rotanstoelen zaten tussen bloeiende witte azalea's, zo onschuldig maar o zo verleidelijk. Uit hun huis kwam de onmiskenbare lucht van kip.

'Soep?' riep de altijd hongerige oom Neutje, met een van opwinding trillende neus. Hij had zijn dagelijkse ontbijt van met-kliekjes-gevulde-omelet niet gehad.

'Soep!'

Daarna zwaaiden ze naar de weeskinderen op het speelplein van de Graham's School – ze zagen er engelachtig mooi uit, alsof ze al dood en in de hemel waren.

Het leger kwam op een drafje voorbij, omzwermd door flirtende vlinders en de kleurige vlekken – blauw, rood, oranje – van libelles, die zich al parend aan elkaar scharnierden in scherpe verdraaide hoeken. De mannen hijgden zwaar, hun spillebenen staken komisch uit hun wijde korte broeken: hoe moesten ze India verdedigen tegen de Chinezen die zich zo vlakbij over de bergen bij Nathu-La bevonden?

Uit de keukens van de legerkantines kwamen er geruchten van toenemend vegetarisme.

Lola ontmoette vaak jonge officieren die niet alleen vegetariër waren maar ook geheelonthouders. Zelfs de legerleiding.

'Ik vind dat je in het leger minstens vis moet eten,' zei ze.

'Waarom?' vroeg Sai.

'Om te doden moet je carnivoor zijn, anders ben jij de prooi. Kijk maar naar de natuur – het hert, de koe. Per slot van rekening zijn wij dieren en om te overwinnen moet je bloed proeven.' Maar het leger hield op een leger naar Brits model te zijn en was bezig een echt Indiaas leger te worden. Zelfs bij het kiezen van de kleuren. Ze reden langs de Striking Lion's Club die in bruiloftsroze geschilderd was.

'Ja,' zei Noni, 'ze hadden er natuurlijk genoeg van dat alles zo'n modderkleur had.'

'BLOEMEN,' stond er op een groot bord vlakbij als onderdeel van het Militair Verfraaiingsprogramma, hoewel het de enige plek op de berg was waar ze niet groeiden.


Ze stopten voor een paar jonge monniken die overstaken naar het hek van een onlangs door hun orde aangekocht herenhuis.

'Hollywoodgeld,' zei Lola. 'En er was eens een tijd dat de monniken de Indiërs dankbaar waren, het enige land dat hen opnam! Nu kijken ze op ons neer. Wachten tot de Amerikanen hen meenemen naar Disneyland. Kunnen ze lang wachten!'

'God, wat zijn ze knap,' zei oom Neutje, 'wie wil nou dat ze weggaan?'

Hij dacht aan zijn eerste ontmoeting met vader Laars... hun bewonderende blikken voor dezelfde monnik op de markt... het begin van een lange vriendschap...

'Iedereen heeft het over die arme Tibetanen – arme Tibetanen,' ging Lola door, 'maar wat een hardvochtig volk, nauwelijks een Dalai Lama die nog leeft – ze werden allemaal voortijdig neergeknald. Dat Potala Paleis – de Dalai Lama mag de hemel danken dat hij in plaats daarvan in India is, een beter klimaat en laten we eerlijk zijn, beter voedsel. Lekkere gevulde momo's van schapenvlees.'

'Noni: 'Maar *hij* zal toch wel vegetariër zijn?'

'Deze monniken zijn geen vegetariërs. Wat voor verse groenten hebben ze in Tibet? En trouwens, Boeddha stierf aan te veel varkensvlees.'

'Het is toch wat,' zei oom Neutje. 'Het leger is vegetarisch en de monniken doen zich te goed aan vlees…'


Ze zoefden langs de *sal*-bomen en de *pani saaj*, terwijl de stem van Kiri te Kanawa op de cassettespeler uit de vallei opsteeg en boven de vijf toppen van de Kanchenjunga zweefde.

Lola: 'Geef mij maar Maria Callas. Er gaat niets boven die oudjes. Ik heb liever Caruso dan Pavarotti.'

Binnen een uur waren ze afgedaald in de dikke, hete, tropisch compacte lucht boven de rivier met nog grotere zwermen vlinders, kevers en libelles. 'Zou het niet heerlijk zijn om hier te wonen?' Tussen de weilanden op weg naar de ongeduldige Teesta wees Sai naar het regeringspension met uitzicht over de zandbanken.

Vervolgens klommen ze tussen buitjes goudkleurige regen weer omhoog naar de dennen en de hemel. 'Bloesemregen, *metok-chharp*,' zei vader Laars. 'In Tibet is dat een heel goed voorteken, regen en zonneschijn op hetzelfde moment.' Gezeten op zijn zwemband keek hij glunderend door de gebarsten ruit naar de zonnige knoppen.

Teneinde de grote bevolkingsaanwas te kunnen huisvesten, had de regering onlangs een wet aangenomen die het recht gaf op elk huis in Darjeeling een extra etage te bouwen. De neerwaartse druk als gevolg van het gewicht van meer beton had de scheefgroei van de stad verergerd en meer grondverschuivingen veroorzaakt dan ooit. Als je naderbij kwam, leek het op een afvalhoop waarvan de top zich verhief en de onderkant wegzakte, vastgelegd als een fotografisch stilleven, een verstard moment tijdens zijn instorting. 'Darjeeling is werkelijk bergafwaarts gegaan,' merkten de dames triomfantelijk op en bedoelden dat niet alleen maar letterlijk. 'Weten jullie nog hoe heerlijk het er altijd was?'

Tegen de tijd dat ze een parkeerplaats half in een afwateringssloot achter de bazaar hadden gevonden, bleken ze maar al te zeer gelijk te hebben en hun triomfantelijkheid was omgeslagen in ergernis toen ze uitstapten tussen fruitschillen opslobberende koeien, zich een weg baanden langs een vloeibare smurrie die door de straten stroomde en door verkeersopstoppingen op de weg naar de markt. Om de verwarring en het lawaai nog te verergeren sprongen apen over de ijzeren daken boven hun hoofd, wat een razend kabaal maakte. Maar net toen Lola nog een opmerking over Darjeelings verval wilde maken, brak de lucht open en verscheen de Kanchenjunga – het was verbazingwekkend, *daar* was hij, dichtbij genoeg om aan te likken, 8598 meter hoog. In de verte zag je de Mount Everest, een bescheiden driehoek.

Een toeriste begon uitbundig te gillen alsof ze een glimp van een popster had opgevangen.


Oom Neutje ging ervandoor. Hij was niet in Darjeeling voor boeken, maar om voldoende alcohol op de kop te tikken om de maatschappelijke onrust door te komen. Hij had al de volledige voorraad rum uit de winkels van Kalimpong opgekocht en met een paar dozen van hier erbij zou hij voorbereid zijn op spertijd en onderbreking van de alcohol-leveranties tijdens stakingen en wegversperringen.

'Hij leest niet,' zei Lola misprijzend.

'Stripboeken,' verbeterde Sai. Hij was een dankbare con-sument van *Asterix*, *Kuifje*, en ook *Geloof het of niet* op de wc, hij voelde zich niet te goed voor dit soort lectuur, ook al had hij talen gestudeerd in Oxford. De dames duldden hem vanwege zijn opvoeding en ook omdat hij van een bekende familie uit Lucknow was en zijn ouders Mater en Pater had genoemd. In haar tijd was Mater de mooiste vrouw geweest zodat er een mango naar haar vernoemd was: Haseena. 'Ze was een vreselijke flirt,' zei Lola, die iemand had horen vertellen dat iemand had horen vertellen over een sari die van een schouder gleed, een laag uitgesneden blouse enzo-voort... Na zich zoveel mogelijk vermaakt te hebben trouw-de ze een diplomaat met de naam Alphonso (uiteraard ook de naam van een bijzondere mango). Haseena en Alphonso vierden hun bruiloft met de aanschaf van twee renpaarden, Chengiz Khan en Tamerlane, die eenmaal de voorpagina van de *Times of India* haalden. Ze waren samen met het huis in het Londense Marble Arch verkocht en Mater en Pater, aan lagerwal geraakt als gevolg van tegenslag en verande-rende tijden, verzoenden zich ten slotte met India, trokken zich stilletjes terug in een ashram, maar dit tragische einde van hun fantastische levenslust weigerde hun zoon te accep-teren.

'Wat voor soort ashram?' hadden Lola en Noni hem gevraagd. 'Wat leerden ze daar?'

'Niet eten, niet slapen,' zei oom Neutje treurig, 'en schen-kingen doen. Zo'n complete onderdrukking van levens-vreugde, dat je God huilend om genade vraagt.' Hij vond het heerlijk te vertellen hoe hij, in de strikt vegetarische omgeving – zelfs geen knoflook of ui waardoor het bloed verhit kon worden – een portie geroosterd *jungli*-zwijn had binnengesmokkeld dat hij wroetend in zijn knoflookveld betrapt en geschoten had. Het vlees geurde naar de laatse maaltijd van het beest. 'Mater en Pater schraapten het tot de laatste lik leeg!'

Ze maakten een afspraak om met z'n allen te lunchen en oom Neutje, met de droesem van het familiekapitaal op zak, ging naar de drankwinkel terwijl de anderen de weg naar de bibliotheek vervolgden.

De Gymkhanabibliotheek was een schemerige, lijkenhuisachtige ruimte, doortrokken van de bijna ondraaglijk zoete, sterke muskuslucht van oude boeken. De titels van de boeken waren sinds lang vervaagd in de dichtgegespte omslagen; sommige waren in vijftig jaar niet aangeraakt en vielen in je handen uiteen, waarbij de lijm losliet als kleine chitineuze restjes van insecten. Hun bladzijden droegen afdrukken van reeds lang verteerde varenverzamelingen en waren door termieten doorboord in wat leek op kaarten vol mijngangen. Het vergeelde papier gaf een lichtzurige tinteling af en viel gemakkelijk uiteen in, nauwelijks tussen je vingers voelbare, mozaïekstukjes, mottenvleugeltjes op de grens tussen eeuwigheid en stof.

Er waren gebonden uitgaven van de *Himalayan Times*, 'het enige Engelse weekblad dat verspreid werd in Tibet, Bhutan, Sikkim, de theetuinen van Darjeeling en Dooars', en de *Illustrated Weekly*, die ooit eens een gedicht van vader Laars over een koe had afgedrukt.

Ze hadden uiteraard ook *The Far Pavilions* en *The Raj Quartet*, maar Lola, Noni, Sai en vader Laars waren het er unaniem over eens dat ze niet hielden van Engelse schrijvers die over India schreven; het was onverteerbare kost; delirium en koorts leken altijd samen te gaan met tempels en slangen en ontrouw, vergoten bloed en miskramen; het klopte niet met de werkelijkheid. Wat leuk was waren

Engelse schrijvers die over Engeland schreven: P.G. Wodehouse, Agatha Christie, het Engelse platteland waar ze opmerkingen maakten over de vroege krokussen dat jaar, en het heerlijkste waren de romans die zich afspeelden in grote landhuizen. Bij het lezen daarvan had je het gevoel dat je naar de films keek die Lola en Noni als jong meisje in de airconditioned British Council in Calcutta zagen en dat je op vloeiende vioolklanken de oprijlaan op zweefde. De deur van het landhuis ging open en de butler kwam naar buiten met een paraplu, want het regende natuurlijk altijd; en het eerste wat je van de dame van het landhuis zag was haar schoen, die uit de open deur stak; de aanblik van haar voet gaf je al een verrukkelijk voorgevoel van de hooghartige manier waarop ze keek.

Er waren eindeloze beschrijvingen van reizen in India en keer op keer, boek na boek, was er de beschrijving van de late aankomst in een *dak*-bungalow, de kok die in een zwartgeblakerde keuken kookte, en Sai besefte dat haar eigen, vergelijkbare aankomst in Kalimpong slechts afgestompte routine was, niets oorspronkelijks. De herhaling had voor haar beslist, was haar voor geweest, had haar verdoemd en ze waren allemaal het product van bepaalde langgeleden gedane stappen: Sai, de rechter, Mutt, de kok, en zelfs de auto van aardappelpuree.

De boekenplanken doornemend was Sai niet alleen van alles over zichzelf te weten gekomen maar tijdens het lezen van *My Vanishing Tribe* had ze ontdekt dat ze ondertussen niets wist van de mensen die hier oorspronkelijk thuishoorden. Lepcha's, de Rong pa, mensen uit het ravijn die aanhangers van het Bon-geloof waren en geloofden dat de oorspronkelijke Lepcha's, Fodongthing en Nuzongnyue geschapen waren uit de heilige sneeuw van de Kanchenjunga.

Ook waren er boeken van de grappige dierendokter James Herriot, Gerald Durrel, Sam Pig en Ann Pig, Paddington

Bear en Scratchkin Patchkin die als blad in een appelboom woonde.

En:

> De Indiase heer, die zichzelf respecteert, zal nooit een compartiment voor Europeanen betreden, net zomin als hij een voor dames gereserveerde wagon zal binnengaan. Ook al heeft u zich de gewoonten en manieren van een Europeaan aangemeten, heb de moed om te laten zien dat u zich er niet voor schaamt Indiër te zijn, en in al deze gevallen uzelf te identificeren met het ras waartoe u behoort.
>
> H. Hardless, *De gedragsregels voor de Indiase heer.*

Ze voelde een plotselinge woede opkomen. Het was dom om oude boeken te lezen; de razernij die ze ontketenden was niet oud, maar nieuw. Als ze die opgeblazen klootzak niet zelf te pakken kreeg, zou ze op zoek gaan naar zijn nakomelingen en ze om zeep helpen. Maar je mag kinderen niet aansprakelijk stellen voor de misdaad van de vader, probeerde ze zichzelf vervolgens voor te houden. Maar mocht het kind dan daarom wel profiteren van de ongeoorloofde winst van de vader?

Om op andere gedachten te komen luisterde Sai het gesprek af tussen Noni en de bibliothecaresse over *Misdaad en straf.* 'Ik was wel diep onder de indruk van het werk maar ook verbijsterd,' zei Noni, 'door die christelijke ideeën over boetedoening en vergeving – ze leggen de verantwoordelijkheid voor de misdaad bij het slachtoffer! Als niets de wandaad ongedaan kan maken, waarom moet zonde dan wel ongedaan gemaakt worden?'

Het kwam erop neer dat het systeem erop gericht leek te zijn de kwade te bevoorrechten boven de goede. Eerst misdroeg je je, daarna zei je dat je er spijt van had, zo had je extra plezier en uiteindelijk stond je toch gelijk met degene die niets had gedaan; maar die kreeg de misdaad voor zijn kiezen plus het probleem dat hij vergiffenis moest schenken, terwijl hij voor dat alles niet eens beloond werd. En het was natuurlijk nog gemakkelijker om van alles uit te halen als je wist dat er een redmiddel bestond: het spijt me, het spijt me, o het spijt me zo.

Als donzige vogels kon je de woorden laten fladderen.

De bibliothecaresse, die de zuster was van hun dokter in Kalimpong, zei: 'Wij hindoes hebben een beter systeem. Je krijgt wat je verdient en je kunt niet aan je daden ontkomen. En onze goden zijn tenminste echte goden, nietwaar? Zoals raja Rani. Niet zoals zo'n Boeddha, zo'n Jezus – van die bedelaarstypen.'

Noni: 'Maar wij hebben ons er ook uit weten te draaien! Niet tijdens ons huidige leven, zeggen we, maar in andere misschien...'

Waar Sai aan toevoegde: 'De ergsten zijn degenen die vinden dat arme mensen honger moeten lijden omdat ze hun problemen aan hun eigen slechte daden uit het verleden te wijten hebben...'

Het stond vast dat je met lege handen achterbleef. Niets kon de oneerlijkheid van de dingen verzachten; rechtvaardigheid volgde geen vaste lijnen; zij zat wel achter een kippendief aan, maar grote twijfelachtige vergrijpen konden niet vervolgd worden, want, indien geconstateerd en aanhangig gemaakt, zouden ze de volledige organisatie van de zogenaamde beschaving ondermijnen. Voor misdrijven die gepleegd werden in de monsterlijke onderhandelingen tussen twee naties, voor misdrijven in de intimiteit van twee personen zonder een getuige, voor dat soort misdrijven zou de schuldige nooit boeten. Geen godsdienst noch regering kon de hel verzachten.

Een ogenblik lang werd hun gesprek overstemd door geluiden van een demonstratie op straat. 'Wat zeggen ze?' vroeg Noni. 'Ze roepen iets in het Nepalees.'

Vanuit het raam keken ze naar een groep jongens die met borden voorbijliepen.

'Zullen wel weer die Gorkhajongens zijn.'

'Maar wat zeggen ze?'

'Het lijkt wel of het niet de bedoeling is dat iemand het verstaat. Het is gewoon herrie, *tamasha*,' zei Lola.

'Ja, ze blijven maar heen en weer lopen...' zei de bibliothecaresse. 'Je hebt maar een paar sufferds nodig om de analfabeten op te trommelen, al die nietsnutten die niks om handen hebben.'

Inmiddels had oom Neutje, die zijn rumvoorraad naar de jeep had gebracht, zich bij hen gevoegd en vader Laars kwam te voorschijn uit de afdeling mystieke boeken.

'Zullen we hier eten?'

Ze liepen naar de eetzaal; die zag er verlaten uit, de tafels met omgekeerde borden en glazen ten teken dat hij niet open was.

De bedrijfsleider kwam zorgelijk kijkend uit zijn kantoor.

'Het spijt me dames. Vanwege problemen met de kasstroom hebben we de eetzaal moeten sluiten. Het wordt steeds moeilijker om de boel draaiende te houden.'

Hij zweeg om naar een paar buitenlanders te zwaaien. 'Een tochtje maken. Ja? Er was een tijd dat alle raja's naar Darjeeling kwamen, de raja van Cooch Behar, de raja van Burdwan, de raja van Purnia... Vergeet u vooral het Ghoomklooster niet...'

'Moet het geld van deze toeristen komen?'

De Gymkhana was kamers gaan verhuren om de club gaande te houden.

'Ach! Geld? Ze zijn zo bang afgezet te worden omdat ze

rijk zijn, dat ze op de goedkoopste kamer proberen af te dingen... en toch, moet u zien.' Hij liet een ansichtkaart zien die het echtpaar bij de balie had afgegeven om te laten posten: 'Hadden een fantastisch diner voor $4.50. Ongelooflijk hoe goedkoop dit land is! We hebben het heerlijk, maar we zullen blij zijn als we weer naar huis gaan, waar, laten we eerlijk zijn, (sorry, we zijn nooit zo pc geweest) overal deodorant te koop is...'

'En dit zijn de laatste toeristen. We zijn blij dat ze er zijn. Deze politieke rellen zullen maken dat ze weggaan.'

# 32

In deze eetzaal van de Gymkhana, in een van de hoeken behangen met geweien en door motten aangevreten huiden, dwaalde nog de geest van het laatste gesprek tussen de rechter en zijn enige vriend, Bose.

Het was hun allerlaatste ontmoeting geweest. De allerlaatste keer dat de rechter zijn auto buiten het hek van Cho Oyu had gereden.

Ze hadden elkaar drieëndertig jaar niet gezien.

Bose hief zijn glas. 'Op vroeger,' zei hij en hij nam een slok. 'Mmm, net wat ik nodig had.'

Hij had een fles Talisker meegebracht om samen op te drinken en hij was degene, zoals te verwachten was, die het initiatief voor deze ontmoeting had genomen. Het was een maand voor Sais aankomst in Kalimpong. Hij had de rechter geschreven dat hij in de Gymkhana zou logeren. Waarom was de rechter gegaan? In de ijdele hoop dat hij zijn herinneringen in slaap zou kunnen sussen? Uit nieuwsgierigheid? Tegen zichzelf zei hij dat hij ging omdat Bose naar Cho Oyu zou komen als hij niet naar de Gymkhana ging. 'Je moet toegeven dat wij de mooiste bergen ter wereld hebben,' zei Bose. 'Ben je weleens boven op de Sandak Fu geweest? Die Micky ging – herinner je je hem nog? Stomme kerel! Droeg nieuwe schoenen en toen hij bij de basis aankwam, had hij zulke grote blaren dat hij beneden moest blijven en zijn vrouw Mithu – herinner je je haar nog? Heel geestig? Leuke meid? – die liep het hele stuk naar de top op haar Hawaï-*chappals*.

En weet je Dickie nog, met zijn tweedjasje en zijn kersenhouten pijp, die deed alsof hij een Engelse lord was en dingen zei als: "Bezie dit loodgrijze... loodgrijze... winterlicht... enzovoort? Kreeg een geestelijk gehandicapt kind en kon dat niet aan... pleegde zelfmoord.

En weet je nog Subramanium? Zijn vrouw, een propje, een meter in het vierkant? Troostte zichzelf met de Engelse secretaresse, maar zijn vrouw gooide hem het huis uit en nam al het geld mee... en toen het geld weg was, verdween ook de Engelse. Vond een andere sukkel...'

Bose wierp lachend zijn hoofd in zijn nek, waardoor zijn kunstgebit klapperend uitviel. Haastig boog hij zijn hoofd en slikte het weer naar binnen. Nog voor ze goed en wel de avond waren begonnen, vond de rechter hun aanwezigheid een pijnlijke ervaring – twee grijze voormalige Cambridge-studenten in de club, durries vol met watervlekken, de grijnzende neerhangende kop van een opgezette beer, die de helft van zijn vulling kwijt was. Wespen woonden tussen zijn tanden en motten in zijn vacht, waarin ook enkele teken zich hadden genesteld; erop vertrouwend bloed te vinden hadden ze zich laten verschalken, maar waren van honger omgekomen. Boven de open haard, waar eens het portret had gehangen van de koning en koningin van Engeland in kroningsgewaad, hing nu een portret van Gandhi, zo dun dat je zijn ribben kon tellen. Weinig bevorderend voor de eetlust en het clubcomfort, dacht de rechter.

Maar je kon je nog steeds voorstellen hoe het geweest moest zijn, planters in gesteven hemden, die mijlen door de mist waren gereden, de jaspanden in de zakken gestopt, om tomatensoep te eten. Werden ze aangelokt door het contrast, het getingel met mes en vork, het dansen in een omgeving waar jacht en gewelddadigheid hoog stonden aangeschreven? In de gastenboeken, die bewaard werden in de bibliotheek, stonden bloedbaden beschreven in een handschrift dat vrouwelijk verfijnd en volmaakt evenwichtig was en waaruit gevoeligheid en redelijkheid leken te spreken. Nog geen veertig jaar terug waren visexpedities naar de Teesta met honderd pond *mahaseer* teruggekomen. Twain had dertien tijgers geschoten op de weg tussen Calcutta en Darjeeling. Maar de muizen waren niet uitgeroeid en ze knaagden aan de vloerbedekking en dribbelden in het rond terwijl de twee mannen praatten.

'Weet je nog dat ik je meenam naar Londen om een jas te kopen? Weet je nog dat vreselijke rotding dat je had, waarin je eruitzag als een echte *gow wallah*? Weet je nog dat je Djie-lie uitsprak als Gieglie. Weet je dat nog? Ha ha.'

De rechter voelde zich diep beledigd: hoe durfde die kerel! Was hij daarom hierheen gekomen, om zichzelf te verheffen en de rechter te vernederen, de machtspositie van weleer te bevestigen, zodat hij zichzelf nu een hele piet kon vinden?

'Weet je nog Granchester? *En is er nog honing bij de thee?*'

Hij en Bose in de boot, zich afzijdig houdend voor het geval ze de anderen zouden aanraken en zouden beledigen met hun bruine huid.

De rechter keek uit naar de kelner. Ze moesten maar bestellen, door de zure appel heen bijten en het niet al te laat maken. Hij dacht aan Mutt die op hem zat te wachten.

Ze zat nu bij het raam, haar ogen gericht op het hek, staart languit tussen de poten, lichaam in gespannen afwachting, voorhoofd gefronst.

Als hij thuiskwam, zou hij een stok pakken.

'Zal ik hem gooien? Ga je hem pakken? Zal ik?' zou hij haar vragen.

Ja, ja, ja ja – ze zou opspringen en wegrennen, niet in staat nog langer te wachten.

Zo probeerde hij zich niets van Bose aan te trekken, maar eenmaal begonnen versnelde Bose als een dolleman zijn opdringerige tempo en toon.

De rechter wist dat hij een van de ICS-mensen was geweest die een rechtszaak hadden aangespannen om hetzelfde pensioen als blanke ICS-ambtenaren te krijgen, hetgeen ze uiteraard verloren hadden; dit had op de een of andere manier het licht in Bose gedoofd.

Ondanks herhaalde, op Boses draagbare Olivetti getypte brieven, had de rechter geweigerd zich ermee in te laten. Hij had inmiddels geleerd cynisch te zijn en hoe Bose zijn naïveteit had weten te bewaren – nu, dat was een wonder. Nog merkwaardiger was dat zijn zoon klaarblijkelijk zijn naïveteit had geërfd, want jaren later had de rechter gehoord dat ook de zoon een zaak had aangespannen tegen zijn werkgever, Shell Olie, en ook hij had verloren. De zoon had gemeend dat het een andere tijd was met andere regels, maar het was slechts een andere versie van hetzelfde oude liedje gebleken.

'Het leven in India is goedkoper,' hadden ze ten antwoord gekregen.

Maar als ze op vakantie naar Frankrijk wilden gaan? Een fles kopen in de belastingvrije winkel? Een kind naar een universiteit in Amerika sturen? Wie kon dat betalen? Als zij minder betaald kregen, hoe kon India dan niet arm blijven? Hoe konden Indiërs net zo overal reizen en overal leven als westerlingen? Bose vond deze verschillen onduldbaar.

Maar profijt kon in de kloof tussen de volkeren slechts geoogst worden als ze elkaar tegenwerkten. Ze verdoemden de derde wereld tot derde-wereldgedrag. Ze dwongen Bose en zijn zoon in een lagere positie – tot hier en niet verder – en dat nam hij niet. Niet na geloofd te hebben dat hij hun vriend was. Hij dacht aan hoe de Engelse regering en haar ambtenaren weggevaren waren en hun *topis* over boord hadden gegooid, met achterlating van alleen die belachelijke Indiërs die zich niet wisten te ontdoen van wat ze met zoveel pijn en moeite hadden geleerd.

Opnieuw stapten ze naar de rechter en ze zouden opnieuw naar de rechter stappen met hun onwrikbare vertrouwen in het rechtssysteem. Opnieuw verloren ze. En opnieuw zouden ze verliezen.

De man met de witte gekrulde pruik en een gepoederd donker gezicht die zijn hamer liet neerkomen, altijd tegen de autochtoon, in een nog steeds koloniale wereld.

In Engeland was er waarschijnlijk hartelijk om gelachen, maar ook in India maakte iedereen zich vrolijk bij het zien dat mensen als Bose aan het kortste einde trokken. Ze hadden gedacht dat ze superieur waren, probeerden indruk te maken, maar ze waren precies eender – of niet soms? – als de anderen.

Hoe meer de rechter zijn lippen opeenklemde, des te vastbslotener leek Bose om het gesprek door te zetten tot het stokte.

'Beste tijd van mijn leven,' zei hij. 'Weet je nog? Peddelen bij King's, Trinity, wat een uitzicht, goeie god en wat kwam er ook weer daarna? O ja, Corpus Christi... Nee, ik vergis me. Eerst Trinity, dan St. John's. Nee, eerst Clare, dan Trinity, dan een of ander dames iets, Primrose... Primrose?'

'Nee, dat is helemaal niet de juiste volgorde,' hoorde de rechter zichzelf zeggen op de afgeknepen gekwetste toon van een adolescent. 'Eerst Trinity, dan Clare.'

'Ach nee, hoe kom je erbij. King's, Corpus Christi, Clare, dan St. John's. Je wordt vergeetachtig, beste kerel...'

'Ik geloof dat *jij* vergeetachtig wordt.'

Bose dronk de ene borrel na de andere, wanhopig proberend iets los te krijgen, een gezamenlijke herinnering, een vaststelling van een waarheid waarvan tenminste twee mensen overtuigd waren.

'Nee, nee. King's! Trinity!' Hij bonkte met zijn glas op de tafel. 'Jezus! Clare. Gonville! En daarna theedrinken in Granchester!'

De rechter verdroeg het niet langer, stak zijn hand op, telde op zijn vingers af:

1. St. John's.
2. Trinity!
3. Clare!
4. King's!

Bose zweeg. Hij leek opgelucht door de tegenwerping. 'Zullen we wat te eten bestellen?' vroeg de rechter.

Maar Bose, onwrikbaar vastbesloten, veranderde snel van onderwerp – hij moest en zou zijn zin krijgen. Het was nog steeds een vraag voor Bose: moest hij het verleden vervloeken of het toch enige zin toekennen? Dronken, ogen nat van tranen, zei hij verbitterd: 'Klootzakken. Wat een klootzakken waren het!' Hij verhief zijn stem, als om zichzelf te overtuigen. '*Goras* – ze komen er goed vanaf, nietwaar? Verdomde blanken. Zij hebben alle misdaden van de eeuw op hun geweten!'

Stilte.

'Nu,' zei hij tegen de afkeurende stilte, in een verzoeningspoging, 'een ding waar we blij om mogen zijn, *baap re*, is dat ze niet gebleven zijn, goddank. Ze zijn tenminste vertrokken ...'

Nog steeds geen reactie van de rechter.

'Niet zoals in Afrika, waar ze nog steeds rotzooi maken...'

Stilte.

'Ach, ik denk dat het niet veel uitmaakt. Ze kunnen nu van een afstand hun vuile werk verrichten...'

Kaken en vuisten werden achtereenvolgens gespannen ontspannen gespannen ontspannen.

'Ach, ze waren niet allemaal slecht, denk ik... niet alle-maal...'

Kaken en vuisten werden achtereenvolgens gespannen ontspannen gespannen ontspannen...

Toen barstte de rechter ondanks zichzelf los: 'JAWEL! JAWEL! JAWEL! Ze waren wel slecht. Ze waren er deel van. En wij waren een deel van het probleem, Bose, net zoals je kunt zeggen dat we een deel van de oplossing waren.'

En: 'Kelner!'

'*Kelner!*'

'*Kelner?*'

'*Kelner!*'

'*kelner!*' schreeuwde de rechter ten einde raad.

'Waarschijnlijk zijn ze de kip aan het vangen,' zei Bose slapjes. 'Ik denk dat ze niemand verwacht hadden.'

De rechter liep naar de keuken; twee groene pepers ston-den er potsierlijk bij in een ijzeren beker op een houten voet met het opschrift 'Tentoonstelling mooiste aardappels 1933'.

Verder niets.

Hij liep naar de receptie. 'Er is niemand in de keuken.'

De man bij de receptie was half ingedut. 'Het is erg laat, meneer. Gaat u maar naar Glenary's hiernaast. Daar zijn restaurant en bar open.'

'We willen hier dineren. Moet ik dit soms melden bij de directie?' De man liep verontwaardigd achterom en uitein-delijk kwam er een onwillige kelner aan hun tafel; gedroog-de linzenschilfers op zijn blauwe jasje maakten gele vlek-ken. Hij had een dutje liggen doen in een lege kamer – hij was de ouderwetse kelner zoals je die overal aantreft, met het gedrag van een communistische werknemer, die een

278

comfortabel bestaan leidt ver weg van het vreselijke kapita-
listische idee dat je mensen met geld beleefd moet bedie-
nen.

'Geroosterd schapenvlees met muntsaus. Is het vlees
mals?' vroeg de rechter uit de hoogte.

Maar de kelner liet zich niet intimideren: 'Wie kan er nog
aan mals vlees komen?' zei hij smalend.

'Tomatensoep?'

Hij dacht na over deze mogelijkheid maar vond niet
genoeg zekerheid om het nadenken op te geven. Na enige besluiteloze minuten verbrak Bose de spanning met de
vraag: '*Rissoles?*' Dat zou de avond misschien redden.

'O nee,' zei de kelner, hoofdschuddend en brutaal glimlachend. 'Nee, *dat* hebben we niet.'

'Wat is er dan wel?'

'Schaapscurryschaapspulaogroentencurrygroentenpu-
lao...'

'Maar u zei dat het vlees niet mals was.'

'Ja, dat heb ik toch al gezegd?'


Het eten kwam. Bose deed een heldhaftige poging helemaal overnieuw te beginnen: 'Ik heb net een nieuwe kok,'
zei hij. 'Sheru ging de pijp uit na dertig jaar dienst. De nieuwe heeft geen ervaring, maar daarom was hij goedkoop. Ik
heb de kookboeken te voorschijn gehaald en voorgelezen,
terwijl hij alles in het Bengaals opschreef. "Luister," zei ik,
"hou het eenvoudig, niks bijzonders. Je hoeft alleen maar
te leren om een bruine saus en een witte saus te maken – de
witte saus giet je over de vis en de bruine over het vlees."'

Maar dit hield hij niet vol.

Nu vroeg hij de rechter op de man af: 'We zijn toch vrienden? Ja toch? We zijn toch vrienden?'

'De tijd verstrijkt en dingen veranderen,' zei de rechter,
bevangen door een gevoel van claustrofobie en verwarring.

'Maar dingen uit het verleden blijven toch onveranderd?'

'Volgens mij veranderen ze wel. Het heden verandert het verleden. Als je terugkijkt vind je niet hetzelfde als wat je achterliet, Bose.'

De rechter wist dat hij nooit meer contact met Bose zou hebben. Hij wilde niet doen alsof hij bevriend met de Engelsen was geweest (al die zielige Indiërs die zo hoog opgaven van een vriendschap die later door de [blanke] partij als niet-bestaand werd verklaard!), en hij wilde zelf ook niet door het slijk worden gehaald. Hij had een smetteloos stilzwijgen weten te bewaren en was niet van plan dat door Bose te laten vernietigen. Het zou hem niet gebeuren dat zijn trots aan het einde van zijn leven in een melodrama terechtkwam en hij wist hoe gevaarlijk het was dingen op te biechten – dan kon je iedere hoop op waardigheid voorgoed opgeven. De mensen stortten zich op wat je hun als een rauw hart gaf en schrokten het op.

De rechter vroeg om de rekening, eenmaal, tweemaal, maar zelfs de rekening interesseerde de kelner niet. Hij was gedwongen naar de keuken te gaan.

Bose en de rechter gaven elkaar een slappe hand en de rechter veegde toen ze dat gedaan hadden, zijn hand af aan zijn broek, maar Boses blik op hem was nog steeds slijmerig.

'Goedenavond. Adieu. Tot ziens' – Engelse, geen Indiase zinsneden. Misschien waren ze daarom in de eerste plaats zo blij geweest om een nieuwe taal te leren: het zelfbewustzijn, de kracht, de grammatica ervan haalden je omhoog. Een nieuwe taal schiep afstand en hield het gevoel intact.


De mist had zich stevig vastgehaakt aan de theestruiken aan weerskanten van de weg toen hij Darjeeling uitreed en de rechter had nauwelijks zicht. Hij reed langzaam, geen andere auto's, niets om hem heen en toen, verdomme...

Een herinnering aan...

Zes jongetjes bij een bushalte. 'Waarom is een Chinees geel? Omdat hij tegen de wind in piest, HA HA HA. Waarom is een Indiër bruin? Omdat hij ondersteboven schijt. HA HA HA.'

Op straat scholden ze hem uit, bekogelden hem met stenen, jouwden hem na, trokken gezichten naar hem. Hoe vreemd: hij was bang geweest voor kinderen, voor mensen die half zo groot waren als hij.

Toen schoot hem een erger voorval te binnen. Een andere Indiër, een jongen die hij niet kende, maar ongetwijfeld iemand als hij, als Bose, werd in elkaar geslagen achter de buurtkroeg. Een van de belagers van de jongen had zijn broek opengeritst en stond op hem te pissen, om hem heen een groep joelende, rood aangelopen mannen. En de toekomstige rechter liep voorbij, op weg naar huis, met een vleespastei om 's avonds te eten – en wat deed hij? Hij zei niets. Hij deed niets. Hij riep niet om hulp. Hij had zich omgedraaid en was gevlucht, weggerend naar zijn huurkamer en had daar gezeten.

Zonder erbij na te denken voerde de rechter de geijkte handelingen uit, de bekende bochten terug naar Cho Oyu, in plaats van over de bergkam.

Dicht bij huis botste hij bijna op een aan de kant van de weg geparkeerde jeep, die zijn lichten gedoofd had. De kok en een paar soldaten waren bezig kisten drank in het struikgewas te verbergen. De rechter vloekte, maar reed door. Hij was op de hoogte van de bijverdienste van de kok maar deed alsof hij het niet wist. Het was zijn rol meester te zijn en die van de kok bediende, maar iets was veranderd in hun betrekkingen binnen een systeem dat bediende en meester beiden een misleidend gevoel van veiligheid gaf.

Bij het hek zat Mutt op hem te wachten en de gelaatsuit-drukking van de rechter verzachtte – hij claxonneerde om te laten weten dat hij er aankwam. In een oogwenk werd zij van de ongelukkigste hond ter wereld de gelukkigste en Jemubhais hart werd jong van blijdschap.

De kok opende het hek, Mutt sprong op de stoel naast hem en samen reden ze van het hek naar de garage – dat was haar beloning en zelfs toen hij nergens meer heen ging, reed hij rondjes over zijn terrein om haar een plezier te doen. Zodra ze in de auto zat, nam ze een koninklijke hou-ding aan, trok een bijpassende snuit en glimlachte elegant naar links en naar rechts.

De rechter stapte binnen en vond op de tafel het tele-gram. 'Aan de Edelachtbare Patel, van het St. Augustinus-klooster: betreffende uw kleindochter, Sai Mistry.'

De rechter had nagedacht over het verzoek van het kloos-ter in het korte moment van zwakte dat hij na het bezoek aan Bose had gehad, toen hij gedwongen was het feit onder ogen te zien dat hij zijn leven had laten steunen op bepaal-de kunstmatige constructies. Wanneer je op leugens bouwt, bouw je sterk en solide. Het was de waarheid waardoor je werd ondermijnd. Hij kon de leugens niet ongedaan maken, want dan zou het verleden in elkaar storten, en daarmee het heden... Maar nu had hij iets uit het verleden aanvaard dat zich had weten te handhaven, dat was teruggekomen, en dat hem, zonder dat hij er te veel voor hoefde te doen, misschien kon verlossen...


Sai zou voor Mutt kunnen zorgen, bedacht hij. De kok werd oud. Het zou goed zijn een onbetaald iemand in huis te hebben om te helpen terwijl de jaren verstreken. Sai arriveerde en hij vreesde dat ze een sluimerende haat in hem zou wakker maken, dat hij zich van haar zou willen ontdoen of haar zou behandelen zoals hij haar moeder en haar grootmoeder had behandeld. Maar Sai bleek meer op hem te lijken dan hij voor mogelijk had gehouden. Ze had iets vertrouwds. Ze had hetzelfde accent en dezelfde manieren. Ze was een verwesterde Indiase, grootgebracht door Engelse nonnen, een van India vervreemde Indiase die in India leefde. De reis die hij zo lang geleden had aangevangen, werd voortgezet in zijn afstammelingen. Misschien had hij er verkeerd aan gedaan zijn dochter te verstoten... hij had haar veroordeeld nog voor hij haar had leren kennen. Ondanks zichzelf voelde hij, diep in zijn onderbewustzijn, dat zijn daden zelf om vergelding riepen.

Deze kleindochter voor wie hij geen haat voelde, was misschien het enige wonder dat het lot op zijn pad had gebracht.

# 33

Zes maanden na het bibliotheekuitstapje van Sai, Lola en Noni, oom Neutje en vader Laars naar de Gymkhana, werd deze overgenomen door het Gorkha Nationaal Bevrijdingsfront, dat zijn kamp opsloeg in de balzaal en op de schaatsbaan, en zo nog meer de spot dreven met de eventuele pretenties die de club nog steeds koesterde ondanks het feit dat die door toedoen van het personeel al op een laag peil stond.

Op de damestoiletten rustten nu mannen met geweren uit, die genoten van het ruime sanitair waarop nog steeds in paarse letters BARHEAD SCOTLAND PATENTEES gedrukt stond. Ze treuzelden voor de staande spiegel omdat ze, zoals de meeste inwoners van de stad, zelden de gelegenheid hadden zichzelf van top tot teen te bekijken.

De eetzaal was vol met mannen in kaki, die poseerden voor foto's, voeten op een opgezette luipaardkop, in de hand een whisky, vuur in de nog steeds met rozetvormige tegels beklede open haard. Ze dronken de hele bar leeg en op kille nachten haalden ze de huiden van de muur en sliepen tussen de muffe hulsels.

Later bleek dat ze ook geweren hadden ingeslagen, kaarten getekend, plannen beraamd voor het bombarderen van bruggen, complotten gesmeed die gewaagder werden toen de beheerders wegvluchtten van de theeplantages, die zich over het gehele Singalilagebergte rondom de Gymkhana uitstrekten, van Happy Valley, Makaibari, Chonglu, Pershok.

En toen het allemaal voorbij was en de mannen een vredesverdrag hadden ondertekend en weggetrokken waren, hadden ze – hier in de Gymkhana, aan deze eettafels, in een rij naast elkaar gezet – publiekelijk de wapens overgegeven.

Op 2 oktober 1988, de Gandhi Jayanti Dag, overhandigden zevenduizend man meer dan vijfduizend proppenschieters, inheemse revolvers, pistolen, dubbel- en enkelloopse geweren, stenguns. Ze leverden duizenden kogels in, vijfendertighonderd bommen, dynamietstaven, ontstekers en landmijnen, kilo's explosieven, mortieren, kanonnen. Alleen al Ghisings mannen hadden vierentwintigduizend stuks. Op de stapel lagen ook het BSA-jachtgeweer van de rechter, zijn Springfield-buks, de dubbelloop Holland & Holland, waarmee hij, na theetijd, de omgeving van Bonda had afgestruind.


Maar toen Lola, Noni, vader Laars, oom Neutje en Sai niet werden toegelaten tot de eetzaal van de Gymkhana, voorzagen ze niet dat het de club zo slecht zou vergaan. Ze weten de neerslachtige sfeer aan de huidige problemen, zoals de directeur zei, en zagen het niet als voorteken van wat de eetzaal te wachten stond.

Waar zouden ze dan gaan lunchen?

'Die nieuwe gelegenheid, Let's B veg?' vroeg vader Laars.

'Geen *ghas phoos*, geen takken en bladeren!' zei oom Neutje vastberaden. Als het even kon at hij nooit iets wat groen was.

'Lung Fung?' Het was een sjofel Chinees restaurant, met verslagen uitziende papieren draken aan het plafond.

'Daar zit je niet erg gezellig.'

'Windamere?'

'Te duur, alleen voor buitenlanders. Hoe dan ook, hun thee is goed, de lunch is het soort eten uit een missionarissenpension... *thunda khitchri*... derderangs vet schapenvlees... zout en peper als je veel geluk hebt...'

Het werd ten slotte Glenary's, zoals altijd.

'In ieder geval een grote keuze – iedereen kan krijgen waar ie trek in heeft.'

Dus staken ze gezamenlijk over. Aan een tafel in de hoek aten pater Peter Lingdamoo, pater Pius Marcus en pater Bonniface D'Souza appelstrudel. 'Goedemiddag, monsignor,' zeiden ze tegen vader Laars, waarmee ze een vleugje Europa inbrachten. Zo elegant: *Monsignor...*

Zoals gewoonlijk zat de zaal grotendeels vol met schoolkinderen, die uitgelaten waren over hun lunchuitstapje; samen met thee waren kostscholen een van Darjeelings grootste economische ondernemingen. Er waren grotere kinderen die zonder toezicht hun verjaardag vierden, jongere met hun ouders die uit Calcutta, en zelfs Bhutan en Sikkim, of Bangladesh, Nepal, of van de omliggende theeplantages, op bezoek waren. Enkele vaders in een grootmoedige bui vroegen hun kinderen hoe het op school ging, maar de moeders protesteerden: 'Laat ze nou eens voor een keertje, *baba*,' onderwijl borden opstapelend en haren strelend, en naar hun kinderen kijkend zoals hun kinderen naar het voedsel keken: proberend er zoveel mogelijk van naar binnen te proppen.

Ze kenden het menu uit hun hoofd van jaren speciale etentjes bij Glenary's. Indiaas, Europees of Chinees; brochettes, kip met maïssoep, ijs met warme chocoladesaus. Snel profiterend van de ouderlijke vochtige ogen – bijna tijd om afscheid te nemen – nog een ijsje met warme chocoladesaus? 'Alstublieft, Ma, alstublieft Ammi, alstublieft, Mammie,' moeders blik gevestigd op vader, 'Priti, nee, het is welletjes, verwen hem nou niet,' en dan toegeven, in de wetenschap dat Ma, Ammi of Mammie de gehele eenzame weg terug naar plantage of vliegveld of treinstation zou huilen. Had zij zo'n moeder gehad? En haar vader? Sai voelde zich plotseling verlaten en jaloers op deze kinderen. Er was een Tibetaanse vrouw die er zo mooi uitzag in haar

hemelsblauwe *baku* en schort met de losse linten in feestelijke kleuren waardoor iemand zich meteen op zijn gemak
en bemind voelde. 'O, wat een schattige wangetjes,' zei de
hele familie, terwijl ze lachend deden alsof ze de baby, o zo
zoetjes en voorzichtig, gingen opeten, terwijl de baby zelf
om het hardst lachte. Waarom kon zij geen deel zijn van die
familie? Een kamer huren in andermans leven?
De dames poetsten hun bestek op met de papieren servetten, veegden borden en glazen schoon, gaven er een terug
dat beduimeld was.
'Wat denken jullie van een drankje, dames?' zei oom
Neutje.
'Och Neutje, 't is nog zo vroeg.'
'Jullie moeten het zelf weten. Gin-tonic,' bestelde hij en
doopte zijn soepstengel rechtstreeks in de boterpot. Trok
hem eruit met een genereuze gouden lik. 'Ik heb graag wat
brood bij mijn boter,' verkondigde hij.
'Ze hebben een lekkere vis met frietjes en tartaarsaus,' zei
vader Laars, in hoopvolle opwinding, denkend aan riviervis
in een knapperig goudgeel jasje van broodkruimels.
'Is de vis vers?' vroeg Lola aan de kelner. 'Uit de Teesta?'
'Waarom niet?' zei de kelner.
'Waarom niet? Weet ik het. U weet WAAROM indien
NIET!'
'U kunt het beter niet riskeren. Wat denkt u van kip met
kaassaus?'
'Wat voor kaas?' vroeg vader Laars.
Iedereen verstijfde... doodse stilte.
Ze wisten dat de belediging op komst was...
Super smeuïg smakelijk... Volledig Indiase Kaas Kamp...'
'AMUL!'
'Daar maak je spullen mee waterdicht!' riep vader Laars.
Zoals altijd wogen ze hun voorkeuren tegen elkaar af en
kozen voor Chinees.
'Het is natuurlijk geen echt Chinees.' Iedereen moest

van Lola horen dat Joydeep, haar nu dode echtgenoot, eens in China was geweest en dat Chinees eten in China totaal anders was. In feite veel slechter. Hij beschreef het honderd-dagen-oude ei (en soms, zei hij, was het er een van tweehonderd dagen), be- en opgegraven als een delicatesse en iedereen rilde van verrukkelijk afgrijzen. Na zijn terugkeer was hij een groot succes op cocktailparty's geweest. 'Geven ook niet veel om hun uiterlijk,' zei hij, '*chapta* trekken. Nee, dan de Indiase vrouwen, Indiase antiquiteiten, Indiase muziek, Indiase Chinezen...'

En in heel India ging er niets boven het Chinese eten uit Calcutta! Weet je nog Ta Fa Shun? Waar winkelende dames elkaar ontmoetten voor hete, pikante soep onder het genot van hete, pikante roddel...

'Wat zullen we dan nemen?' vroeg oom Neutje, die nu alle soepstengels had opgegeten.

'Kip of varkensvlees?'

'Hèhè. Vertrouw het varkensvlees niet, zit vol lintworm. Wie weet van wat voor varken het komt?'

'Chilikip dan maar?'

Van buiten klonk het geluid van de marcherende jongens die weer voorbijkwamen.

'God, wat een kabaal, al dat alles-of-niets-gedoe.'

De chilikip kwam en nadat de kelner haar op hun tafel had gedeponeerd, snoot hij zijn neus in het gordijn. 'Moet je dat nou zien,' zei Lola. 'Geen wonder dat wij Indiërs nooit vooruitkomen.' Ze begonnen te eten. 'Maar het eten is hier goed.' Smak smak.


Toen ze het restaurant verlieten kwam dezelfde optocht die hen tijdens het eten en in de bibliotheek gestoord had, weer terug na heel Darjeeling te hebben doorkruist.

'Gorkhaland voor Gorkha's.'

'Gorkhaland voor Gorkha's.'

288

Ze deden een stap terug om hen te laten passeren en wie stampte er bijna op Sais tenen?

*Gyan!*

In zijn tomaatrode trui brulde hij uit volle borst mee op een manier die ze niet van hem kende.

Wat deed hij hier in Darjeeling? Waarom deed hij met de GNBF-actie mee voor de onafhankelijkheid van Nepalese Indiërs?

Ze deed haar mond open om naar hem te roepen, maar op dat moment zag hij haar ook en de verbijstering op zijn gezicht werd gevolgd door een kort vinnig schudden van zijn hoofd en een kille afwerende blik in zijn ogen die waarschuwde niet in zijn buurt te komen. Ze sloot haar mond als een vis en haar gezicht was een en al verbazing.

Tegen die tijd was hij voorbij.

'Is dat niet jouw wiskundeleraar?' vroeg Noni.

'Ik geloof het niet,' zei ze, in een verwoede poging zich een houding en een verklaring te geven. 'Leek op hem, dacht zelf ook dat hij het was, maar nee...'


Tijdens de steile afdaling naar de Teesta merkten ze dat Sai er bleekjes uitzag.

'Gaat het wel?' vroeg vader Laars.

'Wagenziek.'

'Kijk naar de horizon, dat helpt altijd.'

Ze richtte haar blik op de hoogste Himalayakam, op de roerloze verstildheid. Maar het hielp niets. Sais gedachten tuimelden rond en wat haar ogen zagen drong niet tot haar door. Ten slotte rommelde bijtende gal in haar ingewanden, gulpte op in haar keel, brandde in haar mond, vrat aan haar tanden – ze proefde hoe de opgerispte chilikip hun een krijtachtige smaak gaf.

'Stop, stop,' zei Lola. 'Laat haar uitstappen.'

Sai kokhalsde in het gras, braakte een soort kerriesoep

uit, waarbij ze de anderen een ongelukkige blik gunde op hun lunch die er nu heel wat minder appetijtelijk uitzag. Noni schonk haar een bekertje ijskoud water uit de ultramoderne zilveren thermosfles en Sai rustte uit op een steen in de zonneschijn naast de prachtige transparante Teesta.

'Haal diep adem, liefje, het eten was erg vet, ze zijn werkelijk achteruitgegaan, vieze keuken, alleen een blik op die kelner had ons al moeten waarschuwen.'

Aan de andere kant van de brug onderzochten de wachters van de controlepost de passerende voertuigen. Voorzichtig in deze roerige tijd hadden ze de pakjes en dozen van alle buspassagiers opengemaakt en binnenstebuiten gekeerd. De passagiers wachtten binnen zonder een kik te geven; arme mensen, hun gezicht tegen de ramen gedrukt, talloze paren halfdode ogen, als van dieren op weg naar de slachtbank; alsof de reis zo uitputtend was geweest dat hun energie reeds was opgebruikt. De zijkanten van de bus vertoonden strepen braaksel, lange bruine door de wind uitgewaaierde banieren. Achter de bus wachtten enkele andere voertuigen op dezelfde behandeling, doorrijden was door een metalen boom dwars over de weg onmogelijk.

De namiddagzon lag als een dikke gouden laag op de bomen en tegen het heldere licht waren de schaduwen op het gebladerte, naast de auto, en tussen de grashalmen en de rotsen pikzwart. In de vallei was het heet, maar de rivier was, toen Sai haar hand erin stak, koud genoeg om haar kloppende aderen te kalmeren.

'Doe maar rustig aan, Sai, we moeten hoe dan ook lang wachten, er staat een hele rij auto's.'

Vader Laars stapte ook uit, liep heen en weer, zijn benen strekkend, blij met de stop voor zijn pijnlijke achterste, toen hij een bijzondere vlinder zag.

De Teestavallei stond bekend om zijn vlinders en vanuit de hele wereld kwamen kenners om ze na te tekenen en te beschrijven. Voor hun ogen vlogen zeldzame en spectaculaire exemplaren die afgebeeld stonden in het biblio-theekexemplaar van *Marvellous Butterflies of the North-Eastern Himalayas*. Tijdens een zomer, toen Sai twaalf jaar was, had ze er namen voor bedacht – 'Japanse vlinder, vlinder van het verre gebergte, Icarus valt van de zon vlinder, vlinder bevrijd door een fluit, vliegerfeestvlinder' – deze opgeschreven in een schrift met de naam 'Mijn vlinderverzameling' en de namen voorzien van tekeningen.

'Verbazingwekkend,' zei vader Laars. 'Moet je deze eens zien.' Pauwblauw met lange wimpelachtige smaragdkleurige sprieten. 'Lieve help, en die daar' – zwart met witte vlekken en een paarse vlam bij zijn hart... 'O, mijn fototoestel... Neutje, kan jij even in het handschoenenkastje zoeken?'

Oom Neutje zat in een Asterix te lezen. *Ave Galliër! Bij Toutatis!!!#@***!!,* maar hij kwam in actie en overhandigde de camera door het raampje.

Terwijl de vlinder verleidelijk fladderend op een brugka-bel zat, nam vader Laars de foto. 'O jee, ik geloof dat ik bewoog, misschien is de foto onduidelijk.'

Hij stond op het punt een nieuwe poging te doen toen de wachters begonnen te schreeuwen en een van hen kwam aanrennen. 'Fotograferen ten strengste verboden op de brug.' Wist hij dat niet?

O jee, hij wist het wel, jawel, een vergissing, hij was het in zijn opwinding vergeten. 'Het spijt me, agent.' Hij wist het, hij wist het. Dit was een heel belangrijke brug, Indiaas con-tact met het noorden, met de grens waar ze misschien op een dag weer tegen de Chinezen zouden moeten vechten en nu was er ook nog de opstand van de Ghorka's.

Het maakte niet uit dat hij een buitenlander was.

Ze pakten zijn camera af en doorzochten de jeep.

Een vreemde lucht.

'Wat ruikt zo?'

'Kaas.'

'*Kya cheez?*' zei een knaap uit Meerut.

Ze hadden nog nooit van kaas gehoord en leken niet overtuigd. Het rook veel te verdacht en een van hen opperde dat het rook naar spul om bommen te maken. 'Gas *maar raha hai*,' zei de jongen uit Meerut.

'Wat zegt-ie?' vroeg vader Laars.

'Iets *geeft* gas *af.* Iets *vuurt* gas *af.*'

'Gooi het weg,' zeiden ze tegen vader Laars. 'Het is bedorven.'

'Nee, niet waar.'

'Wel waar. De hele auto stinkt.'

De wachters van de controlepost begonnen nu de stapel boeken door te bladeren en trokken daarbij net zo hun neus op als voor de niet afgenomen kaas die voor Glenary's bestemd was geweest.

'Wat is dit?' Ze hoopten op lectuur van antinationale en opruiende aard.

'Trollope,' zei Lola opgeruimd, vrolijk opgewonden door de onverwachte wending der gebeurtenissen. 'Ik heb altijd gezegd,' ze richtte zich op frivole toon tot de anderen, 'dat ik Trollope voor mijn oude dag zou bewaren. Ik wist dat het een volmaakt onschuldig tijdverdrijf zou zijn als ik weinig om handen had en nu is het dan zover. Geef mij maar ouderwetse boeken. Niet die moderne, die geen begin, midden, of einde hebben, de draad van het verhaal, alleen maar... zwevend plasma.

Een Engelse schrijver,' zei ze tegen de wachter.

Hij bladerde erdoorheen: *The Last Chronicle of Barset: The Archdeacon Goes to Framley, Mrs Dobbs Broughton Piles her Fagots.*

'Wisten jullie,' vroeg Lola aan de anderen, 'dat hij ook de uitvinder van de brievenbus is?'

'Waarom leest u dit?'

'Om niet aan dit alles te hoeven denken.' Ze maakte een vaag en afwijzend gebaar naar de omgeving en de wachter. Die zijn trots had. Wist dat hij iets betekende. Wist dat zijn moeder wist dat hij iets betekende. Nog geen uur geleden

had ze haar geloof en haar zoon gevoed met *puri aloo* vergezeld van een citroenzuur-zalige Limca die al bruisend een
mini genotsprikkel in zijn neus had opgewekt.

Boos vanwege Lola's brutaliteit, zijn gezicht nog steeds
alert door de sodanevel, beval hij dat het boek in de politie-
jeep gelegd moest worden.

'Je kan het niet afpakken,' zei ze. 'Het is een bibliotheek-
boek, sufferd. Ik krijg problemen op de Gymkhana. Jij gaat
hun het vervangexemplaar niet betalen.'

'En dit?' De wachter bekeek een ander boek.

Noni had een treurig verslag gekozen van het brute poli-
tiegeweld tijdens de Naxalitebeweging bij Mahashveta Devi,
vertaald door Spivak, die, zoals ze onlangs met interesse in
de *Indian Express* had gelezen, als voorloopster werd afgeschilderd vanwege haar outfit van sari en legerkistjes. Verder had ze een boek van Amit Chaudhuri meegenomen
waarin een beschrijving stond van een elektriciteitsstoring
in Calcutta, waardoor in heel India mensen een gemeen-
schappelijk verlangen koesterden naar energietekort. Ze
had het al eerder gelezen, maar van tijd tot tijd las ze het
opnieuw, zowel om zich aan die prachtige beelden te laven,
als om zich erin onder te dompelen. Vader Laars had een
verhandeling over boeddhistisch esoterisme, geschreven
door een geleerde van een van de legendarische klooster-
universiteiten uit Lhasa, en Agatha Christies *Five Little Pigs*.
En Sai had *Wuthering Heights* in haar tas.

'We moeten dit voor nader onderzoek meenemen naar
het bureau.'

'Waarom? Alstublieft, meneer,' probeerde Noni hem te
overreden, 'we zijn expres gegaan... Wat moeten we dan
lezen... We mogen het huis niet uit... al die uren spertijd...'

'Maar agent, u hoeft alleen maar naar ons te kijken om
te zien dat wij niet de mensen zijn aan wie u uw tijd moet
verdoen,' zei vader Laars. 'Er lopen zoveel *goondas* rond...'

Maar ze hadden geen sympathie voor boekenwurmen en Lola begon te schreeuwen: 'Dieven, dat zijn jullie bij de politie. Iedereen weet dat. Onder een hoedje met de goondas. Ik ga naar de legeroverste, ik ga naar de adjunct. Wat is dit voor een toestand, gewone mensen afbekken; kleine kereltjes die doen of ze heel wat zijn. Als jullie maar niet denken dat ik ga proberen jullie om te kopen. Geen denken aan. Kom, we gaan,' zei ze hooghartig tegen de anderen.

'*Chalo yaar*,' zei oom Neutje, met een blik op zijn flessen om aan te geven dat ze er een of twee mochten hebben als...

Maar de man zei: 'Dit is een echt probleem. Zelfs vijf flessen zijn niet genoeg.' Het was duidelijk wat Kalimpong te wachten stond.

'Rustig maar, mevrouw,' zei de politieagent tegen Lola, waarmee hij haar nog meer beledigde. 'Als er niets met uw boeken aan de hand is, krijgt u ze terug.'

De sensationele bibliotheekboeken werden zorgvuldig meegenomen. Ook de camera van vader Laars werd geconfisqueerd en afgegeven aan het bureau van hun overste; zijn geval zou apart onderzocht worden.


Sai merkte er niet veel van, want haar gedachten waren nog steeds bij Gyan die haar genegeerd had en het kon haar niet schelen dat de boeken weg waren.

Wat deed hij daar? Waarom had hij haar niet willen kennen? Had hij niet gezegd: 'Je bent onweerstaanbaar... Ik moet steeds weer terugkomen...'

Thuis wachtte de kok op haar, maar ze ging zonder eten naar bed; nu voelde de kok zich hoogst beledigd, omdat hij veronderstelde dat ze iets bijzonders in een restaurant had gegeten en nu neerkeek op wat er thuis werd geboden.

Wetend hoe jaloers hij was, klaagde ze gewoonlijk als ze thuiskwam: 'De kruiden waren niet fijn gemalen – ik brak bijna een tand op een peperkorrel en het vlees was zo taai dat ik het ongekauwd moest inslikken, hele hompen samen met glazen water.' Dan lachte hij. 'Ha ha, ja, niemand neemt meer de tijd om vlees schoon en mals te maken zoals het hoort, om de kruiden fijn te malen en te roosteren...' Dan werd hij plotseling ernstig, stak zijn vinger op als een politicus die iets duidelijk wil maken en riep uit: 'En voor zoiets laten ze je duur betalen!' Hoofdschuddend, op de hoogte van de verschrikkingen van de wereld. Nu was zijn humeur bedorven en smeet hij met de borden.

'Wat is er aan de hand!' riep de rechter; het was een constatering, geen vraag, en diende met zwijgen beantwoord te worden.

'Niets,' zei hij, zich er niets van aantrekkend, 'wat zou er aan de hand kunnen zijn? Babyji is gaan slapen. Ze heeft in het hotel gegeten.'

# 34

Een week na het bibliotheekuitstapje werden de boeken teruggegeven; ze waren onschadelijk verklaard, maar de autoriteiten waren niet dezelfde mening toegedaan over de foto van de vlinder, waarop behalve de verleidelijke zwart, wit en roze vleugels, ook de wachtpost bij de brug en de brug zelf over de Teesta te zien waren. Feitelijk, zo hadden ze opgemerkt, was niet de vlinder, maar de brug het middelpunt.

'Ik had haast,' zei vader Laars, 'ik vergat goed in te stellen en toen ik op het punt stond het nogmaals te proberen, werd ik gesnapt.'

Maar de politie luisterde niet en die avond kwamen ze bij hem thuis en keerden alles binnenstebuiten; namen zijn wekker mee, zijn radio, een paar extra batterijen, een pak spijkers dat hij gekocht had om werkzaamheden aan zijn koeienstal af te maken en een fles illegale Black Cat-rum uit Sikkim. Dat allemaal namen ze mee.

'Waar zijn uw papieren?'

Nu bleek dat vader Laars illegaal in India verbleef. Lieve help, hij had niet gedacht met de autoriteiten in aanraking te komen. Hij had zijn verblijfsvergunning laten verlopen onder in een stoffige lade, want het vernieuwen van een vergunning was een bureaucratische martelgang en hij was helemaal niet van plan ooit nog India te verlaten of weer binnen te komen… Hij wist dat hij een vreemdeling was, maar had er helemaal niet meer aan gedacht dat hij allesbehalve een *Indiase* vreemdeling was…

Hij had twee weken om Kalimpong te verlaten.

'Maar ik woon hier al vijfenveertig jaar.'

'Dat doet er niet toe. U had het voorrecht hier te wonen, maar we kunnen geen misbruik van voorrechten tolereren.'

Vervolgens werd de boodschapper milder gestemd: hij dacht aan zijn eigen zoon die bij de jezuïeten in de leer was en hij hoopte de jongen naar Engeland of Amerika te sturen. Zelfs Zwitserland zou goed wezen... 'Het spijt me, vader,' zei hij. 'Maar in deze tijd... Ik raak zelf mijn baan kwijt. In een andere tijd had ik het misschien door de vingers gezien, maar uitgerekend nu... gaat u alstublieft onmiddellijk een ticket boeken bij het Snow Lion-reisbureau. U krijgt vrije doorgang in een regeringsjeep naar Siliguri. Beschouw het als een vakantie, vader, en houdt contact. Als het achter de rug is, vraagt u nieuwe papieren aan en komt u terug. Niets aan de hand.' Wat was het gemakkelijk deze dingen te zeggen. Het deed hem goed zo vriendelijk en beschaafd te kunnen zijn.

Kom terug. Niets aan de hand. Rust uit. Neem vakantie.

Vader Laars liep iedereen af die hij kende en die hem zou kunnen helpen; de politiechef en de adjunct die regelmatig naar het zuivelbedrijf kwamen voor zoete wrongel, majoor Aloo van de legerplaats, die dol was op zijn door hem gemaakte chocoladesigaren, de ambtenaren van bosbeheer, van wie hij oesterzwamvlokken had gekregen, zodat hij tijdens het paddestoelenseizoen paddestoelen in zijn tuin kon hebben. Eens, toen de bamboe op zijn land in bloei stond en uit de hele streek zoemende bijen op de witte bloemen neerstreken, had bosbeheer zaden van hem gekocht; die waren kostbaar, want bamboe bloeide maar een keer in de honderd jaar. Toen de bamboe na deze buitengewone inspanning doodging, gaven ze hem nieuwe bamboe om te planten, jonge staken waarvan de uiteinden op vlechten leken.

Maar nu hadden al die mensen, die in vreedzame tijden zijn gezelschap op prijs hadden gesteld en praatjes hadden gemaakt over zaken als wrongel, paddestoelen en bamboe, het te druk of waren te bang om te helpen.

'We kunnen onze nationale veiligheid niet in gevaar brengen.'

'En mijn huis dan? En mijn zuivelbedrijf, de koeien?'

Maar die waren net zo illegaal als hij.

'Buitenlandse onderdanen kunnen geen bezit hebben, vader, en dat weet u. Hoe komt u erbij om dit allemaal te bezitten?'

Het zuivelbedrijf stond eigenlijk op naam van oom Neutje, want lang geleden, toen dit netelige probleem aan de orde was, had hij de papieren voor zijn vriend getekend...

Maar loos bezit was een groot risico, want Kalimpong was lang geleden bestempeld als 'uiterst gevoelig gebied' en het leger had, volgens de wet, het recht zich elk niet bezet stuk grond toe te eigenen. Ze betaalden de allerlaagste huur, stortten er beton omheen en vulden de door hen overgenomen huizen met een rist tijdelijke mensen die zich nergens om bekommerden en van de plek een ruïne maakten. Dat was de gewone gang van zaken.

Het hart zonk vader Laars in de schoenen bij de gedachte dat zijn koeien plaats moesten maken voor tanks; hij keek naar zijn rotsige stukje helling – paarse bamboe-orchideeën en gemberkleurige lelies kruidden de lucht; ver beneden een glimp van de Teesta, die op dit moment totaal kleurloos was, alleen een schemerig lichtschijnsel op haar weg naar de Brahmaputra. Een dergelijke wildernis inspireerde geen tedere liefde – zijn liefde was heftig, intens.

Maar twee dagen later ontving vader Laars weer een bezoeker, een Nepalese arts die een privé-kliniek wilde openen; zonder daartoe te zijn uitgenodigd wandelde hij het hek binnen en bekeek het uitzicht waar vader Laars op had uitgekeken en dat hij met zijn ogen had gestreeld. Hij onderzocht het solide gebouwde huis dat vader Laars *Sukthara* had genoemd, geluksster. Hij klopte, goedkeurend als een eigenaar, met zijn knokkels op de koeienstallen. Vijfentwintig rijke patiënten op een rij... En hij deed een bod om het Zwitserse zuivelbedrijf voor praktisch niets te kopen.

'Dat dekt niet eens de kosten van de stal, laat staan van het hoofdhuis.'

'U zult geen ander bod krijgen.'

'Waarom niet?'

'Daar heb ik voor gezorgd en u heeft geen keus. U mag blij zijn met mijn bod. U verblijft illegaal in dit land en u moet alles verkopen of verliezen.'

'Ik zal voor de koeien zorgen, Laars,' zei zijn vriend oom Neutje. 'Maak je geen zorgen. En wanneer de narigheid voorbij is, kom je terug en ga je gewoon weer door.'

Vader Laars, oom Neutje en Sai zaten bij elkaar. Op de achtergrond speelde een bandje van Abida Parveen. '*Allah hoo, Allah hoo Allah hoo...*' God was wildernis en ruimte, zei de hese stem, zich niet bekommerend over het verlies van liefde. Je werd meegenomen naar de grens van wat je kon verdragen en dan – losgelaten, losgelaten... '*Mujhe jaaaane do...*' Het enige wat men zou moeten wensen was vrijheid. Maar vader Laars voelde zich niet getroost door de belofte van oom Neutje, want men moest toegeven dat zijn vriend een alcoholicus was van wie je niet op aan kon. In een dronken bui kon hij alles laten gebeuren, zou hij overal een handtekening onder zetten, maar het was vader Laars' eigen schuld. Waarom had hij ook geen Indiaas paspoort aangevraagd? Omdat het net zo dom was als het NIET aanvragen van een Amerikaans of een Zwitsers paspoort? Hij voelde dat hij tekortschoot, verfoeide het feit dat hij zich schikte naar de ideeën van de gemeenschap terwijl hij het er niet mee eens was.

Soepel als water bewoog een mangoeste zich over het gras; opgaand in het avondduister verried hij zich slechts door zijn beweging.

Sai was razend. Hier zat Gyan achter, dacht ze. Dit had hij gedaan en dit deden mensen zoals hij omwille van achtbaarheid en opvoeding, omwille van ziekenhuizen voor Nepalezen en bestuursfuncties. En nu moest vader Laars, die goeie vader Laars, die, laten we wel wezen, meer voor de ontwikkeling van de bergstreek had gedaan dan wie ook van de lokale bevolking, en dat zonder geschreeuw of gezwaai met messen, die vader Laars moest worden opgeofferd.

In de valleien was de nacht al gevallen, lichten werden ontstoken in het mossige, lemen reliëf, het fris ruikende duister breidde zich uit, ontvouwde zijn gebladerte. De drie dronken Old Monk en keken toe hoe het zwart omhoogkroop langs hun tenen en knieën, de koolbladige schaduwen strekten zich uit en raakten hun wangen, neus, omhulden hun gezicht. Het zwart kroop verder boven hun hoofd uit om de Kanchenjunga te doven die een laatste schel pornografisch roze gloed afgaf... ieder voor zich dacht aan hoeveel avonden ze zo hadden doorgebracht... hoe onvoorstelbaar het was dat daar nu snel een einde aan zou komen. Hier had Sai geleerd hoe de combinatie van muziek, alcohol en vriendschap gelegenheid gaf tot een enorme cultivering. 'Op het mooiste wat er is, beste vrienden...' zei oom Neutje, zijn glas heffend alvorens te drinken.

In Europa waren er concertzalen, waar vader Laars binnenkort naar terugging, opera's waar muziek een voltallig publiek tot een enkel wenend of jubelend hart smolt en waar applaus klonk als een slagregen...

Maar kenden ze daar hetzelfde gevoel als hier? Uitkijkend over de bergen, hun hart deels voldaan, deels onvoldaan, smachtend naar schoonheid, naar onschuld die nu wetend was. Vol innige genegenheid voor zijn vrienden of voor de wijde wereld of voor werelden na deze wereld...

Sai dacht hoe ze zelf niet precies had geweten waarnaar ze in de eerste tijd op Cho Oyu verlangde, dat alleen het verlangen zelf zijn weerklank in haar schrijnende ziel vond. Nu was het verlangen verdwenen, dacht ze en de pijn leek zijn essentie te hebben gevonden.

Haar gedachten gingen terug naar de dag waarop de geweren van Cho Oyu waren gestolen – toen alles verkeerd begon te gaan.

# 35

Het was heel dom geweest die geweren aan de muur te laten hangen, werkeloze, tot het verleden verbannen artefacten, zo vaak gezien dat ze niet meer opvielen. Gyan was de laatste geweest die ze van de muur had gehaald om ze te bekijken – jongens vonden dat soort dingen mooi. Sai had gelezen dat zelfs de Dalai Lama oorlogsspellen en speelgoedsoldaatjes bezat. Het was nooit bij haar opgekomen dat iemand ze weer zou gebruiken. Stel dat er een misdrijf mee werd gepleegd, zou het onderzoek dan naar hen leiden?

'Mijn grootvader was een jager,' had Sai tegen Gyan gezegd, in een poging indruk op hem te maken, maar waarom was ze trots geweest? Op iets waarvoor je je behoorde te schamen?

Ze had de verhalen van de kok gehoord.

'Hij was een grote *shikari*, Saibaby. Hij was heel knap, en op zijn paard zag hij er heel moedig en elegant uit. De dorpelingen riepen altijd zijn hulp in als er een roofdier in de buurt was.'

'Waren die er vaak?' Kippenvel.

'O, voortdurend. Rrr-rrr hoorde je dan en het klonk alsof er hout werd gezaagd. Ik weet nog dat ik wakker werd en luisterde. 's Ochtends zag je dan bij de rivier sporen van gevechten, soms zelfs in de buurt van de tenten.'

De kok genoot er zelf van en hoe vaker hij zijn verhalen vertelde, hoe meer hij er zelf in geloofde.

De politie was gekomen om een onderzoek naar het misdrijf in te stellen en had in het verblijf van de kok de brieven van Biju in het rond gesmeten...

'Ze moesten wel,' zei de kok. 'Dit is een ernstige zaak.'

De ernst bleek toen op een ochtend de brigadier naar Cho Oyu kwam, niet lang nadat vader Laars het bericht van zijn uitzetting te horen had gekregen. De rechter en Sai bevonden zich op het gazon en gecamoufleerd door hun eigen schaduwen en die van de bladeren duurde het even voor hij ze zag.

'De daders houden zich nog steeds verborgen,' zei de brigadier, omringd door drie politiemannen met geweren en *lathis*, 'maar u hoeft zich niet ongerust te maken, meneer. We smoren dit in de kiem. Treden hard op tegen antisociale elementen.'

'Weet u dat mijn vader ook een grote shikari was,' vervolgde hij bij de thee. 'Als hij niet zo goed was geweest, zei ik altijd tegen hem, hadden wij ook nog wat gehad. Waar of niet? Ha ha ha,' lachte hij, maar zijn lach zou bij de lakmoesproef helroze zijn uitgeslagen. 'Edelachtbare, de shikari's uit uw tijd waren te goed, leeuwen en luipaarden... Als je tegenwoordig het oerwoud in gaat en je ziet een kip die ergens vandaan ontsnapt is, heb je geluk, nietwaar?'

Stilte. Was hij te ver gegaan?

'Maar u hoeft zich geen zorgen te maken. We krijgen de daders wel. Ze gebruiken de problemen in Bhutan, Assam als excuus om hier rotzooi te trappen. Dit land is altijd en eeuwig verdeeld en dat is treurig voor ons soort mensen, dat grootgebracht is met een nationaal gevoel, maar nog veel erger voor u, want u heeft voor onze vrijheid gestreden... Die antinationalisten hebben nergens respect voor, zelfs niet voor zichzelf... De hele economie loopt gevaar.'

'Weet je,' hij wendde zich tot Sai, 'wat de drie T's van het Darjeelingdistrict zijn? Kun je die opnoemen?' Ze schudde haar hoofd. Teleurgesteld in haar, tevreden over zichzelf dreunde hij op:

'*Thee!*

*Timmerhout!*

*Tourisme!*'

Toen hij wegging, bleef hij bij een bloeiende klimplant staan. 'Prachtige bloesem, edelachtbare sahib. Wanneer je zoiets ziet, weet je dat er een God bestaat.' De passiebloem was een prachtige, bizarre plant, elke bloem duurde maar een dag, paars en wit gestreepte draden, deels zeeanemoon, deels bloem – in zijn eentje bood hij genoeg reden voor geloof.

'Sinds ik in Kalimpong woon,' zei de brigadier, 'vind ik tuinieren heerlijk. Ik zorg voor mijn planten alsof het kinderen zijn. Nu, laat het me weten als u nog meer problemen krijgt. Ik denk van niet, maar dit is ongetwijfeld een zeer netelige situatie.' Hij knoopte zijn das om als een nationalist – Klits! Klats! Dingen te doen! Geen tijd te verliezen! Het land roept! Hij stapte weer in zijn jeep. De chauffeur reed achteruit het hek uit en gierde weg.

'We zullen zien wat ie doet,' zei de kok.

'Ze vinden nooit iemand,' zei de rechter.

Sai zei niets, de gedachte aan Gyan die haar ontweek liet haar niet los.


Enkele dagen later pakte de politie in verband met het misdrijf een arme dronkaard op. De man was een vertrouwd beeld: zo goed als bewusteloos lag hij in een greppel langs de weg naar de markt, waar een voorbijganger hem dan overeindtrok, hem op beide wangen sloeg en naar huis stuurde. Dan strompelde hij weg, onder de grassprieten, zijn ogen in opperste vervoering.

Maar nu werd de dronkaard naar het politiebureau gebracht, waar hij op de grond zat, handen en voeten gekneveld. De politiemannen zaten er verveeld bij. Plotseling echter, als op een onzichtbaar teken, schudden ze hun landerigheid van zich af, sprongen overeind en begonnen de man te slaan.

Hoe harder hij schreeuwde, hoe harder ze sloegen. Ze sloegen hem tot moes, beukten op zijn hoofd tot het bloed over zijn gezicht stroomde, sloegen zijn tanden uit en schopten zijn ribben kapot...

Zijn gesmeek en geschreeuw waren in de wijde omtrek te horen. De politie zag het met weerzin aan. Hij riep dat hij onschuldig was. 'Ik heb van niemand geweren gestolen. Ik ben naar niemand zijn huis gegaan, niks, niks, het is een vergissing...'

Hij was de eerste die schreeuwde en dat luidde het einde van het normale leven in de bergen in.

'Ik heb niets gedaan, maar het spijt me.' Uren gingen ze door, de wanhopige kreten verscheurden de lucht. 'Het spijt me, het spijt me, het spijt me...'

Maar voor de politie was het slechts een oefening van haar marteltechniek en een voorbereiding op wat ging komen. Toen de man op zijn knieën naar buiten kroop, was het licht in zijn ogen gedoofd. Ze zouden genezen als twee horizonloze, lege plekken, waarvoor anderen van nu af aan in angst en ontzetting zouden terugdeinzen.

Zijn enige geluk was dat hij dat nooit zou zien en zelf in de altijd al zo troostrijke alcohol zou verdwijnen.

# 36

Het was meneer Iype, de kioskhouder die, terwijl hij met een exemplaar van de *India Abroad* zwaaide, achteloos zei: 'Jij komt toch uit Darjeeling? Daar is een hoop narigheid...'

'Hoezo?'

'De Nepalezen maken rotzooi... echte relschoppers...'

'Stakingen?'

'Veel erger, *bhai*, niet alleen maar stakingen, de hele bergstreek is afgesloten.'

'Echt waar?'

'Dat is al maandenlang aan de gang. Wist je dat niet?'

'Nee, ik heb al een hele tijd geen brieven meer gehad.'

'En waarom denk je?'

Biju had de onderbreking in de brieven van zijn vader geweten aan de gewoonlijke storingen – slecht weer, incompetentie.

'Ze zouden die klootzakken een schop onder hun gat terug naar Nepal moeten geven,' vervolgde meneer Iype. 'Bengalezen naar Bangladesh, Afghanen naar Afghanistan, alle moslims naar Pakistan, Tibetanen, Bhutanen, waarom zitten ze in ons land?'

'Waarom zitten wij hier?'

'Dat is iets heel anders,' zei hij ongegeneerd. 'Wat moeten ze hier zonder ons beginnen?'

Biju ging weer aan het werk.

In de loop van de dag raakte hij er geleidelijk steeds meer van overtuigd dat zijn vader dood was. De rechter kon hem niet bereiken, als hij al probeerde hem te bereiken. Zijn ongerustheid werd beklemmend.

De volgende dag hield hij het niet langer uit; hij glipte de keuken uit en kocht voor vijfentwintig dollar een nummer van een zwerver die het talent bezat nummers uit zijn hoofd te leren door rond te hangen bij telefooncellen, waar hij mensen afluisterde die hun telefooncodes opnoemden en deze te onthouden. Zo had hij staan lanterfanten in de buurt van een nietsvermoedende meneer Onopoulos, die een telefoongesprek voerde op rekening van zijn platinum creditcard...

'Maar wacht niet te lang,' zei hij tegen Biju, 'ik ben niet zo zeker van dit nummer, een aantal mensen heeft het al gebruikt...'

De hoorn was nog klam en lauw van de laatste vertrouwelijkheden die erin uitgewisseld waren en ademde terug naar Biju, een zwaar tuberculeus gerochel. Omdat er op Cho Oyu geen telefoon was, belde Biju naar het pension MetalBox op Rinkingpong Road.

'Kunt u mijn vader halen? Ik bel over twee uur weer.'


En zo stond de bewaker van de MetalBox te rammelen aan het hek van Cho Oyu, enkele weken voordat de telefoonlijnen werden afgesneden, voordat de wegen en bruggen gebombardeerd werden en er een totale gekte losbrak. De kok had een soep van botten en prei op het vuur staan...

'Hela! Telefoon! Hela! Een telefoongesprek van je zoon! Hela! Uit Amerika. Hij belt over een uur weer. Schiet op!'

De kok ging meteen, en liet de rammelende skeletbeenderen gegarneerd met dansende toefjes groen over aan Sais zorg. 'Babyji!'

'Waar ga je heen?' vroeg Sai. Ze was bezig geweest klitten uit Mutts lange vacht te halen, onderwijl denkend aan Gyans afwezigheid...

Maar de kok gaf geen antwoord. Hij was al buiten het hek en rende weg.

De telefoon stond op de grond van de salon van het pension, aan een ketting met een slot, zodat het bedienend geboefte alleen maar gebeld kon worden en niet zelf kon bellen. Toen hij opnieuw rinkelde, sprong de bewaker erop af met de woorden: 'Telefoon, hé. Telefoon! *La mai!* en zijn hele familie kwam van buiten uit hun hut aangerend. Elke keer dat de telefoon ging, snelden ze met gewetensvolle toewijding toe. Ze waren dol op alle moderne snufjes en als het aan hen lag zouden deze nooit, nooit en te nimmer alledaags worden.

'HALLO?'

'HALLO? HALLO?'

Ze gingen om de kok heen staan en giechelden in verrukte afwachting.

'HALLO?'

'HALLO? PITAJI?'

'BIJU?'

Volgens een natuurlijke logica verhief hij zijn stem, die helemaal naar Amerika moest, om de afstand tussen hen te overbruggen.

'Biju, Biju,' riep de familie van de bewaker in koor. 'Het is Biju,' zeiden ze tegen elkaar. 'Het is je zoon,' zeiden ze tegen de kok. 'Het is zijn zoon,' gaven ze aan elkaar door. Ze keken hoe zijn gezichtsuitdrukking veranderde, een indicatie voor wat er aan de andere kant werd gezegd, wilden zelf meedoen aan het gesprek, het liefst het gesprek *zijn.*

'HALLO HALLO?'

'?H ? IK VERSTA JE NIET. JE STEM IS ZO VER WEG.'

'IK VERSTA JE NIET. VERSTA JE MIJ?'

*'Hij verstaat hem niet.'*

'WAT?'

'Versta je hem nog steeds niet?' vroegen ze aan de kok.

Helemaal in New York voelde Biju de atmosfeer van Kalimpong, die in de lijn aanzwol en hij hoorde het oerwoud kloppen, rook de vochtige lucht, de groenzwarte welige vegetatie; in gedachten zag hij de verschillende structuren, de rijkgetooide bananenboom, de scherpgepunte cactus, de delicaat bewegende varens; hij hoorde het hese *trrr wonk, wie wie, boet ok boet ok* van de kikkers in de spinazieplanten, hun aanzwellende klanken die onmerkbaar met de avond versmolten...

'HALLO? HALLO?'

'*Ruis, ruis,*' zei de familie van de bewaker, '*versta je niets?*' De kok woof hen boos weg. '*Ssssssjjjjjj,*' en was terstond ontsteld over een kostbare gemiste seconde met zijn zoon. Hij wendde zich weer tot de telefoon, joeg ze nog steeds achter zich vandaan weg, met zulke heftige gebaren dat hij bijna zijn hand eraf schudde.

Ze weken even achteruit, raakten gewend aan de afwijzende gebaren, en niet langer onder de indruk kwamen ze weer terug.

'HALLO?'

'KYA?'

'KYA?'

De afschaduwing van hun woorden was groter dan hun inhoud. De echo van hun eigen stemmen slokte het antwoord van de overkant op.

'ER IS TE VEEL RUIS.'

De vrouw van de bewaker ging naar buiten en bekeek de dubieuze bedrading, de fragiele, trillende verbinding over ravijnen en bergen, over de Kanchenjunga die rookte als een vulkaan of een sigaar – misschien was er een vogel op neergestreken, een nachtzwaluw was misschien door het bibberige signaal gedoken, de satelliet in het luchtruim was misschien uitgevallen...

'Te veel wind, het waait,' zei de vrouw van de bewaker. 'De kabel zwiept heen en weer, zo...' Haar hand maakte een golvende beweging.

De kinderen klommen in de boom en probeerden de kabel stil te houden.

De ruimte tussen vader en zoon werd nu geteisterd door een vlaag van atmosferische storing.

'WAT IS ER GEBEURD?' Nog harder schreeuwend. 'IS ALLES IN ORDE?'

'WAT ZEI JE?'

'Niet doen,' zei de vrouw en haalde de kinderen uit de boom, 'jullie maken het nog erger.'

'WAT IS ER AAN DE HAND? ZIJN ER RELLEN? STAKINGEN?'

'NU GEEN PROBLEMEN.' (Kon hem beter niet ongerust maken). 'NU NIET!'

'Komt hij?' vroeg de bewaker.

'GAAT HET GOED MET U?' gilde Biju in de New-Yorkse straat.

'MAAK JE OVER MIJ GEEN ZORGEN. MAAK JE OVER HIER GEEN ZORGEN. HEB JE EEN GOEDE REGELING VOOR HET ETEN IN HET HOTEL? GEEFT HET RESTAURANT JE ONDERDAK? ZIJN ER DAAR NOG ANDERE MENSEN UIT UTTAR PRADESH?'

'Krijg onderdak. Gratis eten. ALLES IS IN ORDE. MAAR GAAT HET GOED MET U?' vroeg Biju weer.

'ALLES IS NU RUSTIG.'

'IS UW GEZONDHEID IN ORDE?'

'JA, ALLES IN ORDE.'

'Ah, alles in orde,' zei iedereen knikkend. 'Alles in orde? Alles in orde.'

Plotseling viel er hierna niets meer te zeggen, want er was weliswaar emotie, maar geen gesprek. De eerste was opgebloeid, het laatste niet en ze tuimelden in een abrupte leegte.

'Wanneer komt hij?' souffleerde de bewaker.

'WANNEER KOM JE?'

'IK WEET HET NIET. IK ZAL PROBEREN…'

Biju had zin om te huilen.

'KAN JE GEEN VRIJ KRIJGEN?'

Het was hem niet eens gelukt af en toe een vrije dag te hebben. Hij kon niet naar huis om zijn vader op te zoeken.

'WANNEER HEB JE VAKANTIE?'

'DAT WEET IK NIET.'

'HALLO?'

'*La ma ma ma ma ma*, hij krijgt geen vakantie. Waarom niet? Weet ik niet. Moet daar erg moeilijk zijn, verdienen goed, maar één ding is zeker, ze moeten er heel hard voor werken... Krijgen niets voor niets... nergens ter wereld...'

'HALLO? HALLO?'

'PITAJI, KUNT U ME VERSTAAN?'

Opnieuw verwijderden ze zich van elkaar ...

*Biep biep onk onk trrr boet ok*, de telefoon viel weg en ze waren vastgelopen in de afstand die hen scheidde.

'HALLO? HALLO?' in de grijnzende hoorn.

'Hallo? Hallo? Hallo? Hallo?' echoden ze tegen zichzelf.

Bevend legde de kok de hoorn neer.

'Hij belt wel weer,' zei de bewaker.

Maar de telefoon bleef zwijgen.

Buiten zeiden de kikkers *ttt ttt*, alsof zij de kiestoon hadden ingeslikt.

Hij probeerde het ding weer leven in te schudden, wilde op zijn minst de gebruikelijke afscheidswoorden zeggen. Per slot van rekening kon je zelfs in clichézinnen ware emotie leggen.

'Er zal wel een probleem met de lijn zijn.'

'Ja ja ja.'

'Hij zal dik terugkomen. Ik heb gehoord dat ze allemaal dik terugkomen,' zei de schoonzuster van de bewaker ineens; het was een poging de kok te troosten.


Het gesprek was voorbij en de leegte die Biju had gehoopt te verdrijven liet zich nog sterker voelen.

Het lukte hem niet met zijn vader te praten; het enige wat hun restte waren noodzinnen, gesnoeide telegramzinnen die geschreeuwd werden alsof ze midden in een oorlog zaten. Ze hadden niets meer voor elkaar te betekenen op de hoop na dat ze iets voor elkaar *zouden* betekenen. Hij stond met zijn hoofd nog steeds in de telefooncabine, vol met stukjes harde kauwgum en de gebruikelijke *KutLulZak-KlootzakTrutLiefdeOorlog*, swastika's en harten met pijlen, en dit alles vormde met elkaar een dichte graffitituin, te zoet te boos te pervers – de smerige weeë rottende mulch van het menselijke hart.

Als hij in New York bleef, zou hij zijn *pitaji* nooit meer zien. Dat gebeurde voortdurend.Tien jaar gingen voorbij, vijftien, het telegram kwam, of het telefoontje, de ouder was dood en het kind was te laat. Of ze kwamen terug en ontdekten dat ze de laatste volledige episode uit iemands leven hadden gemist, hun ouders als negatieven van een foto. En er waren nog ergere drama's. Nadat de eerste opwinding voorbij was, werd het dikwijls duidelijk dat de liefde weg was; houden van was per slot van rekening een gewoonte en mensen vergaten het of raakten gewend aan de afwezigheid ervan. Ze kwamen terug en troffen slechts de façade; van binnenuit was het opgegeten, zoals Cho Oyu van binnen uitgehold was door termieten.


Ze werden daar allemaal dik...

De kok wist dat ze daar allemaal dik werden. Dat was een van de dingen die iedereen wist.

'Word jij ook dik, *beta*, zoals iedereen in Amerika?' had hij zijn zoon lang geleden geschreven, afwijkend van hun standaardformule.

'Ja, word dik,' had Biju teruggeschreven, 'de volgende keer dat u me ziet, ben ik tien keer zo dik.' Hij lachte terwijl hij die regels schreef en de kok lachte heel hard toen hij ze las. Hij lag op zijn rug en trapte met zijn benen in de lucht als een kakkerlak.

'Ja,' had Biju gezegd. 'Ik word dik, tien keer zo dik,' en

was geschokt toen hij naar de negenennegentig-cent winkel ging en ontdekte dat hij zijn kleren op de kinderafdeling moest kopen. De winkelier, afkomstig uit Lahore, zat op een hoge ladder midden in de zaak om er zeker van te zijn dat niemand iets pikte en zijn ogen vielen op Biju zodra hij binnenkwam, zodat Biju een knagend schuldgevoel kreeg. Maar hij had niets gedaan. Toch kon iedereen zeggen van wel, want iedereen kon zijn schuldige blik zien.

Hij miste Saeed. Hij wilde weer eens, al was het maar eventjes, het land met diens frisse oogopslag bezien.


Biju ging terug naar het Gandhi Café, waar zijn afwezigheid onopgemerkt was gebleven.

'Jullie komen toch allemaal naar de cricketwedstrijd kijken?' Harish-Harry had een fotalbum meegenomen om zijn personeel foto's te laten zien van het condominium in New Jersey, waarvoor hij zojuist een aanbetaling had gedaan. Hij had klap-boem al een enorme satellietschotel midden op het grasveld aan de voorkant neergezet, ondanks het feit dat de directie van deze selecte gemeenschap erop aandrong hem discreet opzij te plaatsen als een onopvallend oor; hij had hemel en aarde bewogen en fijntjes uitgeroepen: 'Discriminatie! Discriminatie! Ik ontvang de Indiase kanalen niet goed' en had het gewonnen.

Nu baarde alleen nog zijn dochter hem zorgen. Hun vriendin en rivale, de vrouw van meneer Shai, had een bruidegom weten te strikken door Galawati-kebabs te maken die ze met de Fed-Ex in een nacht in Oklahoma liet bezorgen. 'Een of andere *dehati* familie midden in een maïsveld,' zei Harish-Harry tegen zijn vrouw. 'En dan moet je die kerel zien met wie ze zo lopen te pronken – wat een *lutoo*. Amerikaans postuur – hij ziet eruit als iets waarmee je een deur intrapt.'

Tegen zijn dochter zei hij: 'Vroeger was een meisje er trots op om aardig voor de dag te komen. Doe nu maar dom, dan kan je er de rest van je leven spijt van hebben... Maar kom dan niet bij ons uithuilen, begrepen?'

# 37

De situatie zal verbeteren, had de adjunct gezegd, maar al waren ze begonnen op goed geluk mensen in de stad te martelen, verbeteren deed ze niet.

Een serie stakingen hield zaken gesloten.

Een eendagsstaking.

Een driedaagse staking.

Dan een zevendaagse.

De ochtend dat Lark's General Store even open was, leverde Lola een triomfantelijk gevecht met de Afghaanse prinsessen om de laatste potten en blikken. Later in de maand konden de prinsessen, te midden van moorden en brandende eigendommen, aan niets anders denken dan aan jam, woedend. 'Dat vreselijke gemene mens!' Lola verkneukelde zich elke dag wanneer ze heel dunnetjes, om er zo lang mogelijk mee te doen, de Druk's marmelade smeerde.

Een dertiendaagse staking.

Een eenentwintigdaagse staking.

Meer staking dan geen staking.

Meer vocht in de lucht dan lucht. Ademhalen ging met moeite en het was alsof je stikte op een plek die uiteindelijk alleen maar ruimte te bieden had.

Ten slotte gingen de winkels en kantoren helemaal niet meer open – het Snow Lion-reisbureau en de STD-cabines, de Sjaalwinkel, de dove kleermakers, Kanshi Nath & Sons Nieuwsagentschap – iedereen werd onder bedreiging gedwongen zijn luiken gesloten te houden en mocht zelfs niet zijn neus buiten de deur steken. Wegversperringen hielden het verkeer tegen, voorkwamen dat vrachtwagens met timmerhout en stenen wegreden, maakten een einde aan de theetransporten. Op de weg werden spijkers gestrooid en overal lieten ze Mobil-benzine weglopen. De GNBF-jongens eisten grote sommen geld als ze je al lieten passeren en dwongen je GNBF-toespraken op bandjes te kopen en Gorkhalandkalenders.

Uit Tindharia en Mahanadi kwamen mannen in vrachtwagens, verzamelden zich bij het politiebureau en gooiden met bakstenen en flessen. Ze lieten zich niet door traangas verjagen, noch door de charge met lathi.

'Hoeveel land willen ze?' vroeg Lola somber.

Noni: 'De verkavelingen van Darjeeling, Kalimpong en Kurseong, en verder naar beneden tot aan de uitlopers van de Himalaya, delen van de districten Jalpaiguri en Cooch Behar, van Bengalen tot Assam.'

'De goddelozen hebben geen vrede,' zei mevrouw Sen, in de weer met breinaalden, want omdat ze zo met hem te doen had, breide ze een trui voor de eerste minister. Zelfs in Delhi kan het koud zijn... vooral in die tochtige bungalows waarin ze de hoogste regeringsambtenaren onderbrengen. Maar ze was een slechte en langzame breister. Leek niet op haar moeder, die al kijkend naar een film een hele babydeken breide.

'Wie is er goddeloos?' zei Lola. 'Wij niet. Zij zijn de goddelozen. En wij zijn degenen die geen vrede hebben. De niet-goddelozen hebben geen vrede.'

Wat was een land anders dan het idee? Ze zag India als een concept, een verwachting, of een wens. Hoe vaak kon je het aanvallen voordat het in elkaar stortte? Vernietiging vereiste ervaring; het was een duistere kunst en zij waren die aan het perfectioneren. Elk argument zou het volgende uitlokken, het werd iets wat je niet kon laten en zoals in een huwelijk dat je op de klippen laat lopen, zou het onmogelijk zijn je er niet mee te bemoeien, niet aan de wonden te peuteren, ook al waren het je eigen wonden.

Ze hadden hun bibliotheekboeken uit, maar ze terugbrengen was natuurlijk uitgesloten. Op een ochtend arriveerde de keurig verzorgde majoor, die de Gymkhana Club beheerde, om te ontdekken dat de mensen van de GNBF de bibliothecarissen en het baliepersoneel eruit hadden gegooid en zelf genoten van een voor hen ongekende ruimte en privacy, tussen de boekenrekken sliepen, ronddansten in de damesgarderobe, waar nog niet zo lang geleden Lola tegen haar poederdons had geblazen en voorzichtig haar neus had gepoederd.

Uit Calcutta kwamen er nu geen toeristen, belachelijk dik ingepakt alsof ze naar de Zuidpool gingen en een branderige mottenballenlucht verspreidend in de stad. Er kwamen geen rijke bezoekers met hun stadsvet om ritjes te maken op schurftige pony's. Dit jaar hadden de pony's vrij.

In het Himalaya Hotel zat niemand onder het schilderij van Roerich, een door de maan verlichte berg als een spook in beddenlakens, om 'een buitengewone terugkeer naar de tijd van vroeger' te ervaren zoals de brochure suggereerde, een Ierse stoofpot te bestellen en op een magere Kalimpongse geit te kauw kauw kauwen.

De pensions sloten. De bewakers die in deze tijd van het jaar altijd van hun clandestiene winterverblijf in het hoofdhuis moesten verhuizen naar hun hutjes eromheen; die van volwaardige spreker moesten overschakelen op het onderdanige '*Ji huzoor*'; de kasten, die ze hadden opengebroken om er de televisies en made-in-Japan-kachels uit te halen, van nieuwe sloten moesten voorzien, hoefden dit jaar hun comfortabele situatie niet te onderbreken.

En terwijl zij bleven waar ze waren, werden kinderen van kostschool gehaald wanneer de ouders de kranten opensloegen en vol afgrijzen lazen dat het heilzame bergklimaat verstoord werd door seperatistische rebellen en guerrillabewegingen. De alom toenemende hysterie was misschien te wijten aan het schandelijke gedrag van de laatste jongens

in St. Xavier's. Opgedragen om te helpen bij de voorbereiding van het avondeten (aangezien de koks spoorloos verdwenen waren) ontdekten ze dat je een kip gemakkelijker
van haar kop ontdeed door deze om te draaien en als een
kurk te laten knallen, dan door hem er met een bot mes af
te zagen. Het gevolg was een orgie van bloed en veren, een
enorm gekakel, commotie, koploze rondrennende vogels
waar ingewanden en stront uitliepen. De jongens schreeuwden totdat ze huilden van schaamteloos lachen, hun gelach
gesmoord in snikken en hun snikken ophikkend in gelach.
De dienstdoende leraar deed de brandslang aan om hen
met koud water weer tot bezinning te brengen, maar inmiddels zat er natuurlijk geen water meer in de reservoirs.

Ook geen gas, of benzine. Iedereen moest weer op hout
koken.

Er was geen water.

'Heb de emmers in de tuin gelaten,' zei Lola tegen Noni,
'om de regen op te vangen. We kunnen beter de wc niet
meer doortrekken. Doe er alleen wat Sunny Fresh in tegen
de stank. Tenminste, bij kleine boodschappen.'

Er was geen elektriciteit, omdat de elektriciteitscentrale
in brand was gestoken als protest tegen arrestaties tijdens
de wegversperringen.

Toen de koelkast met een schok stilviel, waren de zusters
gedwongen al het aan bederf onderhevige voedsel onmiddellijk te koken. Het was de vrije dag van Kesang.

Buiten regende het en het was bijna spertijd; aangetrokken door de scherpe lucht van gekookt schaap, klom een
passerende groep GNBF-jongens op zoek naar onderdak
door het keukenraam naar binnen.

'Waarom is uw voordeur op slot, tantetje?'

De enorme sloten die gewoonlijk op de ijzeren koffers met
waardevolle zaken zaten, waren verhuisd naar de voor- en

achterdeuren als extra voorzorg. Boven hun hoofden, op de zolder, stonden enkele waardevolle voorwerpen zo voor het grijpen. Familie-pujazilver uit hun preatheïstische periode; babybekers van Bond Street met troffelachtig bestek waarmee ooit eens Farex was opgeschept en in hun guppiemondjes gestopt; een in Duitsland gefabriceerde telescoop; de paarlen neusring van hun grootmoeder; een vleermuisvormige bril uit de jaren zestig; zilveren merglepels (ze waren een familie van grote mergeters geweest); damasten servetten met ingenaaide zakjes voor driehoekige komkommersandwiches – 'vergeet niet een beetje water te sprenkelen om de stof vochtig te houden voordat je gaat picknicken...' Diverse objecten bewaard op basis van een romantische voorstelling van het Westen en een fantastische voorstelling van het Oosten, met genoeg kracht om tussen alle wederzijdse minderwaardige bedrijven door de stand op te houden.

'Wat willen jullie?' vroeg Lola aan de jongens en aan haar gezicht was te zien dat ze iets te verbergen had.

'Tantetje, wij verkopen kalenders en cassettes voor de beweging.'

'Wat voor kalenders, cassettes?'

Hun verbluffende beleefdheid was omgekeerd evenredig aan de gewelddadige binnenkomst en hun rebellenoutfit.

Op de cassettes was de populaire spoel-de-bloedige-messen-in-het-bronwater-van-de-Teesta-toespraak opgenomen.

'Je moet ze niets geven,' siste Lola in het Engels, een flauwte nabij en veronderstellend dat ze dat niet verstonden. 'Als je eenmaal begint, blijven ze terugkomen.'

Maar ze verstonden het wel. Zij verstonden haar Engels maar zij begreep hun Nepalees niet.

'Elke bijdrage voor de inspanning voor Gorkhaland is goed.'

'Goed voor jullie, maar niet voor ons.'

'Sst,' maande Noni haar zuster tot zwijgen. 'Pas op je woorden,' zei ze geschokt.

'We zullen een reçu voor u uitschrijven,' zeiden de jongens met hun ogen gericht op het aanrecht – op darmen lijkende Essex-Farm-worstjes, bevroren salami met een wegsmeltend laagje rijp.

'Geen denken aan,' zei Lola.

'Sssst,' zei Noni weer. 'Geef ons dan maar een kalender.'

'Eentje maar, tante?'

'Goed dan, twee.'

'Maar u weet dat we het geld nodig hebben…'

Ze namen drie kalenders en twee cassettes. Maar nog steeds gingen de jongens niet weg.

'Kunnen we op de grond slapen? Hier zal de politie ons nooit komen zoeken.'

'Nee,' zei Lola.

'Goed, maar maken jullie alsjeblieft geen herrie of rommel,' zei Noni.

De jongens aten al het eten op voordat ze gingen slapen.


Lola en Noni barricadeerden hun slaapkamerdeur door zo zachtjes mogelijk de kast ervoor te schuiven. De jongens hoorden het en lachten luidkeels: 'Weest u maar niet bang. U bent veel te oud voor ons.'

De zusters brachten de nacht wakend door, hun ogen prikten in het donker. Mustafa zat stokstijf op Noni's arm, beledigd in zijn zelfrespect, het gat in zijn achterwerk een ferme punt van een boos uitroepteken, zijn staart in een kaarsrechte, onverzettelijke streep erboven.

En hun nachtwaker Buddhoo?

Ze wachtten op het momet dat hij met zijn geweer zou komen en de jongens zou wegjagen, maar Buddhoo kwam niet.

'Ik heb het je gezegd…' fluisterde Lola vernietigend. 'Die Neps, twee handen op één buik.'

'Misschien hebben de jongens hem bedreigd,' sputterde Noni.

'Hou toch op. Hij is waarschijnlijk de oom van een van hen. We hadden ze weg moeten sturen, want nu je zo begonnen bent, Noni, zullen ze steeds terugkomen.'

'Wat konden we anders? Als we nee hadden gezegd, hadden ze het ons betaald gezet. Doe niet zo dom.'

'Jij doet dom: "Ergens hebben ze gelijk, misschien niet helemaal, maar wel voor een groot deel," en kijk nou eens... *stom mens dat je bent!*'

'Bent u bang dat de politie u zal aanhouden,' vroeg een van hen de volgende morgen meesmuilend, 'omdat u ons onderdak heeft gegeven? Maakt u zich daar zorgen over? De politie valt rijke mensen heus niet lastig, alleen ons soort mensen, maar als u iets zegt, zullen wij actie tegen u moeten ondernemen.'

'Wat voor actie?'

'Dat zult u wel zien, tante.'

Nog steeds zo fijngevoelig beleefd.

Ze vertrokken met de rijst en de zeep, de olie, vijf potten tomatenchutney, wat de hele jaaropbrengst van de tuin was, en toen ze de trap afliepen, zagen ze wat ze bij hun aankomst in het donker niet hadden gezien – hoe keurig het terrein uitliep in een gazon en dan in lagen naar beneden afliep. Er was genoeg land om een smalle rij hutten neer te zetten. Boven hun hoofd deinden aan tussen de bomen gespannen draden macabere verdroogde geëlektrocuteerde vleermuizen, een teken dat in vredestijd de elektriciteitstoevoer krachtig was. De markt was dichtbij; recht vooruit lag een prachtig geasfalteerde weg; ze waren in twintig minuten bij winkels en scholen in plaats van steeds twee, drie uur lopen...

Nog geen maand later werden de zusters op een morgen wakker en ontdekten dat 's nachts op een net opengevallen plek beneden aan de groentetuin van Mon Ami een hut was verrezen als een paddestoel. Met afgrijzen zagen ze hoe de jongens rustig een bamboestruik van hun terrein kapten en die voor hun ogen wegdroegen, lang, trommelstokrecht, nog druilerig en rillerig van het duwen en trekken, de tegenstelling tussen meegaandheid en weerbarstigheid, lang genoeg om een huis van niet zo bescheiden afmeting te overspannen.

Ze renden naar buiten: 'Dit is onze grond.'

'Het is niet uw grond. Het is vrije grond,' pareerden ze, het vonnis kortaf en ruw vellend.

'Het is onze grond.'

'Het is onbezette grond.'

'We roepen de politie.'

Ze haalden hun schouders op, draaiden zich om en gingen door met werken.

# 38

Het kwam niet uit het niets, zelfs Lola wist dat, maar uit een oud woedegevoel dat onlosmakelijk verbonden was met Kalimpong. Het zat in elke ademtocht. Het zat in de ogen die afwachtten, zich op jou vestigden als je naderbijkwam, in je rug priemden als je doorliep, iets onverstaanbaars mompelend op het moment dat je langsliep; het zat in het gegrinnik van degenen die elkaar troffen in Thapa's kantine, bij Gompu's, in elke naamloze stal langs de weg waar eieren en lucifers verkocht werden.

Die mensen kenden hen van naam, herkenden hen – de enkele rijken – maar Lola en Noni zagen nauwelijks onderscheid tussen de individuen waaruit de menigte armen bestond.

Voor die tijd hadden de zusters daar nooit aandacht aan geschonken om de eenvoudige reden dat ze dat niet hoefden. Het was normaal dat ze jaloezie wekten, meenden ze, en volgens de wetten der waarschijnlijkheid zouden ze in hun gladde leventjes niet meer dan enkele gemompelde commentaren te incasseren krijgen. Af en toe echter had iemand de verdomde pech zich op de verkeerde plaats op precies het verkeerde moment te bevinden, wanneer daar een grote schoonmaak werd gehouden en hij het slachtoffer werd van generaties problemen. Juist toen Lola dacht dat het nog honderd jaar net zo zou doorgaan als de afgelopen honderd jaar – Trollope, de bbc, een vrolijk verzetje met Kerstmis – bleek alles wat ze als onschuldig, grap, grappig, als 'het maakt echt niet uit' hadden beschouwd, verkeerd te zijn.

Het maakte *wel* uit om ingeblikte ham te kopen in een land van rijst en dhal. Het maakte *wel* uit om in een groot huis te wonen en 's avonds naast een kachel te zitten, ook al vonkte en schokte hij. Het maakte *wel* uit om naar Londen te vliegen en terug te komen met kersenbonbons. Het maakte uit dat anderen dat niet konden. Ze hadden gedaan alsof het niet zo was, dat het niets met hen te maken had, maar plotseling had het alles met hen te maken. De rijkdom die hen als een deken leek te beschermen was nu juist wat hen kwetsbaar maakte. Zij waren, te midden van uiterste armoede, onmiskenbaar rijker en de cijfers van ongelijkheid werden via luidsprekers bekendgemaakt, breeduit op muren geschreven. De woede had zich geconsolideerd in slogans en geweren en het bleek dat zij, *zij*, Lola en Noni, de ongelukkigen waren die er niet mee wegkwamen, die de schuld moesten betalen die eigenlijk met vele generaties anderen gedeeld had moeten worden.

Lola ging een bezoek afleggen bij Pradhan, het flamboyante hoofd van de afdeling Kalimpong van de GNBF, om zich te beklagen over de illegale hutten die zijn volgelingen op het land van Mon Ami neerzetten.

Pradhan zei: 'Maar ik moet mijn mannen ergens onderbrengen.' Hij zag eruit als een bandietachtige teddybeer, met een lange baard, een bandana om zijn hoofd, gouden oorringen. Lola wist niet veel van hem, alleen dat hij in de kranten het 'buitenbeentje van Kalimpong' werd genoemd, afvallig, opvliegend, onvoorspelbaar, een rebel, geen onderhandelaar, die zijn GNBF-afdeling bestierde als een koning zijn koninkrijk, een rover zijn bende. Hij was ruwer, zei men, en opvliegender dan Ghising, de leider van de Darjeelingvleugel, die een betere politicus was en wiens mannen nu de Gymkhana Club bezetten. In de laatste *Indian Express* die door de wegversperringen heen was gekomen had een cv van Ghising gestaan: 'Geboren op theeplantage Manju; school: theeplantage Singbuli; voormalig Achtste Gorkha Jagers, gevochten in Nagaland; speelt toneel; auteur van proza en poëzie [tweeënvijftig boeken]; bantamgewicht bokser; vakbondsman.'

Achter Pradhan stond een soldaat met een geweer met houten geweerlade dat de kamer in wees. In Lola's ogen zag hij eruit als Budhoo's broer met Budhoo's geweer.

'Opzij van weg, mijn grond.' Lola, gekleed in de weduwensari die ze bij Joydeeps dood had gedragen naar het elektrische crematorium, mompelde zachtjes in gebroken Engels, alsof ze geen goed Engels sprak, liever dan het feit te benadrukken dat ze nooit Nepalees had geleerd.

Pradhans huis stond in een deel van Kalimpong waar ze nooit eerder was geweest. Tegen de buitenmuren stonden in tweeën gespleten stukken bamboe opgevuld met aarde en vetplanten. In Dalda-blikken en plastic zakken op de treden naar het kleine rechthoekige huis met een ijzeren dak groeiden stekel- en baardcactussen. De kamer was vol met starende mannen, sommige stonden, sommige zaten op klapstoelen, dicht opeen als in de wachtkamer van een dokter. Ze voelde hun dringende wens zich van haar te ontdoen als was ze een aandoening. Vóór Lola was er een man geweest met een verzoek om een gunst, een winkelier uit Marwari die probeerde een lading gebedslampen de wegversperringen te laten passeren. Vreemd genoeg was de handel in Tibetaanse godsdienstvoorwerpen in handen van de Marwari's – lampen en klokken, donderstenen, de paarse monnikspijen en saffraankleurige onderhemden, koperen knopen met een afdruk van een lotusbloem.

Toen de man voor Pradhan was gebracht, begon hij te knielen, buigen en kronkelen zonder zelfs zijn ogen op te slaan. Hij braakte bloemrijke beleefdheidsfrasen uit: Hooggeachte Heer en *Huzoor* en Uw Genadige Persoon en Uw wens is mijn Genoegen, dat het u behage, Wees zo Genadig, Edelachtbare, Uwe Goedheid Zelve, dat God zijn Zegeningen over U en de Uwen moge uitstorten, dat Uwe Eerbiedige Genade in grote Voorspoed moge leven en dat U Uw respectvolle Smekelingen Welslagen wilt verlenen...' Hij versierde zijn praatje met alle mogelijke bloemen, maar zonder succes en ten slotte liep hij achteruit weg, nog steeds strooiend met rozen en smeekbeden, gebeden en zegeningen...

Pradhan stuurde hem weg: 'Geen uitzonderingen.'

Toen was Lola aan de beurt geweest.

'Meneer, onrechtmatige bezetting van privé-terrein.'

'Naam van het terrein.'

'Mon Ami.'

'Wat is dat voor naam?'

'Franse naam.'

'Ik wist niet dat we in Frankrijk woonden. Wonen we daar? Zegt u dan eens waarom ik geen Frans spreek?'

Hij probeerde haar meteen weg te sturen, plattegrond en eigendomspapieren waarop de afmetingen van het terrein stonden en die ze voor hem wilde openvouwen, wegwuivend.

'Mijn mannen moeten gehuisvest worden,' verklaarde Pradhan.

'Maar ons land...'

'Langs alle wegen, tot een zekere breedte, is het land van de regering en dat land nemen we.'

In de hutten die plotseling 's nachts verschenen, woonden vrouwen, mannen, kinderen, varkens, geiten, honden, kippen, katten en koeien. Lola voorzag al dat ze over een jaar niet meer uit klei en bamboe, maar uit beton en stenen zouden bestaan.

'Maar het is ons land...'

'Gebruikt u het?'

'Voor groenten.'

'Die kunt u ook ergens anders laten groeien. Opzij van uw huis.'

'De heuvel is afgegraven, zachte aarde, veroorzaakt misschien grondverschuivingen,' mompelde ze. 'Heel gevaarlijk voor uw mensen. Grondverschuivingen...' Van angst beefde ze als een rietje, hoewel ze tegen zichzelf volhield dat het van woede was.

'Grondverschuiving? Maar ze bouwen niet zulke grote huizen als die van u, tantetje, alleen maar hutjes van bamboe. Feitelijk is het uw huis dat misschien een grondverschuiving veroorzaakt. Te zwaar, nietwaar? Te groot? Tientallen centimeters dikke muren? Steen, beton? U bent een rijke vrouw. Huis-tuin-bedienden!'

Nu glimlachte hij.

'Feitelijk,' zei hij, om zich heen gebarend, 'ben ik de raja van Kalimpong, zoals u kunt constateren. En een raja heeft vele koninginnen nodig.' Hij wierp zijn hoofd in zijn nek naar het geluid dat uit de keuken kwam waarvoor een gordijn hing. 'Ik heb er al vier, maar zou u,' hij nam Lola van top tot teen op, schoof zijn stoel achteruit, hoofd komisch schuin, een quasi-ondeugende uitdrukking op zijn gezicht, 'beste tante, zou u de vijfde willen zijn?'

De mannen in het vertrek lachten hard, 'Ha ha ha.' Hij kon op hen rekenen. Macht, wist hij, was een kwestie van vertoon. Hoe meer vertoon je maakte, des te meer ontzag had men voor je. Lola was voor een van de weinige keren in haar leven het mikpunt van de grap, verguisd, bespot, op een verkeerde plek in de stad.

'En omdat u mij op uw leeftijd geen zonen zult schenken, reken ik op een behoorlijke bruidsschat. Zo te zien heeft u niet veel te bieden, van boven niets' – hij sloeg op zijn kaki hemd – 'van beneden niets' – hij klopte op zijn achterwerk, dat hij uit zijn stoel hees...

'Eigenlijk heb ik van allebei meer.'

Ze hoorde hen lachen toen ze wegging.

Hoe slaagden haar voeten erin te lopen? Ze zou ze haar hele leven dankbaar blijven.

'Stom mens,' hoorde ze iemand zeggen toen ze de trap afliep.

De vrouwen lachten haar uit vanuit het keukenraam. 'Moet je haar zien kijken,' zei er eentje.

Het waren mooie meisjes, hun haren in glanzende strengen en neusringen in lieve gerimpelde neusjes...

Mon Ami leek op een bovennatuurlijke blauwwitte vredesduif met een guirlande van rozen in zijn snavel, dacht Lola toen ze onder het latwerk van het hek door liep.

'Hoe is het gegaan, wat heeft hij gezegd? Heb je hem gesproken?' vroeg Noni.

Maar Lola was niet in staat iets tegen Noni te zeggen, die op de terugkeer van haar zuster had zitten wachten.

Lola liep naar de badkamer en ging trillend op de neergeslagen wc-deksel zitten.

'*Joydeep*,' schreeuwde ze in stilte tegen haar man, al zo lang dood, '*moet je zien wat je hebt gedaan, stomme idioot!*'

Haar lippen openden zich en haar mond was even groot als haar schaamte.

'*Moet je zien waarmee je me hebt opgescheept! Weet je wat ik heb meegemaakt, heb je daar enig idee van? Waar ben je?! Jij met je onbenullige leventje en moet je zien wat me nu overkomt. Zij hebben niet eens respect voor me.*'

Ze hield haar bespotte oudevrouwenborsten vast en schudde ze. Hoe konden zij en haar zuster nu vertrekken? Als ze vertrokken, zou het leger hier intrekken. En anders kolonisten die hun rechten opeisten en er een zaak van zouden maken. Ze zouden het huis verliezen dat ze beiden, Joydeep en Lola, hadden gekocht met zulke verkeerde ideeën over een oude dag, lathyrus en mist, katten en boeken.

In de pijpleidingen klonk de stilte, bereikte een ondraaglijk hoogtepunt, zakte weg, steeg weer op. Ze draaide de kraan open – geen druppel kwam eruit – dan draaide ze hem moervast dicht alsof ze hem de nek omdraaide. Klootzak! Altijd zeker van zichzelf, altijd even onverstoorbaar. Nooit op het idee gekomen een huis in Calcutta te kopen – nee. Nee. Niet die Joydeep, met zijn romantische ideeën over het plattelandsleven; met zijn kaplaarzen, verrekijker en zijn vogelboek; met zijn Yeats, zijn Rilke (in het Duits), zijn Mandelstam (in het Russisch); in de purperkleurige bergen van Kalimpong met zijn verdomde Talisker en Burberry-sokken (aandenken aan een Schotse vakantie van golf+gerookte zalm+stokerij). Joydeep, een echte ouderwets innemende heer. Altijd zo zeker van zichzelf, nooit enige twijfel. Op en top de gentleman. '*Je was een idioot!*' schreeuwde ze tegen hem.

Maar ineens,

totaal onverwachts

voelde ze zich week worden.

'*Your eyes are lovely dark and deep.*'

Hij kuste altijd die glanzende ogen wanneer hij vertrok om aan zijn dossiers te werken.

'*But I have promises to keep.*'

Eerst het ene oog, dan het andere...

'*And miles to go before I sleep...*'

'*And miles to go before you sleep?*'

Dan viel zij in:

'*And miles to go before I sleep.*'

Zong hij haar na.

Tot het einde toe, en zelfs daarna, kon hij de humor doen herleven die haar in vuur en vlam had gezet toen ze nog maar kinderen waren. Op hun huwelijk had hij '*Drink to me only with thine eyes,*' gezongen en toen waren ze op huwelijksreis naar Europa gegaan.

Noni aan de deur: 'Gaat het?'

Luid zei Lola: 'Nee, het gaat niet. Ga alsjeblieft weg.'

'Waarom doe je de deur niet open?'

'Ik zeg toch dat je weg moet gaan, ga naar die straatjongens voor wie je het altijd opneemt.'

'Lola, doe de deur open.'

'Nee.'

'Doe 'm open.'

'Donder op,' zei Lola.

'Lola?' zei Noni, 'ik heb rum en een *nimboo* voor je gemaakt.'

'Ga toch weg,' zei Lola.

'Zusje, gewelddaden worden altijd onder het mom van een legitieme zaak gepleegd...'

'Onzin.'

'Maar als we vergeten dat er iets van waarheid zit in wat ze zeggen, zullen we altijd problemen houden. De Gorkha's zijn gebruikt...'

'Je kletst uit je nek,' zei ze grof. 'Dit zijn geen goede mensen. Gorkha's doen het alleen om het geld, dat is het. Als je ze betaalt, zijn ze trouw aan wat dan ook. Het gaat niet om een principe, Noni. En waarom eigenlijk GOrkha. Het was altijd GUrkha. En er zijn hier niet eens zoveel Gorkha's – wel een paar natuurlijk, en een paar die net uit Hong Kong gekomen zijn, maar verder zijn het alleen maar sherpa's, koelies...'

'De Engelse spelling. Ze veranderen het in...'

'M'n neus!' Waarom schrijven ze het op z'n Engels als ze willen dat er Nepalees op school wordt onderwezen? Het zijn gewoon boerenkinkels, dat zijn het, Noni, en jij weet het en wij weten het allemaal.'

'Ik niet.'

'Ik zei het al, ga dan naar ze toe. Laat je huis achter, laat je boeken en je Ovaltine en je warme onderbroek achter. Ha, ik wil je weleens zien, *leugenaarster en bedriegster*.'

'*Dat zal ik doen.*'

'Ga dan. En als je klaar bent, kan je naar de hel lopen.'

'*Hel?*' zei Noni, aan de andere kant aan de badkamerdeur rammelend. 'Waarom naar de *hel?*'

'*Omdat je misdadig bezig bent, daarom,*' gilde Lola.

Noni nam weer plaats op de drakenkussens van de sofa. O, ze hadden zich vergist. Ze hadden niets van het land begrepen. Ze waren allebei dom geweest te denken dat het opwindend was in deze pittoreske villa te wonen; zichzelf te trakteren op die oude reisboeken uit de bibliotheek; een romantisch leven te leiden onder een bepaalde lichtinval; een plek te geven aan iets wat alleen bedoeld was voor een lezing voor de Royal Geographic Society, als de auteur terugkwam van zijn expeditie naar de koninkrijken van de verre Himalaya, onder het genot van een glas sherry en de inontvangstneming van een met goud bespikkeld erediploma – maar ver waarvandaan? Exotisch voor wie? Voor de zusters was het het centrum van hun bestaan, maar ze hadden het nooit als zodanig bekeken.

Mensen als Budhoo en Kesang konden niet zulke pedante of zelfbewuste levens leiden, terwijl Lola en Noni het zich permitteerden te doen alsof het een dagelijks gevecht was beschaafd te blijven op deze plek van hoog oprijzend, wuivend groen. Ze hielden vast aan hun kampeeruitrusting, hun zaklantaarns, klamboes, regenjassen, warmwaterkruiken, cognac, radio, EHBO-doos, Zwitserse zakmes, boek over giftige slangen. Al deze voorwerpen waren evenzovele talismannen met de taak de werkelijkheid onder controle te krijgen, spullen gemaakt door een wereld waarin ze gelijkstonden aan moed. Maar in feite stonden ze gelijk aan lafheid.

Noni probeerde zichzelf te vermannen. Misschien had iedereen weleens dit gevoel wanneer je inzag dat een mensenleven ondoorgrondelijk was en emoties boven je eigen betekenis uitstegen.

# 39

Sai kon niet vergeten hoe oneindig teder hun eerste aanraking was geweest, hoe ze elkaar hadden betast alsof ze
zouden kunnen breken. Ze dacht aan de woeste blik die hij haar in Darjeeling had
toegeworpen, een waarschuwing uit zijn buurt te blijven.
Na zijn weigering haar te herkennen was Gyan nog een
laatste keer naar Cho Oyu gekomen. Hij had aan tafel gezeten alsof hij geketend was.

Een paar maanden terug zat hij nog zo hartstochtelijk
achter haar aan en nu gedroeg hij zich alsof zij hem had
weggejaagd en, met de staart tussen de benen, in een val
gelokt!

Wat was dit voor een man, dacht ze. Ze kon niet geloven
dat ze van zoiets verwerpelijks had gehouden. Haar kus had
hem niet tot prins gemaakt; hij was in een afschuwelijke kik-
vors veranderd.

'Wat ben je voor iemand?' vroeg ze. 'Wat zijn dit voor
manieren?'

'Ik ben in de war,' zei hij ten slotte met tegenzin. 'Ik ben
ook maar een mens met zijn zwakheden. Sorry.'

Het 'sorry' deed de deur dicht; Sai ontplofte: 'Ach,
meneer is ook maar een mens met zijn zwakheden. Maar
zo gemakkelijk kom je er niet van af,' riep ze. 'Een moorde-
naar kan ook sorry zeggen en denk je dat hij daarmee weg
kan komen?'

Er gebeurde weer wat altijd tijdens hun ruzies gebeurde.
Hij raakte geïrriteerd, want wie was ze helemaal om hem
de les te lezen? 'Gorkhaland voor Gorkha's. Wij zijn het

bevrijdingsleger.' Hij was een martelaar, een man; en wel een man met ambities, met principes.

'Hier hoef ik niet naar te luisteren,' zei hij opspringend en wegstormend, net toen zij zich sterk voelde.

En Sai had gehuild, want het was de onbillijke waarheid.

Aan haar lot overgelaten tijdens de avondklok smachtte ze naar Gyan, ziek van begeerte om begeerd te worden, hoopte nog steeds dat hij terugkwam. Haar voormalige talent voor eenzaamheid was ze kwijt.

Ze wachtte, las *Wuthering Heights* tweemaal, waarbij de kracht van de tekst beide keren in haar binnenste een wild dierlijk gevoel losmaakte – en twee keer las ze de laatste bladzijden – Gyan kwam niet.

Een wandelende tak zo groot als een klein takje liep de trap op.

Een kever met een onbezonnen rood achterwerk.

Een dode schorpioen werd ontleed door mieren – eerst kwam zijn Popeye-arm voorbij, gedragen door een stoet mierenkoelies, dan de angel en, afzonderlijk, het oog.

Maar geen Gyan.

Ze ging op bezoek bij oom Neutje. 'Ahoi,' riep hij haar toe vanaf zijn op een scheepsdek gelijkende veranda.

Maar hij zag dat ze alleen uit beleefdheid glimlachte en hij voelde een steek van jaloezie, zoals vrienden voelen wanneer liefde iemand van hen afneemt, vooral degenen die hebben begrepen dat vriendschap genoeg is, standvastiger, natuurlijker, simpeler voor het hart. Iets dat altijd toevoegde en nooit wegnam.

Haar verstrooidheid opmerkend, voelde oom Neutje zich bezorgd en zong

*You're the tops*
*You're Nap-O-lean-Brandy*
*You're the tops*
*You're Ma-HAT-ma Gandy!*

Maar haar lach was opnieuw niet meer dan een speciaal voor hem gemaakt lekkernijtje, om te doen alsof hun vriendschap nog was wat het was geweest.

Hij had het zien aankomen en haar lang tevoren geprobeerd duidelijk te maken hoe ze de liefde moest zien; het was een hele kunst; je moest begrijpen dat het verdriet om en verlies van liefde erbij hoorden en zelfs een treurige romance zou waardevoller zijn dan eenvoudig dom geluk. Jaren geleden, als student in Oxford, had oom Neutje zichzelf gezien als een minnaar van liefde. Hij zocht het woord op in de kaartcatalogus en kwam met armen vol boeken naar huis. Hij rookte sigaren, dronk port en madera, las psychologie, wetenschap, pornografie, poëzie, Egyptische liefdesbrieven, negende-eeuwse Tamil-erotica... Het jagen was een genot en gejaagd te worden was een genot, en toen hij op praktisch onderzoek uitging, had hij zuivere liefde gevonden op de meest smerige plaatsen, die gevaarlijke plekken in de stad waar de politie zich niet waagde; zulke smalle middeleeuwse straatjes dat je er als een krab doorheen moest lopen langs drugdealers en hoeren; waar 's nachts mannen die hij nooit zag hun tong in zijn mond duwden. Er was Louis geweest en André, Guillermo, Rassoul, Johan en Yoshi en boven op een berg in het Lake District had hij eens 'Humberto Santamaria' geroepen, voor een elegante minnaar. Sommigen hielden van hem, terwijl hij niet van hen hield; van anderen hield hij zielsveel, maar zij hielden helemaal niet van hem. Sai zat er echter te dicht bovenop om zijn gezichtspunt naar waarde te kunnen schatten.

Oom Neutje krabde aan zijn voeten zodat de schilfers wegvlogen: 'Als je eenmaal begint te krabben, kan je niet meer ophouden...'

Sai ging vervolgens naar Mon Ami, waar ze lachten en blij met wat afleiding te midden van alle problemen, probeerden te raden: 'Wie is de gelukkige? Lang, blond, knap?' 'En rijk?' zei Noni. 'Hopelijk is hij rijk?'

Maar enig geluk was Sai toch beschoren en maakte dat de deuk in haar zelfrespect onopgemerkt bleef. Het was een gewone huis-, tuin- en keukenverkoudheid die haar redde. Heldhaftig maakte deze zich net op tijd meester van haar huis-, tuin- en keukenverdriet, camoufleerde de oorzaak van haar tranende ogen en hese keel, en verdoezelde met ziektesymptomen de onelegante val vanaf het strakgespannen koord der verblindende liefde. Aldus beschermd tegen een gemakkelijke diagnose, verborg ze haar gezicht in een grote mannenzakdoek. 'Verkouden!' Eén deel huis-, tuin- en keukenverkoudheid op negen delen huis-, tuin- en keukenverdriet. Lola en Noni maakten grogs met honing, citroen, rum en heet water.

'Je ziet er vreselijk uit, Sai.'

Haar ogen waren rood en prikkerig van het vele huilen. Het verdriet drukte als een Gestapo-laars op haar hersenpan.

Terug op Cho Oyu zocht de kok in het medicijnkastje naar Coldrin en Vicks Vaporub. Hij vond een zijden sjaal voor haar keel en Sai, geranseld door ijskoude eucalyptische winden, doorstond de hete en koude rillingen van Vicks; maar de dringende en intense verwachting, de op niets gebaseerde hoop bleef aan haar knagen. Hoop moest zichzelf voeden. Ze werd er gek van.

Was haar liefde voor Gyan alleen maar een gewoonte? Hoe was het in hemelsnaam mogelijk zoveel aan iemand te denken?

Hoe meer ze dacht, hoe meer ze dacht, hoe meer ze dacht.

Zichzelf vemannend sprak ze rechtstreeks tot haar hart: 'Waarom doe je me dit aan?'

Maar haar hart gaf geen duimbreed toe.

Het was goed te vergeten en afstand te doen, bracht zij het in herinnering; het was niet kinderachtig om... iedereen moest tekortkoming en verlies in het leven accepteren.

De reuzeninktvis. De laatste dodo.

Op een ochtend was haar verkoudheid bijna over en ze begreep dat ze zich daar niet langer achter kon verschuilen. Toen de spertijd voorbij was, begon Sai de niet erg eervolle zoektocht naar Gyan om zo haar eer te redden.

# 40

Hij was nergens op de markt, ook niet in de muziek- en videozaak waar Rinzy en Tin Tin Dorji versleten kopieën van Bruce Lee- en Jackie Chanfilms uitleenden.

'Nee, heb hem niet gezien,' zei Dawa Bhutia, zijn hoofd uitstekend uit de stoomwolk van kokende kool in de keuken van het Chin Li Restaurant.

'Is er nog niet,' zei Tashi bij de Snow Lion, die de reisafdeling bij gebrek aan toeristen had gesloten, en een biljarttafel had neergezet. Aan de muren hingen nog steeds de posters: 'Ervaar de grootsheid van de Raj; kom naar Sikkim, land van meer dan tweehonderd kloosters.' Achterin, achter slot en grendel, bewaarde hij nog steeds de schatten die hij te voorschijn haalde om ze aan de rijke reizigers te verkopen: een zeldzame thangka van lama's die op magische zeedieren naar China voeren om daar de dharma te verspreiden; de oorring van een edelman; een kom van jade, uit een Tibetaans klooster gesmokkeld, zo doorzichtig dat het licht er als een groen en zwart wolkenlandschap doorheen scheen. 'Tragisch, wat er in Tibet gebeurt,' zeiden de toeristen, maar hun gezichten vertoonden alleen maar blijdschap met de buit. 'Slechts vijfentwintig dollar!'

Maar nu was hij afhankelijk van de lokale valuta. Tashi's achterlijke neef rende met flessen heen en weer tussen Gompu's en de biljarttafel, zodat de mannen konden blijven drinken terwijl ze speelden en over de beweging praatten. Overal lagen sporen van braaksel.

Sai liep langs de verlaten klaslokalen van het Kalimpong college; tegen de beslagen ruiten dode insecten in pluizige bollen opgehoopt, bijen verstrikt in het zijdeweefsel van spinnen, op het schoolbord nog symbolen en berekeningen. Hier, in deze gechloroformiseerde omgeving, had Gyan gestudeerd. Ze liep naar de andere kant van de heuvel die uitkeek over de rivier de Relli en Bong Busti, waar hij woonde. Zijn huis, in een arm en haar volslagen onbekend gedeelte van Kalimpong, was twee uur bergafwaarts.

Hij had haar over zijn moedige voorouders in het leger verteld, maar waarom had hij het nooit over zijn huidige familie hier? Diep in haar hart wist Sai dat ze thuis moest blijven, maar ze kon zichzelf niet tegenhouden.

Ze kwam voorbij verscheidene kerken: Jehova's Getuigen, Adventisten, Heiligen der laatste dagen, Baptisten, Pinkstergemeente. De oude Engelse kerk stond midden in het centrum van de stad, de Amerikaanse stonden aan de rand, maar de nieuwe hadden meer geld, wisten beter de trom te roeren en haalden hun achterstand snel in. Daarbij waren ze ook zeer bedreven in de sta-achter-een-boom-en-springte voorschijn techniek om eventuele weglopers te verrassen; in de *salwar kameez*-vermomming (dan kan ik je beter eten, liefje...); en als je betrokken raakte bij een onschuldig praatje over taallessen (dan begrijp je de Bijbel beter, liefje...). Ja, ze waren net zo moeilijk af te schudden als een teek.

Maar Sai liep ongehinderd voorbij. De kerken waren donker; in tijden van gevaar vertrokken de missionarissen altijd om thuis chocoladekoekjes te eten en geld in te zamelen, totdat het vredig genoeg was om weer te voorschijn te komen en ze een nieuwe en versterkte aanval konden doen op een verzwakte en wanhopige bevolking.

Ze passeerde akkers en kleine groepjes huizen, raakte de weg kwijt in een vertakking van paden die kriskras over de bergen liepen, recht omhoog als klimplanten, zich splitsend en eindigend in nog meer paadjes naar hutten langs vingerbrede richels tussen het dikke bamboe. Daken van golfplaat beloofden tetanus; buiten-wc's stonden in de vrije natuur zodat de uitwerpselen in de vallei vielen. In tweeën gespleten bamboe voerde water naar veldjes met maïs en pompoen en aan pompen bevestigde, op wormen lijkende buizen liepen van een stroompje naar de hutten. In de zon zagen ze er lief uit, deze huisjes; eromheen kropen baby's, hun billetjes staken rood uit hun broekjes waar de achterkant was uitgeknipt voor hun *susu* en plasje; fuchsia's en rozen – want iedereen in Kalimpong was dol op bloemen en voegde zelfs aan een botanische weelde nog extra planten toe. Sai wist dat wanneer de dag ten einde was, je de armoede niet meer kon ontkennen en het duidelijk zou worden dat de huizen benauwd en vochtig waren, de rook dik genoeg om erin te stikken, de bewoners een karige maaltijd aten bij kaarslicht dat te zwak was om goed te kunnen zien, en in de dakspanten ratten en slangen vochten om insecten en vogeleieren. Je wist dat het regenwater bleef staan en de vloer modderig maakte, dat alle mannen te veel dronken, werkelijkheid degenereerde in nachtmerries, vechtpartijen en afranselingen.

Een vrouw met een baby op haar arm kwam voorbij. De vrouw rook naar aarde en rook en van de baby kwam een mierzoete lucht, als van gekookte maïs.

'Weet u ook waar Gyan woont?' vroeg Sai.

Ze wees naar het huis voor haar; daar stond het en even voelde Sai een hevige schrik.

Het was een kleine, met bitumen afgestreken kubus; in het cement van de muren had vast en zeker zand gezeten, want het liep uit gaten als uit een doorgeprikte zak.

Op de hoeken van het bouwsel hingen kraaiennesten van elektriciteitsdraden, die zich afsplitsten en via de met smalle gevangenistralies gebarricadeerde ramen naar binnen verdwenen. Ze rook een open afvoer die onmiddellijk een traag sanitair verried, dat elke dag opnieuw faalde hoewel het toch verre van ingewikkeld was. De afvoer liep van het huis onder een verzameling ruwe stenen en leegde zich over het perceel dat afgebakend was met prikkeldraad en vanonder dit prikkeldraad kwam een wanordelijke harem kakelende kippen, op de vlucht voor een geile haan.

De bovenverdieping van het huis was niet voltooid, waarschijnlijk opgegeven vanwege geldgebrek en in afwachting van genoeg spaargeld om de bouw voort te zetten, was het in verval geraakt. Geen muren, geen dak, alleen een paar palen waaruit ijzeren punten staken die een ruw beeld gaven van wat had moeten komen. Er was gepoogd de punten te beschermen tegen roest met omgekeerde limonadeflesjes, maar ze waren hoe dan ook heloranje.

Toch was duidelijk dat dit huis iemand dierbaar was. Langs de veranda stonden goudsbloemen en zinnia's; de voordeur stond op een kier en achter het gerimpelde fineer zag ze een vergulde klok en aan een afbrokkelende muur een poster van een goudharig kind met een muts op, precies het soort zaken waar Lola en Noni genadeloos de draak mee staken.

Natuurlijk stonden dit soort huizen overal, gemeengoed voor degenen die zich tot aan de buitenrand van de kleine burgerij hadden weten te vechten – net tot aan de rand, waaraan ze zich wanhopig vastklampten maar steeds opnieuw hun greep verloren, zodat het huis verviel, niet tot de pittoreske armoede die de toerist zo graag fotografeerde, maar tot waarachtige mistroostigheid – dit was de moderne tijd op zijn gemeenst, de ene dag nog gloednieuw, de volgende dag al een ruïne.


Het huis paste niet bij hoe Gyan praatte, Engels sprak, eruitzag, zich kleedde, niet bij zijn opleiding. Het paste niet bij zijn toekomst. Alles wat deze familie bezat was voor hem bestemd en tien mensen moesten zo leven om een jongen fatsoenlijk te kappen en kleden, te laten studeren, hun beste inzet in de grote wereld. De huwelijken van de zusters, de opleiding van de jongere broers, de tanden van grootmoeder – alles moest wachten, in stilte, totdat het zijn beurt was, hij zich in het zweet zou werken, zijn aandeel zou leveren.

Vervolgens voelde Sai schaamte voor hem. Hij had natuurlijk gehoopt dat zijn zwijgen werd opgevat als waardigheid. Natuurlijk had hij haar op een afstand gehouden. Natuurlijk had hij nooit over zijn vader gesproken. De dilemma's en spanningen in dit huis, hoe had hij erover kunnen praten? En vervolgens voelde ze afkeer van zichzelf. Hoe had ze zich, onwetend en zonder haar instemming, bij deze onderneming laten betrekken?

Ze stond naar de kippen te kijken, niet wetend wat ze moest doen.

Kippen, kippen, kippen, gekocht om een klein inkomen aan te vullen. Nooit had ze zo'n duidelijk beeld van de vogels gehad; een groteske troep, toneel van verkrachting en geweld; fladderende, krijsende kippen, pogend te onsnappen aan verkrachting door de haan, werden in het nauw gedreven en gepikt.

Er gingen enkele minuten voorbij. Moest ze weggaan, moest ze blijven?

De deur ging verder open en een ongeveer tienjarig meisje kwam uit het huis met een pan die ze met modder en steentjes bij de kraan buiten ging schoonmaken.

'Woont Gyan hier?' vroeg Sai ondanks zichzelf.

Wantrouwen versomberde het gezicht van het meisje, een ingewortelde argwaan, een eigenaardige uitdrukking bij een kind.

'Hij is mijn wiskundeleraar.'

Nog steeds kijkend of iemand als Sai alleen maar problemen kon betekenen, zette ze de pan neer en ging het huis in; de haan rende naar voren, stortte zich op de rijst die nog onderin zat en klom er helemaal in, zodat de kippen enig respijt kregen.

Op dat moment kwam Gyan naar buiten, ving haar blijk van afschuw op, voordat ze de gelegenheid had die te maskeren, en voelde zich diep gekrenkt. Hoe durfde ze hem te komen opzoeken en haar genoegdoening te halen via medelijden! Hij had zich schuldig gevoeld dat hij zo lang niets had laten horen, zat er juist over te denken haar weer op te zoeken, maar nu wist hij dat hij helemaal gelijk had. De haan klom uit de pan en stapte heen en weer. Hij was de enige die telde, met zijn kroon en sporen, kraaiend als een koloniaal.

'Wat moet je?'

Ze zag hoe zijn ogen en mond zich voegden naar wat hij dacht, herinnerde zich dat hij haar in de steek had gelaten en niet andersom en voelde boze verbittering.

Vuile hypocriet.

Het ene zeggen, het andere doen. Niets dan alleen maar leugens.

Verderop zag ze een buiten-wc bestaande uit vier bamboestokken en versleten jute aan de rand van een vervaarlijke helling.

Misschien had hij gehoopt zich Cho Oyu binnen te flikflooien; misschien kon zijn hele familie wel daar intrekken als hij zijn kaarten goed speelde en die spatieuze badkamers gebruiken, elk zo groot als zijn hele huis. Cho Oyu was dan misschien aan het vervallen, eens was het vorstelijk geweest; het had weliswaar geen toekomst, maar wel een verleden en dat was genoeg – een hek van zwart traliewerk, de naam verwerkt in de imposante stenen pilaren met bemoste kanonkogels erbovenop, net zoals in *To the Manor Born*.

Het zusje keek hen nieuwsgierig aan.

'Wat moet je?' herhaalde Gyans koude stem.

Te bedenken dat ze gekomen was om hem momo te noemen, heerlijk hapje gemalen schaapsvlees in een mooi ribbelig korstje, dat ze gekomen was om op zijn schoot te kruipen, om te vragen waarom hij haar niet vergeven had zoals eerder bij de ruzie over Kerstmis, maar ze zou hem nu niet zijn zin geven door enige zwakte te tonen. In plaats daarvan zei ze dat ze naar aanleiding van vader Laars was gekomen.

Verontwaardiging over het haar vriend aangedane onrecht nam opnieuw bezit van haar. Die goeie vader Laars, die op een jeep was gezet naar het vliegveld van Siliguri en alles kwijt was behalve zijn herinneringen: de keer dat hij een lezing had gegeven over hoe in Kalimpong zuivelbedrijven in het klein een economisch stelsel volgens Zwitserse principes konden opzetten en hij met een staande ovatie begroet was; zijn gedicht op een koe in de *Illustrated Weekly*; en 'Op het mooiste wat er is, beste vrienden'-avonden op de veranda van oom Neutje, als de muziek eindigde met een lang aangehouden honingzoete noot en de maan – de volle – omhoogschoof, een verlichte kaas als een alchemistisch wonder. De tijd ging zo snel! Het was allemaal voorbij.

Wat moest hij beginnen in een land waar hij, dacht hij wanhopig, betutteld zou worden als een oude man, onderhouden door de staat en opgeborgen in een keurig nette doos samen met andere oude mensen met alles zogenaamd hetzelfde als hij...

Hij had zijn vriend Neutje treurend achtergelaten, drinkend, terwijl de wereld rondom hem begon te golven; de stoel naar de ene kant, de tafel en de kachel naar de andere kant; de hele keuken deinde heen en weer.

'Moet je zien wat jullie teweegbrengen,' zei ze tegen Gyan.

'Wat breng ik teweeg? Wat heb ik met vader Laars te maken?'

'Alles.'

'Nou, als dat het resultaat is, dan moet het maar. Moeten de Nepalezen nog tweehonderd jaar armoede lijden zodat de politie geen excuus heeft vader Laars eruit te gooien?' Hij kwam het hek uit en voerde haar weg van het huis.

'Ja,' zei Sai. 'Jij, bijvoorbeeld, zou beter kunnen vertrekken dan vader Laars. Je denkt dat je zo goed bent... maar weet je? *Dat ben je niet.* Hij heeft meer gedaan dan jij ooit voor de mensen hier op de berg zal doen.'

Gyan begon zich echt op te winden.

'Eigenlijk is het prima dat ze hem eruit hebben gegooid,' zei hij. 'Wie zitten hier om Zwitsers verlegen? Hoeveel eeuwen al maken we onze eigen melk?'

'Waarom doe jij dat dan niet? Waarom maak je geen kaas?'

'Omdat we in India zijn. Dank je de koekoek. We willen geen kaas en het laatste wat we nodig hebben zijn chocoladesigaren.'

'O, daar beginnen we weer.' Ze had zin om hem bij zijn kladden te pakken. Ze had zin hem zijn ogen uit te krabben en hem bont en blauw te schoppen. Ze rook al bloed, ze proefde de smaak al, zilt, donker. 'Cultuur is belangrijk,' zei ze.

'Dat is geen cultuur, dom wicht. Scholen en ziekenhuizen, dat is cultuur.'

*Dom wicht* – hoe durfde ie!

'Je moet nu eenmaal een norm aanhouden, anders zakt alles naar hetzelfde niveau als jij en jouw familie.'

Ze schrok van haar eigen woorden, maar op dit ogenblik was ze bereid alles te steunen dat niet Gyans kant vertegenwoordigde.

'Ik begrijp het. Zwitserse luxe is een norm, chocolade en

horloges zijn een norm... Ja, sus je geweten maar, domme meid, en hoop maar dat je huis niet in brand wordt gestoken om de eenvoudige reden dat je een *dom wicht* bent.'

Weer noemde hij haar een *dom wicht.* 'Als je er dan zo over denkt, waarom heb je de kaas dan niet geweigerd in plaats van hem op te schrokken? Kom je nu pas met je kritiek? *Hypocriet!* Maar je at wat graag de kaas toen je de kans kreeg, nietwaar? Al die toostjes met kaas. Je hebt wel honderden toostjes met kaas gegeten. En dan de chocoladesigaren... Zo gulzig, je propte je ermee vol. En tonijn op toost en crackers met pindakaas!'

Nu het gesprek op drift raakte, kwam zijn gevoel voor humor terug: Gyan begon zachtjes te lachen, zijn ogen stonden vriendelijker en ze zag dat zijn uitdrukking veranderde. Ze waren weer op vertrouwd, bekend terrein, terug in het onbestemde grijs. Doorsnee mensen in doorsnee, ondoorzichtig, gekookte eieren-licht, zonder charme, zonder verrassingen, met tegenstrijdigheden, met gemakkelijke principes, kibbelend over dingen waarin ze maar half geloofden of zelfs helemaal niet geloofden, net zo uit op comfort als op soberheid, oprechtheid als huichelarij, net zo smachtend naar een gezellig familieleven als bereid het voor altijd op te geven. Ze wilden kaas en chocolade, maar ook al die verdomde buitenlandse dingen eruit gooien. Een ongetemde uitdagende zevende-hemelliefde, maar ook een weinig opwindende huis-tuin-en keukenliefde, met veilige verrassingen zoals trouwen met de dochter of zoon van de beste vriend van je vader en mopperen over de prijs van de aardappels en de prijs van de uien. Ze wilden alle kanten van het leven leren kennen, maar natuurlijk alleen die kanten die hun van pas kwamen.

Sai moest ook een beetje lachen.

'Momo?' zei ze, overstappend op een vragende toon.

345

In een oogwenk sloeg hij om en kwam zijn boosheid terug. Bedacht dat dit geen gesprek was dat hij lachend wilde beëindigen. De kinderachtige troetelnaam, de liefdevolle blik in haar ogen – het maakte hem alleen maar kwaad. Dat gedoe om hem zijn excuses te laten maken, hem te verstikken, in te pakken, te smoren in deze weeïge blubberpap, misselijke kleverige troetelwoordjes... *baaaahhhhhh...*

Hij moest een man zijn. Hij moest wilskracht tonen en een vuist maken. De harde lijn, ruimte, duidelijke taal, niet dit getuttel en getatel, dit zoetsappige gedoe...


O ja, hij moest heel sterk zijn...

Want, om de waarheid te zeggen, Gyan was, naarmate de weken verstreken, bang geworden... hij, die gemeend had dat er niets heerlijkers was dan uit te roepen dat de verdrukking overwonnen was, die zijn vuist gebald had tegen de authoriteiten, die zuivering had gevonden in het vuur van zijn medestudenten, die de berg had opgeëist, genoten had van het idee dat die Mon Ami-zusters met hun namaak Engelse accent verbleekten en sidderden – hij de held voor een eigen staat...

Met toenemende ongerustheid luisterde hij naar de steeds radicalere gesprekken in Gompu's. Wat bereikte je met schreeuwen en staken, zeiden ze, en ze spraken over het in brand steken van het *Circuit House*, het beroven van het benzinestation.

Toen Chhang en Bhang, Gyan, Uil en Ezel in de jeep waren gesprongen, getankt hadden bij het benzinestation en weggereden waren zonder te betalen, had Gyan net zo hard gebeefd als de pomphouder aan de andere kant van het loket, terwijl zijn hart onbedaarlijk bonkte.

Sommige mensen werden opgewonden door dit soort uitdagend gedrag, maar Gyan niet. Hij was boos dat zijn familie er niet aan had gedacht hem te verbieden mee te doen en hem thuis te houden. Hij haatte zijn onfortuinlijke vader, zijn moeder die hem om leiding vroeg, hem altijd om leiding had gevraagd, zelfs toen hij nog klein was, alleen maar omdat hij een man was. Hij lag nachten wakker en had spijt van zijn grote mond.

Maar hoe kon je jezelf serieus nemen als je eigenlijk nergens in geloofde? Hoe kon je jouw deel nemen, als je er niets voor hoefde op te geven? Hoe bracht je betekenis en trots in je leven?

Dat hij met Sai gebroken had was goed voor hem geweest.

De kier die ze had opengezet naar een andere wereld, gaf hem net genoeg bewegingsruimte; hij kon zich tegen haar afzetten, het conflict waarvan hij zich al zijn hele leven vaag bewust was, vorm geven. Door haar weg te duwen ontstond een kracht, verdween een doel. Hij ging het niet liefjes goedmaken.

'Je haat me,' zei Sai, alsof ze zijn gedachten kon lezen, 'om allerlei redenen die niets met mij te maken hebben. Je bent niet eerlijk.'

'*Wat is eerlijk? Wat is eerlijk?* Heb je enig *idee* hoe de wereld in elkaar zit? Neem je de moeite te *kijken?* Heb je enig *begrip* hoe gerechtigheid te werk gaat, of liever gezegd *niet* te werk gaat? Je bent toch geen kind meer...'

'En hoe volwassen ben jij?! Je bent zelfs te bang om les te komen geven, omdat je weet dat je gemeen bent geweest en te laf bent om het toe te geven! Waarschijnlijk hoop je dat je mammie je huwelijk regelt. Een eenvoudige familie, zonder opleiding, van het soort dat huwelijken arrangeert... ze vinden een sufferdje voor je en je mag de rest van je leven blij zijn met een gans. Zo is het toch, Gyan?'

Laf! Hoe durft ze. Wie zou er met haar willen trouwen!

'Denk je soms dat het dapper is op jouw veranda te zitten? Moet ik mijn hele leven soms *toostjes met kaas* eten?'

347

'Dat heb ik je niet gevraagd. Je deed het uit eigen vrije wil en nou neem je het ons kwalijk.' Ze had een nieuw verwijt gevonden en daar beet ze zich in vast, ook al schrok ze steeds meer van het venijn dat uit haar mond spoot; maar het was alsof ze in een stuk speelde en de rol sterker was dan zijzelf.

'Gratis eten... echt iets voor jouw soort mensen, vragen en nemen en dan spugen op wat je hebt gekregen. Het is duidelijk waarom je nooit iets zal bereiken...

*Omdat je het niet verdient.* Waarom at je het op als je je er te goed voor voelde?'

'Ik voelde me er niet te goed voor. Het heeft niets met mij te maken, DOM WICHT...'

'Ik ben geen DOM WICHT. De hele tijd noem je me DOM WICHT, DOM WICHT...'

Ze had enkele minuten eerder iets geleerd van de gewone kippen en ze haalde met handen en nagels naar hem uit, krabde zijn armen tot bloedens toe open en... *'Jij hebt hun van de geweren verteld, waar of niet?'* Ineens schreeuwde ze het uit. *'Je hebt hun gezegd naar Cho Oyu te gaan, jij, jij, waar of niet?'*

Ze flapte het er allemaal uit, ook al had ze tevoren niet aan deze mogelijkheid gedacht. Plotseling kwam alles tegelijk: haar woede, Gyans afwezigheid, het feit dat hij haar niet wilde kennen in Darjeeling.

Het was de, kortstondige, schuldige blik die hem verried. Kronkelend als een gevangen vis probeerde hij zich eruit te praten. *'Je bent niet goed wijs.'*

'Ik zag het wel,' viel Sai uit. Haalde uit naar zijn ogen. Maar hij was haar voor, duwde haar omver in de lantanastruiken en sloeg erop los met een stok.


'Gyan *bhaiya?*' Het was de aarzelende stem van zijn zusje toen Sai erin slaagde overeind te komen.

Vol afgrijzen draaiden beiden zich om. Het was allemaal gezien. Hij liet de stok vallen en zei tegen zijn zusje: 'Bemoei je er niet mee. Ga naar binnen of je krijgt een pak slaag.' En tegen Sai schreeuwde hij: 'Ik wil je hier nooit meer zien.' O, nu zouden zijn ouders alles te weten komen. Sai gilde naar het zusje: 'Gelukkig heb je alles gezien, gelukkig heb je alles gehoord. Vertel maar aan je ouders wat je broer op zijn geweten heeft, dat hij zogenaamd van me houdt, allerlei beloften doet en dan een stel rovers op ons huis af stuurt. Ik ga naar de politie en dan zullen we wel zien wat er met jouw familie gebeurt. Ze zullen Gyan zijn ogen uitsteken, zijn hoofd afhakken en dan moet je zien hoe jullie allemaal komen klagen en smeken... *Ha.*'

Het zusje probeerde te luisteren, maar Gyan pakte haar bij haar vlechten en trok haar naar het huis. Sai had hem verraden, maakte dat hij anderen verraadde, zijn eigen mensen, zijn familie. Zij had hem verleid, hem overrompeld, hem bespioneerd, ze was zijn ondergang, zij was de oorzaak van zijn gemene gedrag. Wat hem betrof kon zijn moeder hem niet snel genoeg de foto laten zien van het meisje met wie hij ging trouwen, een aantrekkelijk meisje, hoopte hij, met wangen als twee Simla-appels, die er geen smerige en gemene gedachten op na hield en van wie hij zou houden omdat ze zo bijzonder was.

Sai had niets bijzonders. Ze was alledaags, een weerspiegeling van alle tegenstrijdigheden om haar heen, een spiegel waarin hij zichzelf veel te duidelijk zag om er zich gemakkelijk bij te voelen.


Sai volgde broer en zuster, maar bleef toen staan. Een gevoel van schaamte bekroop haar. Wat had ze gedaan? Ze zouden háár uitlachen, een wanhopig meisje dat helemaal hierheen was komen lopen vanwege een onbeantwoorde liefde. Ze zouden Gyan op de schouders slaan en feliciteren met zijn verovering. Op haar zouden ze neerkijken. Hij had toevallig het eeuwenoude trucje ontdekt, waardoor hij weer een held werd, 'de begeerde man'... Hoe meer hij haar achter haar rug om beschimpte – 'Ach, dat rare kind loopt achter me aan...' des te harder zouden de mannen juichen, des te belangrijker werd zijn status in Thapa's kantine; hoe meer Sai werd afgeschilderd als een vrouw die niet goed snik was, des te trotser zou Gyan zijn... Ze voelde hoe haar zelfrespect haar in de steek liet, keek er vanuit de verte naar, terwijl Gyan en zijn zusje het pad afliepen. En toen zij het huis in gingen, verdween ook haar zelfrespect.

Ze liep heel langzaam naar huis, ziek van verdriet. De mist werd dikker, en met de rook erbij nog donkerder en neveliger. Uit de *busti*-huizen langs de weg kwam de geur van gekookte aardappels, een geur die voor mensen overal ter wereld ongetwijfeld troost betekende, maar die haar geen enkele troost bracht. Er was niets over van het medeleven dat ze eerder had gevoeld toen ze naar dit landschap had gekeken; zelfs boeren kenden liefde en geluk, maar zij niet, zij niet...

Bij haar thuiskomst zag ze twee mensen praten met de kok en de rechter.

Een vrouw smeekte: 'Waar moet je heen als je arm bent? Ons soort mensen moet maar afwachten. Alle goondas gaan vrijuit en zijn twee handen op één buik met de politie.'

'Wie bent u?'

De vrouw, die een beroep op medeleven deed, was de vrouw van de dronken man die door de politie was opgepakt en verhoord voor de diefstal van de geweren en op wie ze hun nieuwe marteltechniek hadden toegepast; op Cho Oyu waren ze die man helemaal vergeten, maar de vrouw van de man had het verband achterhaald en was met haar schoonvader gekomen om de rechter te spreken, een halve dag lopen van een dorp aan de overkant van de Relli. 'Wat moeten we beginnen,' smeekte ze. 'Wij zijn niet eens Nepalezen, we zijn Lepcha's... Hij was onschuldig, maar de politie heeft hem blind geslagen. Hij had nooit van u gehoord, hij was op de markt, zoals altijd, dat weet iedereen,' snikte de vrouw en keek naar haar schoonvader om hulp.

Wat kan een vrouw met protesteren en huilen bereiken? Maar haar schoonvader was veel te bang. Hij zei helemaal niets, stond daar maar; zijn gezicht werd verborgen door de rimpels. Zijn zoon had, als hij niet dronk, gewerkt aan het herstellen van de districtswegen, stenen vanuit de Teesta op vrachtwagens van aannemers geladen, ze op de bouwplaatsen uitgeladen, grond schoongemaakt die bij iedere overstroming opnieuw verzakte. De vrouw van zijn zoon had ook aan de snelwegen gewerkt, maar nu de GNBF de wegen had dichtgegooid, was er geen werk.

'Maar waarom komt u naar mij? Ga naar de politie. Zij hebben uw man opgepakt, niet ik. Het is niet mijn schuld,' zei de rechter, die van schrik spraakzaam werd. 'U kunt beter vertrekken.'

'U kunt deze vrouw niet naar de politie sturen,' zei de kok, 'daar wordt ze waarschijnlijk mishandeld.'

De vrouw zag er al toegetakeld en murw geslagen uit. Haar kleren waren smerig en haar tanden, waarvan er sommige misten en sommige zwart waren, leken op een rij verrotte maïskorrels en ze liep helemaal krom van het stenen sjouwen – een alledaags gezicht, deze vrouwen in de bergen. Er waren buitenlanders die haar zelfs hadden gefotografeerd als gruwelijk bewijs...

'*George!... George!...*' had een vrouw geschokt gezegd tegen haar man met een camera.

En hij had uit de auto geleund: Klik! 'Heb 't schatje...!'

'Help ons,' smeekte ze.

Plotseling scheen de rechter zich te herinneren wie hij was, verstijfde, zei niets, vertrok zijn gezicht tot een masker, keek links noch rechts en keerde terug naar zijn schaakspel.

In dit leven, herinnerde hij zich weer, moest je niet nadenken als je ongeschonden wilde blijven, anders zouden schuldbesef en medeleven je alles ontnemen, zelfs jezelf aan jezelf. Hij was in de war door het feit dat hij opnieuw werd herinnerd aan zijn vernedering, het dekken van de tafel, het gelach, de diefstal van de geweren die tijdens het jachtseizoen nooit aanleiding hadden gegeven tot een versnelde dodendans.

Geen wonder dat het zo'n chaos was.

Daarom was hij opgehouden met werken. India was te chaotisch voor gerechtigheid. Uiteindelijk werd alleen de gezaghebbende persoon vernederd. Hij had zijn plicht gedaan voor zover het de plicht van iedere burger was om problemen aan de politie te rapporteren en nu was het niet langer zijn verantwoordelijkheid. Geef deze mensen een kleinigheid en je blijkt daarna voor de rest van je leven de hele familie te onderhouden, een familie die zich ongetwijfeld voortdurend zal uitbreiden, want al hadden ze niet te eten, was de man blind en had hij twee gebroken benen en de vrouw bloedarmoede en een bochel, toch zouden ze om de negen maanden met een kind op de proppen komen. Je gaf dat soort mensen een vinger en ze pakten handen en armen – de hele familie bemoeide zich ermee, want jij had iets goed te maken en als er wat te halen viel, maakten ze daar graag en vaak gebruik van – en merkten ze dat ze aan het goede adres waren, dan kwam iedereen er nog een schepje bovenop doen: je had nog iets van vroeger goed te maken, je had iets van nu goed te maken, je had gewoon van alles goed te maken.

De kok keek naar de man en de vrouw zuchtte.

Ze keken naar Sai. '*Didi...*' begon de vrouw. Ze keek zo diepbedroefd, dat je haar niet aan durfde kijken.

Sai draaide zich om, zichzelf wijsmakend dat het haar niet kon schelen.

Ze was niet in de stemming om aardig te zijn. Misschien wel als de goden haar gunstig gezind waren geweest, maar nu zou ze hun laten zien dat zij ook het kwaad op de aarde kon loslaten, een volmaakte duivelse leerling van de duivelse goden...

Het duurde even voordat ze vertrokken. Ze gingen voor het hek zitten, de kok was gedwongen geweest hen als koeien naar buiten te drijven, en vervolgens hurkten ze neer en bewogen zich niet, keken alleen maar zonder enig teken van emotie, als gespeend van elke hoop en wilskracht.

Ze zagen hoe de rechter met Mutt ging wandelen en haar te eten gaf. Hij was boos en niet op zijn gemak dat ze naar hem keken. Waarom gingen ze niet wég!

'Zeg dat ze weggaan of dat we anders de politie roepen,' zei hij tegen de kok.

'*Jao jao*,' zei de kok door het hek, '*jao jao*,' maar ze trokken zich alleen maar terug de berg op, achter de struiken en hurkten weer neer met dezelfde uitdrukkingsloze gezichten.

Sai ging naar haar kamer, smeet de deur dicht en richtte zich tot haar spiegelbeeld: *Wat zal er van me worden?!*

Het najagen van een eigen land zou van Gyan een eervolle volwassene maken en zij zou voor altijd een puber blijven, verstrikt in beschamende melodrama's. Op deze feiten berustte haar leven: de familie die zich nooit om haar bekommerde, de minnaar die vergat...

Ze huilde een tijdje, de tranen kwamen op eigen kracht; maar ondanks zichzelf kwam het beeld van de smekende vrouw terug. Ze liep naar beneden en vroeg aan de kok: 'Heb je ze wat gegeven?'

'Nee,' zei de kok, al even ellendig. 'Wat kan je doen,' zei hij toonloos, als was het een antwoord en geen vraag.

Toen ging hij naar buiten met een zak rijst. '*Sss ssss sss?*' siste hij.

Maar het stel was inmiddels verdwenen.

# 41

De hemel boven Manhattan was vuil, vol met rotzooi, takken en duiven en woeste wolken die vreemd geel oplichtten. Er stond een harde wind en tegen dit ruige amalgaam zwiepten de roze pompons van de kersenbomen in Riverside Park.

Het onbehagen volgend op Biju's telefoontje naar Kalimpong was niet langer iets dat hij zich in het hoofd had gehaald; het had zo'n omvang aangenomen dat het hem *boven* zijn hoofd was gegroeid.

Hij had geprobeerd de volgende dag en de dag daarop weer te bellen, maar de lijn was nu helemaal dood.

'Nog meer rotzooi,' zei meneer Iype. 'Dat zal wel even duren. Zeer gewelddadige mensen. Al die militairen...'

Langs de Hudson werden grote watergolven uiteengereten en voortgestuwd, terwijl de wind het opspattende water stroomopwaarts zond.

'Moet je kijken. Wordt bloedlink,' zei iemand naast hem aan de reling. 'Wat een kloteweer. Godsamme.'

Biju schoof langs de reling naar beneden, maar de man schoof mee.

'Ken je eigenlijk de *echte* naam van deze rivier?' Levend op McDonald's, met piekerige haren, was hij als een van de velen in deze stad, even getikt als slim, die in de boekhandel van Barnes & Noble bivakkeerden. De wind pikte zijn woorden op en zwiepte ze weg; op hun weg naar elders troffen ze in een vreemd verkorte vorm de oren van Biju. De man wendde zijn gezicht naar Biju om te voorkomen dat de wind hun gesprek afsneed. 'Muhheakunnuk, *Muhheakunnuk,* –

de rivier die naar *beide* kanten stroomt,' voegde hij eraan toe, zijn wenkbrauwen veelzeggend. '*Naar beide kanten. Dat is z'n echte naam.*' De zinnen sproeiden samen met speeksel uit zijn mond. Hij glimlachte kwijlerig bij deze informatie, slikkend en spugend tegelijk.

Maar wat was dan de onechte naam? Biju had helemaal geen naam voor dit zwarte water. Had er nog nooit van gehoord.

'En dan komt die *Moby Dick*. De rivier vol *dode walvissen.* De *karkassen* halen ze uit de rivier en *maken ze fijn* in fabrieken.

*Olie,*' zei hij met een frustratie uit het diepst van zijn hart. 'Altijd weer die *kloteolie. En ondergoed.*'

Wenkbrauwen en sproeiend speeksel.

'*Corsetten!*' zei hij plotseling.

'Spreek niet Engels,' zei Biju door zijn tot een tunnel gevouwen handen en liep snel weg.


'Spreek niet Engels.' Dat zei hij altijd in deze stad tegen getikte mensen die gesprekken wilden aanknopen, tegen de heethoofdige, twistzieke zwervers en de bijbelmensen in hun keurige koopjespakken en -hoeden, die op straathoeken stonden te wachten en zich moreel en fysiek in conditie hielden door op goddelozen te jagen. Volgelingen van de Kerk van Christus en het Heilige Zion, wedergeborenen die pamfletten uitdeelden met het allerlaatste belangrijke nieuws van des duivels activiteiten: 'SATAN WACHT OM U LEVEND TE VERBRANDEN,' schreeuwden de koppen. 'U HEEFT GEEN MOMENT TE VERLIEZEN.'

Eens werd hij aangesproken door een Litouwse Hare Krishna, New York via Vilnius en Vrindavan. Een verwijtende vegetarische blik begeleidde de brochure naar de voormalige biefstukkok. Biju keek hem aan en moest zijn ogen afwenden alsof hij iets obsceens zag. Op de kaft van het boek dat hij vasthield stond Krishna in het strijdperk in felle kleuren, dezelfde kleuren als op filmposters.

Wat betekende India voor deze mensen? Hoevelen leefden in de nepversies van hun land, in nepversies van andermans land? Hadden zij net zo'n onwerkelijk gevoel over hun leven als hij over het zijne?

Waarom was hij hier?

Voor zijn vertrek was die vraag niet eens aan de orde gekomen. Natuurlijk, als je *kon* gaan, *ging* je. En als je *ging* was het vanzelfsprekend dat je *bleef*, als je kon…

Tegen de tijd dat Biju de naar urine stinkende treden naar de straat opklom, waren de parklantaarns ontstoken en hun licht loste op in de avondschemering – de aanblik gaf een huilerig gevoel. In deze toneelachtige nachtverlichting van de stad zag hij de dakloze man, stijf als op kunstbenen, voorbijlopen met zijn winkelwagentje vol afval, op weg naar zijn plastic iglo waar hij de storm zou uitzitten.

Op de terugweg naar het Gandhi Café had Biju het gevoel niet echt te zijn. Hij had niks van zijn leven weten te maken. In plaats van een familie- en vriendenkring was hij nog steeds zijn enige gezelschap. Maar wel echt was zijn gevoel van onbehagen, zijn zelfmedelijden – tot ziekwordens toe. Meneer Kluns in Amerika, een reusachtige dwerg, een driedubbele portie extra klein… Was het niet veel beter zijn oude leven op te pakken waarin zijn ego niet zoveel plaats innam, hij niet voortdurend op zichzelf hoefde te letten en misschien zelfs zichzelf vergeten kon?

Maar als hij hier bleef? Zou hij dan net als Harish-Harry een pseudoversie van zichzelf fabriceren en zodoende zichzelf met terugwerkende kracht kunnen begrijpen? Voor hem had het leven niets meer met leven te maken en de dood – wat had die nog voor hem te betekenen? Die had niets meer met de dood te maken.

De eigenaar van het pas geopende Shangri-la-reisbureau in hetzelfde blok als het Gandhi Café bestelde elke dag een speciale 'nonveg' lunch: lamscurry, dhal, groentenpilau en *kheer*. Zijn naam was meneer Kakkar.

'*Arre*, Biju,' begroette hij hem, want het was Biju die tot taak had zijn bestelling af te leveren. 'Je hebt me alweer behoed voor het eten van mijn vrouw, ha ha. Haar voedsel gooien we in de wc.'

'Waarom geeft u het niet aan die viezerik,' zei Biju; het was een poging in één klap de dakloze zowel te helpen als te beledigen.

'O nee,' zei hij, 'ze is een echte toverkol; van het soort dat komt aanlopen voor een onverwacht bezoekje en dan toevallig ziet dat hij het zit te eten, echt iets voor haar en het zou het einde van ondergetekende betekenen.'

Even later: 'Weet je zeker dat je terug wilt?' zei hij geschrokken, met uitpuilende ogen. 'Je maakt een enorme vergissing. Ik ben nu dertig jaar in dit land, nooit problemen, afgezien dan van die toverkol, en ik ben nooit teruggegaan. Kijk nu eens naar hun sanitair,' hij doelde op het gorgelende geluid van de wc achter hem. 'Ze zouden het sanitair in hun vaandel moeten voeren, zoals wij het spinnenwiel hebben – eersteklas materiaal in dit land.'

'Teruggaan?' vervolgde hij, 'wees toch niet zo dom – je hele familie komt je om geld vragen! Zelfs onbekenden vragen om geld – ze kunnen het allicht proberen, wie weet schijt je dollars. Ik zal je wat zeggen, beste kerel, te grazen nemen ze je; doen zij het niet, dan de rovers wel; of de een of andere ziekte; of de hitte; of die geschifte Sardarji's halen je vliegtuig naar beneden nog voordat je aangekomen bent.'

Tijdens Biju's afwezigheid was Indira Gandhi door de Sikhs vermoord uit naam van hun eigen staat; Rajiv Gandhi had de leiding overgenomen...

'Dat is slechts een kwestie van tijd. Iemand zal ook hem te grazen nemen,' zei meneer Kakkar.

Maar Biju zei: 'Ik moet gaan. Mijn vader...'

'Ach, met sentimenteel gedoe kom je nergens. Zolang hij leefde, zei mijn vader tegen mij: "Blijf weg, kom niet terug naar dit stomme oord."'

Meneer Kakkar kauwde op ijsklontjes, die hij uit zijn Diet Coke wipte met behulp van een ballpoint met een vliegtuigje aan het uiteinde.

Maar niettemin verkocht hij Biju een Gulf Air-ticket: New York-Londen-Frankfurt-Abu Dhabi-Dubai-Bahrein-Karachi-Delhi-Calcutta. Het goedkoopste dat ze konden vinden. Net een bus in de lucht.

'Maar zeg niet dat ik je niet heb gewaarschuwd.'

Toen werd hij ernstig: 'Weet je,' zei hij, 'Amerika is bezig de wereld op te kopen. Ga maar terug en je zult zien dat alle zaken in hun handen zijn. Op een dag zal je voor een Amerikaans bedrijf werken, daar of hier. Denk aan je kinderen. Als je hier blijft, verdient je zoon honderdduizend dollar voor hetzelfde bedrijf waarvoor hij ook in India kan werken, maar dan voor duizend dollar. En hoe wil je dan je kinderen naar de beste internationale school sturen? Je begaat een enorme vergissing. Het is nog steeds een wereld waar de een leeft om bediende te zijn en de ander om als koning behandeld te worden. Wat wil je voor je zoon?

Ach Biju,' zei hij, zijn pen heen en weer zwaaiend, 'op het moment dat je aankomt ga je alweer bedenken hoe je er in godsnaam weer uitkomt.'


Maar Biju ging naar Jackson Heights en in een op een hangar lijkende winkel kocht hij: een televisie met video, een camera, zonnebrillen, baseballpetten waarop stond: 'NYC' en 'Yankees' en 'I Like My Beer Cold and My Women Hot', een digitale twee-tijdenklok met radio en cassettespeler, waterdichte horloges, rekenmachientjes, een elektrisch scheerapparaat, een bakoventje, een winterjas, sweaters van nylon, hemden van polyester met katoen, een gewatteerde deken van polyurethaan, een regenjack, een opvouwbare paraplu, suède schoenen, een leren portefeuille, een kachel van Japans fabrikaat, een set scherpe messen, een warmwaterkruik, Fixodent, saffraan, cashewnoten en rozijnen, aftershave, T-shirts met 'I love NY' en 'Born in the USA' in glinstersteentjes, whisky, en na enige aarzeling een fles parfum met de naam Windsong... voor wie? Hij kende haar gezicht nog niet.

Tijdens het winkelen herinnerde hij zich dat hij als kind meedeed met een stel jongens die altijd uitgeput van het spelen thuiskwamen. Ze gooiden stenen en slippers in de bomen om de *ber* en *jamun* eruit te jagen; joegen op hagedissen tot hun staarten eraf vielen en wierpen de springerige eindjes naar kleine meisjes. Uit de winkel pikten ze *chooran*-balletjes die op geitenkeutels leken, maar met hun enigszins zanderige knapperigheid zo heerlijk smaakten. Hij herinnerde zich het zwemmen in de rivier, voelde zijn lichaam in diens koele stevige omhelzing, het zitten op een rots met zijn voeten in het water, met volle aandacht kauwend op een stuk suikerriet totdat de zoete smaak vrijkwam, ongeacht hoeveel pijn zijn kaken deden. Hij had eindeloos veel cricket gespeeld. Biju moest glimlachen bij de herinnering aan de keer dat het hele dorp op een televisie die op een autoaccu liep, omdat de dorpstransformator verbrand was, had gezien hoe India een wedstrijd tegen Australië won. In heel India waren de oogsten op de akkers weggerot, de prostituees hadden geklaagd over tekort aan werk want iedere man zat met zijn ogen vastgelijmd aan de buis. Hij dacht aan samosa's naast gemorste chutney die langskwamen op een als bord dienend boomblad. Een plek waar hij nooit de enige op de foto kon zijn.

Natuurlijk dacht hij niet terug aan de dorpsschool, de schoolmeester die de kinderen liet zakken, tenzij de ouders hem betaalden. Hij dacht niet aan het dak dat er tijdens elke moesson afwaaide noch aan het feit dat niet alleen zijn moeder, maar nu ook zijn grootmoeder dood was. Hij dacht aan geen van de dingen waarom hij in de eerste plaats was vertrokken.

# 42

Het zusje dat getuige was geweest van de ruzie tussen Sai en haar broer had weliswaar welwillend naar zijn paaiende woorden geluisterd, maar onweerstaanbare babbelzucht had het gewonnen van hun overeenkomst; toen hij weer thuiskwam ontdekte hij dat het hele gezin op de hoogte was van het voorval, dat een theatrale allure had aangenomen. Het gesprek over de geweren had tot verbazingwekkend effect dat zijn grootmoeder ontwaakte uit een lethargie (in feite bliezen de gevechten de oude mensen overal in de bergen nieuw leven in) en ze kwam langzaam aangestrompeld met een opgerolde krant. Gyan zag haar op zich afkomen en vroeg zich af wat ze van plan was. Toen ze bij hem was, sloeg ze hem hard op zijn hoofd. 'Kom tot bezinning. Als een gek in het rond rennen en je studie verwaarlozen! Wat bereik je daarmee? De gevangenis, daar.' Ze sloeg hem op zijn achterwerk toen hij langs haar heen weg probeerde te komen. 'Zorg dat je geen problemen krijgt, begrepen,' en gaf hem nog een extra mep, 'of je zult erge spijt hebben.'

'Misschien heeft hij niets gedaan,' begon zijn moeder.

'Waarom zou dat meisje dat hele eind komen? Zomaar? Blijf uit de buurt van dat soort mensen,' gromde zijn grootmoeder, zich tot Gyan wendend. 'Je haalt je alleen maar ellende op de hals... wij zijn maar arme mensen... we zullen aan hen zijn overgeleverd... Zeker je verstand verloren met een vader die altijd weg is en een moeder die te slap is om je onder de duim te houden.' Ze keek haar schoondochter boos aan, blij daarvoor een excuus te hebben. En sloot Gyan op met de deur op slot.

Toen zijn vrienden hem die dag kwamen halen, strompelde zijn grootmoeder, zodra ze de jeep hoorde, naar buiten en tuurde met haar waterige ogen om zich heen.

'Zeg tenminste dat ik ziek ben. Anders sta ik voor gek,' schreeuwde Gyan; de puber in hem liet zich gelden.

'Hij is ziek,' zei de grootmoeder, 'heel erg ziek. Kan niet meer met jullie meegaan.'

'Wat heeft hij?'

'Hij moet de hele tijd naar de wc om *tatti* te doen,' zei ze. Hij kreunde inwendig. 'Heeft waarschijnlijks iets gegeten dat bedorven was. Hij is net een opengedraaide kraan.'

'Elke familie moet een man sturen om als vertegenwoordiger van het gezin met onze marsen mee te lopen.'

Ze doelden op de mars van de volgende dag, een grote mars die op de Mela Ground begon.

'Morgen wordt het Indiaas-Nepalese verdrag verbrand.'

'Als jullie willen dat hij tijdens de hele mars tatti doet...'

Ze reden weg en gingen alle huizen in de bergen langs om iedereen te herinneren aan de verordening dat elk huis de volgende dag een afgevaardigde naar de demonstratie moest sturen, ook al beriepen velen zich op spijsverteringsproblemen, hartkwalen, verstuikte enkels, rugpijn en probeerde men er onderuit te komen met medische attesten. 'Meneer Chatterjee moet als hoge-bloeddrukpatiënt iedere blootstelling aan angst en nervositeit vermijden.'

Maar ze werden niet geëxcuseerd: 'Dan stuurt u iemand anders. Toch niet iedereen in de familie is ziek?'


Een enorme beslissing was van hem afgenomen en Gyan voelde, na het aanvankelijke protest, een aangename kalmte en hoewel hij deed of hij teleurgesteld was, verwelkomde hij deze kinderlijke behandeling als zijn redding. Hij was nog jong en er was geen blijvende schade aangericht. De wereld moest maar even gewoon doorgaan en wanneer het weer veilig was, zou hij naar Sai gaan en haar overhalen weer vrienden te worden. Hij was geen slechte jongen. Hij wilde niet vechten. Het probleem was dat hij geprobeerd had deel te nemen aan de grote vraagstukken, deel te hebben aan politiek en geschiedenis. Geluk was met minder tevreden, hoewel je dat niet hoefde rond te bazuinen; er zouden maar heel weinig mensen eerlijk zeggen: 'Eigenlijk ben ik een lafaard,' maar als hij zich rustig hield en niet opviel, hoefde niemand te weten dat hij bang was. Zijn gemene houding tegenover Sai had hem een eerste keer voor gezichtsverlies behoed en dat hij zich kon beroepen op respect voor zijn grootmoeder redde hem nu voor een tweede keer. Als lafheid het grondbeginsel van zijn leven zou worden, had zij haar façade nodig, haar beredenering, als elk ander ding. Over tevredenheid moest je niet lichtvaardig denken. Je moest het slim aanpakken, camoufleren, doen alsof het iets anders was.

Hij had veel tijd om na te denken en terwijl de uren verstreken, peuterde hij met een botte potloodstift zijn navel schoon, pulkte het smeer uit zijn oren, luisterde naar de radio en testte de schone ingangen aan de muziek, rechts scheef houdend, links: '*Chaandni raate, pyaar ki baate...*' Vervolgens, het dient helaas gezegd te worden, punnikte hij een paar snottebellen uit zijn neus en gaf ze te eten aan een enorme spin met tijgerstrepen die in haar web tussen de tafel en de muur zat. Ze stortte zich naar voren, kon haar geluk niet op en begon langzaam te eten. Gyan lag op zijn rug en maakte langzame fietsbewegingen met zijn benen.

Het leven had zijn pleziertjes – intense, kleine pleziertjes die niettemin een gevoel van alomvattende ruimte creëerden.

Maar het schuldgevoel kwam verhevigd terug: hoe had hij de jongens van de geweren kunnen vertellen? Hoe? Hoe had hij Sai aan zo'n gevaar kunnen blootstelllen? Hij voelde zijn huid trekken en heet worden. Hij kon niet langer op bed blijven liggen. Hij stond op en liep heen en weer. Kon hij ooit nog onschuldig gelukkig zijn na wat hij had gedaan?

Sai lag treurend in haar kamer en Gyan dacht na over de vreugde van een eenvoudig leven en voelde zich vervolgens misselijk over de schade die hij anderen had berokkend; en zo misten ze het belangrijke protest, een beslissend ogenblik in het conflict, toen het Indiaas-Nepalese verdrag van 1950 werd verbrand en het verleden aan de vlammen werd prijsgegeven en vernietigd.

'Iemand moet gaan...' zei de kok, nadat de jongens naar Cho Oyu waren gekomen met de eis om de mars bij te wonen.

'Nou, dan kan je beter maar gaan,' zei de rechter.

# 43

27 juli 1986

's Avonds regende het en de kok bad dat hij niet hoefde te gaan, maar tegen de ochtend was het opgehouden en verscheen er wat blauw; dat zag er na de sombere moesson-wolken zo nep en kinderlijk uit, dat hij zich van binnen leeg voelde en hij bleef zolang hij kon in bed liggen in de hoop dat het weer zou betrekken. Toen hij het niet langer uit kon stellen stond hij op, deed zijn slippers aan en ging naar de buiten-wc.

Hij ontmoette zijn vriend, de bewaker van de MetalBox, en samen liepen ze naar de Mela Ground, door de toe-gangspoort met een standbeeld van Gandhi ter herdenking aan de onafhankelijkheid van India. Eronder stond in het Hindi geschreven: 'Eenheid bemint Dienstbaarheid.' Er arriveerden vele duizenden mensen, niet alleen uit Kalim-pong, maar uit alle dorpen en steden uit de omgeving, uit Mirik, Pasumbang, Sourenivallei, Aloobari, Labongvallei, Kurseong en Peshok, Mungpootista Highway en nog vele andere plaatsen eromheen. Als iedereen er was, zouden ze naar het politiebureau lopen, waar de documenten ver-brand zouden worden.

'Het GNBF kan goed organiseren,' zei de kok; hij kon niet nalaten dat feit te waarderen, want een dergelijke ordelijk-heid was zeldzaam in Kalimpong.

Ze stonden te wachten terwijl de uren verstreken. Ten slotte, toen de zon recht boven hen stond en geen scha-duwen wierp, blies een man op een fluit en zei dat ze nu moesten gaan.

Met zwaaiende kukri's, de sikkelvormige lemmets hoog flitsend in het licht, riepen de mannen: '*Jai* Gorkhaland! Gorkhaland voor Gorkha's!'

'Over een uur moet het afgelopen zijn,' zei de bewaker van de MetalBox hoopvol.

Alles verliep volgens plan en ze verheugden zich op hun lunch, want ze hadden al honger; maar bij het naderen van het kruispunt gebeurde er plotseling iets onverwachts. Vanachter het postkantoor, waar de kok op brieven van Biju had gewacht en dat nu, zoals hij verdrietig constateerde, gebarricadeerd en gesloten was, stortte zich een hagelstorm van rotsen en stenen over hen uit.

De stenen raakten de daken, BANG BANG BANG BANG; vervolgens kregen ze meer snelheid, ketsten neer en verwondden enkele mensen, die achteruit deinsden.

Schrammen. Bloed.

Men zou er nooit achter komen wie de schuldigen waren, van wie dit boosaardige plan afkomstig was...

Mensen die de politie had ingehuurd, zeiden de demonstranten, om de demonstranten aan te zetten zich niet onbetuigd te laten, stenen terug te gooien en op die manier de politie een excuus te geven op te treden.

Niet waar, zei de politie. Zij beweerde dat de oproerkraaiers de stenen hadden meegebracht om ze naar de vertegenwoordigers van het gezag te gooien.

Maar iedereen was het erover eens dat de menigte, woedend over deze aanval, stenen naar de *jawans*, allemaal met hun wapenschilden en stokken, begonnen te gooien. De projectielen raakten het dak van het politiebureau en verbrijzelden de ruiten.

De politie raapte de stenen op en gooide ze terug. Waarom zouden zij boven de menigte moeten staan?

Toen, BAM BABAM, was de lucht vol stenen en flessen en

verwensingen en geschreeuw. De menigte begon stenen te verzamelen, plunderde een bouwplaats voor nog meer; de politie begon de menigte uiteen te jagen; de stenen vielen; iedereen werd geraakt, mensen, politie; ze gingen elkaar te lijf, sloegen met stokken, beukten met stenen, maaiden met hun sikkels – een hand, een gezicht, een neus, een oor.

Het rumoer verspreidde zich dat er tussen de demonstranten mannen met geweren waren... Misschien was het waar. Misschien niet.

Maar hoe onbuigzamer de demonstranten zich toonden, hoe harder ze terugvochten, hoe minder ze bereid waren zich te verspreiden, des te overtuigder raakte de politie dat ze inderdaad gewapend waren. Een dergelijke ongehoorzaamheid was slechts mogelijk dankzij de steun van wapens. Veronderstelden ze.

Uiteindelijk werd de spanning die deze veronderstelling opriep de politie te veel en ze openden het vuur.

De demonstranten in de voorste rij werden uiteengedreven, renden naar rechts, naar links...

Degenen die volgden vanachter de Kanchan Bioscoop en voortgeduwd werden door degenen die daar achteraan kwamen, werden neergeschoten.

Binnen de kortste keren werden dertien jongens uit de buurt gedood.

Zo werd geschiedenis gemaakt, langzaam opgebouwd, snel afgebrand en incoherent als ze was, sprong ze zowel vooruit als achteruit, liet jonge mensen zwelgen in oude haat. Uiteindelijk was de ruimte tussen leven en dood te klein om gemeten te worden.

Nu keerden sommige weglopers zich om en stortten zich op de politie onder het schreeuwen van wraak. Ze trokken de geweren uit hun handen en de politie, plotseling ontdekkend dat ze veruit in de minderheid waren, begon te smeken en jammeren. Een jawan werd met een mes bewerkt tot hij dood was, van een ander werden de armen afgehakt, een derde werd doodgestoken; en voor het bureau, tegenover de bank onder de pruimenboom waarop in vrediger tijden de mensen uit de stad zaten uit te rusten en de kok soms zijn brieven las, verschenen op staken de hoofden van de politiemannen. Een onthoofd lichaam rende even door de straat, het bloed spuitend uit zijn hals en iedereen zag de realiteit van levende wezens – dat na de dood, als laatste vernedering, het lichaam zichzelf ontlast.

De politie liep achteruit als in een terugspoelende film om het bureau in te gaan maar ontdekte dat enkele collega's vóór hen de deur op slot hadden gedaan, doodsbang op de grond lagen en de anderen, hoe deze ook bonsden en smeekten, niet binnen wilden laten. Verjaagd door het gepeupel rende de politie, die van haar eigen mensen geen bescherming kreeg, particuliere huizen binnen.

Bij Lola en Noni, die de afgelopen nacht opnieuw onderdak aan de GNBF-jongens hadden geboden, bonkten drie politiemannen op de achterdeur van Mon Ami. Ze namen jammerend plaats in de salon, terwijl de dames de gordijnen dichttrokken.

'Ach ach,' zei Lola. 'U bent van de politie?!' Want nu waren ze aan haar overgeleverd en zij niet aan hen. 'Al die tijd hebben jullie geen hand voor ons uitgestoken, en moet je nu zien, nu hebben jullie *onze* hulp nodig!'

'Ma,' zeiden ze tegen haar, 'Ma, gooi ons er alstublieft niet uit. We zullen alles voor u doen. Beschouw ons als uw zonen.'

'Ha, nu noemen jullie me Ma. Mooi hoor, grappig hoor. Een week geleden praatten jullie niet zo...'

In de bazaar gingen de rellen door. Jeeps werden in de afgrond geduwd, bussen in brand gestoken, de vlammen reflecteerden fel op de vallende avondnevel en het vuur verspreidde zich naar de bamboebossen. De lucht binnen in de holle stammen zette uit en de stammen barstten open en vlogen in brand met een knal als van een versterkt geweerschot.

Iedereen zette het op een lopen, de onwillige deelnemers, de daders en de verslagen politie. Ze verspreidden zich over de zijweggetjes naar Bong Busti en naar Teesta Bazaar. De kok rende in zijn eentje, want hij was de bewaker van de MetalBox, die een andere kant uit was geduwd, kwijtgeraakt. Hij rende zo snel als zijn longen en benen dat toelieten, zijn hart bonkte pijnlijk in zijn borst, oren en keel en iedere ademhaling schuurde. Het lukt hem enige afstand te winnen op de steile korte afslag naar Ringkingpong Road, en daar voelde hij dat zijn benen, die zo hard trilden, het begaven. Hij ging hoog boven de bazaar zitten tussen de bamboeschachten met witte gebedsvlaggen, de tekst vervaagd als tekens op een schelp die lange tijd in de oceaan heeft gelegen. Achter hem stond de Victoriaanse toren van de Afdeling Crimineel Onderzoek en de donkere kolossen van Galingka, Tashiding en Morgan House, allemaal uit de tijd van de Britten, maar nu stuk voor stuk bedrijfspensions. Een tuinman zat op zijn hurken op het gazon van Morgan House, waarop nog steeds de planten stonden die mevrouw Morgan in Engeland had gekocht. Hij scheen zich niet van zijn omgeving bewust te zijn; staarde voor zich uit zonder nieuwsgierigheid of ambitie, zonder zorgen, en ontwikkelde zo een kwaliteit verstoken van kwaliteiten die hem in het leven vooruit konden brengen.

De kok zag hoe de vuren beneden hem brandden en de mensen zich verspreidden. Als ze door de hete lucht van de vlammen liepen, leken ze te krimpen en uit te dijen als luchtspiegelingen. In de hoogte was de Kanchenjunga, solide, uitzonderlijk, een schouwspel dat mensen eeuwenlang een gevoel van vrijheid had gegeven en dichtgeslibde mensenharten geopend voor vreugde. Maar nu voelde de kok dit natuurlijk niet en hij wist niet of hij ooit weer met dezelfde ogen naar de berg zou kunnen kijken. Aan zijn hart, als was het een deur, krabbelde als een schrapend knaagdier zijn angst.

Hoe kon alles ooit als tevoren worden? Op de weg naar de markt lag rood bloed in glibberige plassen vermengd met gele gemorste dhal die iemand mee had gebracht in het vooruitzicht van een picknick na de optocht, en daarop vliegen, losse, uitgeschopte slippers, een zielige kapotte bril, zelfs een tand. Het leek wel op de veiligheidsboodschap die de regering in de bioscoop voor aanvang van de film liet vertonen: een man fietste naar zijn werk, een arme man, maar met een liefhebbende vrouw, die hem zijn lunch had meegegeven in een blikken trommel; dan toeterende claxons en een iele, wanhopig rinkelende fietsbel, en een vuile nevel die optrok in een geluidloze opname van gemorst voedsel vermengd met bloed. Bij deze schreeuwende kleuren, huiselijkheid verwisseld met de dood, zekerheid botsend op het onverwachte, vriendelijkheid vervangen door geweld, had de kok altijd het gevoel dat hij tegelijk moest overgeven en huilen.

Dat deed hij nu en huilend strompelde hij terug naar Cho Oyu, zich verstoppend in de struiken toen hij gepasseerd werd door legertanks die vanuit het kampement naar de stad reden. In plaats van tegen buitenlandse vijanden, in plaats van tegen de Chinezen op wie ze zich hadden voorbereid, tegen wie ze hun haat hadden opgekropt, moesten ze nu vechten tegen hun eigen mensen...

Deze plek, deze markt, waar hij zo tevreden had afgedongen op de aardappels en de fruit-*wallah* zo straffeloos beledigd, ja *beledigd* had, genoten van de ruwe woorden die hij over de rotte handel uit zijn mond liet vliegen; deze plek waar hij in alle veiligheid echt zijn geduld verloren had met de dove kleermakers, de onkundige loodgieter, de bakker die te laat was met zijn roomhorens; deze plek waar hij veilig had gewoond in de wetenschap dat het *au fond* een beschaafde plek was met plaats voor iedereen; waar hij had geleefd in wat leek een *goedmoedige* chagrijnigheid– liet hem zien dat hij zich had vergist. Men wilde hem niet in Kalimpong en hij hoorde er niet thuis.

Op dat moment werd hij bevangen door de angst dat hij nooit meer zijn zoon zou zien…

De brieven die al deze jaren waren gekomen, waren niet meer dan zijn eigen hoop die hem schreef. Biju was niet meer dan een gedachte uit macht der gewoonte. Hij bestond niet. Kon hij wel bestaan?

# 44

Het aantal afschuwelijke incidenten nam toe, terwijl de seizoenen wisselden, winter en een bloesemende lente, zomer,
dan regen en opnieuw winter. Wegen gingen dicht, elke
avond was er de avondklok en Kalimpong zat in zijn eigen
gekte gevangen. Het was onmogelijk de bergen te verlaten;
als het even kon, verliet niemand zelfs zijn huis, maar bleef
thuis, opgesloten en gebarricadeerd.

Als je een Nepalees was die weifelde mee te doen, zag
het er slecht voor je uit. De MetalBoxbewaker was in elkaar
geslagen, gedwongen '*Jai* Gorkha' te zeggen en naar de
Mahakalatempel gesleurd om trouw aan de beweging te
zweren.

Als je geen Nepalees was, zag het er nog slechter uit.

Als je Bengalees was, wilden mensen, met wie je je hele
leven was omgegaan, je op straat niet meer kennen.

Zelfs de Bihari's, Tibetanen, Lepcha's en Sikkimezen kenden jou niet. Zij, onbelangrijke minderheidsgroeperingen,
kleine machteloze aantallen die in elk mogelijk net gestrikt
konden worden, wilden zich nu van de Bengalezen distantiëren als tegenpartij in de strijd, hen als de vijand presente-
ren.

'Jarenlang,' zei Lola, 'koop ik eieren bij Tshering beneden aan de weg en onlangs keek hij me recht in het gezicht
en zei dat hij ze niet had. "Daar staat een mand vol," zei ik,
"waarom zegt u dat u ze niet heeft?" "Die zijn al verkocht,"
zei hij.'

'Pem Pem,' had Lola geroepen toen ze naar buiten kwam
en de dochter van haar vriendin mevrouw Thondup naar

binnen zag gaan. Nog maar een paar maanden geleden hadden Lola en Noni een beleefdheidsbezoek afgelegd in haar huis, waar gedachten aan een ander soort leven op een andere plaats werden opgeroepen, kwarteleieren met bamboespruiten, dikke Tibetaanse kleden onder de voeten.

'Pem Pem?'

Pem Pem wierp Lola een smekend verlegen blik toe en liep haar snel voorbij.

'Ineens hoor je er niet meer bij,' zei Lola. 'Niemand die je niet links laat liggen.'

Op de smalle strook grond onder Mon Ami, tussen de rij illegale hutten hadden de zusters een tempeltje opgemerkt waarop een rood en gouden vlag waaide, om er zeker van te zijn dat er, tot het einde der dagen, geen enkele officiële ambtenaar – van de politie, regering, niemand – de legitimiteit van de landroof zou durven aanvechten. De goden hadden er nu zelf hun zegen aan gegeven. Door heel Kalimpong verrezen kleine schrijnen naast bouwsels die de gemeente verboden had – een geniale inval van de krakers. De indringers tapten telefoonlijnen af, waterleidingen, elektriciteitskabels in een wirwar van illegale aansluitingen. De bomen waarvan Lola en Noni zoveel peren geoogst hadden dat ze ze zelfs verwenst hadden, 'Elke dag verdorie stoofperen met room, stoofperen met room!' waren 's nachts leeggeroofd. Het veldje met broccoli was verdwenen, de grond bij het hek werd als badkamer gebruikt. Kleine kinderen liepen te hoop om naar Lola en Noni te spugen als ze voorbijkwamen en toen hun meid Kesang door een van de honden van de bezetters werd gebeten, krijste ze om zich heen: 'Kijk eens hoe jullie hond me heeft gebeten. Jullie moeten olie en kurkuma op de wond smeren, zodat ik niet doodga aan een infectie.'

Maar ze lachten alleen maar.

De GNBF-jongens hadden het regeringshotel aan de rivier in brand gestoken, voorbij de brug waar vader Laars een foto van de gespikkelde vlinder had gemaakt. Feitelijk stonden in het hele gebied de bungalows van bosbeheer in brand, waar generaties mannen van de ICS op de veranda's de serene sfeer hadden bewonderd, de hemelse vrede van dageraad en schemering die over de bergen hing.

Het *Circuit House* was afgebrand en ook het huis van de nicht van de premier. Detonators veroorzaakten grondverschuivingen terwijl onderhandelingen nergens toe leidden. Kalimpong was getransformeerd in een spookstad, de wind gierde door de sombere straten, afval vloog vrijelijk in het rond. Welk gelijk de GNBF ook had gehad, het liep nu ernstig uit de hand; zelfs de woede van één man leek in die dagen voldoende om de bergen in brand te zetten.


Vrouwen haastten zich over de wegen. Thuis sidderden de mannen van angst dat ze opgepakt zouden worden, en gemarteld onder elk willekeurig voorwendel, door de GNBF beschuldigd een politie-informant te zijn, door de politie beschuldigd een militant te zijn. Zelfs voor degenen die mochten, was het gevaarlijk om te rijden, want een auto was een val; voertuigen werden omsingeld en gestolen; te voet konden ze sneller zijn, zich in het oerwoud verbergen zodra er geruchten over problemen waren, de jhoras doorwaden en over de voetpaden naar huis gaan. En er was hoe dan ook na enige tijd geen benzine meer, want de GNBF-jongens hadden de laatste resten overgeheveld en de pompen waren dicht.


De kok probeerde zichzelf gerust te stellen door steeds weer te zeggen: 'Het komt wel weer goed, alles kent zijn slechte tijden, de wereld draait rond, slechte dingen gebeuren, gaan voorbij en dan is alles weer goed...' Maar zijn stem klonk meer smekend dan overtuigend, meer hoopvol dan wetend.

Na dit alles, na de diefstal van de geweren en na de demonstratie, nadat hij had ingezien hoe fragiel zijn leven als niet-Nepalees was, lukte het hem niet zijn kalmte te herwinnen; er was niemand, niets – alleen een dreigende aanwezigheid – hij was ervan overtuigd dat er binnenkort nog iets veel ergers stond te gebeuren. Waar was Biju, waar was hij? Bij elke schaduw sprong hij op.

En daarom was het meestal Sai die naar de met luiken gesloten markt ging op zoek naar een winkel met de achterdeur op een kier ten teken van een snelle geheime handel, of een karton tegen een raam van een hut waar iemand een handvol pinda's of een paar eieren verkocht.

Met uitzondering van deze karige aankopen die Sai deed leefden ze bijna geheel van de tuin. Voor het eerst aten ze op Cho Oyu het echte voedsel van de bergen. *Dalda saag*, met roze bloemen en platte bladeren; *bhutiya dhaiya*, dat volop rondom het onderkomen van de kok groeide. De jonge ranken van kalebas of pompoen; gekrulde *ningro fiddleheads*, churbi-kaas en bamboescheuten verkocht door vrouwen die achter de struiken vandaan verschenen op paadjes door het oerwoud met de kaas verpakt in varenbladeren en de gele schijven van de bamboescheuten in emmers water. Na de regens schoten de paddestoelen uit de grond, smakelijk als kip en prachtig als de Kanchenjunga, groot, uitwaaierend. Mensen plukten de oesterzwammen in de verlaten tuin van vader Laars. Even gaf de geur van de gebakken zwammen de stad een verbazingwekkende indruk van welvaart en comfort.

Op een dag kwam Sai thuis met een kilo vochtige atta en een paar aardappels en trof op de veranda twee mensen, bekend van een eerdere gelegenheid, die een beroep deden op de kok en de rechter.

'Alstublieft sahib...' Het waren dezelfde vrouw en vader van de gemartelde man.

'O nee,' had de kok vol afgrijzen gezegd toe hij hen zag, 'o nee, *baap re*, wat komen jullie hier doen?' hoewel hij dat heel goed wist.

Het waren de paupers die op een uiterst smalle grens balanceerden, een denkbeeldige grens tussen opstandelingen en gezag, tussen beroofd worden (wie zou naar hen luisteren als ze naar de politie gingen?) en door de politie verjaagd worden als zondebokken voor de misdaden van anderen.

Zij hadden de meeste honger.


'Waarom komen jullie ons lastigvallen? Wij hebben al gezegd dat wij er niets mee te maken hebben dat je man door de politie is opgepakt. Wij hebben hem niet eens beschuldigd of geslagen... Als ze het ons verteld hadden, zouden we onmiddellijk gezegd hebben dat hij niet degene was... wij wisten van niets... Wat willen jullie van ons?' zei de kok. Maar net wilde hij hun de atta geven waarmee Sai thuis was gekomen... toen de rechter snauwde: 'Je moet ze niets geven,' en verderging met zijn schaakspel.

'Alstublieft, sahib,' smeekten ze, handen gevouwen, hoofden gebogen. 'Wie zal ons helpen? Kunnen we leven zonder te eten? We zullen voor altijd uw dienaren zijn... God zal het u vergelden... God zal u belonen...'

Maar de rechter was onverbiddelijk.

En opnieuw, naar buiten gedreven, gingen ze voor het hek zitten.

'Zeg dat ze weggaan,' zei hij tegen de kok.

'*Jao jao*,' zei de kok, hoewel hij bezorgd dacht dat ze misschien behoefte hadden om uit te rusten voordat ze weer vijf of zes uur door het oerwoud naar hun dorp moesten lopen.

Opnieuw stonden ze op en gingen verderop zitten om geen aanstoot te geven. Opnieuw zagen ze Mutt. Ze zat met haar snuit boven op de plek met haar lievelingsluchtje, zich van niets anders bewust. De vrouw klaarde plotseling op en zei tegen de man: 'Zo'n hond brengt een hoop geld op...' Mutt verroerde zich lang, heel lang niet van de plek met het luchtje. Als de rechter er niet was geweest, hadden ze alleen maar hun armen hoeven uitstrekken om haar te pakken.

Enkele dagen later, toen men op Cho Oyu deze onbelangrijke, maar lastige mensen alweer vergeten was, kwamen ze terug.

Ze kwamen echter niet naar het hek; ze verstopten zich onmiddellijk in het ravijn van de jhora en wachtten tot Mutt, die expert in luchtjes, haar dagelijkse ronde over het terrein maakte. Luchtjes terugvinden en ze opwerken was een kunstvorm die altijd verder ontwikkeld kon worden. Nu was ze verdiept in een oude bekende, met de jaren gerijpt, die bepaalde aspecten van haar karakter aan het licht bracht. Ze gaf zich er volledig aan over en merkte niet de insluipers op die naar haar toe kropen en haar vastgrepen.

Geschrokken jankte ze, maar sterke werkhanden knepen onmiddellijk haar snuit dicht.

De rechter was aan het mandiën, de kok boter aan het karnen, Sai lag in haar bed en fluisterde venijnig: 'Gyan, klootzak, je denkt toch niet dat ik een traan om jou laat?' Ze zagen noch hoorden iets.

De indringers tilden Mutt op, bonden een touw om haar heen en stopten haar in een zak. De man gooide de zak over zijn schouder en ze droegen haar de stad door zonder enige aandacht te trekken. Ze liepen naar de andere kant van de berg en toen naar beneden en over de Relli en de drie kammen die golfden als een blauwgroene oceaan, naar een gehucht dat ver van enig geplaveide weg gelegen was.

'Denk je niet dat ze ons zullen vinden?' vroeg de vader aan de schoondochter.

'Zover lopen ze niet en ze kunnen hier niet met de auto komen. Ze weten niet hoe we heten, ze weten niet van welk dorp we zijn, ze hebben ons nooit iets gevraagd. Ze had gelijk. Zelfs de politie had niet de moeite genomen achter de naam te komen van de man die ze blind geslagen hadden. Ze zouden nauwelijks moeite doen om achter een hond aan te gaan. Ze merkten op dat Mutt goed gezond was toen ze haar door de zak heen bevoelden. Vet en klaar om hun wat geld op te leveren. 'Of we gebruiken haar om te fokken en verkopen de jonkies...' (Ze wisten natuurlijk niet dat ze lang geleden door een ambulante dierenarts gesteriliseerd was toen allerlei soorten schunnige lanterfanters uit de bergen, flikflooiende zwervers en honden van oogluikend toeziende heren haar het hof begonnen te maken...)

'Zullen we haar uit de zak halen?'

'Laat haar er maar in zitten, anders gaat ze blaffen...'

# 45

Het Gulf Air-vliegtuig leek op een krakkemikkige bus die zich maar nauwelijks een weg door het luchtruim wist te banen, hoewel dit gebrek aan vitaliteit het merendeel der passagiers onmiddellijk op hun gemak stelde. Ja, ja, ze waren op weg naar huis, met opgetrokken knieën, hoofd tegen het plafond, zweterig-plakkend, berustend, maar gelukkig.

De eerste stop was Heathrow en ze stapten uit in het allerachterste gedeelte, dat niet was opgeknapt voor het nieuwe globalisering-, maar nog verkeerde in het oude koloniale tijdperk.

Hier landden alle vluchten uit de derde wereld, wachtten families dagenlang op hun verbinding, op de grond hurkend als enorme kolonies bacteriën, en het was een heel eind naar waar de Europese en Noord-Amerikaanse reizigers kwamen en gingen, op hun no-nonsense vluchten met extra beenruimte en eigen televisie, een pijlsnelle vlucht voor een enkele afspraak; het was nauwelijks voorstelbaar dat het gewone mensen van stront en pies, bloed en tranen waren. Zijde en kasjmier, opgebleekte tanden, Prozac, laptops en als lunch een sandwich met de naam The Milano.

Frankfurt. De vliegtuiglading bracht de nacht door in een vergelijkbare geïsoleerde zone, talloze wezens uitgestrekt als in een lijkenhuis, zelfs hun gezicht bedekt tegen de zoemende neonlichten.

Als een bus, New York-Londen-Frankfurt-Abu Dhabi-Dubai-Bahrein-Karachi-Delhi-Calcutta, maakte het vliegtuig weer een stop om mensen uit de Golfstaten aan boord te laten. Ze kwamen aanhollen – Snel! Snel!… Snel! – ritsten hun handbagage open voor de whisky, dronken rechtstreeks uit de fles. Op de vliegtuigramen vormden zich kleine ijskristallen. Binnenin was het heet. Biju at zijn plateau met kipcurry, spinazie en rijst, aardbeienijs, spoelde zijn mond in het lege ijsbekertje en probeerde een tweede maaltijd te krijgen. 'Wij komen al tekort,' zeiden de stewardessen die voortdurend werden lastiggevallen door dronken, joelende mannen, die hen in het voorbijgaan knepen, ze bij de naam noemden: 'Sheila! Raveena! Kusum! Nandita!'

Bij de zweetgeur was nu ook de vette lucht van voedsel en sigaretten gekomen, de gerecycleerde ademhaling van een volledig vliegtuig, de toenemende stank van de wc.

In de spiegel van deze wc begroette Biju zichzelf. Hier stond hij dan, op weg naar huis, wist niet wie de Amerikaanse president was, wat de naam was van de rivier, langs de oever waarvan hij geslenterd had, had zelfs nooit gehoord van de toeristische bezienswaardigheden – geen Vrijheidsbeeld, Macy's, Little Italy, Brooklyn Bridge, Museum of Immigration; geen uienbroodje bij Barney Greengrass, dumplingsoep bij Jimmy's Shanghai, geen gospelkerken op een tour door Harlem. Hij keerde terug over de onherbergzame oceaan en van een dergelijk perspectief, dacht hij, werd je alleen maar treurig. Nu, beloofde hij zichzelf, zou hij dit beeld vergeten en opnieuw beginnen. Hij zou een taxi kopen. Zijn spaargeld, door alle jaren heen opgehoopt in zijn schoen zijn sok zijn ondergoed, bedroeg niet veel, maar hij dacht dat hij het wel zou redden. Hij zou op marktdagen de berg op en af rijden, klatergoud, godjes boven het dashboard, een komische claxon, TOETtuttOETtut of WIEdiedie DIEWIEdiedie. En hij zou een huis bouwen met stevige muren, een dak dat er niet bij elke moesson af zou vliegen. Biju speelde in gedachten de ontmoeting met zijn vader steeds opnieuw als een filmscène af, huilde een beetje bij de gedachte aan zoveel geluk en emotie. 's Avonds zouden ze buiten zitten, chhang drinken, het soort moppen vertellen dat hij van de dronken mannen op het vliegtuig had afgeluisterd.

Op een dag hebben Santa Singh en Banta Singh niets te doen, lummelen wat rond, kijken in de lucht en plotseling komt er een vliegtuig van de luchtmacht over, mannen aan parchutes springen eruit, stappen in militaire jeeps die in het veld op hen staan te wachten en gaan naar huis. '*Arre, sala*, dat is nog eens een leven,' zegt Santa tegen Banta, 'wat een manier om je geld te verdienen.' Dus gaan ze naar het rekruteringsbureau en enkele maanden later zitten ze in het vliegtuig. '*Wahe Guruji Ka Khalsa, Wahe Guruji Ki Fateh*,' zegt Santa en springt. '*Wahe Guruji Ka Khalsa, Wahe Guruji Ki Fateh*,' zegt Banta en springt.

'*Arre*, Banta,' zegt Santa even later, 'deze *sala* parachute gaat niet open.'

'Ai Santa,' zegt Banta, 'de mijne ook niet. Typische *intezaan* van de regering, je zult het zien, als we beneden zijn, staat die *bhenchoot* jeep er ook niet.'

# 46

Sai keek uit haar raam en begreep niet waarom er zoveel herrie werd gemaakt.

De rechter riep: 'Mutt, Mutt.' Het was tijd voor haar prak en de kok had Nutrinuggets van soja gekookt met pompoen en een Maggiblokje. Het zat de rechter dwars dat ze dit soort voedsel moest eten, maar ze had het laatste vlees al gehad; de rechter had het zichzelf en Sai ontzegd en de kok had hoe dan ook nooit de luxe van vlees bij zijn maaltijd gekend. Er was nog wel wat pindakaas over voor Mutts chapati's, en poedermelk.

Maar Mutt kwam niet.

'Mutty, Mutt, eten...' De rechter maakte een rondje door de tuin, buiten het hek en liep de weg op en neer.

'Eten eten...'

'Mutty Mutt? MUTT?' Ongerustheid klonk in zijn stem.

De middag werd avond, de mist zette op, maar Mutt kwam niet opdagen.

Hij dacht aan de jongens in hun guerrilla-uitrusting die voor de geweren gekomen waren. Mutt had geblaft, de jongens hadden als een stel schoolmeisjes gegild, waren de trap afgerend om zich in de struiken te verbergen. Maar ook Mutt was bang geweest; ze was niet zo'n moedige hond als zij zich voorstelden.

'MUTT-MUTT MUTTY-MUTTMUTTYMUTTMUTT?!'

Ze was nog steeds niet thuis toen de duisternis inviel.

Hij was zich meer dan ooit bewust dat er in Kalimpong bij het vallen van de nacht een werkelijke machtsoverdracht plaatsvond. Tegen zo'n machtig duister, zo enorm, zonder enige zwakke plek, viel niet in te gaan. Hij ging naar buiten met de grootste zaklantaarn die ze hadden, scheen er nutteloos mee in het oerwoud, luisterde naar de jakhalzen; wachtte de hele nacht op de veranda; keek naar de onzichtbare berghellingen aan de overkant waar de vallende lantaarns van dronkaards naar beneden doken als vallende sterren. Tegen de tijd dat de dageraad aanbrak, was hij in alle staten.

Hij ging erop uit naar de kleine busti-huisjes om te vragen of ze haar gezien hadden; hij vroeg het aan de melkboer, en aan de bakker, die nu thuiszat met zijn geblutste ijzeren koffer, met de khari-kaakjes en melkbeschuitjes waar Mutt zo dol op was.

'Nee, hebben de *kutti* niet gezien.'

De rechter wond zich op toen hij hoorde hoe zij haar een 'kutti' noemden, maar hij hield zich in, want hij kon zich niet veroorloven te schreeuwen tegen degenen wier hulp hij nu misschien nodig had.

Hij vroeg het aan de loodgieter, de elektriciën. Zinloos gebaarde hij naar de dove kleermakers, die voor Mutt een dekje hadden gemaakt uit een deken, met een gesp op de buik.

Hij kreeg uitdrukkingsloze gezichten, soms grimmig gelach. '*Saala Machoot...* Wat dacht hij wel? Dat we zijn hond gaan zoeken?' Mensen voelden zich beledigd. 'In deze tijden. Wij hebben niet eens te eten!'

Hij klopte aan bij mevrouw Thondup, Lola en Noni, iedereen die, al was het niet voor hem, dan wel voor Mutt aardig kon zijn, of uit hoofde van hun beroep, positie, godsdienst. (Hij trof de missionarissen niet aan – zij zouden hem begrepen hebben en verplicht zijn geweest hem te helpen.) Iedereen die hij aansprak had onmiddellijk een negatief antwoord. Wat kon je in deze tijden verwachten? Zij hadden zich al bij Mutts lot neergelegd en de rechter had zin hen te wurgen als ze dat zeiden.

Mevrouw Thondup: 'Heeft ze veel gekost?'

De rechter dacht nooit op die manier aan haar, maar ja, ze was duur geweest, geleverd door een in rode setters gespecialiseerde kennel in Calcutta. Ze was vergezeld van een stamboomcertificaat: 'Vader: Cecil. Moeder: Ophelia.'

'*La ma ma ma ma,* is natuurlijk gestolen, edelachtbare,' zei mevrouw Thondup. 'Onze honden, Ping en Ting, hebben we helemaal uit Lhasa hierheen meegenomen, en toen we hier aankwamen, verdween Ping. De dief hield hem vast om puppy's te fokken, liet hem steeds opnieuw paren. Een goede bron van inkomsten, nietwaar? Ga maar naar mijl dertien en je ziet overal afgezwakte versies van Ping rondlopen. Uiteindelijk is hij losgebroken en ontsnapt, maar zijn karakter was niet meer hetzelfde. Ze wees naar het slachtoffer, dat, kwijlend uit zijn ouwemannetjesbek, naar de rechter gluurde.

Oom Neutje: 'Iemand is er vast op uit u te bestelen, edelachtbare Sahib – ruimt obstakels uit de weg. Die Gobbo heeft mijn Kutta Sahib vergiftigd, nu alweer jaren geleden.'

'Maar we zijn onlangs al beroofd.'

'Iemand anders moet hetzelfde idee hebben…'

De Afghaanse prinsessen: 'Onze Afghaanse windhond was op een dag weg toen we met onze vader op reis waren. De Naga's hadden haar opgegeten, ja, die eten honden, Zij hadden Frisky opgegeten. We dreigden onze slaven – ja, we hadden slaven – zelfs met de doodstraf, maar toch slaagden ze er niet in haar op tijd te redden.'

Lola: 'Het probleem van ons Indiërs is dat we niet van dieren houden. Honden en katten zijn er om te schoppen. We kunnen het niet helpen – slaan, stenigen, martelen, we houden niet op voordat het beest dood is, dat vinden we leuk – Goed zo! Afgemaakt! Doodgemaakt! Weg ermee! – dan pas zijn we tevreden.'

Wat had hij gedaan? Hij had niet goed voor haar gezorgd. Hij had Mutt naar een plek gebracht waar ze geen overlevingskans had, een rauwe, krankzinnige plek. Misschien was ze verscheurd door de honden uit de Bhutiaheuvels – buldogs met littekens van gevechten, door geweld verminkte koppen, stijve oren omdat ze keer op keer bloedden. Misschien had ze giftig plantensap binnengekregen – in elke ravijn groeiden doornappels, hun bloemen helderwit als het gewaad van de paus, maar je ging ervan hallucineren. Misschien was ze gebeten door de cobra's – mannetje en vrouwtje, dik als het koekblik, die in de aardwal achter Cho Oyu huisden. Misschien waren uit het oerwoud hondsdolle, gek geworden jakhalzen gekomen die niet meer konden drinken, niet meer konden slikken en zo'n dorst hadden, zo'n dorst hadden... Precies twee jaar geleden waren ze de oorzaak geweest van een hondsdolheidsepidemie in de stad en de rechter had Mutt laten inenten, iets wat de meeste mensen zich niet konden veroorloven. Hij had haar gered, terwijl loslopende honden werden opgejaagd en met vrachtwagens vol tegelijk werden afgemaakt (grijnzend en kwispelstaartend zagen ze de enige rit van hun leven aan voor een nieuw leventje van luxe) en hele families, die zich het drieduizend roepie kostende vaccin niet konden veroorloven, stierven. Uit angst voor rellen was het ziekenhuispersoneel opgedragen te zeggen dat ze geen medicijnen hadden. Tijdens de hondsdolheidsgekte waren er ook heldere momenten, zodat de slachtoffers precies wisten wat er met hen gebeurde, wat gekte precies was, hoe het voelde...

Hij had gedacht dat zijn waakzaamheid zijn hond tegen alle mogelijke kwaad had kunnen beschermen.

Hij had een hoge prijs voor deze arrogantie moeten betalen.

Hij ging naar de adjunct die na de roof naar Cho Oyu was gekomen, maar de problemen hadden een einde gemaakt aan zijn beminnelijkheid. Hij was niet langer de man die van tuinieren hield en de rechter had gefeliciteerd met zijn passiebloem.

'Mijn beste meneer,' zei hij tegen de rechter, 'ik ben zelf dol op dieren, maar in deze tijden... is het een luxe die we ons niet kunnen veroorloven.'

Hij had ook zijn speciale kersentabak opgegeven – in tijden als deze leek dat misplaatst. Men voelde zich altijd gedwongen terug te gaan naar de soberheid van Gandhi, toen de integriteit van de natie gevaar liep, rijst-dhal, roti-*namak*, steeds maar weer. Het was verschrikkelijk...

De rechter drong aan: 'Maar kunt u dan niets doen...' en wond zich op, handenwringend.

'Een hond! Edelachtbare, hoort u wat u zegt. Er worden mensen vermoord. Wat kan ik doen? Natuurlijk neem ik het hoog op... Ik heb tijd vrijgemaakt hoewel ik misschien van vriendjespolitiek word beticht... maar dit is een noodsituatie. In Calcutta en in Delhi maken ze zich grote zorgen over de serieuze aantasting van het gezag en dat is uiteindelijk waar we aan moeten denken, nietwaar? Ons land. We moeten ongerief verdragen en dit hoef ik aan iemand met uw ervaring niet te vertellen...' De adjunct wierp de rechter een kleffe blik toe, waaruit bleek dat hij het beledigend bedoelde.

De rechter ging naar het politiebureau; uit het achterste vertrek klonk het geschreeuw van een man, met opzet, dacht de rechter, om hem te intimideren, smeergeld los te krijgen.

Hij keek de politiemensen tegenover hem aan. Ze keken brutaal terug.

Ze wachtten in het voorvertrek tot het tijd was om met z'n allen naar binnen te gaan en de man een laatste les te geven die hij niet zou vergeten. Ze begonnen te gniffelen. 'Ha ha ha. Komt voor zijn hond! Hond? Ha ha ha ha ha... *Geschift!*' Maar midden in hun vrolijke bui werden ze boos. 'Verdoe onze tijd niet,' zeiden ze. 'Ga weg.'

Misschien kenden ze de naam van de man die ze na de roof van de geweren hadden opgepakt? De rechter drong aan. Hij vroeg zich af, het was maar een idee, of die man misschien verantwoordelijk was?

Welke man?

Degene die ze hadden beschuldigd van het stelen van zijn geweren...' niet dat hij de politie iets kwalijk nam, maar de vrouw en de vader van de man waren bij hem geweest en leken van slag... Zo iemand kenden ze niet, zeiden ze, waar had hij het over? Wilde hij nu ophouden hun tijd te verdoen en weggaan? Achterin werd het geschreeuw van het slachtoffer luider, net op tijd om de rechter een niet mis te verstane boodschap mee te geven.

De rechter kon geen straf bedenken die zwaar genoeg was voor de mensheid. Een mens was in geen enkel opzicht gelijk aan een dier. De mensheid was gemeen, corrupt en ondertussen waren er op de wereld prachtige, fijngevoelige wezens die geen mens kwaad deden. '*Wij* zouden moeten sterven,' huilde de rechter bijna.

De wereld had geen oog gehad voor Mutt, geen oog voor schoonheid, geen oog voor sierlijkheid. Maar omdat hij de wereld in de steek had gelaten, zich afzijdig had gehouden, moest Mutt lijden.

De rechter was zijn prestige kwijt... Een iel 'meneer sahib *huzoor'* omwille van de beleefdheid, maar dat was het laatste dunne laagje vernis; hij wist hoe ze in werkelijkheid over hem dachten.

Ineens wist hij weer waarom hij naar Engeland en bij de ICS was gegaan; het waarom was duidelijker dan ooit, maar nu was die machtspositie verdwenen, afgebrokkeld in jaren van misantropie en cynisme.

'*Kaakje, hondepopje, prakje, melkje, khana, ishtoo, papje, dalia, chalo, auto, pom pom, poepie, uit...*'

Hij riep alle woorden van hun taal, die van hem en Mutt, zond lieve troetelnaampjes over de Himalayabergen, rammelde met haar ketting op de manier die haar altijd deed opspringen – hop! – op alle vier de poten tegelijk, als op een springstok.

'*Uit, baba, koekje...*

*Mutt, lammetje, koteletje...*' huilde hij daarna, 'vergeef me, mijn hondje... Laten jullie haar alsjeblieft gaan, wie jullie ook zijn...'

Steeds zag hij haar voor zich, zoals ze soms op haar rug lag met alle vier de poten omhoog, haar buik warmend, terwijl ze in de zon lag te dutten. Hoe hij onlangs geprobeerd had haar de vieze pompoenprak te laten eten: hij had door de tuin gerend onder het maken van zoemende geluiden alsof de groente een vreemd insect was en toen had hij het goedje in haar verraste, wijd opengesperde bek gepropt en in haar verbazing had ze het haastig ingeslikt.

Hij zag hen samen gezellig in bed: welterusten, goedemorgen. Toen het donker begon te worden kwam het leger langs om er zeker van te zijn dat de avondklok strikt werd nageleefd.

'U moet naar huis, meneer,' zei de soldaat.

'Ga weg,' zei hij met een Brits accent, opdat de man zich zou terugtrekken, maar de soldaat bleef hem op veilige afstand volgen totdat de rechter zich boos omkeerde in de richting van zijn huis en deed alsof hij geen haast had.

> *Kom naar huis, lieve kleine meid van me,*
> *Prinses Gravin Koningin*
> *Plasplas, poeppoep, kuiken, lekker lekker luchtje,*
> *Stoute meid*
> *Hap hap etenstijd*
> *Diamantje*

*Theetijd! Kaakje!*
*Lieverd! Poppie!*
*Vang het bot!*


Hoe belachelijk klonk het allemaal zonder hond om ernaar te luisteren.

De soldaat volgde gedwee, verbaasd over wat er uit de mond van de rechter kwam.

Er was iets niet in orde, zei hij tegen zijn vrouw toen hij terug was in het verblijf voor getrouwde militairen, beton-blokken die het oerwoud verminkten.

Er gebeurde iets wat niet door de beugel kon.

'Wat dan?' vroeg ze, pasgetrouwd en in de wolken over haar moderne sanitair en kookgerei.

'God mag het weten, die seniele kerels met hun dieren...' zei hij, 'allerlei rare dingen...'

Daarna vergaten ze het onderwerp, want het leger kreeg nog steeds goed te eten en de vrouw vertelde aan haar man dat ze zoveel boter toegewezen hadden gekregen dat ze die met hun uitgebreide familie konden delen, ook al was dat tegen de wet; en dat de kip die zij hadden gekregen bijna tweemaal zoveel woog als het gebruikelijke braadkuiken van zeshonderd tot achthonderd gram: gaf de militaire poelier de vogels waterinjecties?

# 47

Ondertussen, als gevolg van de demonstratie, had de politie versterking gekregen en joeg op de GNBF-jongens; ze kamden afgelegen gehuchten uit, probeerden Gorkhalandaanhangers te scheiden van marxisten, van Congressaanhangers, van iedereen die sowieso niet geïnteresseerd was. Ze deden invallen in theeplantages terwijl die gesloten werden; bedrijfsleiders herinnerden zich de aanvallen van rebellen op de plantage-eigenaars in Assam en vertrokken per vliegtuig naar Calcutta.

Gezochte mannen die op de vlucht waren, verstopten zich voor de politie en sliepen in huizen van de rijke stadsmensen – Lola en Noni, de dokter, de Afghaanse prinsessen, gepensioneerde ambtenaren, Bengalezen, buitenstaanders, iedereen van wie het huis niet zou worden doorzocht.

Er gingen geruchten van een komen en gaan over de grens van Nepal en Sikkim, van gepensioneerde militairen die de beweging controleerden en een spoedopleiding gaven in het monteren van bommen, in de val lokken van de politie, opblazen van bruggen. Maar iedereen kon zien dat het nog steeds voornamelijk jongens waren die Rambo na-aapten, hun hoofd vol met kungfu- en karatestoten, rond ronkend op gestolen motorfietsen, in gestolen jeeps, en zo de mooiste tijd van hun leven hadden. Hun zakken vol geld en kogels. Ze leefden zoals in films. Tegen de tijd dat ze er genoeg van hadden, zouden ze die verzinsels voor gezien houden en de nieuwe films zouden op hen gebaseerd zijn...

Ze arriveerden 's nachts, gemaskerd, klommen over hekken, plunderden huizen. Als ze een vrouw zagen die op weg naar huis was met iets in haar sjaal verpakt, moest ze die op hun bevel openmaken, en ze pakten de rijst en het beetje suiker dat ze verborgen had af.

Op de weg naar de markt hingen de bomen vol met ledematen van de vijand – vijand van wie? Dit was het moment om iedereen die je niet mocht uit de weg te ruimen, oude familievetes te wreken. Uit het politiebureau bleef geschreeuw komen, maar een fles Black Label kon je leven redden. Gewonde mannen werden op bamboebrancards naar de dokter vervoerd om opgelapt te worden, hun verminkte ingewanden verpakt in kippenvel om vers te blijven. In het afvalwaterbassin werd een man gevonden, elke centimeter van zijn lichaam met een mes bewerkt, zijn ogen uitgestoken...

Maar terwijl de bewoners geschokt waren door de gewelddadigheid, waren ze ook verbaasd door de platvloersheid van dit alles. Terwijl ze thuiszaten met niets omhanden zagen ze tot welke perversiteiten het hart in staat is, en ontdekten dat, geconfronteerd met de stank van onvoorstelbaar kwaad, een menselijk wezen toch in staat was zich te vervelen, te gapen, in beslag genomen kon worden door het vraagstuk van een missende sok, door ergernissen met de buren, de honger als een muis in je buik te voelen trippelen en opnieuw te belanden bij de brandende vraag wat er te eten was... Daar waren ze, de allergewoonsten onder hen, degenen die niet gemaakt waren voor buitengewone vraagstukken, verwikkeld geraakt in de mythische gevechten van verleden tegen heden, rechtvaardigheid tegen onrechtvaardigheid – de doodgewone man opgezweept tot buitengewone haat, omdat per slot van rekening buitengewone haat een alledaags gegeven was.

# 48

Na Delhi landde het Gulf Air-vliegtuig op Calcutta's lucht-
haven Dum Dum. Biju rook weer de karakteristieke lucht
van een vloer die met fenyl werd gedesinfecteerd door een
schoonmaakster die zowel doodarm als buitengewoon aan-
stootgevend was. Met neergeslagen ogen en blootsvoets met
een smerige lap boenend, was ze voor sommige bezoekers
de eerste kennismaking met die krachtige mengeling van
diepgaand medeleven en diepgevoelde afkeer.

Rondom de bagagebanden krioelde een ordeloze menigte, want er waren meerdere vliegtuigen tegelijk geland en
hier afficheerden zich nog meer soorten Indiërs dan er op
de Gulf Air te zien waren geweest, weer helemaal terug bij
af na doelbewust uitgevlogen te zijn naar leerzame plekken
in het buitenland. Daar was de yup die lessen over wijn had
genomen, degenen die nog steeds hun algemene ontwikkeling bijhielden en naar de tempel van Bern gingen of
waarheen dan ook. De funky jongen uit Bhangra met oorring en wijde broek. De hippie die toevallig had ontdekt dat
je geen saaie emigrant hoefde te zijn en een fantastische
tijd kon hebben als Indiër te midden van de hippe vogels,
spuide alle mogelijke Hindoe-mantra-Tantra-Moeder-Aarde
– inheemse-volken – enkele-energie – organische-*Shakti*-
ganja-kristal-sjamaan-intuïtie-onzin. Computerjongens die
het gemaakt hadden. Taxichauffeurs, wc-schoonmakers en
keurige jonge zakenlieden die indruk probeerden te maken
door vrienden over te halen voor 'een echte pikante curry,
kerel, hoe heet kan je eten?'

Indiërs die in het buitenland woonden, Indiërs die naar

het buitenland reisden, de rijksten en de armsten, de heen-
en-terugreizigers met verblijfsvergunning. De Indiase student die een blondine mee terugnam, deed alsof het niets
te betekenen had, probeerde gewoon te doen, maar een en
al zenuwen was. 'Kom op, *yaar*, liefde kent geen kleur...'
*Dit was echt niet wat het leek. De mensen moesten hier niets achter*
*zoeken. Het was allemaal toevallig zo gelopen ...*

Achter hem trokken een paar Indiase meisjes een gezicht
alsof ze moesten overgeven.

'Is zeker rechtstreeks uit het vliegtuig naar een Amerikaanse vrouw op zoek gegaan om een verblijfsvergunning
te krijgen en het kon hem niet schelen of ze er uitzag als
een paard. *Wat inderdaad het geval is!*'

'Onze vrouwen zijn de mooiste ter wereld,' zei een man
in alle ernst tegen de Indiase meisjes, misschien omdat hij
bang was dat ze gekwetst waren, maar het klonk of hij zichzelf probeerde te troosten.

'Ja, onze vrouwen zijn de beste ter wereld,' zei een andere
vrouw, 'en onze mannen zijn absoluut de slechtste *gadhas* in
de hele wijde wereld.'

'Dadi Amma!' alom geroep. 'Dadi Amma!' Een grootmoeder, sari hoog opgetrokken om makkelijker te kunnen lopen, zodat afgezakte, vleeskleurige sokken en harige
benen zichtbaar waren, rende in het rond met het bagage-
wagentje, reed tegen enkels aan, viel over de bagageband.

Twee mannen van de Air France-vlucht, die zich met minachting op hun gezicht afzijdig hielden, liepen op elkaar af.
'Waar kom jij vandaan, kerel?'

'Ohio.'

'Columbus?'

'Nee, iets erbuiten.'

'Waar?'

'Kleine plaats, ken je niet.'

'?'

'Paris, Ohio.' Hij zei het enigszins afwerend. 'En jij?'

'South Dakota.'

Hij klaarde op. 'Moet je zien,' zei hij en hij gebaarde naar buiten, van beiden de druk afhalend, 'elke keer dat je terugkomt denk je dat er iets moet zijn veranderd, maar het is altijd hetzelfde.'

'Inderdaad,' zei de andere man. 'Je geeft het niet graag toe, maar je moet wel. Sommige landen lukt het gewoon niet vooruit te komen...'

Ze wachtten op hun koffers die niet kwamen.

Veel koffers kwamen niet aan en Biju hoorde hoe bij de balie van Air France ruzie werd gemaakt toen passagiers formulieren moesten invullen voor zoekgeraakte bagage:

'Alleen Indiërs die niet ingezeten zijn en buitenlanders krijgen een vergoeding, Indiase ingezetenen niet. WAAR-OM?' Alle Indiase ingezetenen schreeuwden: 'Niet eerlijk niet eerlijk NIET EERLIJK NIET EERLIJK!'

'Dat is het reglement van Air France, meneer,' zei de functionaris, die hen probeerde te kalmeren. 'Buitenlanders hebben geld nodig voor hoteltandenborstel...'

'O ja, onze familie woont in Jalpaiguri, wij moeten verder,' zei een vrouw, 'en nu moeten we overnachten en op onze koffers wachten... Wat heeft u daarop te zeggen? Wij betalen net zoveel als die andere man. Buitenlanders krijgen meer en Indiërs minder. Goede behandeling voor mensen uit rijke landen en slechte behandeling voor mensen uit arme landen. Het is een schande. Vanwaar die scheve politiek tegenover uw eigen mensen?'

'Dat is nu eenmaal het reglement van Air France, mevrouw,' herhaalde hij. Alsof het uitroepen van de woorden *Parijs* of *Europa* onmiddellijk indruk maakte, onkreukbaarheid verzekerde en protest tot zwijgen bracht.

'Dus ik word verondersteld naar Jalpaiguri te reizen in mijn vuile ondergoed? Ik stink nu al zo erg dat ik bij niemand in de buurt durf te komen,' zei dezelfde dame, en ze hield haar neus met een angstig gezicht dicht om te laten zien dat ze zich zelfs schaamde zo dicht in haar eigen buurt te zijn.

Alle niet-ingezeten Indiërs met verblijfsvergunning en paspoort keken zelfgenoegzaam en beschaafd. Zo ging het nu eenmaal. Geluk bracht geluk. Zij hadden meer geld en omdat ze meer geld hadden, zouden ze meer geld krijgen. Het maakte hun niet uit om in de rij te staan en ze stonden geduldig om goed te laten zien dat zij niet meer hoefden te vechten; hun manieren bewezen hoe goed men voor hen zorgde. En ze konden haast niet wachten om te gaan winkelen. 'Winkelen *ke liye jaenge, bhel puri khaenge...* dollars me *kamaenge, pum pum pum.*' 'Maar tachtig roepie bij de kleermaker, maar tweeëntwintig cent!' zouden ze zeggen, alles triomfantelijk omrekenend in Amerikaanse valuta; maar terwijl het winkelen in dollars werd omgerekend, kon je de fooien in lokale valuta blijven berekenen: 'Vijftienhonderd roepie, is hij gek geworden? Geef hem er honderd, zelfs dat is nog te veel.'

Een Calcuttazuster was samen met een Chicagozuster die 'waar voor haar dollars wilde, waar voor haar dollars wilde', en ontdekte het eerste zaad van de besmettelijke, alles verterende haat die mettertijd hele families van binnenuit onherstelbaar zou vernietigen.

Amerikaanse, Britse en Indiase paspoorten waren allemaal marineblauw en de niet-ingezeten Indiërs verzekerden zich ervan dat de goede kant boven was, zodat de luchthavenfunctionarissen de naam van het land konden zien en meteen wisten wie ze met respect moesten behandelen.

Maar er was toch een schaduwzijde, want al was het Air France-personeel misschien anders geïnstrueerd, ergens in de keten – immigratie, douane, veiligheid – kon je te maken krijgen met het wrokkige of nationalistische soort employé dat elk excuus te baat nam om jou tergend langzaam te behandelen. 'Ach, jaloezie, jaloezie,' – ze hadden zichzelf al van tevoren gevaccineerd opdat er tijdens hun bezoek geen kritiek zou doorsijpelen – 'ach, gewoon jaloers, jaloers op onze dollars.'

'Nou, hoop dat je het er levend van afbrengt, kerel,' zei de Ohioman tegen de South Dakotaman nadat ze hun schade-aangifteformulieren hadden ingevuld; ze waren dubbel zo blij, ten eerste vanwege het Air France-geld en ten tweede omdat alles weer eens bevestigd was: 'O o o, India kan niks. Het was te verwachten, *typisch, typisch!*'

Ze liepen langs Biju die zijn bagage checkte, die eindelijk was aangekomen en intact was aangekomen.

'Maar het probleem heeft zich in *Frankrijk* voorgedaan,' zei iemand, 'niet hier. *Daar* zijn de koffers niet ingeladen.'

Maar de mannen waren te voldaan om er aandacht aan te schenken.

'Het beste,' zeiden ze tegen elkaar met een klap op de rug, en de Ohioman vertrok, blij dat hij het zoekgeraakte-koffer-verhaal had – ammunitie tegen zijn vader, omdat hij wist dat zijn vader niet trots op hem was. Niet trots op hem? Nee, niet trots.

Hij wist wat zijn vader vond: niet uit heldenmoed maar uit lafheid emigreerden ze naar Amerika. Het vertrek stond in het teken van angst en niet van moed; uit schijterigheid maakte je dat je wegkwam naar waar je geen echte armoe-de zag, waar nooit een beroep op je geweten werd gedaan; waar nooit bedienden, bedelaars, aan de bedelstaf geraakte familieleden aan je hoofd kwamen zeuren en waar nooit openlijk aanspraak op je vrijgevigheid werd gemaakt; waar je je een hele piet kon voelen als je simpel alleen maar voor vrouw-kind-hond-tuin zorgde. Voor de lokale bevolking was je tot je grote opluchting een onbekende nieuwkomer en nooit liet je merken dat het reizen je meer perspectief had gegeven. Ohio was de eerste plaats waarvan hij hield, want daar was hij in staat geweest zich een houding te geven...

Maar dan keek zijn vader naar hem, gezeten in zijn kurta-pyjama, druk in de weer met een tandenstoker tussen zijn tanden, en hij wist dat zijn vader die zelfverzekerde houding toeschreef aan het feit dat hij zich in een kleine plaats had gevestigd. Razend maakte dat de zoon: jaloers, jaloers, zelfs op je eigen zoon, dacht hij, jaloezie, derde-wereldkinnesinne.

Zijn vader was een keer naar Amerika gekomen en niet onder de indruk geweest, zelfs niet van de afmetingen van het huis.

'Nou en? Al die nutteloze ruimte, verspilling van water, verspilling van elektriciteit, verspilling van warmte, van air-conditioning, niet erg slim, hè? En een halfuur rijden naar de markt? Dat noemen ze de eerste wereld? *Ekdum bekaar!*'

De vader over de hotdog: 'De worst is vies, het broodje is vies, de ketchup is vies en zelfs de mosterd is vies. En dat noemen ze nou echt Amerikaans! De worstjes in Calcutta zijn lekkerder!'

Maar nu had de zoon het verhaal van de zoekgeraakte bagage.


Biju stapte van het vliegveld in de zoogdierwarme Calcutta-nacht. Zijn voeten zakten weg in stofzand dat bij aanraking als poeder opwolkte en een ondraaglijk gevoel van treurig-heid en tederheid overviel hem, als de oude, heerlijke her-innering dat hij als baby op de schoot van zijn moeder in slaap viel. Er waren nog massa's mensen op straat, ook al was het al bijna elf uur. Hij zag een paar geiten met elegante sikken in een riksja op weg naar de slachtbank. Bidi's roken-de oude mannen met elegante geitengezichten, met elkaar in overleg. Een moskee en minaretten lichtten groen op in de avond, een groep vrouwen in burka's liep snel voorbij, onder het zwart rinkelden armbanden, in een snoepwinkel lag een psychedelische mengelmoes van kleuren uitgestald. Roti's vlogen door de lucht als in een jongleursvoorstelling, maakten stippen aan de hemel hoog boven een restaurant met de leuze: 'Goed gevoed maakt welgemoed.' Daar stond Biju, in de stoffige, lauwe, sarizijden avond. Weer gewoon thuis – hij voelde hoe alles verschoof en om hem heen op zijn plaats viel, voelde zichzelf langzaam inkrimpen tot zijn eigen maat, voelde de enorme angst van vreemdeling weg-ebben, die onuitstaanbare afstandelijkheid en schaamte van de immigrant. Hier lette niemand op hem, en als men al iets zei, waren het ongedwongen woorden, zonder bijbe-doeling. Hij keek om zich heen en voor de eerste keer in god mag weten hoe lange tijd trok de nevel voor zijn ogen weg en hij ontdekte dat hij duidelijk kon zien.

# 49

De rechter knielde en bad tot God, hij, Jemubhai Popatlal de agnosticus, die een lange moeilijke reis had gemaakt om de familiegebeden overboord te gooien; die al die jaren terug aan boord van de ss Strathnaver geweigerd had de kokosnoot in het water te gooien om zijn eigen reis te zegenen.

'Als u Mutt terug laat komen, zal ik u openlijk erkennen, *ik zal u nooit meer ontkennen*, ik zal iedereen laten weten dat ik in u geloof, als u Mutt terug laat komen...'

Toen kwam hij overeind. Hij vergat zijn opvoeding, werd weer de bijgelovige man die marchandeert, van alles belooft, met het lot gokt, en wie of wat zich daar in de ruimte bevindt paait, uitdaagt...

Laat me dan zien dat u bestaat!

Anders weet ik dat u niets voorstelt.

Niets! Niets! – honend.

Maar 's nachts kwam de gedachte weer bij hem op...

Nam het geloof waarvan hij zich had afgekeerd op deze manier wraak?

Want de zonden die hij had begaan kon geen rechtbank ter wereld in behandeling nemen. Maar daarom wogen ze niet minder zwaar, en werden er niet minder erg door... Wie nam wraak op hem? Hij geloofde niet in een in toorn ontstoken godheid, in een weegschaal van gerechtigheid. Natuurlijk niet. Het universum had niets met rechtvaardigheid te maken. Dat was slechts zijn eigen menselijke hoogmoed geweest, totdat hij beter wist.

Toch dacht hij aan zijn familie die hij in de steek had gelaten.

Hij dacht aan zijn vader, met wiens kracht en hoop en liefde hij zich had gevoed, om hem ten slotte alleen maar in zijn gezicht te spugen. Hij bedacht hoe hij zijn vrouw, Nimi, had teruggestuurd. Tegen die tijd was Bomanbhai Patel van de zo elegant gebeeldhouwde haveli dood en had een oom de troon bestegen, en Bomanbhais enige tegenspoed – alleen maar dochters, geen zoon – speelde zijn vervloeking uit tot na zijn dood.

De rechter ging in gedachten terug naar waarom precies hij zijn vrouw had teruggestuurd naar haar familie. De oorzaak was een bijzonder voorval.

Op een vroege ochtend was er in Bonda een auto gestopt en eruit fladderde een groepje dames, met voorop het toegewijde Congress-lid mevrouw Mohan. Ze had Nimi zien staan bij het hek van Jemubhais huis: 'O, mevrouw Patel, kom met ons mee... waarom toch altijd nee? Ditmaal accepteer ik het niet! Kom, we maken er een leuke dag van. Af en toe moet u eens het huis uit.'

Blij en bang tegelijk bevond ze zich in de auto op de brede schoot van een onbekende. Ze waren naar het station gereden en hadden de auto ver weg moeten parkeren, want duizenden mensen hadden zich verzameld om te demonstreren en te schreeuwen: 'British raj *murdabad!*' Ze hadden een ogenblik stilgestaan en toen een optocht van auto's naar een huis gevolgd.

Nimi kreeg een bord met roereieren en toost aangereikt, maar ze at niet, want er was te veel opwinding, te veel mensen, die allemaal schreeuwden en met elkaar discussieerden. Ze probeerde te glimlachen tegen een baby die zich pas daarna herinnerde hoe hij zijn spieren moest bewegen en terug lachte toen het te laat was.

Ten slotte zei iemand: 'Opschieten, de trein gaat zo vertrekken, we kunnen beter naar het station gaan,' en het grootste gedeelte van de menigte stroomde weer het huis uit. Een van de mensen die was achtergebleven had haar thuis afgezet en dat was alles.

'We zijn deel van de geschiedenis die nu wordt gemaakt, mevrouw Patel. Vandaag heeft u een van de grootste mannen van India gezien.'

Wie dat was geweest? Ze zou het niet kunnen zeggen.

Bij terugkomst van zijn rondreis – vijf patrijs, twee kwartel, een hert, opgeschreven in zijn jachtdagboek – was de rechter ontboden bij het districtshoofd en kreeg het verbazingwekkende nieuws te horen dat zijn vrouw deel had uitgemaakt van het comité dat Nehroe had verwelkomd bij het Spoorwegstation van het Kantonnement. Samen met partijbonzen van het Congress had ze meegegeten van de roereieren met toost.

Het ging niet om de slechte aantekening die Jemubhai had gekregen en zijn promotie zou verhinderen, dat ging alleen het hoofd aan, maar om de problemen waarmee niet alleen het hoofd zelf te maken zou krijgen maar de volledige ambtenarij die, hij sloeg met zijn vuist op tafel, 'verdomme een reputatie te verliezen had!'

'Het kan niet waar zijn, meneer. Mijn vrouw is heel behoudend. Zoals u weet is ze te gereserveerd om naar de club te gaan. Eigenlijk verlaat ze nooit het huis.'

'Maar wel deze keer, jazeker. Het zijn de behoudende mensen die men in de gaten moet houden, meneer Patel. Helemaal niet zo verlegen als u zou willen doen voorkomen – dat is alleen maar schijn. Ik denk dat u onmogelijk dit uitstapje zult kunnen ontkennen, want het is ons door meer dan één persoon bevestigd. Ik vertrouw erop dat geen enkel lid van uw gezin,' hij zweeg even, 'ooit nog iets zal doen om uw carrière in diskrediet te brengen. Ik waarschuw u, Patel, als vriend.'

Onvriendelijke blik. Meneer Singh haatte Jemubhai en hij haatte mensen uit Gujarat en in het bijzonder haatte hij de Patels die, als jakhalzen, altijd op hun eigen voordeel uit waren.

Jemubhai reed over de kanaalweg naar huis. Hij kende de doeltreffendheid van de door hen gebruikte spionnen, en hij zat zich te verbijten: Hoe was het mogelijk?

'Ik vroeg haar mee uit vriendelijkheid,' zei mevrouw Mohan, door Jemubhai ondervraagd.

'Uit duivelse achterbaksheid,' brieste Jemubhai.

'Uit ondeugendheid,' zei meneer Mohan, daarmee een *mithai* in de mond van mevrouw Mohan leggend om zijn politiek zo schrandere vrouw te feliciteren.

Maar wat zou Nimi zeggen?

Hij stond met zijn rug naar haar toe toen ze binnenkwam. Langzaam was hij bezig iets voor zichzelf te drinken te maken, schonk een stevige scheut whisky in, pakte met de zilveren klauwvormige tang ijsblokjes, liet ze in het glas vallen. Het ijs siste en rookte.

'Wat is het?' vroeg hij, de ijsblokjes ronddraaiend, op zijn gezicht een uitdrukking alsof hij zitting hield en zich voorbereidde op het voorzitten van een nauwgezet logisch proces.

Hij nam een slok en zijn slokdarm werd half verlamd door de whisky. Vervolgens loste de verdoving op in een verrukkelijke hitteverspreiding.

Hij telde op de vingers van zijn vrije hand:

1. 'Ben je gewoon een domme boerentrien?'
Wachtte.

2. 'Ben je een leugenaarster?'
Wachtte.

3. 'Speel je domme vrouwenspelletjes?'
Wachtte.

4. 'Probeer je me met opzet boos te maken?'

Wachtte. Wachtte een hele tijd.

Toen een als gif uitgespuwde zin:

5. 'Of ben je gewoon ongelooflijk stom?'

Ze zei niets en hij wachtte.

'Welk van deze dingen is het? We zijn niet klaar met dit gesprek voordat je me antwoord hebt gegeven.'

Wachtte nog langer.

'Wat? Ben je zo verdomde stom, vraag ik je?!'

Stilte.

'Goed, dan concludeer ik dat het alles bij elkaar is. Ja of nee?'

Hoewel ze schrok van haar eigen woorden, verzamelde ze dezelfde moed als op de avond van de poederdons en nam het tegen hem op. Tot zijn grote verbazing en haar eigen ontsteltenis, zei ze, als in een moment van inzicht vlak voor de dood: '*Jij bent de stommeling.*'

Voor de eerste keer sloeg hij haar, ook al had hij dat wel eerder willen doen en sinds enige tijd de drang daartoe onderdrukt. Hij goot het glas leeg over haar hoofd, smeet een kan water in het gezicht waarin hij geen schoonheid meer zag, vulde haar oren met bruisend sodawater. Dan, toen dit niet genoeg was om zijn woede te koelen, hamerde hij met zijn vuisten op haar neer, hief zijn armen omhoog om ze keer op keer op haar neer te laten komen, ritmisch, totdat zijn eigen handen uitgeput waren en zijn schouders de volgende dag stijf en verkrampt alsof hij hout had gehakt. Hij liep zelfs enigszins mank omdat zijn been pijn deed van het schoppen.

'Stomme trut, vuile trut!' Hoe harder hij vloekte, des te harder bleek hij te kunnen slaan.

De volgende ochtend vormden vlekkerige kneuzingen een pijnlijk contrast met de aanblik van beheerste beschaving: eieren in eierdoppen, thee knus in de theepot, de krant. De kneuzingen bleven wekenlang zichtbaar. Tien blauwe en zwarte vingerafdrukken in haar arm gegrift, een blauwzwarte wolk verscheen op haar zij waar hij haar tegen de muur had gedrukt – een verbazingwekkend diffuse wolk voor zo'n harde welgemikte stomp.

De woede, eenmaal losgelaten als een geest uit een fles, was nooit meer te kortwieken. Hoe stiller zij zich hield, hoe harder hij tekeerging, en als ze protesteerde, werd het nog erger. Algauw besefte ze dat wat ze ook deed of niet deed, het resultaat altijd hetzelfde zou zijn. Zijn haat was een wezen op zich; uit eigen beweging laaide hij op, brandde uit, kwam weer opzetten en het enige wat hij wilde was bij haar zijn haat rechtvaardigen, vervolmaken. In momenten van pure haat kon hij zich voorstellen dat hij haar vermoordde.

Toen het zover was gekomen werd hij omzichtig, overdreven nauwgezet op alle andere gebieden van zijn leven – als hij werkte, zijn bad nam, zijn haren kamde – nerveus bij het besef hoe eenvoudig hij zijn zelfbeheersing zou kunnen verliezen en zijn carrière op het spel zetten teneinde een laatste gewelddadige handeling uit te voeren.


In Bonda brak de lente aan in frisgewassen kleuren en net uitgekomen rupsen, hagedissen en kikkers hopten en kropen in schattig babyformaat rond. Hij kon haar gezicht niet langer verdragen, kocht een ticket voor haar en zond haar terug naar Gujarat.

'Ik kan niet gaan,' zei Nimi, uit haar verdoving ontwakend. Voor zichzelf kon ze het accepteren – eigenlijk zou het een troost zijn, een donkere plaats om zich te verbergen – maar haar familie – nee, de gedachte aan de schande waarvan zij de oorzaak was, was te veel.

'Als ik je niet terugstuur,' had hij toen gezegd, op een bijna vriendelijke toon, 'vermoord ik je. En ik wil niet voor zo'n misdaad aansprakelijk gesteld worden, dus je moet gaan.'

Zes maanden later kwam er in Bonda een telegram dat de geboorte van een baby aankondigde.

Die avond werd Jemubhai dronken en niet van vreugde. Zonder zijn kind te zien meende hij zeker te weten hoe het eruitzag: rood als een blaar, krijsend als een mager varken, aan alle kanten lekkend, hitte en woede uitwasemend.

Ver weg keek Nimi naar haar dochter. Ze was in diepe slaap en in die eerste levensmaanden leek ze een heel sereen wezentje.

'Je vrouw is klaar om terug te komen. Ze is uitgerust,' schreef de oom in de haveli hoopvol. Hij had de reden van Nimi's thuiskomst verkeerd begrepen en schreef die toe aan Jemubhais bezorgdheid om de gezondheid van zijn vrouw, want per slot van rekening was het gepast een dochter voor de geboorte van het eerste kind naar huis te laten gaan. Ze hoopten dat dit kind de vader terugbracht in hun midden. Hij was nu invloedrijk – hij kon hen allemaal helpen.

Jemu zond geld, vergezeld van een brief. 'Het schikt niet,' was zijn antwoord. 'Vanwege mijn werk. Geen scholen, altijd op reis...'

De oom wees zijn nicht de deur. 'Je man is verantwoordelijk voor jou,' zei hij boos. 'Ga terug. Je vader heeft een bruidsschat gegeven voor je huwelijk – je hebt je deel gekregen en dochters kunnen naderhand niet nog wat op komen eisen. Als je je man boos hebt gemaakt, moet je hem om vergeving vragen.'

Kom alsjeblieft terug, lieve kleine meid van me.

Ze had de rest van haar leven bij een zuster gewoond die niet zo'n succesvol, zo'n hoog huwelijk als Nimi had gesloten. De zwager nam Nimi iedere hap die in haar mond verdween kwalijk. Hij lette goed op of zij onder zijn gulle zorg-zaamheid niet al te dik werd.

Jemubhais vader kwam een pleidooi houden.

'Het is gedaan met onze familie-eer. We mogen blij zijn dat Bomanbhai dood is, goddank. Het is het schandaal van de stad.'

'Waarom zegt u zulke dingen?' zei hij tegen zijn vader. 'U praat als de eerste de beste dorpsgek. Ze is niet geschikt om mijn vrouw te zijn.'

'Het was een vergissing om je weg te sturen. Je bent een vreemde voor ons geworden.'

'U was degene die me gestuurd heeft en nu komt u me vertellen dat dat een vergissing was! Mooi is dat.' Hij was aangenomen om zijn landgenoten de moderne tijd bij te brengen, maar van zijn leven kon hij alleen iets maken als hij hen er volledig buitenhield, anders zouden ze verwij-tend te voorschijn komen en laten zien wat voor leugen hij was geworden.

Zijn vader bleef slechts twee nachten. Na het eerste gesprek hadden ze niet veel te bepraten en Jemubhai informeerde naar niemand in Piphit, omdat hij besefte dat dat hypocriet zou zijn. Maar toen zijn vader vertrok, probeerde Jemubhai hem onhandig wat geld toe te stoppen. Hij wilde het niet aannemen, wendde zijn gezicht af en stapte in de auto. De rechter voelde dat hij hem moest terugroepen, stond op het punt, de woorden kwamen al in zijn keel… maar hij zei niets en de chauffeur reed de vader terug naar het sta-tion waar, nog niet zo lang geleden, Nimi zonder het zelf te weten Nehroe had gezien.

Er brak oorlog uit in Europa en India, zelfs in de dorpen, en het nieuws van een uiteenvallend land vulde de kranten. Bijna een miljoen mensen stierven in rellen, drie tot vier miljoen aan de hongersnood in Bengalen, dertien miljoen werden uit hun huizen verdreven; de geboorte van de natie was geheel overschaduwd. Het leek toepasselijk.

De rechter werkte harder dan ooit. Het vertrek van de Britten liet een enorm machtsvacuüm achter, alle leden van de ICS stegen naar de top, ongeacht welke kant ze in de onafhankelijkheidsbeweging hadden gekozen, ongeacht hun talenten of ervaring.

Ergens in de loop van die donkere jaren kwam er een tweede telegram, dat voorafging aan het telegram over Sais op handen zijnde komst naar Cho Oyu.

Een vrouw had vlam gevat boven een petroleumstel.

O, riepen de mensen, blij de gewone zinnen te kunnen zeggen, dit land, waar een mensenleven weinig waarde had, waar voorschriften ondeugdelijk waren, oliestellen van slechte makelij en goedkope sari's gemakkelijk vlam vatten...

... als vrouw wilde je dood of...

... nu, als een vrouw zichzelf van het leven wilde beroven...

... zonder getuige, zonder bewijsmateriaal...

... zo eenvoudig, een enkele handbeweging...

... en voor de politie ook een heel eenvoudige zaak, gewoon nog een snelle handbeweging...

... de roepies gleden als olie tussen twee handpalmen...

'Dank u wel, meneer,' zei de politieman.

'Niets te danken,' zei de zwager.

Het hele geval was in een oogwenk achter de rug.

De rechter beliefde te geloven dat het een ongeluk was.

As heeft geen gewicht, vertelt geen geheimen, het is te licht om schuldig te kunnen zijn, te licht voor de zwaartekracht, het zweeft omhoog en verdwijnt gelukkig.

Voor velen waren dit nevelige jaren en toen ze die, uitgeput, achter zich lieten, was de hele wereld veranderd, zat alles vol met gaten, wat er in hun eigen families was gebeurd, wat er elders was gebeurd, welke smerigheid zich als een epidemie had verspreid in een wereld die nu vol naamloze graven was – ze stonden er niet bij stil, want ze konden zich niet veroorloven het verleden te onderzoeken. Ze moesten de toekomst grijpen met alles wat ze hadden.

Jemubhai had een waar ding geleerd: een mens kan elke gedaante aannemen. Het was mogelijk te vergeten en soms onontbeerlijk om dat te doen.


Jemubhai vroeg zich nu af of hij zijn vrouw omwille van valse idealen had laten sterven. Haar waardigheid afgenomen, zijn familie beschaamd, die van haar beschaamd, haar tot de belichaming van hun vernedering gemaakt. Ook zij wilden niets van haar weten en vanaf dat moment had haar leven geen doel meer en ook dat van zijn dochter had doel noch zin. Hij had het meisje veroordeeld tot kloosterkostscholen, en was opgelucht toen ze een nieuw hoogtepunt van doel- en zinloosheid bereikte door weg te lopen met een man die in een weeshuis was opgegroeid. Zelfs de familie verwachtte niet dat hij ooit nog enige aandacht aan haar zou schenken...

Hij had niet van zijn vrouw gehouden, maar was dat een excuus?

Toen herinnerde hij zich een moment dat hij wel van haar had gehouden. Hij was twintig, zij veertien. De plaats was Piphit en op een fiets reden ze triomfantelijk tussen koeienvlaaien door een heuvel af.


Sai was zoveel jaren later gekomen en hoewel hij het zichzelf nooit had toegegeven, wist hij dat hij hoopte dat een

niet-erkend rechtssysteem was begonnen zijn schulden uit
te wissen.

'Mutt,' zijn stem brak. 'Mijn leuke lieverdje. Mijn stoute lieverdje. Mijn leuke stoute lieverdje.' Hij zocht haar aan de
andere kant van de bergen.
... Samen met Sai en de kok.

Sai, die de verloren liefde van Gyan eerst gemaskeerd had
met een verkoudheid, en vervolgens met de chaos die de
bergen in zijn greep hield, ontdekte, toen Mutt zoek was,
zo'n volmaakt voorwendsel, dat zelfs zij niet meer wist wat
de aanleiding van haar ellende was. 'Mutt Mutty, schapen-
boutje,' jodelde ze in het wilde weg, op een manier waarop
ze nooit haar eigen verdriet openlijk te kennen had kunnen geven. Ze was dankbaar voor de uitgestrektheid van dit
land, probeerde tot aan de horizon te lopen – want ze had
het gevoel alsof de ruimte die haar was toebedeeld bij het
einde van een liefde die een wijds uitzicht had beloofd –
nou ja, alsof die niet bestond. Verdriet was claustrofobisch.
    Ook de kok riep 'MUTTY' onder het lopen, de zorgen
om zijn zoon overschaduwd door de verdwijning van Mutt.
'MUTTY.' Hij praatte tegen zijn lot. Zijn hand was uitgestoken, zijn palm leeg, de brief was niet gekomen.

# 50

'Geen bus naar Kalimpong.'

'Waarom niet?'

Het stond toch in de krant? De man bij het busstation van Siliguri was verbaasd dat Biju niet op de hoogte was. En op de televisie? In ieder gesprek? Overal?

Waren er dan nog steeds problemen?

Het werd zelfs erger. Hoe kwam het dat hij dat niet wist? Waar kwam hij vandaan?

Uit Amerika. Geen krant, geen telefoon...

Toen knikte hij vol medeleven.

Maar: 'Er rijden geen auto's naar Kalimpong. De toestand is erg gespannen, *bhai.* Er werd daar geschoten. Iedereen is gek geworden.

Biju drong aan. 'Maar ik moet gaan. Mijn vader is daar...'

'Onmogelijk. Er is geen weg. Het is een noodtoestand en ze hebben wegversperringen neergezet, op alle straten Mobil-benzine gegoten en spijkers gestrooid – de wegen zitten potdicht.'

Biju ging op zijn bagage zitten totdat de man uiteindelijk medelijden met hem kreeg.

'Luister,' zei hij, 'ga naar Panitunk, misschien vind je daarvandaan vervoer; maar het is erg gevaarlijk. Je moet hard aandringen bij de mannen van de GNBF.'

Biju wachtte daar vier dagen totdat een GNBF-jeep vertrok. Voor exorbitant hoge prijzen verhuurden ze zitplaatsen.

'Geen plaats,' werd hem gezegd.

Hij opende zijn nieuwe portefeuille met dollars.

Hij betaalde. Abraham Lincoln, op God vertrouwen wij...
De mannen hadden nog nooit Amerikaans geld gezien, lieten de biljetten rondgaan en bekeken ze aandachtig.

'Maar je kan niet zoveel bagage meenemen.'

Hij betaalde nog wat bij, ze stapelden de bagage op het dak en bonden die vast met touw en toen vertrokken ze, vol zelfvertrouwen over de smalle weg langs de ondergelopen akkers, tussen de glanzende jonge rijst en bananen, door een wildreservaat met reusachtige borden, 'VERSTOOR DE WILDE DIEREN NIET', op de bomen gespijkerd. Hij voelde zich zo opgewekt dat hij terug was, dat zelfs de reis met deze mannen hem niet van zijn stuk bracht. Hij stak zijn hoofd naar buiten en keek omhoog naar zijn koffers om er zeker van te zijn dat ze goed waren vastgebonden.

De weg helde, ternauwernood een richel boven de Teesta, een krankzinnige rivier, herinnerde hij zich, die elk moment zowel voorwaarts als achterwaarts kolkte. Biju hield zich vast aan het metalen frame van de jeep terwijl deze zich door greppels en geulen en over steenblokken manoeuvreerde – de weg bestond meer uit gaten dan uit weg en al zijn ingewanden tot en met zijn bloed werden flink door elkaar geschud. Hij keek naar beneden in het niets en richtte snel zijn blik op de uitgeholde oever. De dood was zo dichtbij – dit was hij tijdens zijn eindeloze verblijf in Amerika vergeten – deze voortdurende imminentie van je meest zekere bestemming.

Zo draaiden ze bergopwaarts, stevig vastgeklampt aan het metalen pantser. Er waren talloze vlinders in ontelbare verschillende soorten en als het even regende, verdwenen de vlinders. De regen hield op en ze kwamen terug; weer een buitje en weer waren ze verdwenen. Wolken waaiden de jeep in en uit en maakten de mannen van tijd tot tijd onzichtbaar voor elkaar. De hele weg lang zongen de kikkers naar hartenlust. Er was ten minste een dozijn grondverschuivingen tussen Siliguri en Kalimpong, en terwijl ze wachtten tot ze opgeruimd waren, passeerden er verkopers met momos in emmers, kokosnoten in driehoekige plakken gesneden. Hier woonde zijn vader en hier had hij hem een bezoek gebracht en hadden ze het plan opgevat hem naar Amerika te sturen en in zijn onschuld had Biju precies gedaan wat zijn vader hem, in zijn onschuld, gezegd had te doen. Wat had zijn vader anders kunnen doen? Het feit je familie achter te laten om te werken had hen meerdere generaties lang veroordeeld hun hart altijd elders te hebben, altijd met hun gedachten bij mensen elders te zijn. Ze konden nooit een enkel leven per keer leiden. Wat zou het fijn zijn als daar verandering in kwam.

# 51

De rechter, uitgeput van het wachten, viel in slaap en droomde dat Mutt aan het doodgaan was – een ogenblik werd ze
wakker uit een ijlkoorts, gaf hem een blik van herkenning,
kwispelde met een heldhaftige inspanning en dan, in een
tel, was het voorbij, de ziel achter de ogen.

'Mutt?' De rechter boog voorover, zoekend naar een
teken van leven.

'Nee,' zei de kok, ook in de droom van de rechter, 'ze is
dood. Kijkt u maar,' zei hij op een besliste toon; hij tilde een
van Mutts poten op en liet hem los. Hij viel niet neer. Hij
bewoog langzaam naar zijn plaats terug. Ze werd al stijf en
hij tikte met zijn nagels tegen haar, maar ze gaf geen kik.

'Raak haar niet aan! Ik vermoord je!' schreeuwde de
rechter zichzelf wakker, overtuigd door de logica van zijn
droom.

Toen hij de volgende dag van weer een vruchteloze zoektocht thuiskwam, herhaalde hij de woorden. 'Als je haar nu
niet ONMIDDELLIJK vindt,' zei hij op snerpende toon tegen
de kok, 'VERMOORD IK JE. Ja. Ik heb er genoeg van. Het is
jouw schuld. Jij had op haar moeten letten toen ik mijn bad
nam.'

Hier lag het verschil: de kok was dol geweest op Mutt. Hij
ging met haar wandelen, maakte 's winters als ontbijt toost
met ei voor haar, maakte haar prak, riep haar: 'Mutty, Ishtu,
Ishtoo,' maar het was altijd duidelijk dat ze voor hem niet
meer dan een dier was.

De rechter en de kok hadden meer jaren met elkaar doorgebracht dan met wie dan ook, ongeveer in dezelfde ruimte, dichter bij elkaar dan bij welk ander levend wezen en toch – geen enkel, nul komma nul, begrip.

Mutt was nu al zo lang zoek. Ze zou wel dood zijn als ze door een slang was gebeten of doodgehongerd als ze ver weg verdwaald of gewond was. 'Maar SPOOR HAAR OP' zei hij tegen de kok. 'JE MOET HAAR VINDEN. NU METEEN.'

'Maar hoe dan, sahib?' smeekte hij. 'Ik probeer, ik heb geprobeerd...'

'JE MOET HAAR VINDEN. Het is jouw schuld. Jij moest voor Mutt zorgen. Ik VERMOORD JE. Wacht maar. Je hebt je werk niet gedaan. Je hebt niet op haar gelet. Het was jouw taak en je hebt haar laten stelen. Hoe kon je. Hoe *kon* je?'

De kok vroeg zich af of hij inderdaad iets verkeerds had gedaan en hij begon zich schuldig te voelen. Was hij inderdaad nalatig geweest? Had hij echt zijn werk niet gedaan? Hij had niet goed genoeg opgelet. Hij had geen respect getoond. Hij had op de hond moeten letten op de dag dat ze zoekraakte...

Hij begon te huilen en zonder iets te zeggen verdween hij in het oerwoud.

Rondsjokkend bedacht hij dat het lot wraak op hem nam omdat hij zoiets vreselijk had gedaan, en dat er nog iets veel ergers stond te gebeuren...

Nu liep Sai het pad op en neer, en schreeuwde tussen de bomen naar de kok: 'Kom maar terug. Het is in orde; hij meent het niet, hij is gek van verdriet. Hij weet niet wat hij zegt...'

De rechter zat op de veranda te drinken en zei tegen zichzelf dat hij geen spijt had, hij had het volste recht om te zeggen wat hij tegen de kok had gezegd... Natuurlijk, nou en of! Ik vermoord je!

'Waar ben je?' riep Sai, lopend onder de Melkweg die de

Lepcha's Zo-lungming, 'rijstwereld', noemden; dat had ze in *My Vanishing Tribe* gelezen.

Oom Neutje riep: 'Hebben jullie de hond gevonden?'

'Nee, en nu is ook de kok weg.'

'Die komt wel terug. Kom je een drankje drinken?'

Maar ze vervolgde haar weg.

De kok hoorde haar niet want hij was Thapa's kantine binnengestrompeld, vol met drinkende mannen die hun laatste geld uitgaven. Hij vertelde wat er gebeurd was en ze moesten lachen, een beetje humor in deze vreselijke dagen. Hond dood! De vrolijkheid verspreidde zich. Ze konden haast niet ophouden met lachen. In een plaats waar mensen stierven zonder dat er notitie van hen werd genomen. Ze stierven aan tuberculose, hepatitis, lepra, gewone koorts... En geen baantjes, geen werk, niets te eten – en dan zo'n drukte om een hond! Ha ha ha ha ha ha.

'Er is niets grappigs aan,' zei de kok, maar hij lachte ook een beetje, opgelucht dat dit duidelijk grappig was, maar daarna voelde hij zich erger, dubbel zo schuldig en hij begon weer te grienen. Hij had zijn plicht verzaakt... Waarom had hij niet op die kutti gelet...

In een hoek van Thapa's kantine zat Gyan, die weer naar buiten mocht. Hij lachte niet. O, die vreselijke dag dat hij de jongens had verteld van de geweren van de rechter. Wat had Sai hem eigenlijk gedaan? Het schuldgevoel kwam weer terug en hij voelde zich duizelig en misselijk. Toen de kok vertrok, ging hij hem achterna.

'Ik heb geen les kunnen geven vanwege alle toestanden... Hoe maakt Sai het?' mompelde hij.

'Ze is erg ongerust over de hond. Ze huilt de hele tijd.'

'Zeg haar dat ik naar Mutt zal zoeken.'

'Hoe dan?'

'Zeg haar dat ik dat beloofd heb. Ik zal de hond vinden. Ze moet zich vooral geen zorgen maken. Zeg dat vooral. Ik zal Mutt vinden en haar thuisbrengen.'

Hij sprak de zin uit met een overtuiging die niets te maken had met Mutt of zijn vermogen haar te vinden.

De kok keek hem wantrouwig aan. Hij had geen hoge dunk van Gyans capaciteiten. Sai had trouwens zelf tegen de kok gezegd dat Gyan niet zo slim was.

Maar opnieuw knikte Gyan geruststellend. De volgende keer dat hij Sai zag, zou hij een cadeau voor haar hebben.

# 52

In lange tijd had Biju niet zoiets reusachtigs gezien – de pure, overweldigende grootsheid van het gebergte en het steengruis dat van de helling afkwam. Op sommige plekken was de hele berg gewoon uit elkaar gevallen, uitgespreid als een gletsjer met rotsblokken, ontwortelde bomen. In deze ruïne was het hachelijke mierenspoor die de weg was geweest, weggewist. Hij voelde opwinding bij de uitgestrektheid van de wilderenis, de uitzinnige klimplanten, de overdadige uitbundigheid van groen, het geweldige overal aanwezige gekwaak der kikkers dat klonk als de aarde en lucht zelf. Maar de problemen met de weg waren vervelend. En enerzijds keek hij uit naar de ontmoeting met zijn vader met een berusting zoals men die voelt wanneer men geconfronteerd wordt met de grootsheid van de natuur, anderzijds vol ongeduld vanwege details van menselijke aard. Gewoonlijk werd het opnieuw uithouwen van een pad door een dergelijke puinhoop uitbesteed aan ploegen gebochelde mannelijke en vrouwelijke liliputters, die elke keer dat hun arbeid teniet was gedaan, steen voor steen aan de wederopbouw werkten, alles weer samenvoegden, stenen en modder versjouwden in tenen manden die met een band om hun voorhoofd vastgemaakt waren, als verdwaasden wankelend onder het gewicht, en urenlang met hamer en beitels op enorme rivierkeien sloegen totdat er een stukje afsprong, en dan weer een. Ze legden de stenen uit en het oppervlak werd opnieuw geteerd – Biju dacht eraan hoe zijn vader hem als kind, steeds als ze een net met teer bestreken plek tegenkwamen, daaroverheen liet lopen om, zo zei hij, de dunne zolen van Biju's schoenen te verstevigen. Nu de regering alle herstelwerkzaamheden had opgeschort, waren de GNBF-mannen gedwongen zelf uit de jeep te klauteren en stenen opzij te schuiven, omgevallen boomstammen weg te slepen, aardkluiten weg te scheppen... Ze passeerden zeven grondverschuivingen. Bij de achtste bleven ze in de modder steken en rolde de jeep terug naar beneden.

Ze reden achteruit, omdat ze ruimte nodig hadden om de motor genoeg toeren te laten draaien en vaart te laten krijgen, zodat ze over de groeven en kapotte bodem kwamen en met hoge snelheid door konden rijden. Keer op keer haperde de motor en sloeg af en rolden ze weer naar beneden. Achteruit en daar gingen ze *wroem wroem wroem!*...

Ze stapen allemaal uit op de chauffeur na, maakten de bagage los en stapelde die op in de modder. Ten slotte, bij de elfde poging, na een heel stuk achteruit te zijn gereden en keihard rijden, de motor ronkend – ging de jeep er met veel geraas overheen; ze klapten opgelucht, laadden de bagage weer op, stapten in en vervolgden hun weg. Ze deden ongeveer een hele dag over een reis die twee uur had moeten duren. Ze zouden nu zeker spoedig aankomen.

Toen sloegen ze een kleinere, nog moeilijker te berijden weg in.

'Is dit de weg naar Kalimpong?' vroeg Biju verbijsterd.

'Moeten eerst een paar mannen afzetten.... Omweg.'

Uren verstreken... De negende grondverschuiving en de tiende.

'Maar wanneer komen we in Kalimpong?' vroeg Biju. 'Zijn we er vanavond?'

'Rustig maar, *bhai*.' Ze leken zich geen zorgen te maken, ook al ging de zon snel onder en trok er uit het oerwoud een kille nevel op.

Het was laat op de avond toen ze bij een paar hutjes aan-

kwamen langs een onverharde weg van omgeploegde modder vol met diepe waterplassen. De mannen stapten uit en
namen al hun spullen mee, inclusief de koffers en dozen
van Biju.

'Hoe lang blijven we hier?'

'Wij gaan niet verder. Je kan zelf naar Kalimpong lopen,'
zeiden ze en ze wezen een pad aan tussen de bomen. 'De
kortste weg.'

Paniek beving hem. 'En mijn spullen dan?'

'Laat ze hier achter. In bewaring.' Ze lachten. 'We sturen
je ze later na.'

'Nee,' zei Biju, dodelijk geschrokken nu hij besefte dat hij
werd beroofd.

'Ga!' wezen ze.

Daar stond hij. Het gebladerte tekende zich als een enkele massa af; het geluid van de kikkers zwol aan tot dezelfde
toonhoogte die in Biju's oor had geklonken op de dag dat
hij zijn vader vanuit een New Yorkse straat had gebeld.

Hoog in de lucht strekten de bergen zich uit...

Daaronder doken ze rechtstreeks, als in een nachtmerrie,
de Teesta in.

'Komt er nog wat van?! *Bhago*,' zei een man, die nu zijn
geweer op hem richtte.

Biju draaide zich om.

'Maar eerst geef je ons je portefeuille en je schoenen.'

Hij draaide zich opnieuw om.

'Zijn riem is ook mooi,' zei een van de mannen, lonkend
naar het leer. 'Mooie kleren maken ze in Amerika. Hele
goeie kwaliteit.'

Biju gaf zijn portefeuille. Deed zijn riem af.

'Je vergeet je schoenen.'

Hij trok ze uit. Zijn spaargeld zat tussen dubbele zolen.

'Je jasje.' En toen hij zijn spijkerjas uit had gedaan, besloten ze dat zelfs zijn spijkerbroek en T-shirt begerenswaardig
waren.

Biju begon te beven, en onhandig friemelend trok hij zijn laatste kleren uit en stond daar in zijn witte onderbroek.

Inmiddels waren alle honden uit de busti aan komen rennen. Ze waren toegetakeld en hadden kale plekken van gevechten en ziektes, en zagen er net als hun meesters uit als bandieten. Ze gingen als gangsters om Biju heen staan, de staarten omhoog als vlaggen, grommend en blaffend.

Kinderen en vrouwen keken vanuit het donker toe.

'Laat me gaan,' smeekte hij.

Een van de mannen lachte uitbundig en trok van een heg, waarover het lag te drogen, een nachthemd. 'Nee, nee, dat niet,' krijste een tandeloos besje, kennelijk de eigenaresse van het kledingstuk. 'Geef het nou maar aan hem, wij kopen een nieuwe voor je. Hij komt uit Amerika. Hij kan toch niet naakt naar zijn familie gaan?'

Ze lachten.

En Biju rende...

Hij rende het oerwoud in, achternagezeten door de grijnzende, happende honden, die ook aan de grap mee leken te doen.

Ten slotte, toen Biju de plek gepasseerd was die de honden als grens van hun territorium beschouwden, hadden ze genoeg van hem en liepen terug.

De duisternis viel en hij gingen midden op de weg zitten – zonder zijn bagage, zonder zijn spaargeld, en het ergst van alles, zonder zijn trots. Terug uit Amerika met veel minder dan hij ooit had gehad.

Hij trok het nachthemd aan. Het had grote, verbleekte roze bloemen en gele pofmouwen, ruches aan de hals en de onderkant. Het moest met zorg zijn uitgekozen van een stapel in de bazaar.


Waarom was hij weggegaan? Waarom was hij weggegaan? Hij was stom geweest. Hij dacht aan Harish-Harry: 'Neem wat rust en kom terug.' Meneer Kakkar, de reisagent, die hem gewaarschuwd had: 'Beste vriend, ik zeg je, je begaat een enorme vergissing.'

Hij dacht aan Saeed Saeed.

Een laatste keer was Biju hem nog tegen het lijf gelopen. 'Biju, man, ik zie dat meisje, de zuster van Lutfi, op bezoek uit Zanzibar, en HETZELFDE ogenblik dat ik haar zie, man, ik zeg tegen Lutfi: "Ik geloof zij is DE WARE."'

'Maar je bent al getrouwd.'

'Maar over vier jaar heb ik mijn verblijfsvergunning en... foetsjie... wegwezen. Ik ga scheiden en dan trouw ik echt. Nu is het alleen maar een ceremonie in de moskee... Dit meisje... ze is...'

Biju wachtte.

Saeed zwol van bewondering: 'ZO...'

Biju wachtte.

'SCHOON!! Ze ruikt... ZO LEKKER! En maatje tweeënveertig. MOOISTE MAAT!'

Saeed wees met beide handen uiteen hoe heerlijk vol hij zijn handen aan zijn tweede vrouw had.

'Maar als ik haar zie, ik raak haar niet eens aan. Niet eens zo...' Hij stak zijn vinger uit als een verlegen slak uit zijn huisje. 'Ik hou me in. We gaan een huis kopen in New Jersey. Ik volg lessen in vliegtuigonderhoud.'


Biju zat daar in doodsangst, over wat hem was overkomen, dat hij alleen in het oerwoud was en dat de mannen weer achter hem aan zouden komen. Hij kon niet nalaten te denken aan alles wat hij had gekocht en was kwijtgeraakt. Aan het geld dat hij onder valse zolen had verstopt. Aan zijn portefeuille. Plotseling voelde hij een oud kloppen in de knie die hij bezeerd had toen hij was uitgegleden op de vloer bij Harish-Harry.

# 53

Op Cho Oyu kwaakten kikkers in de jhora, in het spinazie-bed, en hoog in het waterreservoir boven de bomen. Diep in de nacht baande de kok zich een weg door de doorn-appels en klopte op de deur van de rechter.

'Wat is er?' vroeg de rechter.

De kok deed de deur open; er hing zo'n dikke alcohol-nevel om hem heen dat zijn ogen ervan waterden als van een ui. Na zijn stop in Thapa's kantine, waar hij heel wat gedronken had, was hij naar zijn eigen voorraad chhang teruggegaan en had die eveneens opgedronken.

'Als ik ongehoorzaam ben geweest,' brabbelde hij en liep met wazige ogen naar het voeteneinde van het bed van de rechter, 'moet u me slaan.'

'Wat?' zei de rechter, die rechtop ging zitten en het licht aandeed; ook hij was dronken. Van de whisky.

'Ik ben een slecht mens,' huilde de kok. 'Ik ben een slecht mens, sla me, sahib, straf me.'

Hoe kon hij...

Hoe kon hij Mutt kwijtraken hoe kon hij haar niet vinden hoe kon hij op het idee komen de rechter lastig te vallen...

'WAT ZEG JE?' gilde de rechter.

'Sahib, sla me...'

'Als je je daardoor beter voelt, oké,' zei de rechter.

'Ik ben een slecht mens, een slap mens. Ik kan beter dood zijn dan leven.'

De rechter stapte uit bed. In bed was hij zwaar; rechtop-staand was hij licht. Hij moest in beweging blijven... Als hij zichzelf niet in beweging bracht, zou hij omvallen. Hij haalde met een slipper uit naar het hoofd van de kok. 'Als dit is wat je wilt.'

De kok wierp zich aan zijn voeten, pakte een voet vast en smeekte om genade. 'Ik ben een slecht mens, vergeef me, vergeef me...'

'Laat los,' zei de rechter, vol walging en probeerde zijn voet los te krijgen. '*Laat los.*'

Maar de kok greep de voet steviger beet, huilde en kwijlde erop. Uit zijn neus kwam snot, uit zijn ogen tranen.

De rechter sloeg hem harder en harder opdat hij zou loslaten. Hij schopte in het wilde weg en sloeg.

'Sahib, ik drink. Ik ben een slecht mens. Sla me. Sla me.'

Hij stompte hem, sloeg hem, sloeg hem.

'Ik ben slecht geweest,' zei de kok. 'Ik heb gedronken ik heb dezelfde rijst gegeten als u niet de rijst voor de bedienden maar de Dehradun-rijst ik heb het vlees gegeten en gelogen ik heb uit dezelfde pan gegeten ik heb alcohol gestolen van het leger ik heb chhang gemaakt ik heb jarenlang verschillende rekeningen geschreven ik heb u dag in dag uit met de rekeningen bedrogen ik heb mijn geld oneerlijk gekregen het was bedrog soms heb ik Mutt geschopt ik heb niet met haar gewandeld ging gewoon langs de kant van de weg zitten rookte een bidi en ging weer naar huis ik ben een slecht mens ik heb nooit om iets gegeven alleen om mezelf... *sla me.*'

De opkomende woede was de rechter niet vreemd.

Hij zei: 'Vuile schurk, hypocriet. Als je straf wil, zal je straf krijgen!'

'Ja,' huilde de kok, 'zo hoort het. Het is uw taak mij te straffen. Zo hoort het.'

Sai hoorde het gestomp en kwam uit haar kamer gerend. 'Wat gebeurt er? Hou op. Hou onmiddellijk op. Hou op!' schreeuwde ze. 'Hou op!'

'Laat hem,' zei de kok. 'Laat hem. Hij wil *me vermoorden*. Laat hij mij maar vermoorden. Wat is mijn leven nog waard? Niets. Het kan beter gedaan zijn. Het is niemand tot nut. U niet, mij niet. Vermoord me! Misschien geeft dat u voldoening. Het geeft mij voldoening. Ga door.'

'Ik vermoord je! Ik vermoord je!'

'*Vermoord me maar.*'

'*Ik vermoord je.*'

Over zijn zoon praatte de kok niet... hij had geen zoon... nooit een gehad... het was alleen zijn hoop die naar hem schreef... Biju bestond niet...

De rechter sloeg met alle kracht die zijn uitzakkende, rimpelige lijf bezat; uit zijn slap hangende mond vlogen klodders speeksel en zijn kin beefde ongecontroleerd. Maar de arm, met het al dood neerhangende vel, kwam omlaag en liet de slipper neerkomen op het hoofd van de kok.

'Het is afschuwelijk wat jullie doen,' huilde Sai en bedekte haar oren en ogen. 'Begrijpen jullie dat dan niet? Zien jullie dat dan niet? Het is afschuwelijk wat jullie doen.'

Maar ze hielden niet op.

Ze vluchtte naar buiten. In haar witte katoenen pyjama stond ze in het aardedonker en voelde de zinledigheid van dat moment, haar eigen kleine hart, haar afkeer van de kok, van zijn gesmeek, haar haat tegen de rechter, haar armzalige zelfzuchtige verdriet, haar armzalige zelfzuchtige doelloze liefde...

Maar het geluid achtervolgde haar, het gedempte gestomp

en de kreten van de mannen binnen, van de rechter die de kok sloeg. Ging het echt om Mutt...?

En Mutt? Waar was Mutt?

Verkocht aan een familie die niet van haar kon houden in een dorp voorbij Kurseong, een gewone familie, die veel geld uitgaf voor moderne dingen en er namaak voor terugkreeg. Ze zouden niet voor Mutt zorgen. Zij was alleen maar een bedenksel. Ze streefden een idee van iets na, wat het was om een mooie hond te hebben. Ze raakten in haar net zo teleurgesteld als in het moderne leven en ze bonden haar aan een boom vast en schopten haar...

Sai overwoog de jhora over te steken en te vluchten naar oom Neutje...

Die aan vader Laars zat te denken...

Zwaaiend over de brug, door het bamboebos, met een ronde kaas achter op de bagagedrager van zijn fiets.

Heel spoedig zouden de GNBF-mannen weer komen.

'Let niet op mij, liefje – doe wel de deur achter je dicht wanneer je weggaat, wil niet dat die rouwdouwers je te pakken krijgen...'

Als oom Neutje wakker werd, zou hij beseffen dat hij schriftelijk afstand van zijn eigen bezit, en ook van dat van vader Laars, had gedaan aan nieuwe eigenaars...


En mevrouw Sen – ze zou de trui breien die Rajiv Gandhi nooit zou dragen en waarvan Lola en Noni zeiden dat hij toch niet gepast zou hebben bij zijn Kasjmierse pundit-, hoe dan ook roomblanke teint. Zijn lot zou worden verweven met een Tamil Tijgerin op een intiemere manier dan mevrouw Sen met haar gele trui ooit had kunnen dromen.

En Lola en Noni zouden op dit tijdstip van het jaar de jaarlijks terugkerende massamoorden plegen met Baygon, insecticidespiralen en vliegenmeppers. Om de twee jaar zou Lola naar Londen gaan en terugkomen met pakjes Knorr-soep, en ondergoed van Marks and Spencer. Pixie zou met een Engelsman trouwen en Lola zou zwijmelen van verrukking. 'Iedereen in Engeland wil tegenwoordig een Indiaas meisje!'

En Gyan? Waar was Gyan? Sai wist niet dat hij haar miste...

Ze stond in het donker en het begon te regenen zoals zo vaak in een augustusnacht. Zoals altijd viel de elektriciteit uit, de televisies knetterden en de BBC werd door de regen in ruitmootjes gehakt. In de huizen werden lantarens aangestoken. Plonk, ping, plas, druppels vielen in onder de lekkages gezette potten en pannen...

Sai stond in de regen. De regen dreunde op de bladeren, viel met triomfantelijke kledderige ploffen in de jhora. De regen striemde, antifoon zingende kikkers jubelden met tienduizenden tegelijk, vanaf de Teesta tot aan Cho Oyu, en hoog in het Deolo- en Singalilagebergte. Verdronken het geluid van de rechter die de kok sloeg.

'Waar gaat het eigenlijk om?' vroeg Sai, maar in het lawaai bereikte haar mond haar oor niet; haar hart lag in stukken, leek niet in staat zich tot haar gedachten te richten. Haar gedachten konden niet tot haar hart spreken. 'Ik moest me schamen...' zei ze... Wie was ze... zij met haar eigendunk, haar aanspraak op geluk, dat ze uitgilde tegen het lot, tegen de dove hemelen, haar schreeuwende verlangen om haar vreugde te tonen...

Hoe kon... Hoe kon je niet...

Waarom zou ik niet...? Hoe kon... Ik verdien... Haar kleinzielige hebzucht... Haar nukken en grillen... Haar kinderachtige tranen... Haar gehuil, genoeg voor alle treurigheid ter wereld, was slechts voor haarzelf. Leven had

427

geen eenduidig doel, zelfs geen eenduidige richting... De eenvoud van wat haar geleerd was zou geen standhouden. Nooit meer zou ze kunnen denken dat er maar één verhaal was en dat dat verhaal haar toebehoorde, dat ze haar eigen kleine geluk kon scheppen en daarbinnen een veilig leven kon leiden.

Maar wat zou er op Cho Oyu gebeuren?

De kok zou terugstrompelen naar zijn onderkomen...

De rechter zou teruggaan naar zijn kamer...

Het zou de hele nacht regenen. Het zou doorgaan, ophouden, doorgaan, ophouden, met een woestheid die alleen paste bij de gewelddadigheid waarmee de aarde de uitbarsting beantwoordde. Ongetemd weelderig groen zou worden losgelaten; de stad zou van de heuvel afglijden. Langzaam, onverdroten, als mieren, zou de mens nogmaals paden aanleggen en beschaving brengen en oorlogvoeren, alleen maar opdat het weer weggespoeld kon worden...

De nieuwe morgen zou aanbreken, zwart of blauw, helder of nevelig. Ontbijt, lunch. De rechter zou voor zijn schaakbord zitten en om halfvijf zou hij, zonder erbij na te denken, puur uit gewoonte, zijn mond openen en zeggen: 'Panna Lal, breng de thee.'

En er zou altijd iets zoetigs en iets hartigs zijn...

Daar stond Sai...

Ze dacht aan haar vader en het ruimtevaartprogramma. Ze dacht aan alle *National Geographics* en boeken die ze had gelezen. Aan het leven van de rechter, aan het leven van de kok, van Biju. Aan de wereldbol die om zijn as draaide.

En ze voelde een opflikkering van kracht. Van besluitvaardigheid. Ze moest vertrekken.

De samenkomst van verwachtingsvolle kikkers ging door met zingen, ook toen een flauw whiskykleurig licht in het oosten daagde en de regen afnam.

Achter Sai was Cho Oyu nog steeds donker. Ze hoorde de mannen binnen niet meer. De rechter lag uitgeput op zijn bed. De kok zat gehurkt in de keuken, zijn gezicht nog steeds ten prooi aan een nachtmerrie.

Sai was duizelig van de slaap en draaide zich om om naar binnen te gaan. Maar toen, net op dat moment, werd ze zich bewust van een kleine stip die zich een weg baande door de nog steeds laag in de vallei hangende wolken. Ze bleef staan om te kijken. De stip verdween tussen de bomen, kwam weer te voorschijn, verdween weer, kwam om de bocht van de berg. Het werd een langzaamaan steeds groter wordende vlek van roze en geel, die zich door exploderende struiken van wilde kardemom worstelde...

Gyan? Dacht ze in een vlaag van hoop. Een boodschap: Ik houd toch van je.

Iemand die Mutt had gevonden? Hier... Hier is ze, levend en wel! Molliger dan ooit!

De figuur zette door. Iemand anders. Een gebogen vrouw die moeizaam met een been sleepte. Zeker op weg ergens naar toe.

Sai liep de keuken in. 'Ik zal thee voor je maken,' zei ze tegen de kok, op wie de slippers hun sporen hadden nagelaten.

Ze zette de ketel op, worstelde met een natte lucifer. Ten slotte ontvlamde hij en ze stak de prop kranten onder het hout in brand.

Toen hoorden ze dat er aan het hek werd gerammeld. O hemel, dacht Sai ontzet, misschien was het weer die smekende vrouw, degene van wie de man blind was geslagen.

Weer rammelde het hek.

'Ik ga wel,' zei de kok, stond langzaam op en sloeg het stof van zich af.

Door het doordrenkte gras liep hij naar het hek.

Bij het hek, turend door het zwarte ijzeren smeedwerk, tussen twee bemoste kanonskogels, stond de figuur in een nachthemd.

'*Pitaji?*' zei de figuur, een en al ruches en kleuren.

Boven de wijkende wolken verscheen de Kanchenjunga, zoals hij dat in dit seizoen alleen 's ochtends heel vroeg deed.

'Biju?' fluisterde de kok...

'*Biju!*' gilde hij buiten zinnen...

Sai keek naar buiten en zag twee figuren op elkaar afspringen terwijl het hek openzwaaide.

De vijf toppen van de Kanchenjunga kleurden een lichtgevend goud dat je, hoe kort ook, het gevoel geeft dat de waarheid zich vertoonde.

Het enige wat je hoefde te doen was je hand uitsteken en haar pakken.

# Mijn Salaams

Aan mijn uitgever, Joan Bingham en mijn agent, Michael Carlisle, voor hun nimmer aflatende enthousiasme en grootmoedigheid betreffende alles wat te maken heeft met *De erfenis van het verlies*. En ook aan Rose Marie Morse, David Davidar en David Godwin. Aan Adelaide Docx voor aanvullende redactionele hulp.

Aan de Santa Maddalena Foundation, de Eastern Frontier Society, aan Bunny Gupta en Doma Rai van *Sukhtara*, ieder voor een bureau met uitzicht gedurende drie essentiële perioden tijdens het schrijven van dit boek.